Amy Tan

WITHDRAWN

LE JOY LUCK CLUB

ROMAN

Traduit de l'anglais (États-Unis)
par Annick Le Goyat

CHARLESTON

Titre original : *The joy luck club*
Copyright © Amy Tan 1989
First published by G. P. Putnam's Sons in 1989
Translation rights arranged by Sandra Dijkstra literary agency

Édition française publiée par :
© Charleston, une marque des éditions Leduc.s, 2016
17, rue du Regard
75006 Paris - France
contact@editionscharleston.fr
www.editionscharleston.fr

ISBN : 978-2-36812-103-0
Dépôt légal : avril 2016

Traduction : Annick Le Goyat
Maquette : Patrick Leleux PAO

Pour suivre notre actualité, rejoignez-nous sur la page Facebook :
www.facebook.com/Editions.Charleston et sur Twitter @LillyCharleston.

REMERCIEMENTS

L'auteur tient à exprimer toute sa reconnaissance aux membres de son groupe d'écriture pour leur bienveillance et leurs critiques tout au long de la rédaction de son livre. Je remercie tout particulièrement Louis DeMattei, Robert Foothorap, Gretchen Schields, Amy Hempel, Jennifer Barth et ma famille en Chine et en Amérique. Enfin un millier de fleurs à chacune des trois personnes que j'ai eu le bonheur et la chance de connaître : mon éditeur, Faith Sale, qui a cru en ce livre ; mon agent, Sandra Dijkstra, qui m'a sauvé la vie ; et mon professeur, Molly Giles, qui m'a encouragée à tout recommencer et m'a ensuite patiemment épaulée jusqu'au bout.

*À ma mère
et à la mémoire de sa mère*

*Tu m'as un jour demandé
ce dont je me souviendrais*

Cela et bien davantage

LE CLUB DE LA CHANCE

LES MÈRES :
  Suyuan Woo
  An-mei Hsu
  Lindo Jong
  Ying-ying St. Clair
LES FILLES :
  Jing-mei « June » Woo
  Rose Hsu Jordan
  Waverly Jong Lena St. Clair

UNE PLUME VENUE D'UN MILLIER DE LI[1]

---

1. Un dicton chinois dit : « Une plume venue d'un millier de li sera chargée de plus de sentiment d'amitié qu'un cadeau de grande valeur. » *(N.d.T.)*

La vieille femme se souvenait d'un cygne acheté il y a bien longtemps, à Shanghai, pour une somme dérisoire. L'oiseau, s'était vanté le vendeur, était auparavant un canard qui avait étiré son cou dans l'espoir de se transformer en oie et, voyez vous-même !, qui était devenu trop beau pour être mangé.

La femme et le cygne traversèrent un océan large de plusieurs milliers de li, étirant leur cou vers l'Amérique. Pendant le voyage, la femme dit au cygne : « En Amérique, je mettrai au monde une fille qui me ressemblera. Là-bas, personne ne lui racontera que sa valeur se mesure à la puissance des rots de son époux. Là-bas, personne ne la toisera avec mépris, parce que je ferai en sorte qu'elle parle un anglais parfait. Et, là-bas, jamais elle ne devra ravaler son chagrin, parce qu'elle aura l'estomac plein. Elle comprendra ce que je veux dire, car je lui donnerai ce cygne, une créature qui surpassa les espoirs qu'on avait mis en lui. »

Mais en arrivant dans, son nouveau pays, l'officier d'immigration lui arracha son cygne, ne laissant dans ses mains vides qu'une seule plume pour tout souvenir. Et la femme dut ensuite remplir tant de formulaires qu'elle en oublia pourquoi elle était venue et ce qu'elle avait laissé derrière elle.

Maintenant la femme était vieille. Et elle avait une fille qui avait grandi en parlant anglais, et avalé plus de Coca-Cola que de chagrins. Depuis longtemps la vieille femme souhaitait remettre la plume de cygne à sa fille et lui dire : « Cette plume semble sans valeur, pourtant elle est venue de très loin et a porté avec elle tous mes espoirs. » Et la vieille femme attendait, année après année, le jour où elle pourrait formuler ces mots dans un anglais parfait.

LE CLUB DE LA CHANCE

Mon père m'a demandé de me joindre au club de la Chance et du Bonheur. Je dois y remplacer ma mère, dont le siège à la table de mah-jong est vacant depuis sa mort, il y a deux mois. Mon père croit que ce sont ses pensées qui l'ont tuée.

« Il lui était venu une nouvelle idée, explique-t-il. Mais avant d'avoir franchi ses lèvres, l'idée a tellement enflé qu'elle a explosé. Ce devait être une très mauvaise idée. »

Le docteur a diagnostiqué une hémorragie cérébrale. Ses amis du Club disent qu'elle est morte comme un lapin : vite, et en laissant certaines choses en suspens. Ma mère devait accueillir la prochaine réunion du Club.

Une semaine avant sa mort, elle m'avait téléphoné, gorgée de fierté, débordante de vie :

— Tante Lindo nous a cuisiné une soupe aux haricots rouges. Moi, je vais leur mijoter une soupe aux grains de sésame noir.

— Cesse de frimer, avais-je répondu.

— Mais je ne cherche pas à les épater !

Elle m'avait expliqué que les deux soupes étaient presque pareilles, *chabuduo*. A moins qu'elle n'ait dit *butong,* qui signifie l'inverse. En tout cas c'était une de ces expressions chinoises dont le sens recouvre des intentions mitigées. Je suis incapable de me rappeler ce que je n'ai pas compris dès le début.

Ma mère lança la formule américaine du club de la Chance et du Bonheur à San Francisco, en 1949, deux ans avant ma naissance. L'année même où mes parents quittèrent la Chine avec une malle en cuir dur qui ne contenait que quelques robes de soie fantaisie. Ma mère n'avait pas eu le temps d'emporter autre chose. C'est du moins ce qu'elle expliqua à mon père une fois sur le bateau, alors qu'il fouillait fébrilement dans la soie glissante à la recherche de ses chemises de coton et de ses pantalons de laine.

À leur arrivée à San Francisco, mon père lui fit cacher ces vêtements trop brillants. Elle porta la même robe chinoise à carreaux marron jusqu'à ce que le comité d'accueil des réfugiés lui eût remis deux robes d'occasion, trop grandes parce que fabriquées pour les tailles américaines. Le comité était composé d'un groupe de dames missionnaires à cheveux blancs, représentantes de la Première Église baptiste chinoise. Et à cause de leurs dons, mes parents ne purent refuser leur invitation à rejoindre la congrégation. Ils ne purent non plus

négliger le conseil des vieilles dames de venir exercer leur anglais dans la classe de catéchisme du mercredi soir et, par la suite, dans la chorale du samedi
matin. C'est ainsi que mes parents firent la connaissance des Hsu, des Jong et des St. Clair. Ma mère
perçut d'instinct, chez les femmes de ces familles,
les tragédies inexprimables qu'elles avaient, elles
aussi, laissées en Chine, mais également les espoirs
que leur anglais débutant ne leur permettait pas
encore de formuler, Elle décela l'hébétude qui
imprégnait leur visage, puis l'animation soudaine
de leur regard lorsqu'elle leur soumit son idée de
club de la Chance.

Ce club était une expérience qui remontait à
l'époque du premier mariage de ma mère, à Guilin, avant l'arrivée des Japonais. Voilà pourquoi il
évoque aussitôt pour moi l'histoire de son passé
en Chine. C'est une histoire qu'elle me racontait
quand elle s'ennuyait, quand il n'y avait rien à faire,
quand tous les bols étaient récurés et la table de
Formica nettoyée au moins deux fois, quand mon
père s'asseyait pour lire le journal en fumant Pall
Mall sur Pall Mall, signe qu'il ne fallait pas le déran-
ger. Ma mère exhumait alors un carton rempli de
vieux pulls de ski envoyés par de lointains cousins de
Vancouver. Elle coupait le bas d'un pull et tirait un
fil de laine tortillé qu'elle embobinait autour d'un
morceau de carton. Et c'est en enroulant son fil de
laine, d'un geste ample et régulier, qu'elle narrait
son histoire. Au cours des années le récit demeura
immuable, à l'exception de la chute, qui devenait
chaque fois plus obscure et jetait des zones d'ombre
sur sa vie, et occasionnellement sur la mienne.

« J'ai rêvé de Guilin avant même de le voir », commençait ma mère en chinois. « J'imaginais des pics dentelés surplombant la courbe d'une rivière, avec de la mousse teintant les berges de vert. Une brume blanche ouatait les sommets. Et si l'on descendait la rivière en se nourrissant de mousse, on puisait assez de force pour escalader les pics. En cas de chute, on risquait seulement de rouler dans un lit d'herbe tendre. Une fois au sommet, en revanche, le regard portait si loin et le bonheur qui vous submergeait était si intense que tous les soucis s'en trouvaient à jamais balayés.

» En Chine, tout le monde rêvait de Guilin. Mais lorsque j'y arrivai enfin, je pris conscience de la petitesse de mes rêves, de la pauvreté de mon imagination. En découvrant les collines, je fus secouée à la fois de rires et de frissons. Les sommets ressemblaient à des têtes de poissons géants cherchant à s'échapper de marmites d'huile bouillante. Chaque colline cachait l'ombre d'une autre, et cela à l'infini. Il suffisait d'un infime mouvement des nuages pour qu'elles se transforment subitement en éléphants monstrueux marchant lentement vers moi. Imagine. Et la base était creusée de grottes secrètes, à l'intérieur desquelles poussaient des jardins de rocaille suspendus, imitant les formes et les couleurs de choux, de melons, de navets ou d'oignons. On y découvrait des choses incroyablement étranges et belles.

» Mais je n'étais pas venue à Guilin pour admirer ses beautés. L'homme qui était alors mon époux nous y avait conduits, avec nos bébés, dans l'espoir de nous mettre à l'abri. Il était officier du

Kuomintang et, après nous avoir installés dans une petite chambre d'une maison de deux étages, il repartit vers le nord, à Chongqing.

» Nous savions que les Japonais étaient en train de gagner, malgré ce que proclamaient les journaux. Chaque jour, chaque heure, des milliers de gens affluaient dans la ville et submergeaient les trottoirs à la recherche d'un espace vital. Il en venait de l'est, de l'ouest, du nord, du sud. Des riches, des pauvres, natifs de Canton ou de Shanghai, des régions du Nord, et pas seulement des Chinois, mais aussi des étrangers et des missionnaires de toutes les confessions. Bien entendu, il y avait également les représentants du Kuomintang et des officiers, qui se croyaient supérieurs au reste de la population.

» La ville n'était qu'un immense brassage de laissés-pour-compte. Sans les Japonais, nous aurions trouvé toutes les raisons du monde de nous bagarrer entre nous. Imagine. Des habitants de Shanghai côtoyant des paysans du Nord, des banquiers avec des coiffeurs, des pousse-pousse avec des réfugiés birmans. On trouvait toujours quelqu'un à mépriser. Peu importait que tout le monde crachât sur le même trottoir et souffrît de la même diarrhée. Nous dégagions tous la même puanteur mais chacun se plaignait de celle de son voisin. Et moi ? Oh, moi, je détestais les bruits de bouche des officiers de l'aviation américaine qui me faisaient rougir. Mais les pires étaient les paysans du Nord qui se mouchaient dans leurs doigts, bousculaient les autres et contaminaient tout le monde avec leurs sales maladies.

» Tu te rends compte maintenant combien Guilin a rapidement perdu de son charme à mes yeux. Je n'escaladais plus les collines pour m'exclamer sur leur beauté. Je me demandais seulement lesquelles étaient déjà tombées aux mains des Japonais. Je restais tapie dans les coins sombres de la maison, un bébé sous chaque bras, des fourmis dans les jambes. Quand les sirènes hurlaient pour alerter la population d'un bombardement imminent, mes voisins et moi bondissions pour nous réfugier dans les grottes comme des animaux sauvages. Mais on ne peut demeurer longtemps dans l'obscurité. Quelque chose au fond de soi commence à se flétrir et l'on éprouve vite les affres d'une personne affamée, on a faim de lumière. A l'extérieur, j'entendais les bombes. Boum ! Boum ! Et puis le grondement des rochers qui tombaient. Et, à l'intérieur, les choux et les navets du jardin de rocaille ne me fascinaient plus du tout. Je n'y voyais plus que les entrailles dégoulinantes d'une vieille colline qui risquait de s'effondrer sur moi. Peux-tu imaginer *ce* que c'est, que de vouloir être nulle part, ni dehors ni dedans, seulement nulle part et disparaître ?

» Alors, quand le grondement des bombes s'éloignait, nous émergions comme des poussins à peine éclos et nous reprenions le chemin de la ville. Et, chaque fois, j'étais surprise de retrouver les collines toujours intactes et dressées dans le ciel rougeoyant.

» J'eus l'idée du club de la Chance un soir d'été, où la chaleur était telle que même les papillons tombaient à terre, leurs ailes alourdies par l'humidité de l'air. Les moindres recoins étaient surpeuplés et irrespirables. D'insupportables odeurs montaient des égouts jusqu'à ma fenêtre et venaient inévitablement échouer sous mon nez. Des cris éclataient à toute heure du jour et de la nuit. J'ignorais s'ils provenaient d'un porc égaré en train de se faire égorger par un paysan ou d'un officier matraquant un homme déjà à demi mort inopportunément étendu en travers de son chemin. D'ailleurs je ne cherchais pas à vérifier en me penchant à la fenêtre. A quoi bon ? En tout cas c'est à ce moment que je ressentis le besoin d'inventer quelque chose qui m'aiderait à me ranimer.

» Mon idée consistait à réunir quatre femmes, une pour chaque coin de ma table de mah-jong. Je savais déjà quelles femmes je désirais convier. Toutes avaient mon âge et un visage énergique. L'une était l'épouse d'un officier, comme moi. Une autre, aux manières très raffinées, venait d'une riche famille de Shanghai mais se retrouvait presque sans ressources. La troisième était une jeune femme de Nankin, qui avait les cheveux les plus noirs que j'aie jamais vus. Sa famille était pauvre, mais elle était jolie, charmante et avait fait un bon mariage avec un homme âgé qui était mort en lui laissant de quoi vivre confortablement.

» Chaque semaine, l'une de nous organisait une réunion chez elle, dans le but de remonter nos finances et notre moral. L'hôtesse devait servir un *dianxin* spécial, un repas composé de mets supposés porter chance : des boulettes en forme de lingots d'argent, de longues nouilles de riz pour vivre longtemps, des cacahuètes bouillies pour enfanter des garçons et, bien sûr, beaucoup d'oranges portebonheur pour avoir une vie douce et bien remplie.

» Comme nous nous gâtions avec nos moyens rudimentaires ! Nous ne remarquions pas que les boulettes étaient faites de courgettes filandreuses et que les oranges étaient véreuses. Nous mangions avec retenue, non pas comme des affamées mais au contraire comme des personnes repues. Nous avions conscience de bénéficier d'un luxe que peu de gens pouvaient se permettre. Nous étions des privilégiées.

» Après nous être rempli l'estomac, nous remplissions un bol d'argent, posé dans un endroit bien en vue. Puis nous prenions place autour de la table de mah-jong. Celle-ci me venait de ma famille et était en bois rouge très parfumé, non pas ce que vous appelez ici le bois de rose mais du *hong mu*, un bois si délicat qu'il n'existe pas de mot anglais pour le désigner. Le plateau de la table avait un capitonnage épais, si bien que lorsque les *pai*, les dominos de mah-jong, étaient renversés, on n'entendait que le bruit des ivoires les uns contre les autres.

» Une fois le jeu commencé, plus personne ne parlait, sinon pour dire *peng !* ou *chi !* en ramassant un pion. Nous jouions avec sérieux sans penser à autre chose qu'à notre plaisir de gagner. Mais au bout de six tours, nous recommencions à festoyer, cette fois pour célébrer notre chance. Ensuite nous discutions jusqu'au matin, échangeant des histoires sur les bonheurs passés et ceux à venir.

» Oh, quelles jolies histoires ! Des histoires à mourir de rire. Celle du coq qui court dans la maison en chantant, perché sur les bols du dîner, les mêmes bols dans lesquels il finira le lendemain. Et l'histoire de cette fille qui écrit les lettres d'amour pour deux amies amoureuses du même homme. Et celle de cette étrangère idiote qui s'évanouit dans les toilettes en entendant exploser des pétards de fête.

Certains trouvaient que nous avions tort de festoyer chaque semaine quand tant de gens mouraient de faim en ville ou mangeaient des rats, et plus tard, les feuilles de choux dont les pauvres rats se nourrissaient habituellement. D'autres estimaient que nous étions possédées par les démons pour oser faire la fête quand nos propres familles avaient été décimées, dépossédées de leurs biens et de leurs maisons, les maris séparés de leurs femmes, les frères de leurs sœurs, les mères de leurs filles. Quelle honte ! Comment pouvions-nous rire ?

» Ne crois pas que nous n'avions pas de cœur ni d'yeux pour pleurer. Chacune avait ses propres malheurs. Mais sombrer dans le désespoir ne nous aurait pas rendu ce qui était perdu. Pourquoi prolonger l'intolérable ? Pourquoi s'entêter à regretter un manteau bien chaud qui est resté pendu sur son cintre dans une maison en cendres où ont péri tes parents ? Combien de temps peut-on garder en mémoire des images de bras et de jambes accrochés aux fils téléphoniques, ou de chiens affamés errant dans les rues avec des morceaux de chair humaine à moitié mâchée entre leurs crocs ? Qu'y avait-il de pire ? Attendre la mort avec des mines affligées ou bien rechercher l'illusion du bonheur ?

» Nous décidâmes donc de continuer de tenir nos réunions et d'agir comme si chaque semaine était une nouvelle année. Chaque semaine nous nous efforcions ainsi d'oublier nos peines passées. Nous ne nous autorisions aucune pensée triste. Notre unique préoccupation était de manger, de rire, de jouer, de raconter les meilleures histoires. Et chaque semaine nous espérions avoir de la chance au jeu et devenir prospères. Cet espoir était notre seul bonheur. Voilà d'où vient le nom de nos petites réunions. Chance et Bonheur. »

Ma mère avait l'habitude de clore son histoire sur une note gaie, en vantant sa chance au mah-jong : « Je gagnais très souvent et mes partenaires me taquinaient en disant que j'avais appris des tours avec un joueur professionnel. Je gagnais des milliers de *yuan*, mais cela ne me rendait pas riche pour autant. Loin de là. A l'époque, le papier-mon-naie ne valait strictement rien, encore moins que le papier toilette. Cela nous faisait d'ailleurs beaucoup rire, de penser qu'un billet de mille *yuan* n'était pas digne d'essuyer nos fesses. »

Je n'ai jamais imaginé que l'histoire de Guilin pût être autre chose qu'un conte chinois inventé par ma mère. La fin changeait toujours. Parfois elle concluait en disant avoir utilisé ces billets sans valeur pour acheter une demi-tasse de riz. D'autres fois le riz devenait un pot de porridge, le gruau deux pieds de porc. Les deux pieds de porc se transformaient en six œufs, les œufs en poulets. L'histoire ne cessait d'évoluer.

Et puis un soir, alors que je venais de lui deman-der de m'acheter un transistor, qu'elle avait refusé, et que j'avais boudé en silence pendant une heure, elle me dit : « Pourquoi crois-tu qu'une chose que tu n'as jamais possédée puisse te manquer ? » Après quoi elle me raconta une version totalement diffé-rente de la fin de son histoire :

« Un officier se présenta chez moi un matin de bonne heure et me conseilla de rejoindre au plus vite mon mari à Chongqing. Je compris qu'il fallait fuir Guilin. Je savais ce qu'il advenait des officiers et de leurs familles lorsque les Japonais arrivaient. Mais comment fuir ? Pas un seul train ne quittait Guilin. Mon amie de Nankin fut merveilleuse. Elle soudoya un homme pour qu'il vole une brouette servant à transporter du charbon et promit d'alerter nos autres amies.

» Je chargeai mes affaires et mes deux bébés dans la brouette et commençai mon exode vers Chongqing, quatre jours avant la prise de Guilin par les Japonais. Des nouvelles du massacre me parvinrent par les fuyards qui me dépassèrent sur la route. C'était terrible. Jusqu'au dernier jour le Kuomintang affirma que Guilin était à l'abri, sous la protection de l'armée chinoise, Mais en fin de journée, dans les rues de Guilin tapissées de journaux vantant les victoires du Kuomintang, s'entassaient, comme des poissons frais chez le marchand, des corps d'hommes, de femmes, d'enfants, qui n'avaient pas perdu espoir mais qui avaient perdu la vie. Et en apprenant ces nouvelles, je pressai l'allure, me demandant à chaque pas : étaient-ils fous ? Étaient-ils braves ?

» Je poussai ma brouette sur la route de Chongqing jusqu'au moment où la roue se brisa. Il me fallut alors abandonner ma belle table de mah-jong en *hong mu* mais, à ce moment, je n'avais plus assez d'émotivité en moi pour pleurer. Je nouai plusieurs écharpes bout à bout et suspendis mes bébés de part et d'autre de mon épaule. Dans chaque main je portais un sac, l'un rempli de vêtements, l'autre de nourriture. Je les portai jusqu'à ce que de profonds sillons se creusent dans la paume de mes mains. Et, finalement, je les lâchai l'un après l'autre, car le sang qui coulait rendait mes doigts trop glissants.

» En chemin, je m'aperçus que les autres avaient fait comme moi, laissant progressivement tomber ce qu'il leur restait d'espoir. La route était jonchée de trésors dont la valeur augmentait à chaque pas. Morceaux d'étoffes précieuses, livres, portraits d'ancêtres, outils de charpentier, cages de canetons silencieux et assoiffés. Et, encore plus loin, sur la chaussée, là où leurs propriétaires trop fatigués et sans espoir dans l'avenir les avaient abandonnées, des théières en argent. Quant à moi, en arrivant à Chongqing, j'avais tout perdu, sauf mes trois robes de soie enfilées l'une sur l'autre. »

« Que veux-tu dire par *tout perdu* ? » m'exclamai-je alors, choquée de découvrir que toute l'histoire était bien réelle.

« Qu'est-il arrivé aux bébés ?

Ma mère ne prit même pas le temps de réfléchir. Sa réponse mit un point final à l'histoire :

« Ton père n'est pas mon premier mari. Tu n'es pas ces bébés. »

En arrivant chez les Hsu, où se tient ce soir la réunion du club, la première personne que je vois est mon père. « La voilà ! Jamais à l'heure ! », clame-t-il. C'est vrai. Tout le monde est déjà là. Sept anciens amis de la famille entre soixante et soixante-dix ans. Ils lèvent la tête vers moi en riant : toujours en retard, et toujours une enfant à trente-sept ans !

Je tremble à force d'essayer de refouler quelque chose au fond de moi. La dernière fois que je les ai vus, à l'enterrement, j'étais effondrée et en larmes. À présent ils doivent se demander comment une fille comme moi peut prendre la place de ma mère. Une amie m'a un jour déclaré que nous nous ressemblions toutes les deux, que nous avions les mêmes imperceptibles gestes de mains, le même rire juvénile et le même regard en coin. Quand j'ai répété cela à ma mère, elle s'est offusquée :

« Tu ne connais pas la plus petite parcelle de moi ! Comment pourrais-tu être moi ? »

Elle avait raison. Comment puis-je être ma mère au sein du club ?

« Oncle, Tante », dis-je en saluant chacun. J'ai toujours appelé ces vieux amis de la famille Oncle et Tante.

Je m'approche de mon père. Il est en train d'examiner les photos que les Jong ont rapportées de leur récent voyage en Chine.

« Regarde celle-ci », dit-il poliment en désignant un cliché représentant un groupe de touristes debout sur un large escalier de marbre.

Rien dans la photo n'indique qu'elle a été prise en Chine plutôt qu'à San Francisco, ou dans n'importe quelle autre ville. De toute façon mon père ne regarde pas vraiment l'image. C'est comme si, à ses yeux, tout était pareil, uniforme. Il a toujours fait preuve d'une indifférence polie. Quel est donc ce mot chinois pour dire indifférence quand on ne *voit* aucune différence ? Je crois que cela dépeint assez bien le trouble dans lequel l'a plongé la mort de ma mère.

« Et regarde celle-ci », ajoute-t-il en me montrant une autre photo tout aussi neutre.

De lourdes odeurs de graillon flottent dans la maison des Hsu. Trop de plats chinois cuisinés dans une trop petite cuisine, trop de senteurs fortes comprimées dans une fine couche de graisse invisible. Je me rappelle la façon dont ma mère entrait dans les maisons ou dans les restaurants en plissant le nez et chuchotait d'une voix forte :

« Je peux voir la graisse avec mon nez. »

Je ne suis pas venue chez les Hsu depuis de nombreuses années, pourtant le salon est exactement le même que dans mon souvenir. Il y a vingt-cinq ans, lorsque tante An-mei et oncle George ont déménagé de Chinatown pour s'installer dans le Sunset district, ils ont acheté des meubles neufs. Les meubles sont encore là et presque tous ont encore l'air neuf grâce aux housses de plastique jaune. La banquette turquoise en arc de cercle recouverte de tweed gaufré. Les tables coloniales en érable massif. Une lampe en porcelaine avec de fausses craquelures. Seul le calendrier mural offert par la Banque de Canton change chaque année.

Je me souviens de tout ça parce que, quand nous étions enfants, tante An-mei nous interdisait de toucher à ses meubles neufs sauf au travers des housses transparentes. Les soirs de réunion du Club, mes parents m'amenaient chez les Hsu. En ma qualité d'aînée, j'étais chargée de veiller sur tous les enfants. Et ils étaient si nombreux qu'il y en avait toujours un qui pleurait parce qu'il s'était cogné la tête contre un pied de table.

« Tu es responsable », me disait ma mère. Ce qui signifiait que j'aurais les pires ennuis si quoi que ce soit était abîmé, brûlé, égaré, cassé ou sali. J'étais responsable, quel que soit l'auteur de la bêtise. Ma mère et tante An-mei portaient d'amusantes robes chinoises avec des cols montants rigides et des motifs de rameaux en fleurs, brodés en fils de soie sur la poitrine. À mes yeux, ces habits étaient trop fantaisistes pour de véritables Chinoises et trop bizarres pour des Américaines. À l'époque, c'est-à-dire avant que ma mère me raconte son histoire de Guilin, j'imaginais que le club de la Chance et du Bonheur était une coutume chinoise un peu honteuse, au même titre que les réunions secrètes du Ku Klux Klan ou les danses guerrières des Indiens de la télé.

Mais ce soir, plus de mystère. Les tantines du Club portent toutes des pantalons, des chemisiers imprimés brillants et différents modèles de robustes chaussures de marche. Nous sommes tous assis autour de la table de la salle à manger, sous un lustre qui ressemble à un candélabre espagnol. Oncle George met ses lunettes et ouvre la séance en lisant le procès-verbal.

« Notre capital s'élève à vingt-quatre mille huit cent vingt-cinq dollars, soit six mille deux cent six dollars par couple ou trois mille cent trois dollars par personne. Nous avons vendu des Subaru à perte, à 6,75. Nous avons acheté cent actions de Smith International à 7. Merci à Lindo et Tin Jong pour leurs gâteries. La soupe de haricots rouges était particulièrement délicieuse. La réunion de mars a été annulée. Nous avons été désolés de devoir faire nos adieux à notre très chère Suyuan et toute notre sympathie va à la famille Canning Woo.

Respectueusement, votre dévoué George Hsu, président et secrétaire. »

Et voilà. Je continue de croire qu'ils vont commencer à parler de ma mère, de la merveilleuse amitié qui les a unis, de son souvenir que je suis là pour garder vivant en devenant la quatrième à la table de mah-jong et en perpétuant l'idée qui a germé dans son esprit par une chaude journée à Guilin.

Pourtant ils se contentent d'approuver le procès-verbal d'un hochement de tête. Il me semble que la vie de ma mère vient d'être rangée comme un dossier sur une étagère. Affaire classée.

Tante An-mei se soulève de sa chaise et gagne lentement la petite cuisine pour préparer à manger. Tante Lindo, la meilleure amie de ma mère, rejoint la banquette turquoise, croise les bras et observe les hommes restés assis autour de la table. Tante Ying, qui me semble rétrécir davantage chaque fois que je la vois, ramasse son sac de tricot et en sort les premiers rangs d'un minuscule pull bleu.

Les oncles se mettent à discuter d'actions en Bourse qu'ils aimeraient acheter. Oncle Jack, le frère cadet de tante Ying, est très tenté par une société qui exploite une mine d'or au Canada.

« C'est une bonne couverture contre l'inflation », dit-il avec autorité. Il s'exprime dans un anglais parfait, presque sans accent. L'anglais de ma mère était, je crois, le pire de tous. En revanche elle se vantait de parler le chinois le plus pur : un mandarin légèrement mâtiné de dialecte de Shanghai.

Je souffle à tante Ying, d'une voix assez forte car elle est un peu sourde :

— Nous ne sommes pas censées jouer au mah-jong ?

— Plus tard, me répond-elle. Après minuit.

— Alors, mesdames, dit oncle George. Vous participez à cette réunion, oui ou non ?

Une fois que l'assemblée a voté à l'unanimité en faveur des mines d'or du Canada, je rejoins tante An-mei dans la cuisine et lui demande ce qui a poussé le club à investir en Bourse.

— Au début, nous jouions au mah-jong et le vainqueur empochait les gains. Mais c'étaient toujours les mêmes qui gagnaient et les mêmes qui perdaient, m'explique-t-elle.

Tante An-mei est en train de farcir des *huntun*, des raviolis : une farce de viande au gingembre sur une pâte fine et un rapide roulé du plat de la main pour refermer la pâte en forme de calot d'infirmière.

— Tu ne peux pas gagner contre une personne trop habile, reprend tante An-mei. Aussi, il y a longtemps, nous avons décidé d'investir dans le marché boursier. Là, il n'est pas question d'habileté. Même ta mère était d'accord.

Tante An-mei examine le plateau en face d'elle. Elle a déjà aligné cinq rangées de huit *huntun*.

— Voyons, dit-elle en se parlant à haute voix, quarante pâtés, huit personnes, dix chacun, encore cinq rangées. (Et elle recommence à farcir.) C'était une décision intelligente, poursuit-elle à mon intention. Maintenant nous pouvons perdre et gagner équitablement. Nous pouvons avoir de la chance en Bourse et nous pouvons jouer au mah-jong pour le plaisir, en misant juste quelques dollars. Le vainqueur empoche ses gains et les perdants emportent les restes du repas ! Ainsi, chacun trouve son bonheur. Subtil, hein ?

J'observe tante An-mei farcir les *huntun*. Ses doigts sont vifs et experts. Elle n'a pas besoin de réfléchir à ce qu'elle fait. C'est d'ailleurs ce dont se plaignait ma mère : tante An-mei ne réfléchissait jamais à ce qu'elle faisait.

« Ce n'est pas qu'elle soit idiote, non, m'expliqua-t-elle un jour, mais elle n'a pas de colonne vertébrale. La semaine dernière, il m'est venu une bonne idée pour elle. Je lui ai dit : allons au consulat demander les papiers pour ton frère. Elle a failli tout lâcher pour s'y rendre immédiatement. Mais ensuite elle a rencontré quelqu'un. Dieu sait qui. Et cette personne lui a affirmé que sa démarche risquait de causer de graves ennuis à son frère en Chine, que le F.B.I. mettrait son nom sur une liste noire et lui empoisonnerait sa vie en Amérique pour le restant de ses jours. Cette personne lui a dit : si vous demandez un prêt pour votre maison, on vous répondra : "Non, pas de prêt, parce que votre frère est communiste." Je lui ai rétorqué : "Tu as déjà une maison !" Mais An-mei a quand même eu peur. Tante An-mei court à droite ou à gauche, sans jamais savoir pourquoi. »

J'observe tante An-mei et je vois une petite femme courbée de plus de soixante-dix ans, avec une poitrine lourde et des jambes fines et sans forme. Elle a les bouts de doigts tendres et lisses d'une vieille femme. Je me demande ce que tante An-mei a bien pu faire pour inspirer d'incessantes critiques à ma mère. D'ailleurs ma mère s'est toujours montrée sévère à l'égard de ses amis, de moi, et même de mon père. Elle remarquait systématiquement chez les autres une carence ou un déséquilibre. Un tel ou une telle était trop ceci, pas assez cela.

Ce fameux équilibre reposait sur son interprétation très personnelle de la chimie organique. Selon la tradition, chaque individu était composé de cinq éléments.

Trop de feu, et vous aviez mauvais caractère. Comme mon père, par exemple, dont elle critiquait inlassablement la manie de fumer et qui répondait en criant qu'elle ferait mieux de se taire. Je crois qu'il se sent maintenant coupable de ne pas l'avoir laissée s'exprimer librement.

Trop peu de bois, et vous cédiez trop facilement devant les idées des autres, incapable de défendre les vôtres. C'était le cas de tante An-mei.

Trop d'eau, et vous flottiez dans toutes les directions. Comme moi, qui avais entrepris des études de biologie, puis des études de dessin, sans rien terminer, et qui avais tout laissé tomber pour travailler dans une petite agence de publicité, comme secrétaire d'abord, puis comme rédactrice.

Je rejetais ses attaques comme autant de superstitions chinoises, qui collaient un peu trop facilement aux circonstances. À l'époque de mes vingt ans, alors que je suivais des cours d'introduction à la psychologie, j'essayai de lui expliquer pourquoi elle devait éviter de trop me critiquer et en quoi ses attaques créaient un environnement malsain.

« Il existe une théorie, lui dis-je, selon laquelle les parents ne doivent pas critiquer leurs enfants. Au contraire, ils doivent les encourager. Vois-tu, les individus s'élèvent en fonction des attentes des autres. Si tu critiques quelqu'un, cela signifie que tu espères sa défaillance. »

« Voilà bien le problème, répondit ma mère. Tu ne t'élèveras jamais. Tu es trop paresseuse pour ça. Trop paresseuse pour répondre à mes espoirs. »

— À table ! annonce joyeusement tante An-mei en emportant un plat fumant.

Des montagnes de nourriture s'entassent sur la table comme dans un buffet, à l'image des fêtes de Guilin. Mon père plonge dans les légumes, qui sont présentés dans une casserole d'aluminium dispro-portionnée, entourée de petites coupelles en plastique de sauce piquante. Tante An-mei a dû acheter ça dans Clement Street. La soupe de nouilles farcies sent délicieusement bon, avec de délicates feuilles de coriandre flottant à la surface. Pour ma part, j'opte d'abord pour le plat de *charousi,* porc laqué grillé coupé en lamelles, puis pour un assortiment de ce que j'ai toujours appelé des gâteries : des beignets très fins farcis de hachis de porc, de bœuf, de crevette, et autres ingrédients inconnus désignés par ma mère sous le vocable de « matières nourrissantes ».

Manger n'a rien d'élégant, encore moins ici. On dirait que tout le monde meurt de faim. Ils enfournent de pleines cuillers dans leur bouche, engloutissent les morceaux de porc l'un après l'autre. Ils ne sont pas comme les dames de Guilin, que j'ai toujours imaginées savourant la nourriture avec une délicatesse vaguement détachée.

Ensuite, presque aussi subitement qu'ils ont commencé, les hommes se lèvent et quittent la table. En réponse les femmes picorent les restes et emportent plats et bols à la cuisine pour les plonger dans l'évier. Elles se lavent les mains à tour de rôle en les frottant vigoureusement. Qui a établi ce rituel ? J'emporte moi aussi mon assiette dans l'évier et me lave les mains. Les femmes discutent du voyage des Jong en Chine, puis s'éloignent vers le fond de l'appartement. Nous traversons une première pièce, autrefois la chambre partagée par les quatre fils Hsu. Les lits superposés, avec leurs échelles de bois marquées de coups et d'entailles, sont toujours là. Les oncles du club sont déjà installés devant la table à jeux. Oncle George distribue les cartes, très vite, avec la dextérité d'un croupier de casino. Mon père offre des Pall Mall à la ronde, une cigarette déjà plantée entre les lèvres.

Puis nous passons dans la pièce d'à côté, autrefois la chambre des trois filles Hsu. Nous étions amies depuis l'enfance. Maintenant elles ont grandi, se sont mariées. Et moi je reviens jouer dans leur chambre. À l'exception de l'odeur de camphre, rien n'a changé, comme si Rose, Ruth et Janice allaient bientôt entrer, avec leurs cheveux enroulés autour de grosses canettes de jus d'orange, et s'affaler sur leurs lits étroits. Les couvre-lits blancs sont si élimés qu'ils en deviennent presque transparents. Rose et moi avions la fâcheuse habitude d'éplucher les passementeries pendant que nous débattions de nos histoires de cœur. Rien n'a changé sauf la table de mah-jong couleur acajou qui trône au milieu de la pièce. Et, à côté, le lampadaire : un long tube de métal noir avec trois spots ovales accrochés dessus comme les larges feuilles d'un caoutchouc.

Personne ne me dit : « Assieds-toi là, c'était la place de ta mère. » Pourtant je le devine avant que quiconque se soit installé. Je sens une sorte de vide planer autour de la chaise proche de la porte. Pourtant la chaise n'est pour rien dans mon impression. C'est plutôt son emplacement par rapport à la table. Sans que personne ne me l'ait jamais dit, je sais que ma mère occupait le coin est.

« C'est à l'est que tout commence », disait-elle. « C'est à l'est que le soleil se lève, c'est de l'est que le vent souffle. »

Tante An-mei, qui est assise à côté de moi, éparpille les pièces sur le feutre vert de la table et me dit :

— Maintenant nous brassons les tuiles.

Nous les mélangeons avec nos mains dans un mouvement circulaire. Les tuiles bruissent au contact l'une de l'autre.

— Gagnes-tu autant que ta mère ? questionne tante Lindo, qui est assise face à moi.

Elle ne sourit pas.

— J'ai seulement joué un peu à la fac, avec quelques amis juifs.

— Bah ! Le mah-jong juif ! Pas la même chose, répond-elle d'un air méprisant.

C'est aussi ce que disait ma mère, sans pourtant jamais expliquer pourquoi.

— Peut-être ferais-je mieux de ne pas jouer ce soir. Je me contenterai de regarder.

Ma suggestion semble exaspérer tante Lindo. Elle me juge puérile.

— Comment pourrions-nous jouer à trois ? Ce serait aussi déséquilibré qu'une table à trois pieds. Quand le mari de tante Ying est mort, elle a demandé à son frère de se joindre à nous. Ton père t'a désignée. C'est donc décidé.

« Quelle différence existe-t-il entre le mah-jong chinois et le mah-jong juif ? » ai-je un jour questionné ma mère. Sa réponse ne m'a pas permis de déterminer si la différence résidait dans les jeux ou bien dans sa perception des Chinois et des Juifs.

« Manière de jouer complètement différente », m'a-t-elle expliqué dans son anglais laborieux. « Mah-jong juif, ils regardent seulement leurs propres tuiles, ils jouent avec leurs yeux. » Puis, passant au chinois : « Au mah-jong chinois, tu dois utiliser ta tête, ta ruse. Tu dois observer les pièces jetées par les autres et t'en souvenir. Si les joueurs jouent mal, alors le jeu ressemble au mah-jong juif. À quoi bon jouer ? Il n'y a pas de stratégie. Tu regardes juste les adversaires commettre des erreurs. »

Ce type d'explications me donnait le sentiment de parler un autre langage que le sien, ce qui était d'ailleurs le cas. Je m'adressais à elle en anglais et elle me répondait en chinois.

— Alors, quelle est la différence entre le mah-jong chinois et le mah-jong juif ?

— Oh ! s'exclame tante Lindo d'une voix faussement offusquée. Ta mère ne t'a donc rien appris ?

Tante Ying me tapote la main.

— Tu es une fille intelligente. Observe et fais comme nous. Aide-nous à empiler les tuiles et à construire quatre murs.

Je suis le conseil de tante Ying, mais observe surtout tante Lindo. Elle est la plus rapide, ce qui me permet, en l'imitant, de rester à peu près au niveau des autres. Tante Ying jette le dé et on m'explique que tante Lindo est devenue Vent d'est et moi Vent du nord, la dernière à jouer. Tante Ying est Vent du sud et tante An-mei Vent d'ouest. Puis nous commençons à prendre les tuiles en jetant les dés et en comptant le nombre de points pour choisir les tuiles sur le mur désigné. Après quoi j'ordonne mes pièces, en séquence de bambous et de cercles, paires de caractères numérotés, et tuiles orphelines.

— Ta mère était la meilleure. Une vraie professionnelle, remarque tante An-mei en classant lentement ses pièces et considérant chacune avec soin.

Le jeu commence. Nous regardons nos réglettes, rejetons des tuiles, en choisissons d'autres. Maintenant, les tantes du club de la Chance parlent peu et s'écoutent à peine. Elles s'expriment dans un langage qui leur est propre, moitié mauvais anglais, moitié dialecte chinois. Tante Ying remarque qu'elle a acheté du fil à bas prix, quelque part sur un grand boulevard. Tante An-mei se vante d'un pull tricoté pour le dernier-né de sa fille Ruth. « Elle croyait que je l'avais acheté dans une boutique », précise-t-elle fièrement.

Tante Lindo explique comment elle s'est mise en colère contre un vendeur qui refusait de lui échanger une jupe dont la fermeture Eclair était cassée.

— J'étais *Qisile,* dit-elle encore toute bouillonnante. Folle de rage, folle à en mourir.

— Mais, Lindo, tu es toujours avec nous, tu n'es pas morte, la taquine tante Ying.

Mais pendant qu'elle rit, tante Lindo crie « *Peng !* », puis « *Mah-jong !* », en étalant ses tuiles. Elle éclate de rire à son tour et compte ses points. Nous brassons à nouveau les pièces et le calme revient. Je commence à m'ennuyer et à m'endormir.

— J'ai une histoire à vous raconter, intervient tante Ying d'une voix forte qui nous fait sursauter.

Tante Ying a toujours été bizarre, perdue dans son monde. Ma mère disait à son sujet : « Tante Ying n'est pas difficile à entendre. Elle est difficile à écouter. »

— La police a arrêté le fils de Mrs. Emerson, samedi dernier, poursuit tante Ying, fière d'annoncer la nouvelle la première. Mrs. Chan m'a prévenue à l'église. Ils ont trouvé trop de téléviseurs dans sa voiture.

— *Aii-ya,* Mrs. Emerson est une brave femme, réplique vivement tante Lindo, signifiant ainsi que Mrs. Emerson ne mérite pas un si vilain fils.

Mais cela vise également tante An-mei, dont le plus jeune fils a lui aussi été arrêté, il y a deux ans, pour trafic d'autoradios. Tante An-mei caresse doucement une de ses tuiles avant de s'en défausser. Elle semble peinée.

— Tout le monde possède la télévision, en Chine, de nos jours, remarque tante Lindo pour changer de sujet. Et pas seulement en noir et blanc, mais en couleurs ! Ils ont tout. Si bien que lorsqu'on leur demande ce qu'ils désirent, ils répondent « rien ». Comme si notre visite seule leur suffisait. Mais nous leur avons quand même acheté des cadeaux. Des vidéos et des Walkman pour les enfants. Ils ont protesté, mais je crois que ça leur a fait plaisir.

La pauvre tante An-mei caresse ses tuiles de plus en plus fort. Je me rappelle les propos de ma mère au sujet du voyage en Chine des Hsu, il y a trois ans. Tante An-mei avait économisé deux mille dollars pour la famille de son frère et montré à ma mère le contenu de ses pesantes valises. L'une débordait de friandises, de noix de cajou enrobées

de sucre, de boîtes de chocolat instantané, de gui-
mauves. L'autre, paraît-il, contenait les vêtements
les plus ridicules : clinquantes tenues de plage cali-
forniennes, casquettes de base-ball, pantalons de
coton avec ceintures élastiques, blousons d'aviateur,
sweat-shirts universitaires, chaussettes de sport.

Ma mère s'était étonnée : « Qui veut ces choses
inutiles ? Ils préfèrent de l'argent. » Mais tante An-
mei avait répondu que son frère était très pauvre,
et eux si riches en comparaison. Elle avait donc
négligé l'avis de ma mère et emporté en Chine ses
lourdes valises et ses deux mille dollars. Lorsque
leur groupe organisé s'était enfin arrêté à Hangzhou, toute la famille était venue de Ning-bo pour
les accueillir. Pas seulement le jeune frère de tante
An-mei, mais aussi les demi-frères de sa femme, ses
demi-sœurs, une cousine éloignée et le mari de sa
cousine, ainsi que l'oncle du mari. Et tous avaient
également amené leurs belles-mères et leurs enfants,
et même certains amis de leur village qui n'avaient
pas la chance de pouvoir s'enorgueillir de cousins
américains.

À en croire ma mère, « tante An-mei pleura avant
son départ pour la Chine à la pensée qu'elle allait
rendre son frère riche et heureux, selon les critères
communistes. Et elle pleura à son retour parce que,
là-bas, tout le monde avait tendu la main et qu'elle
seule était repartie les mains vides ».

Ma mère vit ses soupçons confirmés. Les sweat-
shirts n'intéressèrent personne, les bonbons disparurent en un rien de temps et, une fois les valises
vidées, les parents demandèrent aux Hsu ce qu'ils
avaient apporté d'autre.

Tante An-mei et oncle George furent délestés, non seulement de deux mille dollars de téléviseurs et de réfrigérateurs, mais aussi d'une nuit d'hôtel pour trente-six personnes à *l'Hôtel panoramique du Lac,* un repas de banquet dans un restaurant pour riches touristes étrangers, trois cadeaux personnalisés pour chacun des trente-six parents et, pour finir, un prêt de cinq mille *yuan* en devises étrangères à l'oncle d'un cousin qui désirait s'acheter une mobylette mais qui disparut pour de bon avec l'argent. Le lendemain, lorsque le train quitta Hangzhou, les Hsu se retrouvèrent allégés de quelque neuf mille dollars. Quelques mois plus tard, à l'issue d'une messe de Noël très fervente à la Première Église baptiste chinoise, tante An-mei tenta de trouver une compensation à ses pertes en déclarant qu'il était plus chrétien de donner que de recevoir. Ma mère acquiesça, en remarquant que sa vieille amie avait accompli assez de bienfaits pour au moins plusieurs vies.

En écoutant tante Lindo vanter les vertus de sa famille en Chine, je comprends qu'elle a oublié le chagrin de tante An-mei. Tante Lindo est-elle méchante, ou bien ma mère n'a-t-elle jamais raconté à quiconque en dehors de moi la honteuse histoire des cousins cupides de tante An-mei ?

— Alors, Jing-mei, tu continues tes études ? questionne tante Lindo.

— Son nom est June. On les appelle tous par leur nom américain, intervient tante Ying.

— Cela ne fait rien, dis-je.

Et je le pense vraiment. En réalité, il devient même à la mode pour les Sino-Américains d'utiliser leur nom chinois.

— Non, j'ai terminé mes études. Il y a plus de dix ans maintenant.

Tante Lindo lève les sourcils.

— Alors je dois confondre avec la fille de quelqu'un d'autre.

Mais je sais qu'elle ment. Je sais que ma mère lui a probablement dit que j'étais retournée à l'université terminer mon diplôme, parce que, il y a quelque temps, six mois très exactement, nous nous sommes disputées au sujet de mon échec, mon « abandon d'études » et de mon éventuel retour pour passer les examens.

Une fois de plus j'avais dit à ma mère ce qu'elle souhaitait entendre : « Tu as raison, je vais m'en occuper. »

Je partais toujours du postulat d'une compréhension tacite entre nous sur ces choses : elle ne me considérait pas vraiment comme une perdante et j'étais sincère en promettant de prendre en compte son opinion. Mais la remarque de tante Lindo me donne à réfléchir. À la vérité, ma mère et moi ne nous sommes jamais réellement comprises. Chacune traduisait les paroles de l'autre, et j'entendais moins que ce qui était dit, tandis que ma mère en entendait plus. Nul doute qu'elle ait confié à tante Lindo que je m'apprêtais à retourner à l'université passer mon doctorat.

Tante Lindo et ma mère étaient des amies très proches et de grandes rivales, qui passaient leur temps à comparer leurs enfants. J'étais d'un mois plus âgée que Waverly Jong, la fille chérie de tante Lindo. Bébés, nos mères comparaient déjà les plis de nos nombrils, le dessin de nos oreilles, puis notre vitesse de cicatrisation lorsque nous nous écorchions

les genoux, la robustesse et la noirceur de nos cheveux, le nombre de chaussures que nous usions par
an. Plus tard, on vanta le don de Waverly pour les
échecs, les trophées qu'elle gagnait, le nombre de
journaux ayant cité son nom, le nombre de villes
qu'elle visitait.

Je sais combien ma mère souffrait d'entendre
tante Lindo conter les prouesses de sa fille alors
qu'elle n'avait rien à lui opposer. Au début, ma mère
tenta de cultiver en moi un génie artistique enfoui.
Elle fit des heures de ménage chez un vieux professeur de piano en retraite qui habitait sur le même
palier contre des leçons et l'usage de son piano pour
m'exercer. Mon avenir de concertiste (ou même de
simple accompagnatrice pour le chœur des enfants
de la paroisse) ayant tourné court, elle déclara que
j'étais de floraison tardive, comme Einstein, que
tout le monde considéra comme un attardé jusqu'à
ce qu'il découvrît une bombe.

Maintenant c'est tante Ying qui fait mah-jong,
aussi comptons-nous les points pour recommencer
une autre partie.

— Saviez-vous que Lena avait déménagé à
Westwood ? lance tante Ying à la cantonade avec
une fierté évidente, les yeux baissés sur les tuiles.
(Puis son sourire s'efface et elle se force à plus de
modestie.) Bien entendu, ce n'est pas la plus belle
maison du voisinage, ni une maison à un million
de dollars. Pas encore. Mais c'est un bon investissement. Et c'est mieux que de payer un loyer ou de
risquer d'être expulsé.

Maintenant je sais que Lena, la fille de tante Ying,
lui a parlé de mon éviction de Russian Hill. Bien

que Lena et moi soyons toujours amies, nous avons grandi tout naturellement dans la prudence sur le chapitre des confidences. Le moindre propos revenant toujours déformé. C'est le problème éternel des cercles fermés.

— Il est tard, dis-je à la fin du tour.

Je me lève, mais tante Lindo me repousse sur ma chaise.

— Reste, reste. Parlons un peu, il faut que nous refassions connaissance. Ça fait si longtemps.

Je sais que c'est un geste de politesse de la part des tantes du club, une protestation de pure forme, car elles sont aussi impatientes de me voir partir que moi de m'en aller.

— Non, vraiment, dis-je. Je dois partir. Merci, merci.

— Mais tu dois rester ! Nous avons une chose importante à t'apprendre. À propos de ta mère, s'exclame tante Ying de sa voix trop forte.

Les autres prennent un air gêné, comme si elles n'avaient pas prévu cette méthode intempestive pour m'apprendre de mauvaises nouvelles.

Je m'assois. Tante Lindo s'esquive rapidement et revient avec un bol de cacahuètes, puis referme la porte. Un silence. Personne ne semble savoir par où commencer.

Tante Ying se jette à l'eau.

Je crois que ta mère est morte avec une grande préoccupation dans son esprit, commence-t-elle dans un anglais hésitant, avant de poursuivre plus tranquillement en chinois. Ta mère était une femme très forte, une bonne mère. Elle t'aimait énormément, plus que sa propre vie. C'est pourquoi tu dois comprendre

40

qu'une mère comme elle n'a jamais pu oublier ses autres filles. Elle les savait en vie et espérait les retrouver en Chine avant de mourir.

« Les bébés de Guilin », me dis-je. Je n'étais pas ces bébés. Les bébés accrochés à un foulard sur ses épaules. Ses autres filles. J'ai l'impression d'être transportée à Guilin au milieu des bombardements et de voir ces enfants au bord de la route, leur petit pouce rougi devant leur bouche, pleurant pour être recueillies. Quelqu'un les emporte. Elles sont vivantes. Et maintenant ma mère m'abandonne pour retourner en Chine les chercher. La voix de tante Ying me parvient à peine.

— Elle a cherché pendant des années, envoyé des centaines de lettres. Et, l'année dernière, on lui a communiqué une adresse. Elle s'apprêtait à en parler à ton père. *Aii-ya,* quel malheur. Toute une vie à attendre.

Tante An-mei intervient d'une voix excitée :

— Alors, tes tantes et moi avons écrit à cette adresse. En disant qu'une certaine personne, ta mère, désirait contacter d'autres personnes. Et ces personnes nous ont répondu. Ce sont tes sœurs, Jing-mei.

Mes sœurs. Je me répète ces deux mots, que je prononce pour la première fois. Ensemble.

Tante An-mei tient une feuille de papier, fine comme de la soie. Des rangées de caractères chinois parfaitement tracés à l'encre bleue s'y alignent verticalement. Un mot est brouillé. Une larme ? Je saisis la lettre d'une main tremblante, émerveillée par le talent de mes sœurs qui sont capables de lire et d'écrire le chinois.

Les tantines me sourient, comme à une mourante revenue miraculeusement à la vie. Tante Ying
me tend une seconde enveloppe, à l'intérieur de
laquelle se trouve un chèque de mille deux cents
dollars à l'ordre de June Woo. Je n'en crois pas mes
yeux.

— Mes sœurs m'envoient de l'argent ?

— Non, non, se moque tante Lindo d'une voix
légèrement agacée. Chaque année nous mettons de
côté nos gains de mah-jong pour nous offrir un festin dans un bon restaurant. Ta mère gagnait la plupart des parties, cet argent lui appartient donc. Nous
avons juste ajouté un peu pour que tu puisses aller
à Hong Kong et prendre un train jusqu'à Shanghai
pour rencontrer tes sœurs. D'ailleurs, pas besoin de
restaurant, nous sommes déjà assez grosses comme
ça, conclut-elle en se tapotant l'estomac.

— Rencontrer mes sœurs.

Je bafouille. Cette perspective m'intimide. J'essaie d'imaginer ce qui m'attend. Et le mensonge de
mes tantes au sujet de ce prétendu banquet de fin
d'année pour masquer leur générosité m'embar-
rasse. Je me mets à pleurer, sanglotant et riant à la
fois, émue par cette loyauté à l'égard de ma mère
que je découvre mais que je ne comprends pas.

— Tu dois voir tes sœurs et leur apprendre la
mort de votre mère. Mais, plus important, tu dois
leur parler de sa vie. La mère qu'elles n'ont pas
connue, tu dois la leur raconter.

— Voir mes sœurs, leur parler de ma mère, dis-je
en hochant la tête. Quoi leur dire ? Que puis-je leur
raconter au sujet de ma mère ? Je ne sais rien. Elle
était ma mère.

Les tantes me regardent comme si je venais de perdre la raison devant leurs yeux.

— Tu ne connais pas ta propre mère ? s'écrie tante An-mei d'un air incrédule. Comment peux-tu dire ça ? Ta mère était dans ta chair !

— Raconte à tes sœurs votre vie ici, comment votre famille a évolué, suggère tante Lindo.

— Raconte-leur les histoires que ta mère t'a apprises, les leçons qu'elle t'a enseignées, ce que tu sais de sa façon de penser qui est devenue la tienne, ajoute tante Ying. Ta mère était une femme très intelligente.

D'autres « Dis-leur, raconte-leur » s'élèvent.

— Sa gentillesse.

— Son intelligence.

— Son sens du devoir envers la famille.

Ses espoirs, les choses qui comptaient pour elle.

— Les bons petits plats qu'elle savait cuisiner.

— Voyons, une fille qui ne connaît pas sa propre mère !

Brusquement je comprends. Elles ont peur. À travers moi ce sont leurs propres filles qu'elles voient, tout aussi ignorantes et aveugles des vérités et des espérances qu'elles ont apportées de Chine en Amérique. Elles voient des filles qui s'impatientent quand leurs mères discutent en chinois, qui les trouvent ridicules quand elles parlent dans leur anglais fracturé, qui ne donnent pas la même définition à chance et à bonheur. Elles voient que leur club ne signifie rien pour des esprits américains. Elles voient des filles qui donneront naissance à des petits-enfants sans que rien ne soit transmis d'une génération à l'autre.

— Je leur raconterai tout, dis-je simplement.

Et les tantes me dévisagent d'un air perplexe. Alors j'ajoute, d'un ton plus ferme :

— Je me souviendrai de tout et je leur rapporterai.

Peu à peu, l'une après l'autre, elles sourient et me tapent la main. Pourtant un trouble persiste, comme un déséquilibre. Et en même temps elles espèrent que ma promesse se concrétisera. Que veulent-elles de plus ? Que puis-je leur promettre de mieux ?

Elles reviennent à leurs cacahuètes douces et à leurs histoires. Elles redeviennent petites filles, rêvent des temps heureux du passé et des temps heureux à venir. Un frère de Ningbo qui fait pleurer sa sœur en lui remboursant neuf mille dollars plus les intérêts. Un fils cadet qui réussit si bien dans le commerce des téléviseurs et des stéréos qu'il expédie des surplus en Chine. Une fille dont les bébés nagent comme des poissons dans leur piscine de Woodside. De si jolies histoires. Les meilleures. Des histoires de chance, des histoires de bonheur.

Et moi j'occupe la place de ma mère à la table de mah-jong, l'est, là où toute chose commence.

An-Mei Hsu

LA CICATRICE

Lorsque j'étais petite fille, en Chine, ma grand-mère m'expliqua que ma mère était un fantôme. Cela ne signifiait pas qu'elle était morte. À l'époque, on appelait fantôme tout ce dont il était interdit de parler. Je compris que Popo souhaitait me voir oublier ma mère, et c'est ainsi que mes souvenirs d'elle s'effacèrent. Ma vie débuta dans la grande maison de Ningbo, avec ses couloirs froids et ses grands escaliers. C'était la maison familiale de mon oncle et de ma tante, où je vivais avec Popo et mon petit frère.

Mais on me racontait souvent des histoires de fantômes qui enlevaient des enfants, surtout les petites filles têtues et désobéissantes. Popo clamait souvent à qui voulait l'entendre que mon frère et moi étions sortis des entrailles d'une oie stupide, deux œufs dont personne ne voulait, pas même assez bons pour agrémenter un bol de riz. Popo disait cela pour écarter les fantômes de nous. J'en déduis que nous lui étions précieux.

Toute ma vie, Popo m'effraya. Et ma peur s'accrut encore lorsqu'elle tomba malade. C'était en 1923, j'avais neuf ans. Popo s'était mise à enfler comme une courge trop mûre. Sa chair ramollie et gâtée sentait mauvais. Malgré cette puanteur, elle m'appelait dans sa chambre et me racontait des histoires que je ne pouvais comprendre. « An-mei, disait-elle en utilisant mon nom d'écolière, écoute attentivement. »

L'une de ces histoires parlait d'une fille gourmande dont le ventre se mit un jour à grossir, grossir. La fille s'empoisonna après avoir refusé de révéler de qui était l'enfant qu'elle portait. Quand les moines lui ouvrirent le ventre, ils découvrirent un gros melon d'hiver tout blanc.

« Si tu es gourmande, au fond de toi il y a toujours quelque chose qui te rend affamée », moralisait Popo à mon intention.

Il y avait aussi l'histoire de cette fille qui refusait d'écouter ses aînés. Un jour, cette mauvaise fille secoua si vigoureusement la tête pour refuser une simple requête de sa tante qu'une petite boule blanche tomba de son oreille, et tout son cerveau se déversa, aussi clair que du bouillon de poulet.

« Tes pensées personnelles sont si occupées à nager à l'intérieur, que toute autre chose peut les en expulser », concluait Popo.

Avant de s'affaiblir complètement et de perdre l'usage de la parole, Popo m'attira à son chevet pour me parler de ma mère.

« Ne prononce jamais son nom », me recommanda-t-elle. « Prononcer son nom, c'est cracher sur la tombe de ton père. »

Le seul père que je connaissais était un grand portrait accroché dans le hall principal. Grand, sévère, mécontent de rester figé sur ce mur, son regard me suivait partout dans la maison. Même de ma chambre, au bout du couloir, je voyais ses yeux m'observer. Popo affirmait qu'il surveillait mes moindres irrévérences. Aussi, parfois, lorsque j'avais jeté des cailloux à d'autres enfants, ou perdu un livre par inattention, je passais rapidement devant mon père avec un air innocent et me cachais dans un coin de ma chambre où il ne pouvait m'apercevoir.

À l'inverse de mon petit frère, notre maison me paraissait bien triste. Lui prenait plaisir à traverser la cour à bicyclette, à poursuivre les poulets et les autres enfants, riant de ceux qui piaillaient le plus fort. Dans la maison trop calme, il sautait à pieds joints sur les beaux sofas en duvet de l'oncle et de la tante, quand ils sortaient rendre visite à des amis du village.

Pourtant la joie de vivre de mon petit frère finit elle aussi par disparaître. Par une chaude journée d'été, alors que Popo était au plus mal, nous nous tenions dans la cour pour regarder passer une procession funèbre. Juste devant notre grille, le lourd portrait encadré du défunt se décrocha et tomba dans la poussière. Une vieille femme cria et s'évanouit. Mon frère éclata de rire et Tante le gifla.

Ma tante, qui s'énervait toujours contre les enfants, lui reprocha de manquer de *limao*, de respect pour les ancêtres et la famille, exactement comme notre mère. La langue de Tante était aussi aiguisée que des ciseaux mordant la soie. Mon frère la foudroya d'un regard noir. Elle déclara que notre mère était si insouciante qu'elle s'était enfuie vers le nord, sans emporter les meubles de sa dot, ni les dix paires de baguettes en argent, et sans même se recueillir sur la tombe de son mari et de nos ancêtres. Mon frère accusa Tante d'avoir chassé notre mère en l'effrayant, mais elle rétorqua que notre mère avait épousé un certain Wu Tsing, qui avait déjà une femme, deux concubines et d'autres méchants enfants.

Et quand mon frère cria à Tante qu'elle parlait comme un poulet sans tête, elle le poussa contre la grille et lui cracha au visage.

« Tu me lances de grands mots, mais tu n'es rien », gronda-t-elle. « Tu es le fils d'une mère si irrespectueuse qu'elle est devenue une *ni*, traître à ses ancêtres. Qui est tombée si bas que le démon lui-même doit se pencher pour la voir. »

C'est à ce moment que la signification des histoires de Popo me frappa. Des leçons à apprendre. « Quand tu perds la face, disait souvent Popo, c'est comme de laisser tomber ton collier au fond d'un puits. Le seul moyen de le rattraper est de tomber derrière lui. »

Je me mis alors à imaginer ma mère, une femme insouciante qui riait en secouant la tête, qui piquait joyeusement ses baguettes dans une coupe de fruits sucrés, heureuse de s'être libérée de Popo, de son sévère mari accroché au mur, et de ses deux enfants désobéissants. J'étais triste qu'elle fût ma mère, et triste qu'elle nous eût abandonnés. Voilà quelles étaient mes pensées, tandis que je me cachais dans le recoin de ma chambre, à l'abri du regard de mon père.

Lorsqu'elle arriva, je me trouvais assise en haut des marches. Je sus que c'était ma mère alors qu'aucune image d'elle n'était restée dans mon souvenir. Elle se tenait sur le seuil, son visage plongé dans la pénombre. Elle était beaucoup plus grande que Tante, presque autant que mon oncle. Et puis elle avait une allure étrange, comme ces dames missionnaires de l'école, si insolentes et autoritaires dans leurs chaussures trop grandes, leurs habits étrangers, leurs cheveux courts.

Tante détourna vivement la tête, ne l'appela pas par son nom et ne lui offrit pas de thé. Une vieille servante s'éclipsa furtivement, la mine renfrognée. J'essayai de rester immobile, mais mon cœur bondissait comme un criquet cherchant à s'échapper d'une cage. Ma mère dut l'entendre car elle leva les yeux. Alors je découvris mon propre visage qui me regardait. Des yeux grands ouverts qui voyaient trop de choses.

Dans la chambre de Popo, comme ma mère approchait du lit, Tante protesta : « Trop tard, trop tard. » Mais cela n'arrêta pas ma mère.

« Reviens, reste, murmura-t-elle à Popo. Nüer est là. Ta fille est revenue. » Malgré ses yeux ouverts, l'esprit de Popo s'échappait dans toutes les directions, ne se fixait sur rien. Sinon elle aurait levé les deux bras pour chasser sa fille de la chambre.

J'observais ma mère, que je voyais pour la première fois, cette jolie femme à la peau blanche et au visage ovale, ni trop rond comme celui de Tante, ni trop aigu comme celui de Popo. Je remarquai son long cou blanc, pareil à celui de l'oie. Je vis qu'elle semblait flotter d'avant en arrière comme un fantôme, effleurant de ses vêtements légers la figure bouffie de Popo. Les yeux plongés dans les siens, elle laissa échapper quelques gémissements anxieux. Je la dévisageais, pourtant ce fut sa voix qui me troubla, un son surgi d'un rêve oublié.

Plus tard dans l'après-midi, lorsque je revins dans ma chambre, elle était là. Debout. Et parce que Popo m'avait adjurée de ne pas prononcer son nom, je restai muette. Elle prit ma main, me conduisit jusqu'au sofa, et s'assit avec moi comme si nous avions toujours fait cela.

Ma mère commença par dénouer mes tresses et lissa mes cheveux à longs coups de brosse.

« An-mei, as-tu été une bonne fille ? » demanda-t-elle avec un sourire.

Je lui opposai un visage impassible, mais au fond de moi je tremblais. J'étais la fille dont le ventre renferme un melon d'hiver incolore.

« An-mei, tu sais qui je suis », reprit-elle, un léger reproche dans la voix. Cette fois, je n'osai même pas la regarder, de peur que mon crâne n'éclate et que ma cervelle ne s'écoule par mon oreille.

Elle cessa de me coiffer, et je sentis ses longs doigts lisses glisser sous mon menton, à la recherche de la cicatrice. Je me raidis sous la caresse insistante. Ses doigts faisaient resurgir le passé dans ma chair. Puis sa main retomba, elle fondit en larmes et serra les bras autour de son propre cou. Ses pleurs étaient une longue plainte triste. Et sa voix raviva mon rêve.

J'avais quatre ans. Mon menton arrivait juste au-dessus du niveau de la table. Perché sur les genoux de Popo, mon petit frère pleurait de colère. Des voix s'exclamaient sur une soupe fumante que l'on venait de servir, des voix murmuraient poliment : « *Quing ! Quing !* » — Je vous en prie, mangez !

Puis les voix se turent. Mon oncle se leva de sa chaise. Tout le monde se tourna vers la porte où se tenait une femme de haute taille. Je fus la seule à parler.

« Maman ! » J'avais crié, sautant de ma chaise, mais ma Tante me gifla et me força à me rasseoir. Maintenant tout le monde était debout et vociférait. Je reconnus la voix de ma mère : « An-mei, An-mei ! » Et puis, par-dessus le vacarme, les cris stridents de Popo.

« Quel est ce fantôme ? Pas une veuve honnête. Une simple concubine numéro trois. Si tu prends ta fille, elle deviendra comme toi. Sans visage. Incapable de redresser la tête. »

Pourtant ma mère continuait de m'appeler. J'entends sa voix si clairement, à présent. « An-mei ! An-mei ! » Elle se tenait de l'autre côté de la table. Entre nous se dressait la lourde soupière sur son socle en tuyau de cheminée, qui oscillait lentement. Et puis, subitement, la soupe brûlante se renversa sur mon cou. Ce fut comme si toute la colère des autres se répandait sur moi.

C'est une douleur atroce dont un petit enfant ne devrait jamais avoir à se souvenir. Mais elle est là, ancrée dans ma chair. Je poussai un hurlement, qui s'éteignit vite car la brûlure me coupa le souffle.

Le choc m'empêchait de parler. Les larmes qui cherchaient à balayer la douleur m'empêchaient de voir. Mais les pleurs de ma mère continuaient de me parvenir. Popo et Tante crièrent. Puis la voix de ma mère s'éloigna.

Plus tard, cette nuit-là, Popo s'adressa à moi. « An-mei, écoute attentivement. » Elle employait le même ton grondeur que lorsque je courais dans le couloir. « An-mei, tes vêtements et tes chaussures mortuaires sont prêts. Ils sont en coton blanc. »

J'écoutais, terrifiée.

« An-mei, murmura Popo plus gentiment, tes vêtements mortuaires sont très simples, sans ornements, parce que tu es encore une enfant. Si tu meurs, ta vie aura été très courte et tu auras une dette envers ta famille. Tes funérailles seront réduites. Notre deuil durera très peu de temps. »

À cela Popo ajouta quelque chose de pire que la douleur de mon cou.

« Même ta mère a épuisé ses larmes et quitté la maison. Si tu ne guéris pas rapidement, elle t'oubliera. »

Popo était très rusée. Je revins bien vite de l'autre monde pour retrouver ma mère.

Je pleurais toutes les nuits, si bien que mes yeux me brûlaient autant que mon cou. Popo veillait à mon chevet. Elle versait sur ma gorge de l'eau fraîche, contenue dans la coupelle d'un demi-pamplemousse. Elle en versait jusqu'à ce que mon souffle s'apaise et que je sombre dans le sommeil. Au matin, Popo utilisait ses longs ongles comme des pinces à épiler pour ôter les peaux mortes.

En l'espace de deux années, ma cicatrice s'estompa et le souvenir de ma mère s'effaça. C'est ainsi que cela se passe avec les blessures. La plaie se referme sur elle-même pour enfouir la douleur. Et une fois refermée, on ne distingue plus ce qui a déclenché la souffrance.

J'avais vénéré cette mère dans mon rêve. Mais la femme qui se tenait au chevet de Popo n'était pas la mère de mon rêve. Pourtant j'en vins à l'aimer tout autant. Non parce qu'elle me supplia de lui pardonner, car elle ne le fit pas. Elle n'eut pas besoin d'expliquer que Popo l'avait chassée de la maison alors que j'étais mourante. Je le savais. Elle n'eut pas besoin de m'apprendre qu'en épousant Wu Tsing elle avait troqué un malheur contre un autre. Je le savais aussi.

Voilà comment mon amour pour elle naquit. Comment je décelai en elle ma propre nature. Ce qui était inscrit en moi, dans mes os.

Il était tard, ce soir-là, lorsque je pénétrai dans la chambre de Popo. Tante m'annonça que la mort de Popo approchait et que je devais me montrer respectueuse. J'enfilai une robe propre et me postai entre mon oncle et ma tante, au pied du lit. Je pleurai un peu, doucement.

Ma mère se tenait de l'autre côté de la pièce. Calme et triste. Elle préparait un breuvage, malaxant des herbes et des médecines dans un pot fumant. Puis elle retroussa sa manche, approcha un couteau effilé de la chair la plus tendre de son bras. Je tentai en vain de fermer les yeux.

Elle découpa un morceau de sa chair. Des larmes inondèrent ses joues, du sang coula sur le sol.

Ma mère prit le morceau de chair et le mit dans le breuvage. Elle utilisait une recette magique de l'ancienne tradition pour tenter de guérir sa mère. Elle entrouvrit la bouche de Popo, déjà trop serrée à force d'essayer de retenir son esprit, et lui fit avaler la soupe. Mais Popo succomba la nuit même.

Malgré mon jeune âge, j'eus conscience de la souffrance de ma mère dans sa chair et de la valeur de cette souffrance.

Voilà comment une fille honore sa mère. Au plus profond de son corps, dans ses os. La douleur de la chair n'est rien. La douleur doit être surmontée. Parce que, parfois, elle est le seul moyen de se rappeler ce que l'on a en soi. On doit peler sa propre peau, celle de sa mère, et celle de sa mère avant elle. Jusqu'à ce qu'il n'y ait plus rien. Ni cicatrice, ni peau, ni chair.

LINDO JONG

LA CHANDELLE ROUGE

J'ai un jour sacrifié ma vie afin d'honorer la promesse de mes parents. Cela ne représente rien à tes yeux, bien sûr, car pour toi les promesses ne signifient rien. Une fille peut promettre de venir dîner, mais si elle a la migraine, si elle rencontre un embouteillage, si un film l'intéresse à la télévision, elle oublie sa promesse.

J'ai regardé le même film, le soir où tu n'es pas venue. Le soldat américain promet à la jeune fille de revenir l'épouser. Elle pleure, naïve, et lui assure : « C'est promis, chérie. Ma parole vaut de l'or ! » Et il la couche sur le lit. Mais il ne revient pas. Son or est comme le tien, il ne fait que quatorze carats.

Pour les Chinois, quatorze carats ce n'est pas de l'or. Soupèse mes bracelets. Ils font vingt-quatre carats. C'est de l'or pur. Dedans et dehors.

Il est trop tard pour te changer, mais je m'inquiète pour ton bébé. Je redoute qu'un jour elle dise : « Merci, grand-mère, pour ton bracelet en or, je ne t'oublierai jamais », et que, plus tard, elle oublie sa promesse. Elle oubliera qu'elle a eu une grand-mère.

Dans ce même film de guerre, le soldat américain rentre chez lui et se jette aux pieds d'une autre jeune fille pour lui demander de l'épouser. La jeune fille ouvre de grands yeux étonnés et intimidés, comme si l'idée ne l'avait jamais effleurée auparavant, puis, brusquement, elle le regarde bien en face et comprend combien elle l'aime, si fort qu'elle en pleurerait. « Oui », acquiesce-t-elle enfin, et ils se marient pour toujours.

Cela n'a pas été mon cas. Pour moi, la marieuse du village s'est adressée à ma famille alors que je n'avais que deux ans. Personne ne me l'a raconté, je me souviens de tout. C'était l'été, un été très chaud et poussiéreux. Les cigales chantaient dans la cour. Nous nous tenions sous les arbres du verger. Les domestiques et mes frères cueillaient des poires au-dessus de ma tête. J'étais assise dans les bras chauds et moites de ma mère, chassant de la main un petit oiseau avec des cornes et des ailes multicolores fines comme du papier, qui voletait devant moi. Soudain l'oiseau de papier disparut et je vis deux dames. Je me les rappelle bien car l'une d'elles produisait des sons mouillés avec sa bouche. Shrrr, Shrrr. Plus tard, je sus que c'était l'accent pékinois, qui sonnait de si étrange façon aux oreilles des gens de Taiyuan.

Les deux dames m'observaient sans parler. Celle à la voix mouillée avait un visage peint qui se brouillait. L'autre avait la figure desséchée d'un vieux tronc d'arbre. Elle me regarda en premier, avant de se tourner vers la femme peinte.

Bien sûr, je sais maintenant que la femme tronc d'arbre était la vieille marieuse du village et que l'autre était Huang Taitai, la mère du mari que l'on me destinait. Les Chinois qui prétendent que les petites filles n'ont pas de valeur ont tort. Tout dépend du genre de la petite fille. En ce qui me concerne, ma valeur était visible. J'avais l'apparence et l'odeur d'un délicieux petit pain sucré, avec une belle couleur de propre.

La marieuse vanta mes mérites : « Un cheval de labour pour un mouton. Voilà une bonne combinaison. » Elle me tapota le bras, je lui repoussai la main. Huang Taitai murmura de sa voix liquide que, peut-être, je possédais un exceptionnel mauvais *piqi*, un mauvais caractère. Mais la marieuse éclata de rire en disant : « Mais non, mais non. C'est un cheval costaud. Elle deviendra une solide travailleuse qui vous servira dans votre grand âge. »

C'est alors que Huang Taitai abaissa sur moi un visage sombre, comme si elle cherchait à pénétrer mes pensées et à deviner mes intentions futures. Jamais je n'oublierai ce regard. Les yeux grands ouverts, elle scruta mon visage puis esquissa un sourire. Je vis une large dent en or étinceler au soleil et me regarder, puis le reste de ses dents se découvrit comme si elle allait m'avaler d'une seule bouchée.

Voilà comment je fus promise au fils de Huang Taitai qui, je l'appris plus tard, était un bébé d'un an plus jeune que moi. Il s'appelait Tyan-yu. Tyan pour ciel, afin de bien marquer son importance, et yu pour survivant parce que, à sa naissance, son père était très malade et sa famille le croyait mourant. Tyan-yu serait donc le survivant de l'âme de son père. Mais le père vécut et la grand-mère craignit que les fantômes ne retournent leur attention vers l'enfant. Aussi Tyan-yu fut-il très choyé, très protégé, et très gâté.

Même si j'avais su quel mauvais mari on me destinait, je n'avais pas le choix. Ni alors ni plus tard. C'est ainsi que procédaient les familles arriérées dans ce pays, à cette époque. Dans d'autres villes, un homme pouvait choisir son épouse, avec le consentement de ses parents bien entendu. Mais nous étions coupés des idées nouvelles. Les nouveautés des autres cités ne parvenaient jusqu'à nos oreilles que si elles étaient mauvaises. Jamais les bonnes. On nous racontait des histoires de garçons tellement influencés par de mauvaises épouses qu'ils jetaient leurs parents éplorés à la rue. Aussi les mères de Taiyuan continuaient-elles prudemment de choisir leurs belles-filles. Des belles-filles qui pourraient élever correctement leurs fils, prendre soin des anciens, et entretenir soigneusement les sépultures de la famille.

Étant promise au fils Huang, ma propre famille me traitait comme si j'appartenais déjà à quelqu'un d'autre. Lorsque mon bol de riz s'élevait trop souvent vers ma bouche, ma mère remarquait : « Regardez tout ce que mange la fille de Huang Taitai. »

Ma mère se comportait ainsi à mon égard, non par manque d'affection, mais pour ne plus désirer ce qui ne lui appartenait plus.

J'étais une enfant très obéissante, et s'il m'arrivait d'arborer un air revêche, c'était seulement lorsque j'avais trop chaud, ou que je me sentais fatiguée ou malade. Dans ces cas-là, ma mère disait : « Quelle vilaine tête. Les Huang ne voudront pas de toi et notre famille sera déshonorée. » Ce qui me faisait pleurer et m'enlaidissait davantage encore. « Cela ne sert à rien, rétorquait ma mère. Le contrat est scellé. Il ne peut être rompu. » Et je redoublais de larmes.

Je ne rencontrai pas mon futur époux avant l'âge de huit ou neuf ans. Mon univers se limitait alors à la propriété de notre famille dans le village, à l'extérieur de Taiyuan. Nous habitions une modeste maison de deux étages, avec une maison plus petite située dans la même enceinte, qui était en réalité composée de deux pièces mitoyennes et où vivaient notre cuisinier, un domestique et leurs familles. Notre maison se dressait sur une petite colline que nous appelions les Trois Marches du Paradis, mais qui avait été en réalité forgée par quelques siècles de couches de boue charriée par la rivière Fen. Mon père disait que la rivière, qui longeait le mur est de notre enceinte, avalait les petits enfants. Il disait même qu'elle avait autrefois englouti la ville entière de Taiyuan. L'été, les eaux étaient brunes. Et bleuvert l'hiver, dans les étroits goulots de rapides que bordaient de larges bandes gelées et blanches.

Je me souviens de l'année où ma famille descendit à la rivière et pêcha de nombreux poissons, grandes créatures glissantes saisies encore endormies dans leur lit glacé, si fraîches qu'elles dansaient toujours sur leur queue quand on les jetait dans l'huile bouillante après les avoir vidées.

C'est aussi l'année où je vis mon mari pour la première fois, sous les traits d'un petit garçon. Lorsque les pétards s'éteignirent, il s'écria « ouah ! », la bouche grande ouverte bien qu'il ne fût déjà plus un bébé.

Plus tard, je le retrouvai aux cérémonies de l'œuf rouge, où l'on attribuait leur nom aux nouveau-nés mâles d'un mois. Il restait assis sur les genoux de sa grand-mère, l'écrasant de son poids, et refusait toute la nourriture qu'on lui présentait, détournant la tête comme s'il s'agissait d'un cornichon au vinaigre et non d'un gâteau sucré.

Je n'éprouvai donc aucune attirance immédiate pour mon futur époux, à l'inverse de ce que l'on nous montre aujourd'hui à la télévision. Ce garçon m'apparaissait plutôt comme un cousin ennuyeux. J'appris à saluer les Huang avec politesse, particulièrement Huang Taitai. Ma mère me poussait vers elle en me chuchotant : « Que dis-tu à ta mère ? », ce qui me remplissait de confusion, ne sachant de quelle mère il s'agissait. Un jour, je me tournai vers ma véritable mère pour dire : « Excuse-moi, maman », avant de m'approcher de Huang Taitai pour lui offrir une friandise en murmurant : « Pour vous, mère. » Je me souviens, c'était un morceau de *xiaomei,* un de mes beignets préférés. Ma mère raconta à Huang Taitai que j'avais préparé ce beignet tout spécialement à son intention, alors que je m'étais en vérité contentée de relever les bords de la pâte quand le cuisinier l'avait disposée sur le plat.

Ma vie changea totalement l'année de mes douze ans, l'été où les grandes pluies s'abattirent. La rivière Fen, qui traversait les terrains de ma famille, inonda la plaine, détruisant tout le blé planté cette année-là et rendant la terre inculte pour les années à venir. Jusqu'à notre maison, au sommet de la petite colline, qui devint inhabitable. En descendant du premier étage, nous découvrîmes le sol et le mobilier recouverts d'une épaisse couche de boue. Des arbres déracinés jonchaient les cours, des pans de murs écroulés, des poulets morts. Et nous, si misérables au milieu de ce désastre.

À l'époque, tu ne pouvais pas t'adresser à ta compagnie d'assurances et dire : « Quelqu'un est responsable de ce sinistre, remboursez-moi un million de dollars. » En ce temps-là, tant pis pour toi si tu avais tout perdu. Mon père déclara que nous n'avions d'autre choix que de déménager à Wuxi, dans le Sud, près de Shanghai, où le frère de ma mère possédait un petit moulin. Il décida que toute la famille, sauf moi, devait partir immédiatement. J'avais douze ans, l'âge de me séparer des miens pour vivre auprès des Huang.

Les routes étaient si boueuses et creusées de trous si béants qu'aucun camion ne put accéder à la maison. Il fallut donc laisser le mobilier et la literie sur place. Cela constitua ma dot. Sur ce point, ma famille témoigna d'un grand sens pratique : la dot était suffisante, largement suffisante, décréta mon père. Pourtant il ne put empêcher ma mère de me donner son *jia zhuang*, un collier de jade rouge. En me le glissant autour du cou, elle se tint très raide, et je compris qu'elle était triste. « Obéis à ta famille. Ne nous déshonore pas, me recommanda-t-elle. Montre-toi heureuse en arrivant chez eux. Car tu as véritablement de la chance. »

Les Huang habitaient près de la rivière, eux aussi, mais tandis que notre maison était inondée, la leur fut épargnée. Tout simplement parce qu'elle était construite plus haut dans la vallée. C'est ainsi que je pris conscience, pour la première fois, que les Huang bénéficiaient d'une position bien meilleure que la nôtre. Ils nous regardaient d'en haut, ce qui expliquait sans doute pourquoi Huang Taitai et Tyan-yu avaient de si longs nez.

Lorsque je franchis le porche de pierre et de bois des Huang, je découvris une vaste cour avec trois ou quatre rangées de petits bâtiments bas. Certains abritaient des vivres, d'autres les domestiques et leurs familles. Derrière ces modestes bâtisses se dressait la demeure principale.

J'approchai pour contempler ce qui allait devenir ma maison jusqu'à la fin de ma vie, et qui appartenait à la famille Huang depuis plusieurs générations. Elle n'était pas si ancienne, ni remarquable, mais on voyait qu'elle s'était agrandie avec la famille. Il y avait quatre niveaux, un pour chaque génération : arrière-grands-parents, grands-parents, parents, enfants. Le premier étage était construit avec des pierres de la rivière, cimentées par de la boue mélangée de paille. Le deuxième et le troisième, en briques lisses, possédaient une coursive découverte qui leur donnait l'aspect d'une tour de château. Le dernier avait des murs en dalles grises, couronnés par un toit de tuiles rouges. Pour conférer à l'ensemble un air important, deux énormes piliers ronds encadraient une véranda menant à l'entrée principale. Ces piliers étaient peints en rouge, de même que les encadrements des fenêtres en bois.

Quelqu'un, probablement Huang Taitai, avait fait ajouter des têtes de dragons impériaux aux coins du toit.

Un autre genre de prétention régnait à l'intérieur de la maison. L'unique pièce agréable était un salon que les Huang utilisaient pour recevoir leurs invités. La pièce contenait des tables et des chaises incrustées de laque rouge, de délicats coussins brodés du nom des Huang en style ancien et de nombreux objets précieux qui donnaient toute l'apparence de la richesse et du prestige. Le reste de la maison était dépouillé et inconfortable et rempli des jérémiades bruyantes des quelque vingt membres de la famille qui y logeaient. À chaque génération, la maison s'était rétrécie intérieurement, les habitants multipliés. On avait coupé chaque pièce pour en faire deux.

Nulle fête ne salua mon arrivée. Huang Taitai ne déploya pas les banderoles rouges pour m'accueillir dans le salon du bas. Tyan-yu n'était pas là pour me souhaiter la bienvenue. Huang Taitai me conduisit directement au premier étage, dans la cuisine, endroit où les enfants de la famille n'entraient habituellement pas. C'était le domaine des cuisiniers et des domestiques. Désormais, je connaissais mon rang.

Ce premier jour, je le passai devant une table en bois, vêtue de ma meilleure robe, à couper des légumes. Mes mains tremblaient. Ma famille me manquait, et j'avais le cœur chaviré maintenant que je savais où le destin m'imposait de vivre le restant de mes jours. Cependant j'étais bien décidée à honorer la parole de mes parents, afin que Huang Taitai ne pût jamais accuser ma mère d'avoir perdu

la face. Cette victoire-là, au moins, elle ne l'empor-
terait pas sur notre famille.

Tandis que je me morfondais dans mes pensées,
j'aperçus une vieille servante courbée au-dessus de la
même table basse, qui vidait un poisson tout en me
surveillant du coin de l'œil. Comme je pleurais, je
craignis qu'elle ne me trahisse auprès de Huang Taitai et me forçai à sourire en m'exclamant : « Quelle
chance j'ai ! Je vais vivre une vie bien heureuse ! »
Mais en lançant cette sortie improvisée, je dus agiter
mon couteau trop près de son nez car elle s'écria :
« *Zherne bende ren !* » Quelle folle es-tu donc ? Et je
compris aussitôt qu'il s'agissait d'un avertissement.
J'avais presque failli me leurrer moi-même.

Je vis Tyan-yu au repas du soir. Je le dépassais
de quelques centimètres, pourtant il se comportait
comme un grand seigneur de guerre. Il fut facile
pour moi de pressentir quel genre d'époux il deviendrait car il s'ingénia à me faire pleurer. Il se plaignit
que la soupe ne fût pas assez chaude et renversa son
bol comme par mégarde. Ensuite il attendit que je
fusse assise à table pour me réclamer un autre bol
de riz et demanda pourquoi j'arborais un visage si
maussade en le regardant.

Au cours des années qui suivirent, Huang Taitai
ordonna aux servantes de m'enseigner à coudre des
coins bien droits aux coussins et à broder le nom de
ma future famille. « Comment une femme peut-elle
tenir la maison de son mari si elle ne s'est jamais sali
les mains ? », avait coutume de dire Huang Taitai en
m'initiant à de nouvelles tâches. Je la soupçonne de
ne s'être jamais elle-même sali les mains, mais elle
était très douée pour donner des ordres et critiquer.

« Apprends-lui à laver le riz jusqu'à ce que l'eau coule claire. Son mari ne peut pas manger du riz boueux », disait-elle à la fille de cuisine.

Une autre fois, elle commanda à une servante de me montrer comment nettoyer un pot de chambre : « Qu'elle mette le nez dedans pour s'assurer qu'il est propre. »

Voilà comment j'appris à devenir une femme soumise. À si bien cuisiner que je pouvais sentir si un plat manquait de sel avant même de l'avoir goûté. À broder des points si petits que les motifs semblaient peints. Même Huang Taitai feignait de se plaindre d'avoir à peine le temps de jeter une blouse sale qu'elle était déjà lavée, ce qui l'obligeait presque à porter les mêmes vêtements tous les jours.

Après un certain temps, cette vie ne me parut plus si terrible. Pas vraiment. Après un certain temps, je ne sentis plus aucune différence. Quoi de plus réjouissant que de voir quelqu'un déguster les champignons luisants et les pousses de bambous que j'avais aidé à préparer ? Quoi de plus satisfaisant que de voir Huang Taitai me tapoter la tête quand j'avais fini de lui brosser les cheveux une centaine de fois ? Quoi de plus gratifiant que de voir Tyan-yu avaler un plein bol de nouilles sans se plaindre de son goût ou de mes regards ? J'étais comme ces femmes américaines, à la télévision, qui rayonnent de bonheur d'avoir si bien lavé leur linge qu'il semble neuf.

Comprends-tu comment les Huang ont incrusté jusque dans ma peau leur façon de penser ? J'en étais venue à considérer Tyan-yu comme un dieu, un être dont les opinions valaient plus que ma vie. J'en étais venue à regarder Huang Taitai comme ma propre mère, une personne à qui je désirais avant tout donner satisfaction et obéir aveuglément.

Lorsque j'atteignis mes seize ans, à la nouvelle année lunaire, Huang Taitai m'informa qu'elle était prête à accueillir un petit-fils au printemps suivant. Même si je n'avais pas voulu me marier, où aurais-je été vivre ? Et même si j'avais la force d'un cheval, comment pourrais-je m'enfuir ? Les Japonais occupaient toute la Chine.

« Les Japonais se sont imposés comme des visiteurs impromptus, remarqua la grand-mère de Tyan-yu, voilà pourquoi nos invités ne sont pas venus. » Malgré les projets grandioses de Huang Taitai, en effet, notre mariage fut extrêmement réduit.

Ma belle-mère avait convié le village au grand complet, ainsi que des amis et de la famille d'autres villes. En ce temps-là, on ne déclinait pas une invitation. C'était impoli. Huang Taitai ne pouvait imaginer que la guerre bouleverserait les bonnes manières. Aussi les cuisiniers préparèrent-ils des centaines de plats. Le vieux mobilier de mes parents avait été lustré pour être exposé dans le salon d'entrée. Huang Taitai s'était appliquée à en effacer toutes les traces d'eau et de boue, et avait chargé quelqu'un d'écrire des messages de félicitations sur des banderoles rouges, comme si mes parents eux-mêmes m'adressaient leurs congratulations. Elle avait également loué un palanquin rouge pour me transporter de la maison des voisins à la cérémonie nuptiale.

Bien que la marieuse eût choisi une date propice, le quinzième jour de la huitième lune, quand la lune est ronde et la plus grosse de l'année, une foule de malheurs se produisirent. D'abord, les Japonais devancèrent la lune d'une semaine. Ils envahirent la province du Shanxi, ainsi que les provinces qui nous entouraient. Les gens étaient nerveux. Ensuite, le matin du 15, le jour du mariage, il se mit à pleuvoir. Un très mauvais présage. La population confondit le tonnerre et les éclairs avec les bombes japonaises et chacun resta chez soi.

J'appris plus tard que la pauvre Huang Taitai avait attendu des heures l'arrivée des invités, avant de se résigner à commencer la cérémonie. Que pouvait-elle faire d'autre ? Elle était impuissante contre la guerre.

Je me tenais dans la maison des voisins. Quand on m'appela pour descendre, j'étais assise devant une coiffeuse, près d'une fenêtre ouverte. Mes larmes coulaient et je songeais amèrement à la promesse de mes parents. Je me demandais pourquoi on avait décidé de mon destin et pourquoi je devais sacrifier mon bonheur à celui de quelqu'un d'autre. De la fenêtre je voyais la rivière Fen et ses eaux boueuses. Je songeai à jeter mon corps dans ce fleuve qui avait détruit le bonheur de mes parents. Il vient de bien étranges pensées à une personne qui croit sa vie finie.

La pluie reprit, plus fine. Du rez-de-chaussée, on me cria à nouveau de me dépêcher. Et mes pensées se firent encore plus pressantes, encore plus étranges.

Je m'interrogeais. Qu'y avait-il de vrai chez un être ? Allais-je changer de couleur, comme la rivière, tout en restant la même ? Le vent gonfla brusquement les rideaux et la pluie s'intensifia. Dans la cour, les gens s'éparpillèrent en criant. Je souris. Pour la première fois je pris conscience du pouvoir du vent. Le vent était invisible, mais il portait l'eau qui emplissait les rivières et modelait le paysage. Il faisait crier et danser les gens.

Je séchai mes yeux et me regardai dans le miroir. Ce que je vis m'étonna. Ma robe rouge était superbe mais je possédais un bien beaucoup plus précieux. Ma force. Ma pureté. Des pensées que personne ne pouvait deviner ni m'arracher. J'étais comme le vent.

Je rejetai ma tête en arrière et m'adressai un sourire plein de fierté. Puis j'abaissai le large foulard rouge devant mon visage, dérobant ainsi mes pensées à la vue d'autrui. Mais sous le voile je savais qui j'étais, et je me fis une promesse. Je respecterais toujours les vœux de mes parents, mais jamais je ne m'oublierais moi-même.

En arrivant à la cérémonie, l'étoffe rouge qui couvrait mon visage m'empêchait de voir devant moi, mais en penchant la tête je parvenais à voir sur les côtés. Très peu de gens s'étaient déplacés. Je vis les Huang, ces éternels insatisfaits, dépités par la tristesse du spectacle, je vis les musiciens avec leurs violons et leurs flûtes. Il y avait aussi quelques villageois, les plus braves, alléchés par un repas gratuit. Je reconnus même les domestiques et leurs enfants, invités pour grossir, les rangs.

Quelqu'un prit mes mains et me guida le long d'une allée. J'étais comme une aveugle marchant vers son destin. Mais je n'avais plus peur. Désormais je lisais en moi clairement.

Un haut dignitaire conduisit la cérémonie, évoquant trop longuement les philosophes et les modèles de vertu. Ensuite, la marieuse parla de nos dates de naissance, d'harmonie, de fertilité. Je relevai la tête et aperçus ses mains qui déployaient une étoffe rouge et brandissait une chandelle rouge.

La chandelle s'allumait des deux côtés. L'un était gravé en caractères d'or du nom de Tyan-yu, l'autre du mien. La marieuse alluma les deux mèches et déclara : « Le mariage a commencé. » Tyan-yu arracha le voile de mon visage et sourit à sa famille et à ses amis sans même me regarder. Il me rappelait un jeune paon que j'avais un jour observé, qui cherchait à attirer l'attention de toute la cour en déployant sa queue encore trop courte.

La marieuse plaça la bougie sur un chandelier d'or qu'elle remit à une servante fébrile, laquelle était censée la surveiller pendant le banquet et pendant toute la nuit pour s'assurer qu'aucune des deux mèches ne s'éteignît. Le lendemain matin, la marieuse exposerait les restes, un petit tas de cendre, avant de déclarer : « Cette chandelle a brûlé par les deux extrémités sans s'éteindre. Ce mariage ne pourra jamais être rompu. »

Je m'en souviens encore. La chandelle était un lien plus solide que la promesse catholique de ne pas divorcer. Elle signifiait non seulement que je ne pourrais pas divorcer, mais aussi que je ne pourrais me remarier, même si Tyan-yu mourait. Cette bougie rouge m'attachait pour toujours à mon mari et à sa famille, quoi qu'il advînt.

Comme prévu, la marieuse fit sa déclaration solennelle le lendemain matin, prouvant ainsi qu'elle avait accompli sa tâche. Mais moi, je savais ce qui s'était réellement produit, car j'avais passé toute la nuit éveillée à pleurer sur mon mariage.

A l'issue du banquet, le petit groupe de parents nous poussa, ou plutôt nous porta, jusqu'au troisième étage, dans notre petite chambre. Certains lançaient des plaisanteries et faisaient sortir les gamins de sous le lit. La marieuse aida les petits enfants à retirer les œufs rouges qu'on avait cachés entre les couvertures. Des garçons de l'âge de Tyan-yu nous firent asseoir côte à côte sur le lit et nous embrasser. Des pétards fusèrent dans la coursive, devant notre fenêtre ouverte, et quelqu'un remarqua que c'était un bon prétexte pour que je saute dans les bras de mon mari.

Une fois seuls, nous restâmes assis l'un près de l'autre sans rien dire pendant quelques minutes, à écouter les rires décroître à l'extérieur. Le calme enfin revenu, Tyan-yu dit : « C'est mon lit. Tu dormiras sur le sofa. » Et il me lança un oreiller et une couverture. J'étais ravie. J'attendis qu'il se fût endormi pour me relever silencieusement, descendre l'escalier et sortir dans la cour obscure.

L'air sentait la pluie. Je pleurais, marchant pieds nus sur les briques encore chaudes et humides. De l'autre côté de la cour, je distinguais la servante de la marieuse à travers le rectangle jaune d'une fenêtre éclairée. Elle se tenait assise devant une table, son regard endormi fixé sur la bougie rouge qui se consumait, posée sur son chandelier spécial en or. Je m'assis au pied d'un arbre et contemplai mon destin se tisser sous mes yeux.

Je dus m'assoupir car je me souviens avoir été brutalement réveillée par un violent coup de tonnerre.

À ce moment la servante de la marieuse jaillit de la pièce, effrayée comme un poulet qui va perdre sa tête. Elle aussi avait dû s'endormir et confondu le coup de tonnerre avec une attaque des Japonais. J'éclatai de rire. Le ciel entier s'illumina et le tonnerre retentit à nouveau. Cette fois la servante détala vers la route, si vite que les graviers volaient derrière ses talons. « Où croit-elle courir ? », me demandai-je, toujours riant. Et puis j'aperçus la flamme de la bougie vaciller sous la brise.

Sans réfléchir, je bondis sur mes pieds et traversai la cour jusqu'à la petite pièce éclairée. Je me mis à espérer. Je priai Bouddha, la déesse de miséricorde, la pleine lune, pour que la mèche s'éteigne. La flamme vacilla, baissa, mais tint bon. Ma gorge s'emplit de tant d'espoir qu'elle finit par exploser et souffla la flamme de mon mari.

Aussitôt une peur terrible m'envahit. Je crus qu'une lame allait surgir et me trancher la tête. Ou que le ciel allait s'ouvrir et m'engloutir. Mais rien ne se produisit. Je repris mes esprits et revins vers ma chambre, pressée et coupable.

Le lendemain matin, la marieuse déclara fièrement devant Tyan-yu, ses parents et moi-même : « Ma tâche est accomplie. » Et elle versa les cendres de la mèche sur l'étoffe rouge. Je surpris l'expression honteuse et éplorée de la servante.

J'appris à aimer Tyan-yu, mais pas comme tu l'imagines. Au commencement, j'aurais eu la nausée de penser qu'il pourrait un jour grimper sur moi et faire son affaire. Chaque fois qu'il pénétrait dans notre chambre, mes cheveux se dressaient sur ma tête. Mais, durant les premiers mois, il dormit dans son lit et moi sur le sofa.

Devant ses parents, je me comportais en épouse soumise, exactement comme ils me l'avaient appris. Chaque matin, j'ordonnais au cuisinier de tuer un jeune poulet et de le cuire pour en extraire tout le jus, que je filtrais moi-même dans un bol, sans jamais y ajouter une seule goutte d'eau. Et j'offrais ce jus à mon mari pour le petit déjeuner en lui murmurant des vœux de santé. Et, chaque soir, je préparais une soupe énergétique spéciale appelée *tounau,* qui, non seulement était délicieuse, mais contenait huit ingrédients réputés garantir une longue vie aux mères. Ma belle-mère en était enchantée.

Toutefois cela ne suffisait pas à son bonheur. Un matin, Huang Taitai et moi étions toutes les deux occupées à broder. Je rêvais de mon enfance et d'une jeune tortue appelée Grand Vent. Huang Taitai trépignait sur sa chaise, comme si quelque chose la démangeait dans sa chaussure. Je l'entendis souffler puis, brusquement, elle se leva, marcha vers moi, et me gifla.

« Mauvaise épouse ! cria-t-elle. Si tu refuses de dormir avec mon fils, je refuse de te nourrir ou de te vêtir. » Je compris ainsi le prétexte inventé par mon mari pour détourner la colère de sa mère. Moi aussi, je bouillais de rage, mais je ne dis rien par égard pour mes parents et leur promesse.

Cette nuit-là, je m'assis sur le bord du lit de Tyan-yu et attendis qu'il me touche. En vain. J'en fus soulagée. La nuit suivante, je m'étendis sur le lit à côté de lui. Rien ne se passa. La nuit suivante, j'ôtai ma chemise.

La nature véritable de Tyan-yu m'apparut alors. Il avait peur. Il n'éprouvait aucun désir pour moi, mais c'était sa peur qui m'avait fait croire qu'il ne désirait aucune femme. Il était comme un petit enfant, il n'avait pas grandi. Le temps passa et mes craintes disparurent. Je commençai même à considérer Tyan-yu différemment. Non pas de la façon dont une épouse aime son mari, mais plutôt comme une sœur protégeant son petit frère. Je remis ma chemise de nuit, m'allongeai à son côté et lui massai le dos. Je savais que je n'avais plus rien à craindre. Je dormais auprès de Tyan-yu. Jamais il ne me toucherait et je reposais dans un lit plus confortable.

Les mois passant et mon ventre restant obstinément plat, Huang Taitai entra dans une crise de rage d'une autre sorte. « Mon fils dit qu'il a planté en toi assez de graines pour des milliers de petits-enfants. Où sont-ils ? Quelque chose ne va sûrement pas en toi. » C'est ainsi que je fus confinée dans mon lit, afin que les fameuses graines ne puissent se répandre.

Tu dois penser que c'est agréable de rester allongée toute la journée, sans jamais se lever. Eh bien je peux t'assurer que c'est pire que la prison. Je crois que Huang Taitai avait légèrement perdu la raison.

Elle ordonna aux servantes de retirer de ma chambre tous les objets tranchants, ciseaux et couteaux qui, selon elle, la coupaient de sa descendance. Elle m'interdit de coudre, insistant pour que je ne pense à rien d'autre qu'à enfanter. Quatre fois par jour, une servante très gentille venait me faire boire une horrible potion.

J'enviais cette fille, sa liberté de franchir la porte. Parfois, en l'observant par la fenêtre, je m'imaginais à sa place dans la cour, en train de marchander avec le cordonnier ambulant, papoter avec les autres domestiques, réprimander un jeune et beau livreur de sa voix claire et taquine.

Un jour, après deux mois d'attente infructueuse, Huang Taitai fit venir la vieille marieuse. Celle-ci m'examina soigneusement, vérifia ma date et mon heure de naissance, interrogea Huang Taitai sur ma nature, puis prononça ses conclusions. « Ce qui se passe est très simple. Une femme ne peut enfanter des fils que s'il lui manque l'un des cinq éléments. Votre bru est née avec assez de bois, de feu, d'eau et de terre, mais une carence en métal, ce qui était bon signe. Toutefois, à son mariage, vous l'avez surchargée de bracelets d'or et d'ornements. Si bien qu'elle possède maintenant tous les éléments, y compris le métal. Elle est trop équilibrée pour avoir des enfants. »

Huang Taitai accueillit ce diagnostic avec joie et se fit un plaisir de me réclamer tous mes bijoux sous prétexte de me rendre féconde. Ce fut d'ailleurs un plaisir partagé car, dépouillée de tout cet or, je me sentis beaucoup plus légère et plus libre. On raconte que c'est l'effet que produit une carence en métal : l'esprit devient plus indépendant. Ce jour-là, je commençai à réfléchir au moyen de rompre mon mariage sans faillir à ma promesse.

Rien de plus simple. Il fallait que j'incite les Huang à se débarrasser de moi et à déclarer notre mariage invalide.

J'étudiai mon plan pendant des jours. J'observai ceux qui m'entouraient, les pensées qui transparaissaient sur leur visage. Enfin je fus prête. Je choisis une date favorable, le troisième jour du troisième mois. C'était le jour de la fête de la Pure Lumière. Ce jour-là, il faut avoir des pensées limpides pour rendre hommage aux ancêtres. Chacun se rend sur les tombes familiales. On apporte des binettes pour sarcler les mauvaises herbes, des balais pour nettoyer les pierres et des beignets et des oranges en guise d'offrandes. Ce n'est pas un jour sombre du tout, plutôt une sorte de pique-nique campagnard, mais qui revêt une signification spéciale pour qui désire une descendance.

Le matin de ce fameux jour, je réveillai Tyanyu et toute la maisonnée avec mes gémissements. Il fallut longtemps à Huang Taitai pour se décider à venir dans ma chambre. « Que lui arrive-t-il maintenant ? cria-t-elle depuis la sienne. Calmez-la ! » Finalement, mes plaintes ne cessant pas, elle arriva comme une furie et me réprimanda de sa voix la plus aiguë.

D'une main je me couvrais la bouche, et les yeux de l'autre. Mon corps se tordait comme sous le coup d'une atroce douleur. Je devais être convaincante car Huang Taitai recula et se tassa comme un animal effrayé.

— Eh bien, qu'y a-t-il, petite fille ? Dis-moi vite, demanda-t-elle en pleurant.

— Oh, c'est si affreux à imaginer, si terrible à expliquer, hoquetai-je entre deux spasmes.

Puis, après avoir redoublé mes gémissements, j'osai lâcher l'impensable.

— J'ai fait un rêve, murmurai-je. Nos ancêtres venaient me demander de voir notre mariage. Alors Tyan-yu et moi rejouions la cérémonie devant eux. Et la marieuse remettait la bougie aux soins de sa servante. Nos ancêtres étaient si contents, si contents...

Devant l'air impatient de Huang Taitai, je laissai échapper quelques nouveaux sanglots avant de poursuivre :

— Mais la servante a quitté la pièce et le vent a soufflé la bougie. Et nos ancêtres sont entrés dans une grande colère. Ils criaient que notre mariage était condamné ! Que la mèche de Tyan-yu s'était éteinte ! Que Tyan-yu mourrait s'il restait marié !

Le visage de Tyan-yu devint livide, mais Huang Taitai se contenta de froncer les sourcils.

— Quelle fille stupide es-tu pour faire de tels rêves ! jeta-t-elle en intimant à tout le monde de retourner se coucher.

— Mère ! l'appelai-je d'une voix enrouée. Ne me laissez pas, je vous en prie ! J'ai peur. Nos ancêtres disaient que, si on ne réglait pas cette affaire, ils entameraient un cycle de destruction.

— C'est absurde ! s'exclama Huang Taitai en me tournant le dos.

Tyan-yu la suivit, la même expression grimaçante sur le visage. Et je sus qu'ils étaient presque pris. Deux canards sur le rebord de la casserole.

— Nos ancêtres prédisaient que vous ne me croiriez pas, poursuivis-je d'un ton plein de remords. Parce qu'ils savent que je ne veux pas abandonner le confort de mon mariage. Alors ils ont décidé de semer certains signes, pour montrer que notre mariage est en train de pourrir.

— Quelles âneries sortent de ta stupide tête !
gronda Huang Taitai. (Mais elle ne put résister.)
Quels signes ?

— Dans mon rêve, il y avait un homme avec une
longue barbe et un grain de beauté sur la joue.

— Le grand-père de Tyan-yu ? demanda Huang
Taitai. Je hochai la tête, en me rappelant le portrait
accroché sur un mur.

— Il parlait de trois signes. D'abord, un grain
de beauté noir qu'il a dessiné dans le dos de Tyan-
yu. Cette tâche grandira et mangera toute sa peau
comme elle a dévoré la sienne avant sa mort.

Huang Taitai pivota vivement vers Tyan-yu pour
lui soulever sa chemise et poussa un cri en découvrant la tache noire, de la taille d'une empreinte de
doigt, que j'avais eu tout loisir d'observer pendant
les derniers cinq mois passés à dormir près de Tyan-
yu, comme frère et sœur.

— Puis notre ancêtre a touché ma bouche, poursuivis-je en effleurant ma joue comme si cela me faisait déjà mal. Il disait que mes dents tomberaient
une à une, jusqu'à ce que je ne puisse même plus
protester contre la rupture de ce mariage.

Huang Taitai m'ouvrit la bouche et sursauta en
découvrant, tout au fond, le trou noir laissé par une
dent tombée quatre ans plus tôt.

— Ensuite, notre ancêtre a planté une graine
dans le ventre d'une de nos servantes. Il disait que
cette fille feint de venir d'une famille humble mais
que, en réalité, elle est de sang impérial, et...

Ma tête retomba sur l'oreiller, comme si j'étais
trop épuisée pour continuer. Huang Taitai me
secoua l'épaule.

— Et quoi d'autre ?

— Que cette servante est la véritable épouse spirituelle de Tyan-yu. Et que la graine qu'il a plantée dans ses entrailles est l'enfant de Tyan-yu.

Vers le milieu de la matinée, la servante de la marieuse fut traînée dans notre maison et on lui arracha sa terrible confession.

Et après de nombreuses recherches, ils découvrirent la servante que j'aimais si bien, celle que j'observais chaque jour de ma fenêtre. J'avais vu ses yeux s'agrandir et sa voix moqueuse s'adoucir à chacune des visites du beau livreur. Plus tard, j'avais remarqué que son ventre commençait à s'arrondir et que l'angoisse creusait ses traits.

Tu imagines donc ma joie lorsqu'ils l'obligèrent à avouer la vérité au sujet de sa ligne impériale. J'appris après que le miracle de son mariage avec Tyan-yu l'avait tellement impressionnée qu'elle était devenue une personne très religieuse, qui ordonnait aux servantes de nettoyer les tombes des ancêtres non pas une fois par an, mais une fois par jour.

L'histoire s'arrête là. Les Huang ne me reprochèrent rien. Huang Taitai eut son petit-fils. Moi, mes vêtements, un ticket de train pour Pékin et assez d'argent pour partir en Amérique. Ils me demandèrent seulement de ne raconter mon mariage manqué à aucune personne d'importance.

C'est une histoire vraie. Ma promesse à mes parents, le sacrifice de ma vie. Regarde tout le métal jaune que je porte, à présent. J'ai donné naissance à tes quatre frères et ton père m'a offert ces deux bracelets. Je sais ce que je vaux. Ils font vingt-quatre carats. Or pur.

Mais jamais je n'oublierai. À la fête de la Pure Lumière, j'enlève mes bracelets. Je me rappelle le jour où me vint cette pensée lumineuse qui me guida jusqu'au bout. Le jour où je vis une jeune fille qui avait mon visage sous un voile de mariage rouge. Le jour où je fis le serment de ne pas oublier qui j'étais.

Comme il est bon d'être redevenue cette jeune fille, d'enlever mon voile, de voir ce qu'il dissimule et de sentir la lumière inonder mon corps.

YING-YING ST. CLAIR

LA DAME LUNE

Tout au long de ces années, j'ai gardé mes lèvres scellées afin qu'aucun désir égoïste ne puisse s'en échapper. Et parce que j'ai si longtemps gardé le silence, ma fille ne m'entend plus. Assise près de sa piscine, elle écoute seulement son Walkman Sony, son téléphone sans fil et son grand et important mari lui demander pourquoi il y a du charbon de bois pour le barbecue mais pas de liquide d'allumage.

Tout au long de ces années, j'ai caché ma véritable nature, j'ai couru comme une ombre furtive pour que personne ne m'attrape. Et parce que j'ai bougé si discrètement, ma fille ne me voit plus. Elle voit seulement une liste de choses à acheter, son relevé de compte en déficit, son cendrier incurvé posé sur la surface plane de la table.

Alors je veux lui dire ceci : nous sommes perdues, elle et moi, l'invisible et celle qui ne voit pas, l'inaudible et celle qui n'entend pas. Inconnues des autres.

Je ne me suis pas perdue moi-même d'un seul coup. J'ai effacé le chagrin de mon visage, année après année, comme l'eau érode les motifs sculptés dans la pierre.

Aujourd'hui, pourtant, je me rappelle le temps où je criais et gambadais, où je ne pouvais tenir en place. Mon souvenir le plus ancien est un vœu secret à la lune. Et comme j'avais oublié en quoi consistait ce vœu, mon souvenir s'est tapi dans un coin de ma mémoire, à mon insu, pendant toutes ces années.

Mais maintenant je me rappelle mon vœu, et tous les détails de cette journée me reviennent, aussi clairement que je peux voir ma fille et l'égarement de sa vie.

En 1918, l'année de mes quatre ans, la fête de la Lune eut lieu pendant l'automne à Wuxi. Il faisait exceptionnellement chaud, terriblement chaud. A mon réveil ce matin-là, le quinzième jour de la huitième lune, la natte de paille de mon lit était déjà collante. Tout dans la pièce dégageait une odeur d'herbe humide en train de fermenter.

Pendant l'été, les domestiques avaient obstrué les fenêtres de stores de bambou afin de chasser le soleil. Une natte tissée recouvrait chaque lit, unique garniture pendant les mois de lourde chaleur. Et les briques chaudes de la cour étaient tapissées d'allées de bambous entrecroisés. L'automne était venu, mais sans la fraîcheur de ses matins et de ses soirées. Aussi la chaleur moite s'emmagasinait-elle dans les ombres des rideaux, exhalant la puanteur âcre de mon pot de chambre, s'infiltrant dans mon oreiller, irritant ma nuque, échauffant mes joues. Si bien que je m'éveillai ce matin-là en geignant.

Il y avait une autre odeur, dehors, une odeur de brûlé, âcre, amère et douce à la fois.

— Qu'est-ce que ça sent ? demandai-je à ma nourrice, qui apparaissait toujours devant mon lit dès que j'ouvrais les yeux.

Elle dormait sur une banquette, dans une petite pièce voisine de ma chambre.

— Ce que je t'ai expliqué hier, répondit-elle en me soulevant de mon lit pour me poser sur ses genoux.

Et mon esprit ensommeillé s'efforça de se rappeler ce qu'elle m'avait expliqué la veille.

— Nous brûlons les Cinq Démons, dis-je d'une voix pâteuse.

Puis, je me tortillai pour m'échapper de ses genoux, grimpai sur un tabouret bas et jetai un coup d'œil par la fenêtre dans la cour en dessous. J'aperçus un grand tube vert enroulé comme un serpent, avec une queue qui soulevait de la fumée jaune. La veille, ma nourrice m'avait montré que le serpent sortait d'une caisse colorée, décorée de cinq créatures diaboliques : un serpent nageur, un scorpion sauteur, un mille-pattes volant, une araignée danseuse et un lézard à ressorts. À en croire ma nounou Amah, la morsure de l'une de ces créatures pouvait tuer un enfant. Je fus donc soulagée à la pensée qu'on avait capturé les Cinq Démons et qu'on les brûlait. Je ne savais pas que le rouleau vert était tout simplement de l'encens servant à chasser les moustiques et autres insectes.

Ce fameux jour, au lieu de m'habiller d'une légère veste de coton et d'un pantalon large, ma nourrice déplia une lourde veste et une jupe de soie jaune rayée de bandes noires.

— On ne joue pas, aujourd'hui, me dit Amah en ouvrant la veste. Ta mère t'a confectionné un costume de tigre pour la fête de la Lune... (Elle enfila ma culotte.) C'est un grand jour et tu es devenue une grande fille. Tu peux donc assister à la cérémonie.

— Quelle cérémonie ? demandai-je, tandis qu'Amah glissait la veste sur mes épaules.

— C'est la bonne façon de se conduire. Tu fais ceci, cela, et les dieux ne te punissent pas, répondit Amah en attachant mes brandebourgs.

— Quel genre de punition ? insistai-je hardiment.

— Tu poses trop de questions, cria Amah. Tu n'as pas besoin de comprendre. Fais ce qu'on te dit, suis l'exemple de ta mère. Allume l'encens, dépose une offrande à la lune, baisse la tête. Ne me fais pas honte, Ying-ying.

Je baissai la tête en faisant la moue. Mes manches étaient rayées de noir, de petites pivoines poussaient des enjolivures en fil d'or. Je me rappelais avoir regardé ma mère piquer une aiguille d'argent qui faisait naître des fleurs, des feuilles et des tiges sur l'étoffe.

Des voix s'élevèrent de la cour. Hissée sur mon tabouret, j'essayai de les localiser. Quelqu'un se plaignait de la chaleur : «... Touche mon bras, on dirait que la chair est bouillie à la vapeur jusqu'à l'os. » De nombreux parents du Nord étaient venus pour la fête de la Lune et séjournaient là toute la semaine.

Amah s'efforça de me peigner, mais je feignais de tomber du tabouret chaque fois que le peigne rencontrait un nœud.

— Tiens-toi tranquille, Ying-ying ! s'écria Amah, tandis que je me trémoussais sur le tabouret.

Elle se mit alors à tirer sur mes cheveux comme sur les rênes d'un cheval et, avant que j'aie pu sauter à nouveau du tabouret, elle les tressa en une natte simple, sur le côté, en y entrelaçant cinq rubans de soie colorée. Puis elle enroula la tresse en un chignon très serré, arrangea et coupa les rubans afin qu'ils retombent en un gland bien net.

Amah me fit pivoter pour admirer son travail. Je cuisais dans mon costume de soie conçu en prévision d'une température plus fraîche, et mon cuir chevelu brûlait des attentions d'Amah. Quel jour était-ce donc pour valoir tant de souffrances ?

— Jolie, conclut Amah, en dépit de ma mine renfrognée.

Qui nous rend visite, aujourd'hui ? demandai-je.

— *Dajia,* toute la famille, répondit-elle gaiement. Nous allons tous ensemble au lac Tai. La famille a loué un bateau avec un cuisinier fameux. Et ce soir, à la cérémonie, tu verras la Dame Lune.

— La Dame Lune, la Dame Lune ! m'exclamai-je en bondissant de joie. (Puis, une fois retombé le plaisir d'entendre ma propre voix prononcer des mots nouveaux, je tiraillai la manche d'Amah pour la questionner.) Qui est la Dame Lune ?

— *Chang'e.* Elle vit sur la Lune, et aujourd'hui est l'unique jour où tu peux la voir et obtenir la réalisation d'un vœu secret.

— C'est quoi un vœu secret ?

— C'est ce que tu désires sans pouvoir le demander, expliqua Amah.

— Pourquoi ne puis-je le demander ?

— Eh bien parce que... parce que si tu le demandes... ce n'est plus un vœu mais un désir égoïste. Ne t'ai-je pas appris qu'il ne faut pas penser à ses propres besoins ? Une fille ne doit pas demander, seulement écouter.

— Alors comment la Dame Lune connaîtra-t-elle mon souhait ?

— Tu poses vraiment trop de questions ! Tu peux lui demander à elle parce qu'elle n'est pas une personne ordinaire.

Enfin satisfaite, je répliquai immédiatement :

— Alors je lui demanderai de ne plus jamais porter ces vêtements !

— Voyons, que t'ai-je expliqué, à l'instant ? dit Amah. Maintenant que tu as formulé ton souhait devant moi, ce n'est plus un vœu secret.

Au cours du repas du matin, personne ne semblait impatient de se rendre au lac. L'un ou l'autre se resservait toujours quelque chose à manger. Et après le petit déjeuner, ils se mirent à bavarder de choses sans importance. Mon inquiétude et ma mauvaise humeur s'amplifiaient de minute en minute.

« ...la lune d'automne réchauffe. Ô que les ombres reviennent. » Baba récitait un long poème qu'il avait déchiffré d'après des inscriptions anciennes.

— Le troisième mot du vers suivant était effacé de la pierre, expliqua-t-il. Balayé par des siècles de pluie, presque perdu pour la postérité.

— Mais, fort heureusement, tu es un éminent érudit d'histoire ancienne et de littérature, remarqua mon oncle, le regard pétillant. Tu as réussi à retrouver le sens, j'imagine.

Mon père répondit en lisant les vers : « La brume, les fleurs rayonnent. Ô... »

Maman expliquait à ma tante et aux vieilles dames comment mélanger des herbes et des insectes pour fabriquer un baume.

— Il faut frotter ici, entre ces deux points. Frotter vigoureusement jusqu'à ce que la peau s'échauffe et que la douleur disparaisse.

— Aïe ! Mais comment puis-je frotter un pied enflé ? gémit une vieille dame. La douleur est aussi vive dedans que dehors. Je ne peux même pas le toucher !

— C'est la chaleur, se lamenta une autre vieille tante. Ça vous rend la chair sèche et dure.

— Et ça brûle les yeux ! s'exclama ma grand-tante.

Je poussais des soupirs accablés chaque fois qu'elles abordaient un nouveau sujet. Amah finit enfin par me remarquer et me donna une galette de lune[1] en forme de lapin en me disant d'aller m'asseoir dans la cour pour la manger avec mes deux demi-sœurs, Numéro Deux et Numéro Trois.

C'est facile d'oublier un bateau quand on a une galette de lune ornée d'un dessin de lapin dans la main. Nous sortîmes précipitamment de la pièce

_____

1. En Chine, chaque fête traditionnelle possède sa spécialité culinaire. Pour la fête de la mi-automne, consacrée à la lune, c'est le *yuebing*. La galette, ronde, est ornée de motifs : le palais lunaire, le lapin, etc.

toutes les trois et, dès le porche menant dans l'enceinte intérieure franchi, nous commençâmes à faire des galipettes, à brailler et à faire la course jusqu'au banc de pierre. J'étais la plus grande. Je choisis la place ombragée, là où la pierre était fraîche. Mes sœurs s'assirent au soleil. Je coupai une oreille de lapin pour chacune d'elles. Les oreilles étaient en pâte simple, sans sucre ni jaune d'œuf fourré à l'intérieur, mais mes demi-sœurs étaient trop petites pour le savoir.

— C'est moi que Sœur préfère, lança Numéro Deux à Numéro Trois.

— Non, c'est moi, rétorqua Numéro Trois.

— Ne vous disputez pas, leur dis-je.

Et je mangeai le corps du lapin, en léchant sur mes lèvres l'épaisse pâte fourrée.

Toutes les miettes soigneusement ramassées et notre festin terminé, le calme revint et mon agitation avec. J'aperçus tout à coup une libellule, avec un long corps pourpre et des ailes transparentes. Je sautai du banc pour courir à sa poursuite, mes demi-sœurs sur mes talons, qui bondissaient et claquaient des mains.

— Ying-ying ! appela Amah.

Numéro Deux et Numéro Trois s'envolèrent. Ma nourrice était dans la cour, et ma mère et les autres femmes allaient bientôt franchir le porche. Amah se précipita sur moi pour remettre de l'ordre dans ma tenue. « *Xin yifu !* Tes habits neufs ! Tout sens dessus dessous ! », s'écria-t-elle dans un accès de détresse.

Ma mère avança sur moi en souriant, lissa quelques-uns de mes cheveux rebelles en arrière et les rentra dans ma tresse roulée.

— Un garçon peut courir et chasser les libellules, parce que c'est dans sa nature, dit-elle. Mais une fille doit se tenir tranquille. Si tu restes immobile un long moment, la libellule ne te remarquera même plus. Alors, elle s'approchera de toi pour venir se cacher dans ton ombre.

Les vieilles dames gloussèrent en signe d'approbation et tout le monde m'abandonna au beau milieu de la cour surchauffée.

Debout, parfaitement immobile, je découvris mon ombre. D'abord un simple point sombre sur les nattes de bambou qui recouvraient les briques chaudes de la cour. Avec des petites jambes et de longs bras, et une tresse enroulée semblable à la mienne. Je secouai la tête, l'ombre secoua la sienne. Nous claquâmes nos mains. Nous levâmes une jambe. Je pivotai pour m'éloigner, elle me suivit. Je fis volte-face, et me retrouvai devant elle. Je soulevai une natte de bambou pour voir si je pouvais me débarrasser de mon ombre. Mais elle était aussi sous la natte, sur la brique. Son intelligence m'arracha un petit rire de ravissement. Je courus sous l'ombrage de l'arbre, en regardant mon ombre qui me pourchassait. Elle disparut. Je me pris à aimer mon ombre, cette obscure partie de moi, dotée de la même nature fougueuse.

Puis j'entendis Amah qui m'appelait à nouveau. « Ying-ying ! C'est l'heure. Es-tu prête à partir au lac ? » J'acquiesçai de la tête et commençai à courir vers elle, mon double devant moi. « Doucement, va doucement », gronda Amah.

La famille au grand complet se tenait déjà dehors, bavardant avec animation. Tous portaient des habits d'apparat. Baba, une longue robe neuve de couleur brune qui, bien qu'unie, était tissée dans une soie de grande qualité et faite à la main. Maman, un ensemble blouse et jupe dont les couleurs étaient l'inverse exact des miennes : soie noire avec des bandes jaunes. Mes demi-sœurs portaient des tuniques roses, comme leurs mères, les concubines de mon père. Mon frère aîné arborait une veste bleue brodée de motifs rappelant les sceptres de Bouddha. Même les vieilles femmes avaient revêtu leurs meilleurs habits pour l'occasion : la tante de maman, la mère de Baba et sa cousine, la grosse épouse du grand-oncle qui continuait d'épiler son front et marchait toujours comme si elle traversait une rivière, à petits pas et le regard affolé.

Les domestiques avaient déjà empaqueté et chargé les provisions pour la journée dans un pousse-pousse. Un panier rempli de *zongzi*, ce riz gluant enveloppé dans des feuilles de lotus, d'autres remplis de porc rôti, ou de graines de lotus sucrées. Un petit réchaud pour faire bouillir l'eau du thé, un autre panier contenant tasses, bols et baguettes, un plein sac de pommes, de grenades et de poires, des jarres en terre humide pour conserver viandes et légumes, des piles de boîtes rouges garnies de quatre galettes de lune chacune. Et, bien sûr, des nattes de couchage pour la sieste de l'après-midi.

Tout le monde grimpa ensuite dans des pousse-pousse, les plus jeunes enfants avec leurs nourrices. Au dernier moment, juste avant le départ, j'échappai à la poigne d'Amah et sautai du pousse-pousse pour bondir dans celui où se tenait ma mère, ce qui déplut à Amah, car c'était présomptueux de ma part, et aussi parce qu'elle m'aimait plus que son propre enfant. Amah avait abandonné son fils tout bébé, lorsque son mari était mort et qu'elle avait dû venir travailler chez nous comme nourrice. Mais elle me gâtait trop. Jamais elle ne m'avait appris à respecter ses propres sentiments. Aussi Amah m'apparaissait-elle comme une personne vouée à mon confort personnel, un peu comme un ventilateur par grosse chaleur ou un radiateur en hiver, un bienfait que l'on apprécie seulement quand il nous manque.

En arrivant au lac, je fus déçue de ne pas sentir de brise rafraîchissante. Nos tireurs de pousse-pousse luisaient de sueur, ils avaient la bouche grande ouverte et tiraient la langue comme des chevaux. Au port, je regardai les vieilles femmes et les hommes monter à bord du grand bateau loué par notre famille. Le bateau ressemblait à un salon de thé flottant, avec un pavillon plus large que celui de notre cour. De nombreux piliers rouges et un toit de tuiles pointu et, derrière, une sorte de maison de jardin avec des fenêtres rondes.

Lorsque vint notre tour, Amah saisit ma main et nous sautâmes sur la planche de coupée. Mais dès que j'eus posé les pieds sur le pont, je lui échappai et, flanquée de Numéro Deux et Numéro Trois, me frayai un passage parmi une forêt de jambes emprisonnées dans des vagues de soie sombre et luisante. C'était à qui franchirait le plus vite toute la longueur du bateau.

J'adorai cette sensation d'instabilité, ce roulement qui nous faisait verser d'un côté puis de l'autre. Les lanternes rouges qui pendaient du toit et les parapets qui oscillaient, comme mus par la brise. Mes demi-sœurs et moi faisions courir nos doigts sur les bancs et les petites tables dressées sous le pavillon, suivant les motifs des moulures, et nous passions nos têtes dans les coupées pour regarder l'eau du lac. Que de choses nouvelles à découvrir !

J'ouvris une lourde porte menant à la maison de jardin et passai en courant devant une pièce qui ressemblait à un vaste salon. Mes sœurs suivaient en riant. Une autre porte, et je tombai sur des serviteurs qui s'affairaient dans une cuisine. Un homme qui tenait à la main un grand couperet se retourna, nous aperçut, et nous héla lorsque nous lui adressâmes un sourire timide avant de décamper en vitesse.

À l'arrière du bateau, se tenaient des gens d'apparence misérable : un homme chargeait des bûches dans un grand fourneau, une femme découpait des légumes, et deux garçons à la mine bourrue, accroupis tout près du bastingage, tenaient une sorte de filin relié à une cage en toile métallique qui pendait au-dessus de la surface de l'eau. Ils ne nous accordèrent pas même un regard.

Nous retournâmes à l'avant du bateau juste à temps pour voir le ponton s'éloigner. Maman et les autres dames avaient pris place sur des bancs autour du pavillon, chacune s'éventant furieusement et se claquant les joues pour chasser les moustiques. Baba et Oncle, accoudés à un parapet, conversaient d'un ton grave et sérieux. Mon frère et plusieurs de ses cousins avaient déniché une longue tige de bambou et battaient la surface de l'eau comme s'ils espéraient accélérer l'allure du bateau. À l'avant, les domestiques chauffaient l'eau pour le thé, décortiquaient des amandes de *gingko* grillées, vidaient les paniers de provisions pour préparer un déjeuner froid.

Bien que le lac Tai soit l'un des plus grands de Chine, ce jour-là il était encombré d'embarcations. Barques, pédalos, voiliers, bateaux de pêche et pavillons flottants comme le nôtre. Aussi croisions-nous fréquemment d'autres promeneurs, certains penchés par-dessus bord qui plongeaient leurs mains dans l'eau froide, d'autres qui dérivaient, endormis sous un dais ou bien sous une ombrelle huilée.

Soudain, des cris fusèrent. Et je pensai : « Enfin la journée commence ! » Je fonçai dans le pavillon et trouvai les oncles et les tantes qui riaient en attrapant du bout de leurs baguettes des crevettes sautillantes qui se tortillaient dans leur carapace, leurs petites pattes toutes frémissantes. Voilà qui expliquait la cage suspendue au-dessus de l'eau. Elle contenait des crevettes d'eau douce, que mon père était maintenant en train de plonger dans une sauce de gelée de pois piquante. Et hop ! dans la bouche. Deux coups de dent et c'était avalé.

Mais l'excitation s'apaisa bientôt, et l'après-midi parut devoir s'écouler comme à la maison. Même apathie digestive. Même conversation languissante autour d'une tasse de thé chaud. Amah m'ordonna de m'allonger sur ma natte. Le silence s'abattait à l'heure la plus chaude de la journée, tout le monde somnolait.

Je me redressai. Amah dormait, étendue en travers de sa natte. Je me dirigeai tranquillement vers l'arrière du bateau. Les deux garçons à l'air bourru étaient en train de sortir un oiseau à long cou et au cri rauque d'une cage de bambou. Un anneau de métal cerclait le cou de l'oiseau. Un garçon l'emprisonna entre ses bras, tandis que l'autre attachait une corde à une boucle fixée sur le collier de métal. Puis ils relâchèrent l'oiseau qui s'envola dans un grand déploiement d'ailes blanches et plana un moment au-dessus du bastingage avant de descendre se poser sur la surface scintillante de l'eau. J'approchai du bord pour l'observer. L'oiseau leva sur moi un œil inquiet, plongea sous l'eau et disparut.

L'un des garçons mit alors à l'eau un radeau fait de joncs, plongea, resurgit et se hissa sur le radeau. Quelques secondes plus tard l'oiseau apparut à son tour, secouant la tête pour maintenir un grand poisson dans son bec. Il grimpa lui aussi sur le radeau et tenta d'avaler sa proie. Mais, bien entendu, le collier de métal l'en empêcha. D'un seul mouvement, le garçon lui subtilisa le poisson et le lança à son compagnon sur le bateau. J'applaudis tandis que l'oiseau plongeait à nouveau sous l'eau.

Pendant une heure, alors qu'Amah et les autres sommeillaient, tel un chat affamé attendant son tour, j'observai le spectacle des poissons qui apparaissaient l'un après l'autre dans le bec de l'oiseau avant d'échouer sur le bateau dans un seau de bois. Puis le garçon du radeau cria : « Assez ! », et le garçon du bateau cria à son tour à quelqu'un que je ne voyais pas, qui se trouvait tout en haut. Alors le bateau se remit en marche, avec toutes sortes de sifflements et de cliquetis. Le garçon près de moi plongea à son tour dans l'eau pour rejoindre l'autre sur le radeau. Accroupis au milieu, ils ressemblaient à deux oiseaux perchés sur une branche. J'agitai la main dans leur direction, jalouse de leur liberté. Bientôt ils ne furent plus qu'un petit point jaune ballottant sur le lac.

Assister à ce spectacle aurait dû me suffire. Mais je m'attardai, comme on aime s'attarder dans un rêve agréable. Je me retournai et vis une femme à la mine maussade accroupie devant le baquet de poissons. Elle s'empara d'un étroit couteau à la lame aiguisée et commença à ouvrir le ventre des poissons, extirpant leurs entrailles rouges et glissantes pour les jeter par-dessus son épaule dans le lac. Elle gratta les écailles qui volèrent comme des écailles de verre. Vint le tour de deux poulets, qui cessèrent de piailler dès qu'elle leur eut coupé la tête, ensuite celui d'une tortue hargneuse qui tendait le cou pour mordre le bâton. Et hop ! sa tête tomba. Puis une masse sombre de fines anguilles d'eau douce s'agitant furieusement dans une marmite. Enfin la femme emporta le tout, sans un mot, dans la cuisine. Il n'y avait plus rien à voir.

Alors seulement je remarquai mes habits neufs, mouchetés de taches de sang, d'écailles de poisson, de plumes et de boue. Quel esprit bizarre que le mien ! Dans ma panique, en entendant des voix se rapprocher, j'enfonçai mes mains dans le bol plein de sang de tortue pour en maculer mes manches et le devant de mon ensemble. Voilà quelle était mon idée : si je recouvre toutes ces taches d'une teinte rouge uniforme, et si je reste parfaitement immobile, personne ne remarquera le changement.

Et c'est ainsi qu'Amah me découvrit. Une apparition couverte de sang. J'entends encore son hurlement de terreur. Elle se précipita pour voir quels morceaux de mon corps manquaient à l'appel, ou quelles plaies béantes s'étaient ouvertes. N'ayant rien trouvé, une fois l'inspection de mes oreilles, de mon nez et le comptage de mes doigts terminés, elle me lança des choses abominables, des mots qui m'étaient inconnus, mais qui semblaient terribles, à en juger par sa façon de les crier et de les cracher. Elle m'arracha ma veste, mon pantalon. Elle dit que ça sentait le « démon » et que j'avais l'« air d'un démon ». Pourtant sa voix tremblait davantage de peur que de colère. « Ta mère sera contente de se débarrasser de toi, à présent, gronda Amah d'un ton empreint de remords. Elle nous bannira toutes les deux à Kunming. » Cela me terrifia, car j'avais entendu dire que Kunming était si éloigné de tout, que personne n'y venait jamais en visite et que l'endroit était sauvage et entouré d'une forêt rocailleuse peuplée de singes. Amah me laissa, en pleurs, à l'arrière du bateau, en sous-vêtements de coton blanc et chaussons tigrés.

Je m'attendais à l'arrivée imminente de ma mère. Je l'imaginais découvrant mes vêtements souillés, avec les petites fleurs si patiemment brodées par ses soins. Je pensais qu'elle allait me rejoindre à l'arrière du bateau et me gronder à sa manière si douce. Mais elle ne vint pas. J'entendis bien quelques bruits de pas, mais ce n'étaient que mes demi-sœurs qui pressaient leur nez contre la vitre de la porte. Elles me dévisagèrent en ouvrant de grands yeux et, en me montrant du doigt, éclatèrent de rire et détalèrent.

L'eau du lac avait pris une teinte mordorée, puis rouge, puis violacée, et enfin noire. Le ciel s'était assombri et les lanternes rouges scintillaient sur tout le lac. J'entendais des gens bavarder et rire, des voix provenant de l'avant de notre bateau ou bien d'autres embarcations. Puis la porte en bois s'ouvrit et se referma en claquant, des odeurs appétissantes emplirent l'atmosphère. Des exclamations de surprise éclatèrent sous le pavillon. « Oh, la la ! Regardez ça ! Et ceci ! » Je brûlais de les rejoindre.

Les jambes ballantes par-dessus bord, j'écoutais l'écho des réjouissances. La nuit était étonnamment claire. Je voyais dans l'eau le reflet de mes jambes, mes mains sur le rebord, mon visage. Et au-dessus de ma tête, la raison de cette clarté. Dans l'eau noire miroitait la pleine lune, si chaude et si grosse qu'on aurait dit le soleil. Je levai les yeux pour regarder Dame Lune et lui confier mon vœu secret. Mais tout le monde dut la regarder au même moment car des pétards explosèrent et je tombai à l'eau sans même entendre le bruit des éclaboussures.

La douce fraîcheur de l'eau me surprit, et je n'éprouvai d'abord aucune frayeur. C'était léger comme le sommeil. Je m'attendais à ce qu'Amah arrive immédiatement pour me repêcher. Mais dès que je commençai à suffoquer, je compris qu'elle ne viendrait pas. Alors je me mis à fouetter l'eau de mes bras et de mes jambes. L'eau s'insinua dans mes narines, dans ma gorge, dans mes yeux, et je me débattis encore plus sauvagement. « Amah ! », m'efforçai-je de crier, tant j'étais furieuse qu'elle m'eût abandonnée et laissée ainsi souffrir inutilement. Et soudain une forme noire me frôla et je compris que c'était l'un des Cinq Démons, un serpent nageur.

Il s'enroula autour de moi, me serra comme une éponge, me fit jaillir dans l'air étouffant. Je retombai la tête la première dans un filet rempli de poissons frétillants. L'eau gicla hors de ma bouche. Je hoquetai et fondis en larmes.

En tournant la tête j'aperçus quatre ombres se profiler devant la lune. Une silhouette ruisselante se hissait sur le bateau.

— Il est trop petit ? Est-ce qu'on le rejette à l'eau ? Ou bien arrivera-t-on à le vendre ? lança l'homme ruisselant d'eau en haletant.

Les autres éclatèrent de rire. Je m'immobilisai. Je savais qui étaient ces gens. Lorsque nous les croisions dans la rue, Amah me bouchait les yeux et les oreilles.

— Ça suffit, maintenant, gronda une femme. Vous l'avez effrayée. Elle croit que nous sommes des brigands et que nous allons la vendre comme esclave. D'où viens-tu, petite sœur ? ajouta-t-elle gentiment.

L'homme mouillé se pencha pour m'examiner de plus près.

— Oh, c'est une petite fille. Pas un poisson !

— C'est pas un poisson, pas un poisson, répétèrent les autres en gloussant.

Je frissonnai, trop terrifiée pour pleurer. Une odeur de danger imprégnait l'air, une odeur de poudre et de poisson.

— Ne les écoute pas, reprit la femme. Tu viens d'un autre bateau de pêche ? Lequel ? N'aie pas peur. Montre-moi.

Sur le lac voguaient toutes sortes de barques, de pédalos, de voiliers et de bateaux de pêche comme celui-là, avec une longue étrave et une petite cabine au milieu. Je scrutai la pénombre intensément, le cœur battant.

— Là ! m'exclamai-je en pointant un pavillon flottant, plein de gens qui riaient et de lanternes. Là-bas ! Là-bas !

Je recommençai à pleurer, désespérant de retrouver ma famille et son réconfort. Le bateau de pêche vira souplement de bord, en direction des bonnes odeurs de cuisine.

— Hé ! cria la femme. Avez-vous perdu une petite fille ? Une enfant tombée à l'eau ?

Quelques exclamations fusèrent du pavillon flottant. Je m'efforçai de distinguer les visages d'Amah, de Baba, de maman. Les gens s'étaient massés d'un côté, se penchaient par-dessus le bastingage, tendaient les bras, nous dévisageaient. Que des étrangers, des faces rouges hilares, des voix fortes. Où était Amah ? Pourquoi maman ne venait-elle pas ? Une petite fille se fraya un passage au milieu des jambes des grandes personnes.

— Ce n'est pas moi ! cria-t-elle. Je suis ici ! Je ne suis pas tombée à l'eau !

Les gens rirent et se détournèrent.

— Petite sœur, tu t'es trompée, me dit la femme, tandis que le bateau de pêche s'éloignait.

Je ne répondis rien, recommençai à frissonner. Personne ne s'inquiétait de ma disparition. Je contemplai les centaines de lanternes qui dansaient sur le lac. Des pétards explosaient, les gens riaient. Plus le bateau avançait, plus le monde me semblait vaste. Et je sentis que j'étais perdue à jamais.

La femme continuait de m'observer. Ma tresse était dénouée, mes sous-vêtements mouillés et sales. J'avais perdu mes babouches.

— Qu'allons-nous faire. ? demanda un homme d'une voix paisible. Si personne ne la réclame.

— C'est peut-être une mendiante, remarqua un autre. Regardez ses vêtements. Elle doit faire partie de cette bande de gosses qui se déplacent sur des radeaux pour demander l'aumône.

J'étais terrifiée. Et si c'était vrai ? Et si je devenais une mendiante, loin de ma famille ?

— Tu n'as donc pas d'yeux pour voir ? grogna la femme. Regarde sa peau, trop pâle. Et sa plante des pieds, trop tendre.

— Alors déposons-la sur le rivage, répondit l'homme. Si elle a vraiment des parents, ils viendront la chercher.

— Quelle nuit ! soupira un autre homme. Il y a toujours des gens qui tombent à l'eau, les soirs de fête. Des poètes ivres et des petits enfants. Une chance qu'elle ne se soit pas noyée.

Et ils bavardèrent ainsi, de choses et d'autres, en voguant tranquillement vers la rive. Un homme mania une longue perche et le bateau se faufila parmi d'autres embarcations. Une fois accosté au ponton, l'homme qui m'avait repêchée me souleva entre ses mains qui sentaient le poisson pour me débarquer.

— Sois prudente, la prochaine fois, petite sœur ! me lança la femme tandis que leur bateau reprenait le large.

Sur le ponton, avec la lune brillante derrière moi, je vis tout de suite mon ombre. Elle était plus courte, cette fois, rétrécie, égarée. Je courus avec elle vers les buissons qui bordaient une allée et m'y dissimulai. Là, de ma cachette, j'entendis les conversations des promeneurs. J'entendis aussi les grenouilles et les grillons. Et ensuite, des flûtes et des cymbales, des gongs et des tambours !

En regardant au travers des branchages, je distinguai une foule de gens et puis, au-dessus d'eux, une estrade supportant la lune. Un jeune homme surgit d'un côté de la scène pour s'adresser à l'assistance : « Et, maintenant, Dame Lune va venir vous conter sa triste histoire, en théâtre d'ombres, avec des chants traditionnels. »

La Dame Lune ! Ces deux mots suffirent à me faire oublier mes ennuis. D'autres coups de gong et de cymbales retentirent, une ombre de femme se découpa devant la lune. Elle coiffait ses cheveux dénoués. Puis elle commença à parler, d'une voix si douce, si plaintive.

« Mon destin et ma pénitence, c'est vivre ici sur la Lune, tandis que mon mari vit sur le Soleil. Aussi nous passons chaque jour et chaque nuit sans nous voir, sauf ce soir, la nuit de la lune de la mi-automne. »

Le public se rapprocha. La Dame Lune tira son luth et commença son conte chanté.

De l'autre côté de la lune, je vis apparaître une silhouette d'homme. Dame Lune tendit les bras vers lui. « O Hou Yi, mon époux, maître archer des Cieux ! » chanta-t-elle. Mais son mari sembla ne pas la voir, trop occupé à contempler le ciel. Et le ciel brillant soudain d'un éclat éblouissant, sa bouche s'ouvrit toute grande, d'horreur ou de ravissement, impossible à dire.

La Dame Lune se prit la gorge entre les mains et s'affaissa en pleurant : « La famine par les dix soleils dans les Cieux de l'Est ! » Alors le maître archer banda son arc et décocha ses flèches magiques dans neuf soleils qui explosèrent. « Sombrant dans une mer scintillante ! », chanta joyeusement Dame Lune. Et j'entendis le grésillement et les craquements mortels des soleils.

Ensuite une fée, la reine des Cieux de l'Ouest, vola vers le maître archer, ouvrit un coffret et lui tendit une boule luisante, non pas un bébé soleil mais une pêche magique, la pêche de la vie éternelle ! Pendant ce temps-là, Dame Lune feignait d'être absorbée par sa broderie, mais je voyais bien qu'elle surveillait son mari. Elle le vit cacher la pêche dans une boîte. Puis il leva son arc et jura de jeûner toute une année pour prouver qu'il aurait la patience de vivre éternellement. À peine avait-il disparu que la Dame Lune se précipita sur la boîte et mangea la pêche.

Aussitôt elle commença à s'élever dans les airs, à voler, non pas comme la reine des Cieux mais comme une libellule aux ailes brisées. « Rejetée de cette terre par ma propre faute ! » cria-t-elle au moment où son mari revenait chez lui précipitamment. Il hurla : « Voleuse ! Voleuse de vie ! », ramassa son arc, le pointa sur sa femme et, dans un grand roulement de gong, le ciel devient tout noir.

Wyah ! Wyah ! La triste musique du luth reprit, alors que la lumière revenait sur la scène. La pauvre dame était là, devant une lune aussi brillante que le soleil. Ses longs cheveux balayaient ses larmes. Une éternité avait passé depuis qu'elle avait vu son époux pour la dernière fois. Tel était son destin : rester seule sur la Lune, poursuivant à jamais ses désirs égoïstes.

« Car la femme est yin, chanta-t-elle tristement, comme l'obscurité où demeurent les passions sauvages. Et l'homme est yang, comme la lumière qui éclaire notre esprit. »

Lorsque le récit chanté s'acheva, je pleurais, tremblante de désespoir. Sans avoir compris toute l'histoire, j'étais sensible au chagrin de Dame Lune. En l'espace d'un court instant, nous avions l'une et l'autre perdu notre monde, sans espoir d'y revenir.

Un autre coup de gong, et la Dame Lune inclina la tête. La foule applaudit vigoureusement. Puis le jeune homme du début réapparut et proclama : « Attendez, vous autres ! La Dame Lune consent à accorder un vœu secret à chaque personne présente... » Une excitation courut dans les rangs, des chuchotements se propagèrent. « Contre une obole minime... », poursuivit le jeune homme. Alors les gens ricanèrent, grognèrent et se dispersèrent. Le jeune homme cria : « Une occasion qui ne se produit qu'une fois l'an ! » Mais personne n'écoutait plus, sauf moi et mon ombre, dans notre buisson.

« J'ai un vœu ! J'en ai un ! », m'écriai-je en bondissant hors du buisson. Mais le jeune homme ne me prêta aucune attention et il quitta la scène. Pieds nus, je courus vers la lune pour dire à Dame Lune ce que je souhaitais, parce que, désormais, je savais quel était mon vœu. Je filai aussi vite qu'un lézard derrière la scène, de l'autre côté de la lune.

Et je la vis, droite et immobile. Belle, embrasée par la lumière d'une douzaine de lampes au kérosène. Puis elle secoua ses longs cheveux et descendit les marches.

« J'ai un vœu », murmurai-je. Là non plus elle ne m'entendit pas. Alors je m'approchai, assez pour voir son visage. Des joues ratatinées, un nez épaté et luisant, des dents larges, et des yeux rougis. Des traits las. Elle se débarrassa de sa lourde chevelure et sa longue robe glissa de ses épaules. Alors, au moment même où mon vœu s'échappait enfin de mes lèvres, la Dame Lune se métamorphosa en homme.

Tant d'années ont passé avant que je puisse me souvenir de ce que j'avais souhaité obtenir, de la Dame Lune, cette nuit-là. J'avais même oublié comment mes parents m'avaient récupérée. Les deux choses m'apparaissent comme une illusion, un désir jamais réalisé. Et bien que ma famille m'eût retrouvée, après m'avoir longuement appelée et cherchée le long de la rive, je n'ai jamais cru qu'ils avaient retrouvé la même fille.

Et puis, les années passant, j'ai oublié mon aventure. La pitoyable histoire chantée par Dame Lune, le bateau pavillon, l'oiseau avec son anneau autour du cou, les petites fleurs brodées sur mes manches, le feu des Cinq Démons.

Pourtant, maintenant que je suis vieille, que je m'achemine vers la fin de ma vie, je me rapproche de son commencement. Et je me rappelle toutes les choses qui sont arrivées ce jour-là, car elles se sont souvent reproduites au cours de ma vie. Cette innocence, cette confiance, cette fougue. L'émerveillement, la peur, la solitude. Et comment je me suis perdue moi-même.

Je me souviens de tout. Et ce soir, quinzième jour de la huitième lune, je me souviens de ce que j'ai demandé à la Dame Lune il y a si longtemps.

Que l'on me retrouve.

LES VINGT-SIX
PORTES MALÉFIQUES

— *Ne dépasse pas le coin de la rue avec ta bicyclette*, recommanda la mère à sa fillette de sept ans.

— *Pourquoi non ?* protesta l'enfant.

— *Parce que je ne peux plus te voir. Tu vas tomber et je ne t'entendrai pas.*

— *Comment sais-tu que je vais tomber ?* pleurnicha la petite fille.

— *C'est écrit dans un livre,* Les Vingt-Six Portes maléfiques. *Toutes les mauvaises choses qui peuvent t'arriver hors de la protection de cette maison.*

— *Je ne te crois pas. Montre-moi ce livre.*

— *Il est en chinois. Tu ne peux pas comprendre. C'est pourquoi tu dois m'écouter.*

— *Dis-moi ce que c'est, alors,* réclama la fillette, *les-vingt-six mauvaises choses.*

Mais la mère continua de tricoter en silence.

— *Dis-le-moi !* cria sa fille. La mère ne répondait toujours pas.

— *Tu ne peux pas le dire parce que tu ne sais pas ! Tu ne sais rien du tout !*

La fillette courut dehors, enfourcha sa bicyclette, et dans sa hâte de s'échapper, tomba avant même d'atteindre le coin de la rue.

Waverly Jong

LES RÈGLES DU JEU

J'avais six ans lorsque ma mère m'enseigna l'art de la force invisible. Il s'agissait d'une stratégie visant à gagner des discussions, le respect des autres et, occasionnellement, bien que ni l'une ni l'autre ne le sût à l'époque, des parties d'échecs.

« Mords-toi la langue », me gronda ma mère le jour où je me mis à pleurer bruyamment en lui tiraillant le bras pour la traîner vers la boutique qui vendait des prunes salées. Puis, de retour à la maison, elle déclara : « Le sage ne va pas contre le vent. En chinois nous disons : Arrive du sud, souffle avec le vent, et hop ! le nord suivra. Le vent le plus fort ne se voit pas. »

La semaine suivante, en entrant dans la boutique des friandises défendues, je me mordis la langue. Une fois ses achats terminés et posés sur le comptoir, ma mère cueillit un sachet de prunes et l'ajouta aux autres articles.

Ma mère nous transmettait ses vérités quotidiennes afin de nous aider, mes frères aînés et moi, à nous élever au-dessus de notre condition. Nous habitions le quartier de Chinatown, à San Francisco. Comme la plupart des autres enfants qui jouaient dans les arrière-cours des restaurants et des boutiques de souvenirs, jamais il ne me vint à l'idée que nous étions pauvres. Mon bol était toujours plein, avec cinq mets différents, trois repas par jour, commençant par une soupe remplie de choses mystérieuses dont je ne tenais pas à connaître le nom.

Nous habitions Waverly Place, dans un deux-pièces calme et clair situé au-dessus d'une petite boulangerie spécialisée dans les gâteaux à la vapeur et les petits prix. À l'aube, quand la ruelle était encore déserte, je sentais la bonne odeur des haricots rouges que l'on réduisait en pâte sucrée. Au lever du jour, notre appartement était assailli par le parfum de sésame grillé et des brioches fourrées au poulet. De mon lit, j'entendais mon père se préparer pour aller travailler, puis refermer la porte derrière lui. Clic-clac.

À l'extrémité de notre ruelle, qui comptait deux pâtés de maisons, se trouvait un petit terrain de jeu, avec des balançoires et des toboggans lustrés par l'usage. L'aire de jeu était bordée de bancs de bois où les anciens du « pays » venaient s'asseoir, décortiquer des graines de pastèque grillées du bout de leurs dents en or, et jeter les cosses à une foule impatiente de pigeons roucoulants. Le meilleur terrain de jeu, cependant, était la sombre ruelle elle-même. Elle regorgeait de mystères quotidiens et d'aventures. Mes frères et moi aimions scruter la boutique de l'herboriste et observer le vieux Li distribuer avec parcimonie sur un morceau de papier rigide le poids exact de carcasses d'insectes, de graines couleur safran, et de feuilles piquantes pour les douleurs de ses clients. On disait qu'il avait guéri une femme souffrant d'une malédiction ancestrale qui avait rebuté les plus grands docteurs américains. Près de la pharmacie se trouvait un imprimeur spécialisé dans les faire-part de mariage à fioritures et les inscriptions sur les bannières rouges des festivités.

Plus loin, il y avait le marché aux poissons *Ping Yuen*. La vitrine principale dévoilait un bassin peuplé de malheureux poissons et de tortues qui bataillaient pour arriver à poser une patte sur les bordures glissantes en carrelage vert. Une pancarte rédigée à la main avertissait les touristes : « Dans ce magasin, tout se mange. Pas d'animaux domestiques. » À l'intérieur, les poissonniers, avec leurs tabliers blancs tachés de sang, vidaient les entrailles des poissons tandis que les clients criaient leurs commandes : « Et donnez-moi ce que vous avez de plus frais ! » Ce à quoi les vendeurs répondaient : « Tout est frais, ici ! » Les jours les plus calmes, nous inspections les cageots de grenouilles et de crabes vivants que l'on nous recommandait de ne pas toucher, les caisses de seiches séchées, et les rangées empilées de crevettes congelées, de calamars, et de poissons glissants. Chaque fois, les limandes me faisaient frissonner. Leurs yeux alignés sur leur face aplatie me rappelaient une histoire que me racontait ma mère à propos d'une fille insouciante qui s'était élancée dans une rue animée et qu'un taxi avait écrasée. « Complètement aplatie », concluait ma mère.

Au coin de la ruelle se trouvait *Hong Sin's,* un café de quatre tables, avec un escalier extérieur sur le devant qui montait à une porte marquée « Fournisseurs ». Mes frères et moi imaginions que, le soir, de vilains personnages surgissaient par cette porte. Les touristes n'entraient jamais chez *Hong Sin's.* Le menu était exclusivement rédigé en chinois. Un Blanc armé d'un gros appareil-photo nous demanda un jour de poser, moi et mes camarades de jeu, devant le restaurant. Il nous avait placés sur le côté de façon à pouvoir cadrer le canard rôti dont la tête pendait au bout d'une ficelle luisante de jus. La photo prise, je lui conseillai d'aller dîner chez *Hong Sin's.* Souriant, il me demanda ce qu'on y servait et je répondis en criant : « Des boyaux et des pattes de canards, et des gésiers de pieuvres ! » Puis je décampai avec mes amis en hurlant de rire, pour aller me réfugier sous le porche voûté de la Compagnie chinoise de pierres précieuses, le cœur battant de l'espoir qu'il allait nous poursuivre.

Ma mère me baptisa du nom de la rue où nous habitions : Waverly Place Jong, mon nom officiel pour les importants documents américains. Mais ma famille m'appelait Meimei, « Petite Sœur ». J'étais la benjamine et la seule fille. Chaque matin, avant l'école, ma mère tordait et tirait sur mes cheveux noirs pour former deux nattes très serrées. Un jour, alors qu'elle bataillait pour passer un peigne aux dents dures à travers mes cheveux rebelles, une idée sournoise me vint à l'esprit.

— Maman, c'est quoi la torture chinoise ? demandai-je.

Ma mère secoua la tête, une pince à cheveux entre les lèvres. Elle humecta sa paume de main pour lisser une mèche au-dessus de mon oreille, puis elle planta la pince dedans en me raclant le cuir chevelu.

— Qui a prononcé ce mot ? s'enquit-elle sans paraître remarquer mon hypocrisie.

Je haussai les épaules et répondis :

— Oh, un garçon de ma classe dit que les Chinois font de la torture chinoise.

— Les Chinois font beaucoup de choses, dit-elle simplement. Les Chinois font des affaires, de la médecine, de la peinture. Ils ne sont pas paresseux comme les Américains. Nous pratiquons aussi la torture. La meilleure.

C'est mon frère aîné Vincent qui, en réalité, reçut le jeu d'échecs. Nous assistions à la fête de Noël organisée chaque année par la Première Église baptiste chinoise, au bout de la rue. Les dames patronnesses avaient rassemblé une grande hotte de cadeaux donnés par les membres d'une autre église. Aucun des présents ne portait de nom. Ils étaient divisés en tas pour les garçons et les filles de différents âges.

L'un des paroissiens chinois avait fait don d'un costume de Père Noël et d'une barbe en carton où étaient collées des boules de coton. Il me semble que les seuls enfants à « y croire » étaient trop jeunes pour savoir que le Père Noël n'était pas chinois. Lorsque vint mon tour, le Père Noël me demanda mon âge. Je crus à une ruse : j'avais sept ans selon le calendrier américain, et huit selon le calendrier chinois. Je répondis que j'étais née le 17 mars 1951. Cela parut le satisfaire. Ensuite il me demanda d'un ton solennel si j'avais été très sage pendant l'année, si je croyais en Jésus-Christ et si j'obéissais à mes parents. Je ne connaissais qu'une seule réponse à cela : je hochai la tête avec une égale solennité.

Pour avoir observé les autres enfants ouvrir leurs paquets, je savais que les gros n'étaient pas nécessairement les plus intéressants. Une fille de mon âge reçut un grand livre à colorier avec des personnages bibliques, tandis qu'une autre, moins vorace, qui avait choisi un paquet plus petit, avait reçu un flacon d'eau de toilette à la lavande. Un garçon de dix ans porta son choix sur une boîte qui faisait du bruit quand on la secouait. C'était un globe en fer-blanc avec une fente pour glisser des pièces de monnaie. Il avait dû le croire rempli d'argent, car, en découvrant une seule pièce de dix cents, sa mine s'allongea avec un tel désappointement que sa mère le gifla et le sortit de la salle paroissiale, en s'excusant devant tout le monde des mauvaises manières de son fils qui ne savait pas apprécier un si beau cadeau.

Je plongeai ma main dans la hotte et tâtai rapidement les paquets restants, évaluant leur poids, imaginant leur contenu. Mon choix se porta sur un paquet compact et lourd, enveloppé dans un papier argenté brillant avec un ruban de satin rouge. C'était une boîte de douze rouleaux de *Life Savers*[1]. Je passai le restant de la fête à ranger et reranger les

----

1. Bonbons acidulés en forme de bouées de sauvetage, enveloppés dans un papier.

bonbons dans l'ordre de mes préférences. Le choix de mon frère Winston fut également judicieux : il hérita d'une boîte de pièces de construction en plastique assez compliquées. Les instructions inscrites sur la boîte affirmaient que, correctement assemblées, les pièces formeraient une authentique réplique miniature d'un sous-marin de la Seconde Guerre mondiale.

Vincent eut le jeu d'échecs, qui aurait été un présent extrêmement décent à recevoir dans une fête de Noël paroissiale s'il avait été moins usé et si, comme nous allions bientôt le découvrir, il ne lui avait manqué un pion noir et un cavalier blanc. Ma mère remercia gracieusement le bienfaiteur anonyme en disant : « Trop beau. Trop cher. » Ce à quoi une vieille dame aux beaux cheveux blancs laineux répondit par un signe de tête dans notre direction et chuchota : « Joyeux, très joyeux Noël. »

De retour à la maison, ma mère demanda à Vincent de jeter son jeu d'échecs. « Elle n'en veut pas. Nous n'en voulons pas », expliqua-t-elle en rejetant la tête de côté avec un sourire pincé et fier. Mes frères firent la sourde oreille. Ils avaient déjà commencé à aligner les pièces et déchiffraient le livret écorné de la règle du jeu.

Pendant toute la semaine de Noël, j'observai Vincent et Winston jouer. L'échiquier semblait receler des secrets raffinés attendant d'être décodés. Les pièces du jeu d'échecs détenaient plus de pouvoirs que les herbes magiques du vieux Li capables de guérir des malédictions ancestrales. Et mes frères arboraient des mines si sérieuses que l'enjeu était, j'en étais sûre, plus excitant que d'éviter la porte des « Fournisseurs » du *Hong Sin's*.

« Laissez-moi jouer ! Laissez-moi jouer ! » suppliais-je entre les parties, lorsque l'un de mes frères se renversait sur sa chaise avec un soupir de soulagement et de victoire, et l'autre avec un soupir excédé, refusant d'en rester à ce score. Vincent refusa d'abord de me laisser jouer, mais il s'adoucit lorsque je lui proposai, en échange, de remplacer les pièces manquantes par des *Life Savers* au lieu des boutons. Il choisit les parfums : cerise sauvage pour le pion noir, et menthe pour le cavalier blanc. Le vainqueur pourrait manger les deux.

Tandis que notre mère saupoudrait la farine et roulait la pâte des petits pains ronds pour les boulettes à la vapeur, au menu du dîner ce soir-là, Vincent m'expliqua les règles en pointant chaque pièce :

— Tu as seize pièces, et moi aussi. Un roi et une reine, deux fous, deux cavaliers, deux tours, et huit hommes. Les hommes ne peuvent avancer que d'une case à la fois, sauf au premier coup où ils avancent de deux. Mais ils ne peuvent prendre leurs adversaires qu'en biais, de cette manière, sauf au début, où ils avancent de face et peuvent prendre un homme devant eux.

— Pourquoi ? demandai-je en avançant mon pion. Pourquoi ne peuvent-ils marcher plus vite ?

— Parce que ce sont des hommes.

— Mais pourquoi se déplacent-ils en biais pour attraper leurs adversaires ? Et pourquoi des hommes, et pas des femmes ou des enfants ?

— Pourquoi le ciel est bleu ? Pourquoi poses-tu des questions idiotes ? rétorqua Vincent. C'est un jeu. Il y a des règles. Ce n'est pas moi qui les ai inventées. Regarde, c'est écrit là, dans ce livre, ajouta-t-il en pointant une page. Lis toi-même.

— Laisse-moi voir ce livre, intervint ma mère en essuyant la farine de ses mains.

Elle feuilleta rapidement les pages, sans s'arrêter sur les notes écrites en anglais, sans rien chercher de précis. Délibérément.

— Règles américaines, conclut-elle enfin. Toujours les gens qui viennent de pays étrangers doivent apprendre les règles. « Vous ne savez pas, dit le juge, c'est mal, retournez chez vous. » Ils ne vous disent pas pourquoi vous devez utiliser leur façon de faire. Ils vous disent « Vous ne savez pas, découvrez tout seuls. » Mais eux, tout le temps, savent. « Il faut accepter, comprendre le pourquoi soi-même », ajouta notre mère en redressant la tête avec un sourire satisfait.

Plus tard j'appris tous les « Pourquoi ». Je lus les règles, vérifiai le sens des mots compliqués dans le dictionnaire. J'empruntai des ouvrages à la bibliothèque de Chinatown. J'étudiai chaque pièce, cherchai à assimiler son pouvoir caché.

J'appris comment commencer une partie, et pourquoi il est important de très vite contrôler le centre : le chemin le plus court passe par le milieu. Je me familiarisai avec le jeu central, compris pourquoi les tactiques entre deux adversaires ressemblent à des affrontements d'idées : le joueur le meilleur est celui qui détient les plans les plus clairs pour attaquer et pour éviter les pièges. J'appris pourquoi il est essentiel, en fin de partie, d'avoir anticipé le jeu, de posséder une connaissance mathématique de tous les mouvements possibles, et de la patience : toutes les faiblesses et les avantages apparaissent claire-ment à un joueur fort, et s'embrouillent devant la vue d'un joueur affaibli. Je découvris qu'un joueur doit rassembler des forces invisibles et voir l'issue d'une partie avant son début.

Je découvris aussi pourquoi je ne devais pas révéler le « Pourquoi » aux autres. Une parcelle de connais-sance renferme un énorme avantage que l'on doit conserver en prévision d'une utilisation future. Là est le pouvoir des échecs. C'est un jeu de secrets dans lequel on démontre sans rien expliquer.

Les secrets que je découvrais dans les soixante-quatre cases noires et blanches me fascinaient. Je dessinai soigneusement un échiquier sur une feuille de papier que j'épinglai sur le mur près de mon lit et, le soir, je pouvais ainsi suivre d'imaginaires batailles. Bientôt je cessai de perdre mes *Life Savers,* mais je perdis mes adversaires. Winston et Vincent décidèrent qu'il était plus passionnant de courir dans les rues en rentrant de l'école, coiffés de cha-peaux de cow-boy à la Hopalong Cassidy.

Par un froid après-midi de printemps, en revenant à pied de l'école, je fis un détour par le terrain de jeu du bout de notre rue. Un groupe de vieux messieurs se tenaient là, deux étaient assis face à face devant une table pliante en train de jouer aux échecs, les autres fumaient leur pipe et grignotaient des caca-huètes en les regardant. Je courus à la maison cher-cher l'échiquier de Vincent, qui était emballé dans une boîte en carton entourée d'élastiques, et choisis soigneusement deux rouleaux de précieux *Life Savers*. Puis je revins au parc et m'approchai d'un homme qui observait la partie en cours.

— Vous voulez jouer ? lui proposai-je.

Ses yeux s'agrandirent de surprise et il sourit en regardant la boîte serrée sous mon bras.

— Petite sœur, ça fait longtemps que je n'ai pas joué à la poupée, répondit-il avec un sourire bienveillant.

Je m'empressai d'ouvrir ma boîte et d'installer mon échiquier sur le banc, à côté de lui.

Lau Po, ainsi qu'il m'autorisa à l'appeler, se révéla un bien meilleur joueur que mes frères. Je perdis de nombreuses parties et de nombreux *Life Savers,* mais à mesure que les semaines passaient, et que mes rouleaux de bonbons diminuaient, j'engrangeais de nouveaux secrets. Lau Po m'indiquait les termes. « La double attaque depuis les rives de l'est et de l'ouest », « le jet de pierres sur l'homme qui se noie », « la soudaine réunion du clan », « la surprise qui vient du garde endormi », « l'humble serviteur qui tue le roi », « le sable dans les yeux des forces adverses », « un double meurtre sans effusion de sang ».

Il y avait aussi les règles de l'étiquette. Il fallait aligner les pions adverses capturés en rangées bien nettes, comme des prisonniers bien traités. Ne jamais annoncer « Échec » avec vanité, de peur qu'une épée invisible ne vous transperce la gorge. Ne jamais rejeter violemment ses pièces à terre après avoir perdu une partie, sous peine de devoir les ramasser soi-même et de s'excuser devant tout le monde. À la fin de l'été, Lau Po m'avait appris tout ce qu'il savait, et j'étais devenue meilleure joueuse.

Le week-end, un petit rassemblement de Chinois et de touristes se formait autour de moi pour me voir défaire mes adversaires les uns après les autres. Ma mère se joignait aux badauds pendant ces parties-exhibitions de plein air. Elle s'installait fièrement sur le banc et déclarait à mes admirateurs, avec une humilité toute chinoise : « C'est la chance. »

Un homme qui me vit jouer dans le parc suggéra à ma mère de m'inscrire aux tournois d'échecs locaux. Elle répondit par un sourire gracieux, qui ne signifiait rien. J'avais une envie terrible de participer à ces tournois, mais je me mordis sagement la langue. Je savais que ma mère ne me laisserait pas jouer parmi des étrangers. Aussi, de retour à la maison, je lui déclarai d'une petite voix que je ne tenais pas à jouer dans le tournoi local. Ils observaient les règles américaines. Si je perdais, je risquais d'attirer la honte sur ma famille.

« La honte est de tomber quand personne ne te pousse », répliqua ma mère.

Lors de mon premier tournoi, elle resta assise près de moi au premier rang en attendant mon tour. Je n'arrêtais pas de soulever mes cuisses pour les décoller du métal froid de la chaise pliante. Lorsqu'on appela mon nom, je bondis. Ma mère déplia quelque chose sur ses genoux. C'était son gri-gri, une petite tablette de jade rouge censée contenir le feu du soleil. « C'est la chance », murmura-t-elle en la fourrant dans la poche de ma robe. Je fis face à mon adversaire, un garçon de quinze ans qui venait d'Oakland. Il me dévisagea en fronçant le nez.

Dès que la partie débuta, le garçon disparut de ma vue, la salle perdit toutes ses couleurs, et je ne vis plus que mes pièces blanches et les noires, en face. Une brise légère commença à souffler à mes oreilles, murmurant des secrets que seule je pouvais entendre.

« Souffle du sud, chuchotait-elle. Le vent ne laisse pas de trace. » Je vis un chemin dégagé, les pièges à éviter. La brise souffla plus fort. « Jette du sable à l'est pour le distraire. » Et le cavalier adverse s'élança, prêt à se sacrifier. La brise siffla, de plus en plus fort. « Va, va, il ne peut pas te voir. Il est aveuglé, maintenant. Oblige-le à se dresser contre le vent, il sera ainsi plus facile à abattre. »

— Échec, dis-je, alors que la brise éclatait de rire. Puis le vent tomba, se réduisant à de petites bouffées. Mon propre souffle.

Ma mère plaça mon premier trophée près d'un jeu d'échecs en plastique tout neuf offert par la Société taoïste du voisinage. En nettoyant chaque pièce avec un chiffon doux, elle me dit :

— La prochaine fois, gagne plus, perds moins.

— Mais, maman, ça ne se compte pas au nombre de pièces perdues, répondis-je. Parfois il faut en perdre pour avancer.

— Mieux vaut en perdre moins, sauf si c'est vraiment utile.

Au tournoi suivant, je gagnai encore, mais c'est ma mère qui arbora le sourire le plus triomphant.

— Huit pièces perdues, aujourd'hui. La dernière fois, onze. Je te l'avais dit ! Mieux vaut en perdre moins !

Cela m'agaçait, mais je ne pouvais rien dire.

Je participai à d'autres tournois, chaque fois un peu plus éloignés de la maison. Je remportais toutes les parties, dans toutes les catégories. La boulangerie chinoise du rez-de-chaussée exposa dans sa vitrine ma collection de plus en plus nombreuse de trophées, au milieu des gâteaux couverts de poussière qu'on ne retirait jamais. Le lendemain de ma victoire dans un important tournoi régional, la vitrine s'enrichit d'un gâteau frais nappé de crème fouettée avec ces mots tracés en rouge : « Félicitations — Waverly Jong — Championne d'Échecs de Chinatown. » Peu de temps après, un fleuriste et une entreprise de pompes funèbres m'offrirent leur parrainage pour les tournois nationaux. Ce jour-là, ma mère décréta que je serais désormais dispensée de laver la vaisselle. Winston et Vincent se chargeraient de mes corvées.

— Pourquoi est-ce qu'elle joue et que nous travaillons ? se plaignit Vincent.

— Règles américaines, rétorqua ma mère. Meimei joue, elle presse sa cervelle pour gagner. Vous jouez, vous pressez l'éponge.

À mon neuvième anniversaire, j'étais championne nationale d'échecs. J'avais encore un retard de quatre cent vingt-neuf points sur les grands maîtres, mais on me donnait comme le « grand espoir d'Amérique », une enfant prodige, et une fille de surcroît. Une photo de moi parut dans le magazine *Life,* à côté d'une citation de Bobby Fisher déclarant : « Jamais une femme ne sera grand maître. » « À vous de jouer, Bobby », concluait la légende.

Le jour où l'on prit cette photo de moi pour le magazine, je portais des nattes soigneusement tressées, attachées par des barrettes en plastique ornées de faux diamants. J'étais en train de disputer une partie dans le grand auditorium d'un collège, qui résonnait de l'écho des toux catarrheuses et des grincements des bouts en caoutchouc des pieds de chaises sur le parquet fraîchement ciré. En face de moi se tenait un Américain, à peu près de l'âge de Lau Po, soit une cinquantaine d'années. Je me souviens que son front moite se couvrait de sueur à chacun de mes coups. Il portait un costume sombre et malodorant. L'une de ses poches était bourrée d'un immense mouchoir blanc, sur lequel il essuyait sa paume de main, avant de fondre sur la pièce choisie avec de grands moulinets.

Dans ma robe empesée rose et blanche ornée d'un col en dentelle raide (l'une des deux confectionnées par ma mère pour les grandes occasions), je bloquai mes mains sous mon menton, les pointes délicates de mes coudes légèrement posées sur la table, dans la pose que ma mère m'avait appris à tenir devant la presse. Sous la table, je balançais mes souliers vernis noirs comme une gamine impatiente dans le bus de ramassage scolaire. Puis je m'arrêtais, tétais mes lèvres, suspendais la pièce que j'avais choisie au-dessus de l'échiquier, apparemment indécise, avant de la planter dans sa nouvelle position offensive, en décochant un sourire triomphant à mon adversaire pour faire bonne mesure.

Désormais je ne jouais plus dans la ruelle de Waverly Place. Je n'allais plus sur le terrain où se réunissaient les pigeons et les vieux messieurs. J'allais à l'école, puis revenais directement à la maison pour apprendre d'autres secrets sur mon échiquier, de subtiles tactiques d'attaque, de nouvelles esquives.

Mais, à la maison, j'avais du mal à me concentrer. Ma mère avait pris l'habitude de venir se camper près de moi pendant que j'expérimentais mes coups. Elle devait, je crois, se considérer comme mon ange protecteur. Ses lèvres restaient serrées, mais après chaque mouvement un léger « Hommmmph ! » s'échappait de son nez.

— Maman, je ne peux pas m'exercer quand tu restes plantée à côté de moi comme ça, protestai-je un beau jour.

Elle battit en retraite dans la cuisine en faisant beaucoup de bruit avec les casseroles et la vaisselle. Quand le tintamarre s'arrêta, je l'aperçus du coin de l'œil postée sur le seuil de la porte.

— Hommmmph, souffla-t-elle.

Mais ce « Hommmmph »-là était sorti de sa gorge.

Mes parents firent beaucoup de concessions pour me permettre de m'entraîner. Un jour, je me plaignis que la chambre que je partageais était trop bruyante et m'empêchait de réfléchir. Mes frères furent aussitôt délogés et contraints de dormir dans un lit installé dans le salon, face à la rue. Je décrétai que je ne pouvais pas finir mon riz, ma tête fonctionnant mal quand mon estomac était trop lourd. On me laissa quitter la table, mon bol encore à moitié plein, et personne ne protesta. Pourtant, il resta un devoir auquel je ne pus me soustraire : accompagner ma mère au marché du samedi, quand je n'avais pas de tournoi. Elle marchait fièrement à mes côtés, pénétrait dans presque toutes les boutiques et achetait très peu. « C'est ma fille, Waverly Jong », disait-elle à qui voulait l'entendre.

Un jour, en sortant d'une boutique, je soufflai entre mes dents :

— J'aimerais que tu arrêtes de faire ça. De raconter à tout le monde que je suis ta fille.

Ma mère se figea. Des gens portant de lourds paniers nous bousculèrent sur le trottoir comme s'ils montaient à la charge, l'épaule en avant.

— *Aiiii-ya !* Tu as honte de ta mère ? gronda-t-elle en agrippant ma main, ses yeux fouillant les miens.

Je baissai la tête.

— Ce n'est pas ça. Mais tu en fais trop. C'est gênant, à la fin.

— C'est gênant d'être ma fille ?

Sa voix frémissait de colère.

— Ce n'est pas ce que je voulais dire. Et ce n'est pas ce que j'ai dit.

— Que dis-tu ?

Je savais que c'était une erreur de prononcer un seul mot de plus, mais j'entendis ma propre voix qui ajoutait :

— Pourquoi te sers-tu de moi pour fanfaronner ? Si tu veux épater les autres, alors apprends à jouer aux échecs.

Les yeux de ma mère se plissèrent en deux fentes menaçantes. Elle n'avait pas de mots pour me condamner, juste un silence tranchant.

Je sentis le vent souffler à mes oreilles écarlates. J'arrachai ma main de son emprise et fis volte-face, heurtant de plein fouet une vieille dame, dont le sac de provisions se répandit sur le sol.

— *Aiiii-ya !* Espèce d'idiote ! crièrent d'une même voix la vieille dame et ma mère.

Oranges et boîtes de conserve dévalèrent le trottoir. Profitant que ma mère se baissait pour aider la vieille dame à ramasser son bien, je décampai.

Je filai droit dans la rue, zigzaguant entre les passants sans regarder en arrière, tandis que ma mère criait d'une voix stridente : « Meimei ! Meimei ! » Je longeai une allée couverte, dépassai des boutiques sombres aux stores baissés et des marchands en train de laver la suie de leur vitrine, émergeai en plein soleil, dans une grande rue bondée de touristes qui flânaient devant les souvenirs et les bibelots. Plongeai dans une autre ruelle obscure, débouchai dans une seconde rue, puis encore une autre allée couverte. Je courus jusqu'à en avoir mal, jusqu'à ce que je comprisse que je n'avais aucun endroit où me réfugier, ni rien à fuir. Aucune voie d'esquive dans ces ruelles.

Mon souffle jaillissait comme une fumée de colère. Il faisait froid. Je m'assis sur un seau en plastique retourné, près d'une pile de cartons vides, le menton dans la main, le cerveau en ébullition. J'imaginais ma mère, marchant d'un pas vif dans une rue à ma poursuite, puis dans une autre, puis abandonnant ses recherches pour rentrer m'attendre à la maison. Au bout de deux heures, je me relevai sur mes jambes flageolantes et revins chez moi à pas lents.

La ruelle était calme et je distinguais les lumières jaunes aux fenêtres de notre appartement, pareilles à des yeux de tigre dans la nuit. Je grimpai les seize marches jusqu'à la porte, avec précaution, pour éviter de les faire craquer. Je tournai le bouton de la porte. Fermée. J'entendis une chaise racler sur le sol, des pas précipités, la clé tourner dans la serrure. Clic-clac. La porte s'ouvrit.

— Il était temps que tu rentres, souffla Vincent. Ma vieille, tu vas avoir des ennuis.

Il fila en vitesse s'asseoir à la table. La carcasse d'un grand poisson reposait sur un plat, sa tête charnue encore attachée aux arêtes qui semblaient nager à contre-courant dans une vaine tentative de fuite. Je restai là, debout, attendant ma punition. Ma mère jeta d'une voix sèche :

— Ne nous occupons pas de cette fille. Cette fille ne s'occupe pas de nous.

Personne ne m'adressa un regard. Les baguettes en corne cliquetaient contre les bols, accompagnées de bruits de bouches affamées.

Je gagnai ma chambre, fermai la porte, et m'étendis sur le lit. La pièce était noire, le plafond peuplé des ombres projetées par les lumières du dehors.

En pensée, je vis un échiquier avec ses soixante-quatre cases noires et blanches. Face à moi se tenait mon adversaire, les paupières plissées de colère, un sourire de triomphe aux lèvres. « Le vent le plus fort ne se voit pas », disait-elle.

Ses pions noirs se mettaient en marche, progressant lentement, comme un seul homme. Mes pièces blanches criaient, se bousculaient, et tombaient du plateau une à une. Ses pions s'approchant de mon bord, je me sentais soudain devenir légère. Je m'élevais en l'air et m'échappais par la fenêtre. De plus en plus haut, au-dessus de la ruelle, au-dessus des toits de tuiles, où le vent me recueillait pour me propulser dans le ciel nocturne, jusqu'à ce que tout disparût au-dessous de moi et que je fusse seule.

Je fermai les yeux et ruminai mon coup suivant.

LENA ST. CLAIR

LA VOIX DANS LE MUR

Lorsque j'étais petite, ma mère me raconta que mon arrière-grand-père avait condamné un mendiant à une peine de mort atroce et que, peu après, le défunt était revenu tuer mon arrière-grand-père. C'était cela ou bien mourir d'une mauvaise grippe une semaine plus tard.

J'aimais rejouer dans ma tête, inlassablement, les derniers instants du mendiant. Je voyais le bourreau lui ôter sa chemise avant de le conduire dans une cour fermée. « Ce traître, lisait l'exécuteur à voix haute, est condamné à mourir de mille entailles. » Mais avant même qu'il eût brandi l'épée qui allait trancher la vie du mendiant en rondelles, on s'apercevait que l'esprit de ce dernier s'était déjà brisé en mille morceaux. Quelques jours plus tard, en levant les yeux de ses livres, mon arrière-grand-père reconnaissait l'homme, qui avait l'aspect d'un vase brisé en mille éclats hâtivement recollés. « Quand l'épée m'a frappé, lui déclarait le fantôme, je croyais que c'était la pire chose qu'il me faudrait endurer. Mais je me trompais. Le pire c'est l'autre côté. » Et le défunt enlaçait mon arrière-grand-père de son bras morcelé pour l'entraîner à travers le mur et lui montrer ce qu'il voulait dire.

Je demandai un jour à ma mère comment il était vraiment mort.

— Dans son lit, répondit-elle. Très vite. Deux jours après être tombé malade.

— Non, non, je parle de l'autre homme. Comment a-t-il été tué ? Lui a-t-on découpé la peau avant ? A-t-on utilisé un couperet pour lui trancher les os ? A-t-il crié ? A-t-il souffert des mille coupures ?

— Ahhhh ! Pourquoi vous autres, Américains, avez-vous donc la tête emplie de pensées si morbides ? s'écria ma mère en chinois. Cet homme est décédé depuis près de soixante-dix ans. Qu'importe la façon dont il est mort !

J'ai toujours pensé que cela importait, au contraire, de savoir quelle est la pire chose qui peut vous arriver, comment vous pouvez l'éviter et ne pas être attiré par la magie de l'indicible. Parce que, même très jeune, je percevais les terreurs cachées qui cernaient notre maison, celles-là même qui avaient poursuivi ma mère jusqu'à ce qu'elle se fût repliée dans un coin secret de son esprit et qui pourtant l'y avaient débusquée. Et qui la dévorèrent sous mes yeux, année après année, morceau par morceau, jusqu'à ce qu'elle eût disparu, jusqu'à ce qu'elle fût devenue un fantôme.

Si j'en crois mon souvenir, les ténèbres où sombra ma mère filtrèrent de la cave de notre vieille maison d'Oakland. J'avais cinq ans alors. Ma mère s'efforça de m'éloigner de cette cave. Elle barricada la porte avec une chaise et ajouta une chaîne de sécurité aux deux verrous. L'endroit dégageait un tel mystère que je dépensais une énergie folle à tenter de violer cette porte. Jusqu'au jour où je parvins à la forcer, et où je sombrai tête la première dans l'abîme. Ma mère attendit que j'eusse fini de hurler et d'essuyer mon nez ensanglanté sur sa blouse, pour me parler du méchant homme qui habitait dans l'entresol et m'expliquer pourquoi je ne devais plus chercher à ouvrir la porte. Il vivait là depuis des milliers d'années, disait-elle, et il était si méchant et si vorace que si elle ne m'avait secourue rapidement, il aurait planté cinq bébés en moi, avant de nous dévorer tous les six et de jeter nos os sur le sol sale.

C'est après cela que je commençai à voir des choses épouvantables. Je les voyais avec mes yeux de Chinoise, la moitié de moi qui venait de ma mère. Je voyais des démons danser fiévreusement dans le fond des trous que je creusais dans le bac à sable. Je voyais des yeux dans les éclairs, qui cherchaient à fondre sur les petits enfants. Je voyais un scarabée avec un visage d'enfant, que j'écrasais sous la roue de ma bicyclette. En grandissant, je vis des choses invisibles pour mes camarades d'école occidentaux. Des cerceaux qui se scindaient en deux et envoyaient valser une fille en l'air. Des boules de bilboquets qui écrasaient la tête d'une autre sur un terrain de jeu, devant ses amies hilares.

Je ne confiais mes visions à personne, pas même à ma mère. La plupart des gens ne remarquaient pas ma moitié chinoise, sans doute à cause de mon nom de famille : St. Clair. D'abord ils trouvaient que je ressemblais à mon père, un Anglo-Irlandais à la carrure à la fois charpentée et délicate. Mais en me regardant de plus près, et s'ils étaient avertis, ils décelaient ce qu'il y avait de chinois en moi. Mes pommettes n'étaient pas anguleuses comme celles de mon père, mais lisses comme des galets. Je n'avais pas ses cheveux blond paille ni sa peau blanche, bien que mon teint fût très pâle, comme quelque chose de sombre qui se serait décoloré au soleil.

Et mes yeux, hérités de ma mère, dépourvus de cils, semblables à des fentes découpées dans un potiron d'Halloween. Souvent, je repoussais les coins de mes paupières vers l'intérieur pour les arrondir. Ou bien j'écarquillais les yeux jusqu'à en apercevoir le blanc. Mais lorsque je me promenais ainsi à travers la maison, mon père me demandait pourquoi j'avais l'air si effrayé.

Je possède une photo de ma mère avec ce même air effrayé. Selon mon père, cette photo avait été prise le jour de sa libération du poste d'immigration de Angel Island, où elle avait séjourné trois semaines, le temps que l'on détermine si elle était une « épouse de guerre », une « personne déplacée », ou bien la femme d'un citoyen sino-américain. Mon père disait qu'ils n'avaient pas de rubrique pour les épouses chinoises de citoyens américains de race blanche. Finalement ils l'avaient classée comme « personne déplacée », perdue au milieu d'un océan d'immigrants.

Ma mère n'évoquait jamais sa vie en Chine, mais mon père prétendait l'avoir sauvée d'une situation terrible, un drame dont elle ne pouvait parler. En rédigeant ses papiers d'immigration, mon père la rebaptisa fièrement Betty St. Clair, raturant d'un trait son nom véritable : Gu Ying-ying. Ensuite, il inscrivit une date de naissance erronée, 1916 au lieu de 1914. C'est ainsi que, par le caprice d'un stylo, ma mère perdit son nom, et de tigre devint dragon.

Sur cette fameuse photo, ma mère semble effectivement « déplacée ». Elle serre fébrilement dans ses bras un grand sac en forme de palourde comme si quelqu'un risquait de le lui dérober. Elle porte une robe chinoise longue, discrètement fendue aux mollets, avec, par-dessus, une veste de tailleur de style occidental qui tombe de façon disgracieuse sur son corps minuscule, avec des épaules rembourrées, de larges revers et des boutons énormes. La robe est celle de son mariage, cadeau de mon père. Dans cette tenue, elle semble venir de nulle part et n'aller nulle part. Elle baisse le menton et l'on peut voir la partition bien nette sur son cuir chevelu, une ligne blanche et droite qui part au-dessus de son sourcil gauche et se perd dans l'horizon noir de ses cheveux.

Malgré la tête baissée dans un geste d'humilité et de défaite, les yeux sont levés vers l'objectif, grands ouverts.

« Pourquoi a-t-elle cet air effrayé ? » ai-je un jour demandé à mon père. Parce qu'il avait dit « *cheese* » pour la faire sourire, et que ma mère s'était efforcée de garder les yeux ouverts jusqu'à l'explosion du flash, dix secondes plus tard.

Cette expression d'attente et ce regard effrayé lui étaient coutumiers ; bien qu'avec le temps, sa volonté de garder les yeux largement ouverts se fût émoussée.

— Ne la regarde pas, me dit ma mère alors que nous marchions dans le quartier chinois d'Oakland.

Elle m'avait saisi la main et attirée contre elle. Bien entendu, je lui désobéis. Je vis une femme assise sur le trottoir, adossée contre un mur. Vieille et jeune tout à la fois, le regard vide de quelqu'un qui n'a pas dormi depuis des années. Les pieds entre ses mains, les doigts noirs, comme trempés dans un flacon d'encre de Chine, mais en réalité putréfiés.

— Que lui est-il arrivé ? questionnai-je.

— Elle a rencontré un méchant homme, répondit ma mère. Elle a eu un enfant qu'elle ne désirait pas.

Je compris que c'était faux. Je savais que ma mère se servait de tout pour me donner des avertissements, pour me préserver de dangers inconnus. Ma mère se méfiait de tout, même des Chinois. Là où nous habitions et faisions nos courses, tout le monde parlait cantonais ou anglais. Or, étant originaire de Wuxi, près de Shanghai, ma mère ne parlait que le mandarin, et très mal l'anglais. Mon père, qui ne connaissait que quelques expressions chinoises usuelles, insista pour qu'elle prît des cours d'anglais. Avec lui, elle s'exprimait par mimiques et par gestes, regards et silences, et parfois dans un étrange anglais ponctué d'hésitations et d'exclamations rageuses en chinois. « *Shuo buchulai* », les mots ne peuvent pas sortir. Aussi mon père comblait-il les blancs.

« Je crois que ta mère essaie de dire qu'elle est fatiguée », concluait-il devant sa mine renfrognée.

Je crois qu'elle veut dire que nous formons une sacrément bonne petite famille », s'exclamait-il lorsqu'elle avait cuisiné un repas délicieux.

Mais avec moi, lorsque nous étions seules, ma mère parlait chinois et disait des choses que mon père n'aurait jamais imaginées. Je comprenais parfaitement les mots, mais pas leur signification. Ils s'enchaînaient sans lien apparent.

— Tu ne dois pas prendre n'importe quel chemin, mais rentrer directement de l'école à la maison, me recommanda-t-elle lorsque je décidai que j'étais assez grande pour sortir seule.

— Pourquoi ?

— Tu ne peux pas comprendre ces choses-là.

— Pourquoi pas ?

— Parce que je ne te les ai pas encore rentrées dans la cervelle.

— Pourquoi pas ?

— *Aiiii-ya !* Trop de questions ! Parce que c'est trop épouvantable. Un homme peut t'enlever dans la rue, te vendre à un autre homme, te faire avoir un enfant. Et puis tu tueras l'enfant. Et quand on trouvera cet enfant dans une poubelle, que t'arrivera-t-il ? Ils te mettront en prison et tu y mourras.

Je savais que ce n'était pas vrai. Mais moi aussi il m'arrivait de mentir pour empêcher que de mauvaises choses se réalisent. Par exemple, je mentais pour traduire à ma mère des formulaires compliqués, des instructions, des notes de l'école, des messages téléphoniques.

« *Shenme Yisi ?* » Que dit-il ? me demanda-t-elle un jour dans une épicerie, en désignant le vendeur qui lui reprochait d'ouvrir tous les pots pour les sentir. J'étais si embarrassée que je lui expliquai que le magasin était interdit aux Chinois. Lorsque l'école adressa une note au sujet d'un vaccin contre la polio, je lui communiquai la date et le lieu, mais ajoutai que tous les élèves seraient désormais obligés d'utiliser des gamelles en fer pour leurs repas, car on avait découvert que les sacs en papier pouvaient transmettre des virus.

« Nous montons dans la hiérarchie sociale », annonça fièrement mon père à l'occasion de sa promotion comme directeur des ventes chez un fabricant de prêt-à-porter. « Ta mère en est tout excitée. »

Et nous montâmes, en effet, sur l'autre rive de la baie de San Francisco, au sommet d'une colline de North Beach, dans un quartier italien où les trottoirs étaient si pentus que je dus apprendre à marcher en biais pour rentrer de l'école. J'avais alors dix ans et l'espoir que nous pourrions enfin abandonner nos vieilles peurs derrière nous, à Oakland.

L'immeuble comportait trois étages de deux appartements chacun. La façade récemment rénovée, couverte d'une couche de stuc blanc, s'ornait de deux rangées d'échelles de secours métalliques. Mais l'intérieur était vétuste. La porte d'entrée, avec ses vitres étroites, ouvrait sur un hall confiné où se mêlaient les odeurs de vie des habitants. Chacun des noms, très représentatifs, était inscrit près des petits boutons de sonnette : Anderson, Giordino, Hayman,

Ricci, Sorci, et le nôtre, St. Clair. Nous occupions un appartement de l'étage du milieu, coincé entre les odeurs de cuisine qui montaient du dessous, et les bruits de pas qui résonnaient au-dessus. Ma chambre donnait sur la rue et, la nuit, dans l'obscurité, je pouvais assister en pensée à une autre vie, celle qui se déroulait dehors. Les voitures bataillant pour grimper la côte de la colline enveloppée de brouillard, les grondements des moteurs, les grincements de pneus. Les rires, les essoufflements et les exclamations des passants : « Alors, on arrive bientôt en haut ? » Un jappement hargneux de chien, suivi de la sirène d'un camion de pompiers, puis la voix sèche d'une femme en colère : « Sammy ! Vilain chien ! Tais-toi ! » Et c'est dans cette ambiance sereine que je finissais par glisser dans le sommeil.

L'appartement ne plaisait pas à ma mère, mais je ne m'en aperçus pas tout de suite. Dès notre arrivée, il lui fallut s'occuper de notre emménagement, de l'installation du mobilier, du déballage des cartons de vaisselle, de l'accrochage des gravures sur les murs. Cela lui prit une semaine. Mais aussitôt après, un jour que nous nous dirigions toutes les deux vers l'arrêt d'autobus, elle rencontra un homme qui lui fit complètement perdre son équilibre.

C'était un Chinois rougeaud, qui chancelait sur le trottoir, apparemment perdu. Son regard fureteur nous repéra et il se dressa face à nous, les bras écartés, en criant : « Je te retrouve ! Suzy Wong, la femme de mes rêves ! » Puis, bras et bouche grands ouverts, il se précipita à notre rencontre. Ma mère lâcha ma main pour resserrer ses bras devant elle, comme si elle était nue, et resta pétrifiée. De mon côté je me mis à hurler. Et je hurlais encore lorsque deux inconnus hilares empoignèrent l'homme et se mirent à le secouer en lui criant : « Joe, arrête, pour l'amour du ciel. Tu es en train d'effrayer cette pauvre gosse et sa nounou. »

Pendant tout le restant de la journée – dans le bus, dans les magasins, en faisant les courses pour le dîner – ma mère trembla. Elle tenait ma main si serrée que j'en avais mal, et je profitai du moment où elle dut me lâcher afin de sortir son porte-monnaie et payer à la caisse pour m'échapper vers le rayon de confiserie. Mais elle me rattrapa de façon si brutale que je compris combien elle se sentait coupable de ne pas m'avoir mieux protégée.

À notre retour à la maison, elle entreprit de vider le sac de provisions. Mais alors, comme si aucun rangement ne lui semblait satisfaisant, elle se mit à permuter des boîtes de conserve avec d'autres. Après quoi elle marcha d'un pas décidé vers le salon pour décrocher le large miroir rond fixé sur le mur face à la porte, près du sofa.

— Que fais-tu ? m'étonnai-je.

Ma mère marmonna quelques mots en chinois au sujet « des choses mal équilibrées », et je crus qu'elle parlait de l'apparence des choses, non de ce qu'elles éprouvent. Elle entreprit ensuite de changer tout le mobilier de place. Le sofa, les chaises, les petites tables.

— Que se passe-t-il, ici ? s'exclama mon père en rentrant de son travail.

— Maman améliore le décor, répondis-je.

Mais le lendemain, à mon retour de l'école, elle avait à nouveau tout bousculé et changé les meubles de place. Je pressentis la menace d'un danger invisible.

— Pourquoi fais-tu ça ? la questionnai-je, redoutant déjà la vérité.

Mais elle grommela en chinois des mots qui n'avaient pour moi aucun sens :

— Quand quelque chose s'oppose à ta nature profonde, tu perds ton équilibre. Cette maison a été construite sur une trop forte pente, et un vent mauvais souffle d'en haut toute notre force vers le bas de la colline. Alors tu ne peux jamais réussir. Tu bascules toujours en arrière.

Puis elle désigna les murs et les portes avant de poursuivre :

— Regarde l'étroitesse de cette porte. On dirait un cou étranglé. Et la cuisine fait face aux toilettes, si bien que toute ta force est emportée par la chasse d'eau.

— Mais qu'est-ce que ça signifie ? Qu'arrive-t-il si les choses sont déséquilibrées ? demandai-je.

— Ta mère laisse tout simplement libre cours à ses instincts maternels, m'expliqua mon père un peu plus tard. Toutes les mères font ça. Tu verras, en vieillissant.

Le calme de mon père me stupéfia. Était-il donc aveugle ? Ou bien ma mère et moi possédions-nous une vision des choses différente de la sienne ?

Quelques jours plus tard, je découvris qu'il avait raison. Je le vis en poussant la porte de ma chambre au retour de l'école. Ma mère avait tout chambardé. Mon lit ne se trouvait plus près de la fenêtre mais contre un mur, et un berceau avait pris sa place. L'invisible danger que j'avais pressenti était donc un

ventre en train de s'arrondir, la source du déséquilibre de ma mère. Un bébé.

— Tu vois, me dit mon père comme nous
contemplions tous deux le berceau. Instinct maternel. Voilà le nid.

Mon père était tellement ravi qu'il ne remarqua
pas ce qui se passa ensuite. Ma mère commença à
se cogner dans les objets, contre les coins des tables.
Elle semblait avoir oublié ce que, son ventre portait
et, au contraire, rechercher les ennuis. Elle ne parlait pas de sa joie de mettre au monde un nouvel
enfant, mais de la pesanteur des choses qui l'entouraient, de leur manque d'équilibre et d'harmonie.
Alors je commençai à m'inquiéter pour ce bébé,
bloqué quelque part entre le ventre de ma mère et
le berceau posé dans ma chambre.

Avec mon lit contre le mur, la vie nocturne de
mon imagination se modifia. Au lieu des bruits de
la rue commencèrent à me parvenir des voix provenant de la cloison qui me séparait de l'appartement voisin. Le nom apposé à côté de la sonnette
de l'entrée indiquait que la famille Sorci habitait là.

La première nuit, j'entendis un cri étouffé. Une
femme ? Une fillette ? Je plaquai mon oreille contre
le mur et distinguai la voix d'une femme en colère,
puis celle, haut perchée, d'une fille jeune qui lui
répondait. Ensuite les voix parurent se tourner vers
moi, comme les sirènes d'incendie dans notre rue.
Les cris fusaient, approchaient, s'estompaient : *Qui
je suis pour parler ainsi ?... Pourquoi tu m'casses les
pieds ?... Alors va ailleurs, et restes-y I... Plutôt mourir,
plutôt être morte ?... Fais-le donc !*

Suivirent des bruits sourds, des claquements de portes, d'autres rires, et puis *pan ! pan ! pan !* Quelqu'un était en train de tuer. Quelqu'un était en train de se faire tuer. Des pleurs, des hurlements. Une mère levait une épée au-dessus de la tête de sa fille pour lui ôter la vie par tranches. D'abord la tresse, puis le scalp, un sourcil, un orteil, un pouce, une joue, une narine, jusqu'à ce qu'il n'y ait plus rien, plus un son.

Je m'abattis sur mon oreiller, le cœur battant de ce dont je venais d'être témoin par mes oreilles et mon imagination. On avait assassiné une fillette et j'avais été incapable de me retenir d'écouter, encore moins d'intervenir pour empêcher cette horreur.

Pourtant, le lendemain soir, la fillette ressuscita. Et les cris recommencèrent, et les coups, et les menaces de mort. Et cela continua ainsi soir après soir. Et cette voix contre mon mur me disait que c'était la pire des choses qui pût arriver : la terreur de ne pas savoir si cela s'arrêterait un jour.

Les manifestations tonitruantes de la famille Sorci me parvenaient parfois du couloir qui séparait les portes de nos deux appartements. Le leur se trouvait près de l'escalier menant à l'étage supérieur, le nôtre près de celui descendant au rez-de-chaussée.

« Si tu te brises les jambes en glissant sur cette rampe d'escalier, moi je te brise le cou ! » entendis-je un jour crier la femme. Ses menaces furent suivies de bruits de pas lourds sur les marches. « Et n'oublie pas de passer prendre les costumes de ton père ! »

Je connaissais leur terrible vie si intimement que je restai paralysée en rencontrant ma voisine pour la première fois. J'étais en train de refermer la porte d'entrée, les bras chargés de mes livres d'école. En pivotant, je la vis surgir devant moi. Je sursautai, poussai un cri perçant, et laissai tout tomber. Elle eut une sorte de hennissement et j'identifiai immédiatement cette grande fille qui devait avoir environ douze ans, deux de plus que moi. Elle dévala les marches du perron, et je récupérai hâtivement mes affaires pour la suivre, en prenant soin de marcher sur le trottoir opposé.

Elle n'avait pas l'air d'une fille qu'on a tuée une bonne centaine de fois. Aucune trace de sang ne tachait ses vêtements. Elle portait un chemisier blanc à fronces, un cardigan bleu et une jupe plissée bleu-vert. À la vérité, elle avait même l'air tout à fait heureuse, avec ses deux couettes qui dansaient gaiement au rythme de sa marche. Tout à coup, se sentant sans doute épiée, elle tourna la tête, me jeta un regard de travers, obliqua brusquement dans une petite rue et disparut de ma vue.

Dès lors, honteuse de connaître tant de choses à son sujet, je baissai les yeux chaque fois que je la croisai, en feignant de ranger mes livres ou de reboutonner ma veste.

Les amis de mes parents, tante Su et oncle Canning, vinrent un jour me chercher à l'école pour m'emmener à l'hôpital rendre visite à ma mère. Je compris que ce devait être sérieux car toutes leurs paroles, bien que futiles, étaient prononcées avec une solennelle gravité.

— Il est déjà quatre heures, constata oncle Canning en consultant sa montre.

— Le bus n'est jamais ponctuel, répondit tante Su.

En arrivant à l'hôpital, je découvris ma mère à demi endormie qui s'agitait dans son lit. Puis ses yeux s'ouvrirent d'un coup et fixèrent le plafond.

— C'est ma faute, c'est ma faute, murmura-t-elle. Je savais que ça arriverait... Je n'ai rien fait pour l'empêcher.

— Betty chérie, Betty chérie, protesta mon père d'un air affolé.

Mais ma mère continua de débiter ses accusations contre elle-même. Elle agrippa ma main et je m'aperçus que son corps tout entier tremblait. Puis elle me scruta d'une étrange façon, suppliante, comme si elle implorait mon pardon, et se mit à marmonner en chinois.

— Lena, que dit-elle ? s'inquiéta mon père.

Pour une fois, il n'avait plus de mots à mettre dans la bouche de ma mère. Et, pour une fois, je n'avais pas de réponse. J'eus l'impression que le pire était arrivé, que ce qu'elle avait tant redouté s'était réalisé, qu'il n'y aurait plus d'autres avertissements. Aussi l'écoutai-je attentivement.

— Quand le bébé était sur le point de sortir, murmura-t-elle, je pouvais presque l'entendre crier dans mon ventre. Ses petits doigts s'accrochaient pour rester à l'intérieur. Mais les infirmières, le docteur, tous me disaient de pousser, de le faire sortir. Et quand sa tête est apparue, les infirmières ont poussé un cri. Il avait les yeux ouverts ! Il voyait tout ! Puis son corps s'est extirpé de moi, sur la table, et il a vagi contre la vie.

» Quand je l'ai regardé, j'ai compris tout de suite. Ses petites jambes, ses bras, son cou mince, et puis cette énorme tête, si effrayante que je ne pouvais en

142

détacher mon regard. Les yeux de ce bébé étaient ouverts, mais sa tête aussi ! On voyait tout, jusqu'à l'endroit où ses pensées étaient censées naître, et là il n'y avait rien. "Pas de cerveau ! a crié le docteur. Son crâne est une coquille vide !"

» Alors le bébé — peut-être nous a-t-il entendus, sa grosse tête a paru se remplir d'air chaud et s'est élevée au-dessus de la table. En se tournant d'un côté, puis de l'autre. Et la tête me regardait. Je savais qu'il pouvait voir au fond de moi, deviner que je ne m'étais pas souciée de tuer mon propre fils ! Pas plus que de l'enfanter ! »

Comment traduire de telles paroles à mon père ! Il était déjà si affligé par ce berceau vide qui le hantait. Comment lui expliquer que ma mère était folle ?

Telle fut donc l'interprétation que je lui fournis :

— Elle dit que nous devons penser très fort à avoir un autre bébé. Elle espère que celui-là est très heureux dans l'autre monde. Et elle pense que nous devrions maintenant rentrer dîner.

Le bébé mort, ma mère se désintégra. Non pas tout d'un coup, mais morceau par morceau, comme des assiettes tombant d'une étagère l'une après l'autre. J'ignorais quand cela se produirait, aussi devins-je extrêmement nerveuse en attendant l'échéance fatale.

Parfois, elle commençait à préparer le repas, puis s'interrompait brusquement, laissant l'eau chaude couler à flots dans l'évier, ou bien le couteau en l'air au-dessus d'un plat de légumes à moitié épluchés, muette, les joues ruisselantes de larmes. Parfois nous étions à table en train de dîner et elle enfouissait subitement son visage au creux de ses mains en murmurant « *Mei guan-xi* », ça ne fait rien. Nous reposions nos fourchettes et mon père restait un long moment silencieux, à se demander ce qui ne faisait rien. Et moi je quittais la table, sachant que ça recommencerait encore et encore.

Mon père, lui, se désintégra d'une autre façon. Il essayait d'atténuer les choses, mais il ressemblait à un homme qui court pour rattraper des objets sur le point de tomber et ne parvient jamais à en saisir un seul.

« Elle est juste un peu fatiguée », m'expliqua-t-il un jour que nous dînions tous les deux seuls au *Gold Spike,* tandis que ma mère gisait telle une statue sur son lit. Je devinai qu'il pensait à elle, à l'expression inquiète de son visage, à son regard fixé sur son assiette comme si des vers de terre y grouillaient à la place des spaghettis.

Ma mère contemplait tout ce qui l'entourait d'un œil vide. En rentrant du travail, mon père me tapotait la tête avec un « comment va ma grande fille ? » mais son regard se portait au-dessus de moi, vers ma mère. Et une peur terrible s'insinuait en moi, non pas dans ma tête, mais dans mon ventre. J'avais perdu la conscience précise de ce qui était tellement terrifiant, mais je le sentais. Je percevais le moindre mouvement dans le silence de notre maison. Et la nuit, je percevais les luttes bruyantes qui éclataient de l'autre côté du mur de ma chambre, où Fon battait une fillette à mort. Dans mon lit, le bord de la couverture au ras du menton, je me demandais quel côté du mur était le pire. Le nôtre ou le leur ? Et après m'être interrogée un long moment et apitoyée sur mon sort, je puisais un certain réconfort à conclure que, tout compte fait, la vie de la fille d'à côté était pire que la mienne.

Un beau soir, après dîner, on sonna à notre porte. C'était bizarre car, habituellement, les gens sonnaient d'abord à l'entrée.

— Lena, veux-tu aller voir ce que c'est ? me cria mon père de la cuisine.

Il lavait la vaisselle. Ma mère était couchée. Désormais elle « se reposait » en permanence. On l'aurait plutôt crue morte, ou fantôme.

J'entrouvris la porte prudemment, puis l'ouvris en grand, bouche bée. C'était la fille d'à côté. Je la dévisageai avec une curiosité non dissimulée. Elle me souriait, les cheveux hirsutes comme si elle venait de tomber du lit.

— Qui est-ce ? s'enquit mon père.

— La voisine ! lui criai-je. C'est...

— Teresa, précisa-t-elle vivement.

— C'est Teresa ! répétai-je à mon père.

— Fais-la entrer, proposa mon père au moment où Teresa passait devant moi pour s'avancer dans le salon.

Sans attendre l'invitation, elle se dirigea droit vers ma chambre. Je refermai la porte et suivis les deux couettes brunes qui bondissaient dans son cou comme des cravaches battant la croupe d'un cheval.

Teresa marcha vers la fenêtre et commença à l'ouvrir.

— Que fais-tu ? m'exclamai-je.

Perchée sur le rebord de la fenêtre, elle regarda dans la rue puis se tourna vers moi et se mit à glousser. Je m'assis sur le lit face à elle, attendant qu'elle en ait fini, frissonnant sous l'air froid du soir.

— Qu'y a-t-il de si drôle ? demandai-je enfin.

L'idée m'avait effleurée que peut-être elle se moquait de moi, de ma vie. Peut-être avait-elle tendu l'oreille vers la cloison, elle aussi, sans rien entendre que le silence lourd de notre maison sans joie.

— Pourquoi ris-tu ? insistai-je.

— Ma mère m'a flanquée dehors, répondit Teresa. Elle crânait, apparemment fière de son aventure.

— Il y a eu une bagarre, reprit-elle en ricanant. Elle m'a fichue dehors et m'a refermé la porte au nez. Maintenant elle croit que je vais attendre sur le palier et finir par m'excuser. Mais elle se trompe.

— Que comptes-tu faire ? questionnai-je, le souffle coupé, certaine que sa mère allait la tuer pour de bon, cette fois.

— Je vais passer par ton échelle de secours pour rentrer dans ma chambre. Et c'est elle qui attendra. Et quand elle commencera à s'inquiéter, elle ouvrira la porte et je ne serai plus là ! Je serai dans ma chambre.

Teresa pouffa à nouveau de rire.

— Mais elle sera folle de rage en te découvrant !

— Non... Elle sera juste contente que je ne sois pas morte ou autre chose. Ça nous arrive tout le temps.

Et Teresa enjamba ma fenêtre pour se faufiler silencieusement jusqu'à sa chambre.

Je contemplai la fenêtre ouverte un long moment, très intriguée. Comment pouvait-elle retourner chez elle ? Ne voyait-elle donc pas quelle vie épouvantable était la sienne ? Ne comprenait-elle pas que cela ne finirait jamais ?

Je m'étendis sur mon lit, guettant les cris et les pleurs qui n'allaient pas tarder. Il était déjà très tard lorsque des bruits de voix me parvinrent enfin. Mme Sorci criait et pleurait ; « *Idiote, tu as failli me donner une attaque.* » Et Teresa criait en retour : « *J'aurais pu me tuer. J'ai failli tomber et me briser le cou.* » Puis toutes les deux se mirent à rire et à pleurer, à pleurer et à rire. D'amour.

J'étais ébahie. C'est tout juste si je ne les entendais pas s'étreindre et s'embrasser. Alors je pleurai avec elles, de joie, parce que je m'étais trompée.

J'ai encore en mémoire l'espoir qui battit dans mon cœur cette nuit-là. Et je m'accrochai à cet espoir, nuit après nuit, jour après jour, année après année. Je regardais ma mère allongée sur son lit, ou se parlant à elle-même, assise sur le sofa, et je me persuadais que cette terrible situation prendrait fin un jour. De pénibles scènes hantaient encore mon imagination mais je connaissais désormais le moyen de les transformer. Tout comme j'accolais d'autres images à l'écho des violentes bagarres de Mme Sorci et de Teresa qui continuait de me parvenir.

Par exemple, je voyais une fille souffrir et se lamenter parce qu'on ne la remarquait pas. Je voyais une mère allongée sur son lit, vêtue d'une longue robe ondoyante. Je voyais ensuite la fille brandir une épée effilée au-dessus de la mère avec ces mots : « Tu dois mourir de mille coups d'épée. C'est ton seul salut. »

La mère acceptait la sentence et fermait les yeux. L'épée s'abattait, de haut en bas, encore et encore. *Pfuitttt pfuitttt pfuitttt.* Et la mère hurlait, criait, pleurait de terreur et de douleur. Puis elle rouvrait les yeux et ne voyait rien, ni sang ni chairs lacérées.

« Tu comprends maintenant ? » disait la fille.

Et la mère acquiesçait : « Maintenant je comprends tout clairement. J'ai connu le plus douloureux. Après ça, rien ne pourra être pire. »

Et la fille continuait : « À présent tu dois revenir de l'autre côté. Alors seulement tu comprendras pourquoi tu as eu tort. »

Et la fille empoignait la main de sa mère pour l'attirer de l'autre côté du mur.

Rose Hsu Jordan

MOITIÉ-MOITIÉ

Comme preuve de sa foi, ma mère avait coutume d'emporter une petite bible en similicuir pour se rendre à la Première Église baptiste chinoise chaque dimanche. Mais par la suite, lorsqu'elle eut perdu sa foi en Dieu, la bible en similicuir termina sous un pied de table en guise de cale, moyen pour ma mère de corriger les déséquilibres de la vie. La cale est là depuis vingt ans.

Ma mère feint d'ignorer la présence de la bible. Lorsque quelqu'un s'étonne de sa présence dans un tel endroit elle répond, d'un ton un peu trop désinvolte : « Oh, ça ? J'avais oublié. » Mais elle n'a pas oublié, je le sais bien. Ma mère est loin d'être une maîtresse de maison modèle et pourtant, après tant d'années, la bible est toujours immaculée.

Ce soir, j'observe ma mère nettoyer le sol sous la table de la cuisine, geste qu'elle répète chaque soir après dîner. Elle fait doucement glisser son balai autour du pied de table surélevé par la bible. Je la regarde balayer, à gauche, à droite. Je guette le moment opportun pour lui annoncer que Ted et moi allons divorcer. Je connais par avance sa réponse : « Cela ne se peut pas. »

Et si j'insiste, si je lui affirme que notre mariage est à l'eau, elle ajoutera : « Tu dois le sauver. »

Même si je sais que c'est sans espoir, qu'il n'y a plus rien à sauver, et que je le lui explique, elle tentera malgré tout de me convaincre d'essayer.

Que ma mère cherche à me dissuader de divorcer ne manque d'ailleurs pas d'ironie. Elle qui était si contrariée, il y a dix-sept ans, lorsque je commençais à sortir avec Ted. Mes sœurs aînées n'avaient fréquenté que des Chinois de la paroisse avant de se marier.

Ted et moi nous étions rencontrés dans un cours de politique écologique. Il m'avait offert deux dollars contre mes notes de cours de la semaine précédente. J'avais refusé ses deux dollars mais accepté un café. C'était pendant mon second semestre à l'université de Berkeley, où je m'étais d'abord inscrite en lettres avant de passer aux beaux-arts. Ted, lui, était en troisième année de médecine, son unique ambition, disait-il, depuis qu'il avait disséqué un fœtus de cochon en classe de septième.

Je dois admettre que ce qui m'avait initialement séduite en Ted était précisément ce qui le différenciait de mes frères et des autres garçons chinois de ma connaissance. Son exubérance, l'assurance avec laquelle il demandait les choses et escomptait les obtenir, son opiniâtreté, son visage anguleux et son corps dégingandé, la solidité de ses bras, et le fait que ses parents avaient émigré de Tarrytown, dans l'état de New York, et non de Tientsin, en Chine.

Ces différences, ma mère les avait décelées dès le premier soir où Ted était venu me chercher pour sortir. À mon retour, je l'avais trouvée encore debout, en train de regarder la télévision.

— C'est un Américain, m'avait-elle fait observer, comme si j'étais trop aveugle pour l'avoir remarqué. Un *waiguoren*.

— Moi aussi, je suis américaine, avais-je répondu. Et puis ce n'est pas comme si j'allais l'épouser ou je ne sais quoi.

Mrs. Jordan n'appréciait guère plus notre relation. Ted m'avait tout naturellement invitée à un pique-nique familial, réunion annuelle du clan Jordan organisée près du terrain de polo, dans le parc Golden Fate. Nous étions seulement sortis à plusieurs occasions au cours du mois (sans bien évidemment jamais passer une nuit ensemble puisque nous habitions l'un et l'autre chez nos parents), pourtant Ted m'avait présentée comme sa petite amie, ce que jusqu'alors j'ignorais que j'étais.

Dans l'après-midi, tandis que Ted et son père allaient faire une partie de volley avec les autres, sa mère m'avait entraînée pour une promenade sur la pelouse, loin de la foule. Elle serrait très fort ma main mais ne me regardait pas.

« Je suis si contente de vous connaître *finalement* », m'avait dit Mrs. Jordan. Je voulais lui préciser que je n'étais pas véritablement la petite amie de Ted mais elle avait poursuivi : « Je trouve très bien que vous et Ted passiez d'agréables moments ensemble. Aussi ne vous méprenez pas sur ce que je vais vous dire. »

Elle s'était alors lancée dans une envolée sur l'avenir de Ted, son besoin impératif de se concentrer sur ses études médicales et sur les nombreuses années qui s'écouleraient avant qu'il puisse songer au mariage. Mrs. Jordan assurait qu'elle n'avait absolu- ment rien contre les minorités : elle et son mari possédaient une chaîne de magasins de matériel de bureau et connaissaient eux-mêmes des gens char- mants qui étaient orientaux, hispaniques, et même noirs. Mais Ted allait embrasser une profession où il serait jugé sur différents critères par des patients et des confrères qui ne seraient pas forcément aussi larges d'esprit que les Jordan. Mrs. Jordan regrettait la façon dont se comportait le reste du monde, et l'impopularité de la guerre du Viêtnam.

« Mrs. Jordan, je ne suis pas vietnamienne », avais- je rectifié d'une voix douce, malgré mon envie de hurler. « Et je n'ai pas l'intention d'épouser votre fils. »

Lorsque Ted m'avait raccompagnée chez moi, un peu plus tard, je lui avais déclaré que nous devions cesser de nous voir. Il m'avait questionnée, j'avais haussé les épaules. Mais devant son insistance, j'avais fini par lui répéter mot pour mot les paroles de sa mère. Sans commentaire.

— Et tu vas rester là sans rien dire ! Laisser ma mère décider à ta place ! avait tempêté Ted.

Il criait comme si je l'avais trahi. Sa réaction était attendrissante.

— Que devons-nous faire ? avais-je demandé.

Et une douleur m'avait à ce moment pincé le cœur, que j'avais prise pour le commencement de l'amour.

Au cours des mois suivants, nous nous raccrochâmes l'un à l'autre avec une sorte de désespoir stupide. Stupide parce que, en dépit de ce que Mrs. Jordan ou ma mère pouvaient dire, aucun obstacle réel ne nous interdisait de nous voir. Et c'est à cause de cette menace imaginaire au-dessus de nos têtes que nous devînmes inséparables, les deux moitiés du tout : le yin et le yang. J'étais la victime, lui le héros. J'étais toujours en danger et toujours il volait à mon secours. Je tombais, il me relevait. C'était à la fois vivifiant et épuisant. Le choc émotionnel du sauveteur et de la rescapée devenait une drogue pour l'un et l'autre. Autant que nos ébats intimes, c'était notre façon à nous de faire l'amour. L'osmose de la faiblesse et de la force.

— Que devons-nous faire ? répétais-je.

L'année suivant notre rencontre, Ted et moi vivions ensemble. Et notre mariage eut lieu un mois avant son internat, à l'église épiscopale, en présence de Mrs. Jordan, assise au premier rang, qui pleurait comme toute mère de jeune marié se doit de pleurer. Une fois son internat de dermatologie terminé, Ted et moi achetâmes un modeste trois-pièces de style victorien avec un grand jardin, à Ashbury Heights. Au rez-de-chaussée, Ted m'aida à installer un atelier afin que je puisse m'établir comme dessinatrice graphique indépendante.

Ted décidait toujours de l'endroit où nous passerions nos vacances. Du mobilier que nous devions acheter. Du moment favorable pour déménager dans un quartier plus chic avant d'avoir des enfants.

Nous abordions bien certaines de ces questions ensemble, mais nous savions tous deux que la discussion s'achèverait inévitablement par un « À toi de décider, Ted », ou bien « Je m'en fiche », ou encore « Ça m'est égal ». Résultat : les discussions cessèrent et Ted décida de tout. Il ne me venait même pas à l'idée d'émettre une objection. Je préférais ignorer le monde qui m'entourait, uniquement préoccupée de ce que j'avais devant mon nez : mon équerre, mon grattoir et mon crayon bleu.

Mais, l'an dernier, l'attitude de Ted à l'égard de ce qu'il appelait « décisions et responsabilités » se modifia. Une nouvelle patiente se présenta un jour à son cabinet et lui demanda comment traiter la couperose de ses joues. Ted lui proposa d'« aspirer » ses veinules rouges et lui certifia qu'elle recouvrerait son teint de jeune fille. Elle le crut. Mais au cours de l'intervention il pinça accidentellement un nerf. Le coin gauche du sourire de sa patiente s'affaissa irrémédiablement et elle poursuivit Ted en justice.

Dès qu'il eut perdu son procès pour négligence professionnelle — son premier choc, et de taille, je m'en rends compte maintenant —, Ted me força à prendre des décisions. Devions-nous acheter une voiture de marque américaine ou japonaise ? Changer notre assurance sociale « à vie » contre une assurance renouvelable ? Quelle était mon opinion sur ce candidat qui soutenait les *Contras* ? Sur l'idée de fonder une famille ?

Je réfléchissais, pesais le pour et le contre, et aboutissais, en pleine confusion, à la certitude qu'il ne pouvait exister une seule bonne réponse mais plusieurs mauvaises. Alors, je répondais comme par le passé « À toi de décider, Ted », ou « Je m'en fiche », ou « Ça m'est égal ». Et Ted se fâchait : « Non, maintenant, c'est *toi* qui décides. Tu ne peux pas t'en sortir aussi facilement, fuir les responsabilités, échapper aux sanctions. »

Entre nous les choses changèrent, je le perçus. Le voile protecteur était levé, et Ted me bousculait à tout propos. Il m'imposait de décider sur les sujets les plus futiles, comme s'il cherchait à me provoquer. Restaurant italien ou thaïlandais ? Une entrée ou deux ? Quels hors-d'œuvre ? Carte de crédit ou liquide ? Visa ou Mastercard ?

Le mois dernier, avant de partir deux jours à Los Angeles pour assister à une conférence de dermatologie, Ted m'a proposé de l'accompagner puis, très vite, avant que j'aie pu dire un mot, il a ajouté :

— Non, inutile, c'est aussi bien que je parte seul.

— Oui, tu seras plus tranquille pour étudier, ai-je acquiescé.

— Non, parce que tu ne sais jamais prendre une décision.

J'ai protesté :

— Seulement sur les sujets sans importance.

— Pour toi, rien n'est important, a-t-il rétorqué d'un air dégoûté.

— Ted, si tu veux que je t'accompagne, j'y vais.

Mes paroles lui ont fait l'effet d'une gifle.

— Comment nous sommes-nous donc mariés ? As-tu dit : « je le veux » parce que le prêtre t'a demandé de répéter après lui ? Qu'aurais-tu fait de ta vie si je ne t'avais pas épousée ? T'es-tu jamais posé la question ?

Il y avait un tel gouffre entre sa logique et la mienne que j'ai eu l'impression que nous étions perchés chacun au sommet d'une montagne, en train de nous pencher imprudemment pour nous jeter des pierres, inconscients du dangereux précipice qui nous séparait.

Mais aujourd'hui je me rends compte que Ted savait très bien ce qu'il disait. Il cherchait justement à me montrer le fossé. Ce soir-là, il m'a téléphoné de Los Angeles pour m'annoncer qu'il demandait le divorce.

Depuis le départ de Ted, je réfléchis. Même si je l'avais pressenti, même si j'avais su ce que j'allais faire de ma vie, le choc m'aurait coupé le souffle.

Quand une chose vous heurte avec une telle violence, vous ne pouvez que perdre l'équilibre et tomber. Et une fois relevée, vous découvrez que vous ne pouvez vous fier à quiconque pour vous protéger. Ni votre mari ni votre mère ni Dieu. Alors que vous reste-t-il pour vous empêcher de trébucher et tomber à nouveau ?

Ma mère a cru à la volonté de Dieu pendant des années. Tout se passait comme si elle ouvrait un robinet céleste et que la bonté divine en coulait à flots. Elle disait que la foi attirait les bienfaits sur nous. Mais parlait-elle de la foi ou du destin ?

Plus tard, j'ai découvert que c'était le destin, car la foi n'est qu'une illusion dont on garde plus ou moins le contrôle. J'ai découvert aussi que l'espoir était ce que je pouvais posséder de mieux et que, en conséquence, je ne pouvais éliminer aucune possibilité, bonne ou mauvaise. Ma devise était : s'il y a le choix, cher bon Dieu ou qui que vous soyez, je vous suggère tel ou tel changement.

Je me rappelle le jour où cette idée s'imposa à moi. Une véritable révélation. C'est le jour où ma mère perdit sa foi en Dieu. Elle découvrit qu'on ne pouvait pas se fier aux certitudes.

Nous étions allés à la plage, dans un coin isolé au sud de la ville, près de la Glissière du Diable. Mon père avait lu dans le magazine *Sunset* que c'était un endroit idéal pour pêcher des perches de mer. Et bien que mon père ne fût pas un pêcheur mais un préparateur en pharmacie, autrefois docteur en Chine, il croyait en son *nenggan*, sa capacité à réaliser ce qu'il se mettait en tête de faire. Et ma mère croyait en son *nenggan* de pouvoir cuisiner tout ce que mon père s'était mis en tête de pêcher. C'est cette foi en leur *nenggan* qui amena mes parents jusqu'en Amérique. Qui leur permit de mettre au monde sept enfants et d'acheter une maison dans le Sunset District en ayant très peu d'argent. Qui leur donna confiance en leur chance, et la certitude qu'elle ne les quitterait jamais, que Dieu resterait de leur côté, que les génies domestiques n'apporteraient que des bienfaits et que nos ancêtres seraient comblés, qu'une sorte d'assurance à vie nous garantissait que rien ne viendrait rompre notre ligne de chance, que tous les éléments étaient équilibrés, avec juste ce qu'il fallait d'eau et de vent.

Nous voilà donc partis, tous les neuf : mon père, ma mère, mes deux sœurs, mes quatre frères et moi, si confiants pour notre première journée de plage, marchant en file indienne sur le frais sable gris, du plus âgé au plus jeune. Avec mes quatorze ans, je me trouvais au milieu. Nous devions faire un sacré spectacle, si quelqu'un avait pu nous voir, neuf paires de pieds nus cheminant péniblement, nos neuf paires de chaussures à la main, et neuf têtes brunes tournées vers les vagues qui s'enroulaient sur la grève.

Le vent plaquait mon pantalon de coton contre mes cuisses. Je cherchai un endroit où le sable ne me fouetterait pas les yeux. Je m'aperçus que nous nous trouvions dans le creux d'une anse. C'était comme un bol géant, brisé en deux, dont la mer aurait emporté l'autre moitié. Ma mère se dirigea vers la droite, là où la plage était très propre. Nous la suivîmes. De ce côté, la paroi de la crique s'incurvait et protégeait le rivage à la fois des brisants et du vent. Et le long de cette paroi, dans son ombre, il y avait un récif qui prenait naissance au bord de la plage et se prolongeait au-delà de la crique, au milieu des eaux tumultueuses. Malgré sa découpe escarpée et ses rochers glissants, on pouvait s'avancer dans la mer en marchant sur ce récif. De l'autre côté de l'anse, la corniche était beaucoup plus déchiquetée, dévorée par l'océan. Elle était si rongée et fissurée que lorsque les vagues venaient s'y fracasser, les crevasses vomissaient l'eau en rigoles écumantes.

En y réfléchissant maintenant, je me souviens que cette plage était un endroit terrible, rempli d'ombres humides qui nous glaçaient le corps, et d'invisibles insectes qui assaillaient nos yeux et nous empêchaient de voir les dangers. La nouveauté de cette expérience nous aveuglait tous : une famille chinoise s'efforçant de mimer le comportement d'une famille typiquement américaine sur une plage.

Ma mère sortit un vieux jeté de lit à rayures qui claqua violemment au vent jusqu'à ce que neuf paires de chaussures l'arriment au sol. Mon père assembla sa longue canne à pêche en bambou, canne fabriquée de ses propres mains sur le modèle de celle de son enfance, en Chine. Et nous, les enfants, entassés épaule contre épaule sur la couverture, nous plongeâmes dans le sac de provisions rempli de sandwiches à la mortadelle saupoudrés de sable que nous dévorâmes avec appétit.

Mon père se redressa et admira sa canne à pêche, sa grâce, sa résistance. Satisfait, il ramassa ses chaussures et gagna le bord de la plage, puis grimpa sur le récif jusqu'à l'endroit où la mer le recouvrait. Mes deux sœurs aînées, Janice et Ruth, bondirent de la couverture et se tapèrent les cuisses pour en épousseter le sable. Puis elles se frottèrent mutuellement le dos et partirent en courant sur la plage en piaillant. J'allais me précipiter à leur poursuite lorsque ma mère, en désignant mes quatre frères d'un signe de tête, me rappela à l'ordre : « *Dang-xin tamende shenti »,* ce qui signifie « veille sur eux » ou, plus littéralement, « surveille leur corps ». Ces corps-là étaient les ancres de ma vie : Matthew, Mark, Luke et Bing. Je retombai sur le sable, la gorge serrée, en grognant l'éternelle même plainte : « Pourquoi ? Pourquoi devais-je, *moi,* veiller sur eux ? »

Et je reçus l'éternelle même réponse : « *Yiding.* »

Je le devais. C'était mon devoir parce qu'ils étaient mes frères. Mes sœurs avaient autrefois veillé sur moi. Il me fallait à mon tour apprendre le sens des responsabilités, apprécier ce que mes parents avaient fait pour moi.

Matthew, Mark et Luke avaient respectivement douze, dix et neuf ans, donc assez pour s'amuser seuls, et bruyamment. Ils avaient d'ailleurs commencé en ensevelissant Luke dans une tombe de sable peu profonde, dont seule émergeait sa tête, et ils lissaient maintenant les parois d'un château fort construit sur son ventre.

Mais Bing n'avait que quatre ans. Il était irritable, s'énervait facilement et s'ennuyait de même. Il refusa de continuer de jouer avec ses frères parce que ceux-ci l'avaient repoussé en le disputant : « Non, Bing, tu vas tout démolir. »

Alors il s'éloigna sur la plage, la démarche raide, tel un empereur évincé, et ramassa des cailloux et des morceaux de bois flottant qu'il jetait de toutes ses forces dans les vagues. Je le suivais à la trace, des images de raz de marée dans la tête, en me demandant ce que je devrais faire si une telle catastrophe se produisait. Je l'interpellais sans cesse. « Bing, ne t'approche pas de l'eau. Tu vas te mouiller les pieds. » Comme j'avais conscience de ressembler à ma mère, à me tourmenter ainsi intérieurement au-delà du raisonnable, tout en minimisant le danger en paroles ! Une angoisse m'oppressait, comme les parois de la falaise, mais je me persuadai que tout avait été examiné et qu'il n'y avait plus de danger.

En fait, ma mère était superstitieuse. Elle croyait que les enfants étaient prédisposés à certains dangers, certains jours, selon leur date de naissance chinoise. Tout cela était expliqué dans un petit livre chinois intitulé *Les Vingt-Six Portes maléfiques*. Là, sur chaque page, un dessin illustrait l'un des dangers terribles encourus par de jeunes enfants innocents.

Dans le coin était inscrite une légende en chinois mais, ne pouvant en déchiffrer les caractères, je devais me contenter de ce qu'évoquaient les images.

Le même petit garçon apparaissait sur chaque dessin : grimpant sur une branche d'arbre cassée, debout près d'une porte qui s'effondrait, emporté par un chien méchant, foudroyé par un éclair. Et dans chaque dessin revenait un homme portant un curieux costume de lézard. Avec une bosse sur le front, ou peut-être étaient-ce deux cornes arrondies. Dans l'une des illustrations, l'homme lézard se tenait près d'un pont incurvé et riait en regardant le petit garçon basculer par-dessus la rambarde, les pieds battant déjà l'air.

Cela suffisait amplement de penser qu'un seul de ces dangers pût effectivement menacer un enfant. Et bien qu'à une date de naissance corresponde un seul péril, ma mère les redoutait tous. Sans doute parce qu'elle ne parvenait pas à traduire les dates de naissance chinoises, basées sur le calendrier lunaire, en dates américaines. Et les prenant toutes en compte, elle avait la certitude absolue de pouvoir prévenir tous les dangers.

Le soleil avait glissé derrière la corniche de la crique. Tout était en place. Ma mère était occupée à secouer la couverture, à vider le sable des chaussures, à arrimer à nouveau les coins de la couverture avec les chaussures nettoyées. À l'extrémité du récif, mon père lançait patiemment sa ligne, attendant que son *nenggan* se manifeste sous la forme d'un poisson. Au loin, sur la plage, se profilaient deux frêles silhouettes que j'identifiais, grâce aux têtes brunes et aux pantalons jaunes, comme étant mes sœurs. Les cris de mes frères se mêlaient aux cris des mouettes. Bing avait déniché une bouteille de soda vide et s'en servait pour creuser le sable près de la paroi sombre de la falaise. Quant à moi, j'étais assise sur le sable, à l'endroit exact de la limite entre l'ombre et le soleil.

Bing raclait la bouteille de soda contre le rocher. Je lui lançai : « Ne creuse pas si fort. Sinon tu vas percer un trou dans le rocher et tomber jusqu'en Chine ! » Et j'éclatai de rire devant sa mine dubitative. Il se releva pour marcher vers le rivage, posa un pied sur le récif. Je le rappelai à l'ordre :

— Bing !

— Je vais voir papa, protesta-t-il.

— Alors reste près du mur. Ne t'approche pas de l'eau. Ne t'approche pas du méchant poisson.

Et je l'observai avancer pas à pas sur le récif, le dos collé à la paroi rocheuse. Je le vois encore si clairement que j'ai l'impression de pouvoir le figer là pour l'éternité.

Je le vois debout contre la paroi, à l'abri, appelant mon père qui jette un coup d'œil par-dessus son épaule. Comme je suis contente que mon père surveille un peu Bing. Bing reprend sa progression. Et puis quelque chose tiraille la ligne de mon père qui se met à mouliner aussi vite qu'il peut.

Des cris fusent. Quelqu'un a jeté du sable au visage de Luke qui jaillit de son linceul pour se jeter sur Mark, pieds et poings en avant. Ma mère me crie d'intervenir. À peine ai-je séparé Luke de Mark que j'aperçois Bing tout seul au bord du récif.

Dans la confusion créée par la bagarre personne ne remarque rien. Je suis la seule à deviner ce que Bing est en train de faire.

Bing avance d'un pas, puis deux, puis trois. Son petit corps se déplace très vite, comme s'il avait repéré une chose merveilleuse au bord de l'eau. Et moi je pense : « Il va tomber. » Je le pressens. Et au moment précis où cette idée me frappe, ses petits pieds battent déjà l'air, il bascule dans la mer et disparaît sans laisser de trace, à peine une ride à la surface de l'eau.

Je tombai à genoux, les yeux fixés sur l'endroit où il avait sombré. Sans bouger. Sans dire un mot. Je n'arrivais pas à comprendre. Je me demandais : « Dois-je courir dans l'eau pour essayer de le repêcher ? Dois-je appeler mon père ? Irai-je assez vite ? Vais-je pouvoir effacer tout ça et pardonner à Bing d'avoir rejoint mon père sur le récif ? »

C'est alors que mes sœurs revinrent et l'une d'elles questionna : « Où est Bing ? » Il y eut un silence de quelques secondes puis des cris éclatèrent et du sable vola lorsque tout le monde se rua vers le bord de l'eau. Je restai à ma place, pétrifiée, tandis que mes sœurs exploraient le côté de la corniche, que mes frères soulevaient des morceaux de bois flottant, et que mes parents fouillaient les vagues de leurs mains.

Cela dura des heures. Je me souviens des embarcations des sauveteurs et du coucher du soleil. Jamais je n'avais vu un coucher de soleil comme ça : une violente flamme orange qui touchait la surface de l'eau et sombrait en réchauffant la mer.

Lorsque tomba la nuit, les bateaux allumèrent leurs gros yeux jaunes, ballottés sur les vagues noires et luisantes.

Avec le recul, il me semble anormal d'avoir admiré les couleurs du soleil et les bateaux en un pareil moment. Mais chacun de nous eut d'étranges réactions. Mon père comptait les minutes qui s'écoulaient, évaluait la température de l'eau, et recalculait le moment où Bing était tombé à l'eau. Mes sœurs criaient : « Bing ! Bing ! », comme s'il se cachait dans les buissons en haut de la falaise. Mes frères restaient assis dans la voiture et lisaient tranquillement leurs bandes dessinées. Et lorsque les canots de sauvetage éteignirent leurs gros phares, ma mère alla nager. De sa vie elle n'avait nagé une seule brasse, mais sa foi en son propre *nenggan* la convainquit que ce que les Américains étaient capables de faire, elle le pouvait aussi.

Quand les sauveteurs finirent par l'arracher de l'eau, son *nenggan* était toujours intact. Ses cheveux, ses vêtements étaient alourdis par l'eau froide, mais elle se tenait très droite, très calme, royale, comme une sirène émergeant des profondeurs. La police cessa les recherches, nous fit monter dans notre voiture et nous renvoya chez nous pour pleurer.

Je m'attendais à être battue à mort par mon père, ma mère, mes sœurs, mes frères. Je savais que c'était ma faute. Je n'avais pas assez bien veillé sur Bing et je l'avais vu tomber. Pourtant, alors que nous étions tous assis dans l'obscurité du salon, chacun exprima ses propres remords à voix basse.

— J'ai été égoïste de vouloir aller pêcher, dit mon père.

— Nous n'aurions pas dû partir nous promener sur la plage, dit Janice alors que Ruth se mouchait.

— Pourquoi a-t-il fallu que tu me jettes du sable dans la figure ? grommela Luke. Pourquoi as-tu cherché la bagarre ?

Et ma mère reconnut, en s'adressant à moi :

— Je t'ai demandé de les empêcher de se battre. Je t'ai demandé de détourner ton regard de lui.

Si j'avais eu le temps d'éprouver le moindre sentiment de soulagement, il aurait été de courte durée car ma mère ajouta :

— Maintenant, écoute-moi. Nous devons retourner là-bas pour le trouver, très vite, demain matin.

Tout le monde baissa les yeux. Mais je pris cela comme ma punition : repartir à la plage avec ma mère pour l'aider à trouver le corps de Bing.

Rien ne me laissa prévoir le comportement de ma mère le lendemain. Lorsque je m'éveillai, il faisait encore nuit et elle était déjà habillée. Sur la table de la cuisine il y avait une bouteille Thermos, une tasse à thé, la bible en similicuir, les clés de la voiture.

— Papa est prêt ? demandai-je.

— Papa ne vient pas, répondit ma mère.

— Mais alors comment allons-nous y aller ? Qui va nous conduire ?

Elle ramassa les clés et je la suivis dehors. Pendant tout le trajet jusqu'à la plage je me demandai comment elle avait pu apprendre à conduire en une nuit. Elle n'utilisa aucune carte routière, roula tout droit, bifurqua à Geary, se lança sur la grande route, sans oublier de signaler correctement tous ses changements de direction, trouva la route côtière et manœuvra aisément la voiture le long des virages serrés qui jetaient pourtant régulièrement des conducteurs inexpérimentés au bas des falaises.

À notre arrivée à la plage, elle s'élança immédiatement sur le sentier qui descendait puis sur le récif, à l'endroit où j'avais vu Bing disparaître. Elle tenait dans sa main la bible blanche et, penchée au-dessus de l'eau, elle en appelait à Dieu, sa petite voix emportée au ciel par les mouettes. Sa prière commençait par « Mon Dieu » et s'achevait par « Amen ». Le reste était en chinois.

« J'ai toujours eu foi en Tes bienfaits », disait-elle sur le même ton qu'elle utilisait pour exprimer des compliments chinois ampoulés. « Nous savions qu'ils viendraient. Nous ne les mettions pas en question. Tes décisions étaient les nôtres. Tu as récompensé notre foi.

» En retour nous nous sommes toujours efforcés de Te témoigner notre plus profond respect. Nous allions dans Ta maison. Nous Te donnions des offrandes. Nous chantions Tes chants. Tu nous as accordé d'autres bienfaits. Et voilà que nous avons négligé l'un d'eux. Nous avons manqué de vigilance. C'est vrai. Nous avions tant de bonheurs que nous ne pouvions tous les garder en esprit en permanence.

» Alors peut-être nous l'as-Tu caché pour nous donner une leçon, afin que nous prenions mieux soin de Tes bontés, à l'avenir. J'ai compris. Je m'en souviendrai. Et maintenant je suis venue rechercher Bing. »

J'écoutai en silence ma mère prononcer ces paroles, horrifiée. Puis je me mis à pleurer lorsqu'elle ajouta :

« Pardonne-nous pour ses vilaines manières. Ma fille, celle qui est près de moi, fera en sorte de lui apprendre à obéir avant qu'il Te rende à nouveau visite. »

Sa prière terminée, la foi de ma mère était si forte qu'elle vit Bing, trois fois, lui faisant signe entre les vagues. « *Nale !* », là ! Et elle se redressa, rigide comme une sentinelle. Trois fois ses yeux la trompèrent, trois fois Bing redevint un amas sombre d'algues bouillonnantes.

Ma mère garda la tête haute. Elle revint sur la plage, déposa la bible, ramassa la bouteille Thermos et la tasse à thé, et marcha jusqu'au bord de l'eau. Puis elle m'expliqua que, au cours de la nuit, elle s'était souvenue de son enfance, en Chine, et qu'une idée lui était venue.

« Je me rappelle un garçon qui avait perdu sa main en faisant exploser un pétard. J'ai vu son bras en lambeaux, ses larmes, et entendu sa mère crier qu'elle lui ferait repousser une autre main, mieux que la première. Cette mère proclamait qu'elle paierait dix fois la dette de ses ancêtres. Elle utilisa un traitement à base d'eau pour apaiser le courroux de Chu Jung, le démon du feu aux trois yeux. Et, en vérité, une semaine plus tard, le garçon roulait en bicyclette devant mes yeux ébahis, les deux mains dirigeant fermement son guidon ! »

Ma mère s'interrompit un instant, avant de poursuivre, d'un ton songeur et empreint de respect :

« Autrefois, l'un de nos ancêtres a volé de l'eau dans une fontaine sacrée. Aujourd'hui l'eau se venge. Nous devons apaiser la colère du Dragon Serpent qui vit au fond de la mer. Et nous devons lui faire desserrer l'emprise de ses anneaux autour de Bing en lui offrant un autre trésor qu'il pourra emporter. »

Ma mère versa alors du thé sucré dans la tasse et la jeta dans les vagues. Puis elle ouvrit son poing. Au creux de sa paume était enfouie une bague sertie d'un saphir bleu limpide, cadeau de sa propre mère décédée longtemps auparavant. « Cette bague, me confia-t-elle, attirait les regards de convoitise des autres femmes et détournait leur attention de leurs enfants qu'elles gardaient pourtant si jalousement. Elle fera oublier Bing au Dragon Serpent. » Ma mère jeta la bague dans la mer.

Malgré cela, Bing ne reparut pas. Pendant environ une heure, nous ne vîmes que des algues dériver à la surface de l'eau. Puis j'aperçus ma mère serrer ses mains contre sa poitrine et s'exclamer d'une voix étrange : « Tu vois, c'est parce que nous regardions dans la mauvaise direction. » Alors moi aussi je vis Bing nous faire des signes à l'autre bout de la plage, ses chaussures dans une main, les épaules voûtées par l'épuisement. Moi aussi je ressentis ce qu'éprouvait ma mère. Notre cœur bondit. Et, avant même de pouvoir ébaucher un geste, nos yeux virent Bing allumer une cigarette, grandir, et prendre la forme d'un inconnu.

— Maman, partons, dis-je aussi doucement que possible.

— Il est là, insista-t-elle d'une voix ferme en pointant la corniche dentelée. Je le vois. Il est dans une grotte, assis sur un rebord au-dessus de l'eau. Il a faim et un peu froid, mais il a appris à ne pas trop se plaindre.

Elle se leva et commença à traverser la plage d'un pas assuré, comme si elle marchait sur un sentier pavé, tandis que je progressais péniblement dans le sable mou. Elle escalada le chemin escarpé jusqu'à l'endroit où était parquée la voiture sans paraître essoufflée le moins du monde et sortit une chambre à air du coffre de la voiture. À cette bouée de sauvetage improvisée elle attacha la ligne de la canne à pêche de mon père, redescendit sur la plage et jeta la bouée à l'eau en tenant la canne de bambou à bout de bras.

— La bouée ira où Bing se trouve. Je le ramènerai, déclara-t-elle avec force.

Jamais je n'avais perçu un tel *nenggan* dans la voix de ma mère.

La chambre à air se plia à sa volonté : elle dériva de l'autre côté de la crique où elle fut happée dans un tourbillon de vagues. La ligne se tendit et ma mère dut serrer fortement le manche de la canne à pêche. Mais le fil finit par se rompre et tire-bouchonna dans l'eau.

Je suivis ma mère jusqu'à l'extrémité du récif pour observer ce qui se passait. La bouée avait atteint l'autre côté de l'anse. Une énorme vague la fouetta contre la falaise. La chambre à air rebondit avant d'être aspirée sous la paroi, dans une grotte. Elle resurgit, disparut, surgit encore, noire et luisante. Comme si elle avait repéré Bing et s'efforçait de l'arracher à la grotte. Le va-et-vient continua ainsi longtemps, vainement, mais toujours porteur d'espoir. Et puis, après une douzaine de plongeons, la bouée émergea une dernière fois, déchiquetée et inerte.

À ce moment, mais à ce moment seulement, ma mère abandonna. Son visage avait une expression que je n'oublierai jamais. Une expression de désespoir intense et d'horreur. D'avoir perdu Bing et d'avoir eu la folie de croire que sa foi pouvait infléchir la fatalité. Et moi, une colère aveugle me saisit devant notre échec.

Je sais, aujourd'hui, que je n'avais pas espéré retrouver Bing, de même que je me sais incapable d'imaginer un moyen de sauver mon mariage. Néanmoins ma mère affirme que je dois essayer.

— À quoi bon ? lui dis-je. Il n'y a pas d'espoir. Aucune raison d'essayer.

— Tu le dois, insiste-t-elle. Ce n'est pas une question d'espoir ni de raison. C'est ton destin. C'est ta vie, ce que tu dois faire.

— Bon, mais que puis-je faire ?

Et ma mère répond :

— Tu dois réfléchir toi-même. Si quelqu'un te le dit, tu ne feras pas d'effort.

Elle quitte la cuisine et me laisse méditer.

Je pense à Bing, à la façon dont j'ai pressenti le danger qui le guettait et comment je n'ai rien tenté pour intervenir. Je pense à mon mariage, aux signes avant-coureurs que j'ai décelés. Et je n'ai rien tenté. Je commence maintenant à croire que la fatalité se façonne moitié par attentisme, moitié par inattention. Par une sorte de prodige, lorsque vous perdez une chose qui vous est précieuse, la foi prend la relève. Il faut veiller sur ce que l'on aime. Il faut combattre le laxisme.

Ma mère continue de veiller. Cette bible, sous la table, je sais qu'elle la voit. Je me rappelle l'avoir

surprise en train de noter quelque chose à l'intérieur avant de la coincer sous le pied.

Je soulève la table et récupère la bible. Je la pose
sur la table et la feuillette fébrilement. Je sais que
c'est là. Sur la page précédant le début du Nouveau
Testament, il y a un chapitre intitulé « Morts ». C'est
là que ma mère a inscrit, légèrement, au crayon à
papier, « Bing Hsu ».

JING-MEI WOO

LES DEUX GENRES

Ma mère croyait que, en Amérique, n'importe qui pouvait obtenir ce qu'il désirait. Ouvrir un restaurant. Travailler pour le gouvernement et en retirer une confortable pension. Acheter une maison avec un minimum de capital. Devenir riche et célèbre.

« Bien sûr tu peux être une enfant prodige, toi aussi », me disait-elle lorsque j'avais neuf ans. « Tu peux être la meilleure en tout. Tante Lindo n'y connaît rien. Sa fille, elle est seulement plus maligne. »

Tous les espoirs de ma mère reposaient sur la terre d'Amérique. Elle y était arrivée en 1949, après avoir tout perdu en Chine : sa mère, son père, sa maison, son premier mari et ses deux bébés, deux petites jumelles. Pourtant elle ne regardait jamais en arrière avec regret. Il y avait tant de possibilités pour que la vie devînt meilleure.

Trouver le domaine dans lequel je pourrais exprimer mes talents d'enfant prodige nous posa dès le départ quelques problèmes. D'abord, ma mère m'imagina comme une Shirley Temple chinoise. Nous regardions les vieux succès de Shirley à la télé comme autant de films d'apprentissage. Ma mère me poussait du coude en disant : « *Ni kan* », observe bien. Et j'observais Shirley faire des claquettes, chanter une chanson de marin, ou arrondir ses lèvres en un O parfait pour s'exclamer : « Ô mon Dieu. »

« *Ni kan* », répétait ma mère tandis que de grosses larmes inondaient les yeux de Shirley. « Tu sais déjà le faire. Pas besoin de talent pour pleurer ! »

Peu de temps après que l'idée de Shirley Temple eut germé dans son esprit, ma mère me conduisit dans une école de coiffure du quartier de la mission et me confia aux mains d'une élève qui savait à peine tenir ses ciseaux sans trembler. Au lieu de ressortir avec de jolies boucles bien rondes, j'émergeai avec une touffe hirsute de cheveux noirs frisottés et crêpés. Ma mère me traîna dans la salle de bains pour tenter de les aplatir en les mouillant.

« On dirait une négresse chinoise », se lamenta-t-elle, comme si je l'avais fait exprès.

Le professeur de l'école de coiffure dut tailler dans cette masse détrempée pour rendre à ma chevelure un aspect à peu près lisse. « Peter Pan est très à la mode en ce moment », assura le professeur à ma mère. J'avais désormais des cheveux aussi courts que ceux d'un garçon, coupés à la chien, tout raides, avec une frange en biseau cinq centimètres au-dessus des sourcils. Ma coiffure me plut et je me mis à attendre avec impatience ma gloire future.

Il faut avouer que, au début, cette perspective m'excita autant que ma mère, peut-être même davantage. Mon avenir d'enfant prodige m'apparaissait sous des formes différentes dont j'imaginais tour à tour les scénarios. Délicate ballerine derrière le rideau de scène, guettant la mesure de musique qui allait me propulser en avant, puis flottant gracieusement sur mes pointes. L'enfant Christ, sortant de sa crèche et piaillant d'une sainte indignation. Cendrillon, descendant de sa calèche citrouille au son d'une musique étincelante de dessins animés.

Dans toutes mes chimères, une certitude inaltérable me portait : j'allais très vite devenir un être *parfait*. Ma mère et mon père m'adoraient. Aucun reproche ne pouvait m'atteindre. Je n'éprouvais plus le besoin de bouder pour obtenir quelque chose.

Parfois, pourtant, le prodige qui se cachait en moi s'impatientait. « Si tu ne te dépêches pas de me faire sortir, je vais disparaître pour de bon, menaçait-il. Et tu ne seras jamais rien. »

Chaque soir après dîner, ma mère et moi nous asseyions devant la table en Formica de la cuisine. Elle me faisait subir de nombreux tests, inspirés d'histoires d'enfants surdoués qu'elle avait lues dans *Ripley's, Croyez-le ou non, La Bonne Maîtresse de maison, le Reader's Digest,* et une douzaine d'autres magazines qu'elle empilait dans notre salle de bains. Ces magazines provenaient des maisons où ma mère faisait le ménage. Et, comme elle travaillait dans de nombreux foyers chaque semaine, nous en possédions un vaste assortiment. Ma mère les feuilletait tous, à la recherche d'articles sur les génies en herbe.

Le premier soir, elle exposa le cas d'un enfant de trois ans qui connaissait les capitales de tous les États américains et de la plupart des pays d'Europe. Un professeur déclarait même que le petit garçon était capable de prononcer correctement le nom des villes étrangères.

— Quelle est la capitale de la Finlande ? me questionna ma mère, les yeux fixés sur le magazine.

Tout ce que je connaissais c'était la capitale de la Californie, parce que Sacramento était le nom de la rue où nous habitions, dans Chinatown.

— Nairobi ! lançai-je au hasard, en choisissant le plus étranger des noms que je connaissais.

Ma mère vérifia si c'était là une façon possible de prononcer « Helsinki » avant de me montrer la réponse.

La difficulté des tests augmenta : faire du calcul mental, sortir la reine de cœur d'un jeu de cartes, essayer de me tenir en équilibre sur la tête sans l'aide de mes mains, prédire les températures journalières à Los Angeles, New York et Londres.

Un soir, il me fallut fixer une page de la Bible pendant trois minutes puis répéter ce que j'en avais retenu. « Alors Josaphat obtint richesses et honneurs en abondance et... c'est tout ce que je me rappelle, maman », avouai-je.

Et à force de voir les grimaces de désappointement se succéder sur le visage de ma mère, quelque chose, au fond de moi, commença à s'étioler. Je pris en horreur les tests, les faux espoirs et les attentes déçues. Avant de me coucher, un soir, je découvris dans le miroir au-dessus du lavabo de la salle de bains mon visage de tous les jours — ce visage qui resterait toujours un visage ordinaire — et je me mis à pleurer. Quelle fille moche et triste ! Je poussai des cris aigus d'animal égaré et essayai d'effacer mon image.

C'est alors que je perçus ce qu'il semblait y avoir de *prodigieux en moi,* car jamais encore je n'avais vu ce visage-là. Je fixai mon reflet, les yeux plissés pour mieux l'examiner. La fille qui me regardait était furieuse, énergique. Or cette fille et moi ne faisions qu'une. De nouvelles pensées s'insinuèrent en moi, des pensées volontaires, ou plutôt des pensées pleines de refus. Je me promis de ne pas laisser ma mère me changer. De ne pas devenir ce que je n'étais pas.

Aussi, les soirs suivants, lorsqu'elle me présenta de nouveaux tests, j'y répondis avec nonchalance, la tête lovée au creux de mon bras. Je *jouais* l'ennui. Je m'ennuyais tellement que j'en vins à compter les coups de corne de brume, dans la baie, tandis que ma mère cherchait à me faire manœuvrer dans d'autres eaux. C'était un son réconfortant, qui me rappelait une histoire de vache sautant par-dessus la lune. Le lendemain, pour m'amuser, je fis un pari contre moi-même : ma mère abandonnerait la partie avant huit coups de corne de brume. J'en comptai un, deux tout au plus, que déjà elle avait perdu tout espoir.

Deux ou trois mois passèrent sans qu'il fût à nouveau question de mes dons d'enfant prodige. Jusqu'au jour où ma mère regarda une émission d'Ed Sullivan à la télévision. Notre téléviseur était ancien, avec un son défaillant. Chaque fois que ma mère se levait du canapé pour aller ajuster le volume, le son retrouvait son niveau normal et l'on entendait Ed Sullivan s'égosiller. Chaque fois qu'elle retournait s'asseoir, Ed redevenait muet. Elle se levait, une musique de piano criarde éclatait dans les haut-parleurs. Elle s'asseyait. Silence. Debout assise, aller-retour, bruit silence. Ma mère et le téléviseur jouaient une sorte de valse-hésitation. Tant et si bien qu'elle finit par rester debout à côté, la main sur le bouton de volume sonore.

La musique semblait la pénétrer, un petit air de piano sautillant qui possédait un étrange pouvoir de fascination, avec cette succession de passages rapides et de passages plus cadencés qui vous taquinaient l'oreille.

— *Ni kan,* cria ma mère en gesticulant, regarde.

Elle paraissait hypnotisée par la musique, martelée sur un piano par une fillette chinoise d'environ neuf ans, avec des cheveux coupés à la Peter Pan, l'impertinence de Shirley Temple et l'orgueilleuse modestie d'une bonne chinoise. La fillette se fendit d'un sorte de révérence fantaisie qui fit retomber sa jupe bouffante sur le sol comme les pétales d'un œillet géant.

Ces signes d'avertissement ne m'inquiétèrent pas, cependant. Notre famille ne possédait pas de piano et nous n'avions pas les moyens d'en acheter un, sans compter les partitions et les leçons. Aussi me montrai-je généreuse dans mes commentaires lorsque ma mère dénigra la jeune artiste.

— Elle joue les notes correctement, mais le son n'est pas joli. Pas chantant.

— Pourquoi t'en prends-tu à elle ? remarquai-je imprudemment. Elle joue bien. Elle n'est peut-être pas la meilleure mais elle fait des efforts.

177

Je regrettai aussitôt mes paroles.

— Exactement comme toi, dit ma mère. Pas la meilleure. Parce que tu ne fais aucun effort.

Et elle poussa un soupir en allant s'asseoir sur le sofa. Le son s'éteignit.

La petite pianiste s'assit elle aussi à nouveau devant son piano pour bisser La *Danse d'Anitra* de Grieg. Je me souviens de l'air car, plus tard, je dus apprendre à le jouer.

Trois jours après l'émission d'Ed Sullivan, ma mère me communiqua mon emploi du temps concernant mes leçons de piano et mes heures d'exercice. Elle s'était arrangée avec Mr. Chong, qui habitait au premier étage de notre immeuble. Mr. Chong était un professeur de piano en retraite avec qui ma mère avait conclu d'échanger des heures de ménage contre des leçons hebdomadaires et l'usage quotidien de son piano, deux heures par jour, entre quatre et six.

En apprenant cela, j'eus l'impression d'être expédiée en enfer. Je pleurnichai et trépignai un peu pour montrer combien cela m'était intolérable.

— Pourquoi ne m'aimes-tu pas telle que je suis ? Je *ne suis pas* un génie ! Je ne peux pas jouer du piano. Et même si je le pouvais, je n'irais pas jouer à la télévision même si tu m'offrais un million de dollars ! hurlai-je.

Ma mère me gifla.

— Qui te demande d'être un génie ? cria-t-elle. Je te demande juste de donner le meilleur de toi. Pour ton bien. Tu imagines que je veux que tu sois un génie ? Ah ! ah ! Pour quoi faire ? Qui te le demande ?

Puis je l'entendis marmonner en chinois : « Quelle ingratitude. Si elle avait autant de talent que de caractère, elle serait déjà célèbre. »

Mr. Chong, que je surnommai secrètement Vieux Chong, était un monsieur étrange qui pianotait sans cesse du bout des doigts la symphonie silencieuse d'un orchestre invisible. À mes yeux, il était vieux. Le haut de son crâne était presque entièrement chauve, et il portait d'épaisses lunettes devant des yeux perpétuellement las et endormis. Mais il devait être plus jeune que je l'imaginais car il vivait avec sa mère et n'était pas encore marié.

Je rencontrai une fois Mrs. Chong mère, et cela me suffit. Elle traînait derrière elle cette odeur particulière des bébés qui ont fait dans leurs couches, et ses doigts étaient ceux d'un cadavre, comme cette vieille pêche oubliée dans le réfrigérateur dont la peau avait glissé sur la chair lorsque je l'avais prise.

Je ne tardai pas à découvrir pourquoi Vieux Chong avait cessé d'enseigner le piano. Il était sourd. « Comme Beethoven ! » m'expliqua-t-il en criant. « Lui et moi écoutons seulement avec notre tête ! » Et il recommença à pianoter *ses* frénétiques sonates muettes.

Nos leçons se déroulaient de la façon suivante. Il ouvrait la partition et pointait différents exercices en m'expliquant ce qu'il voulait : « Clé ! Aigu ! Basse ! Ni dièse ni bémol ! Voici un *do* majeur ! Écoute et joue après moi ! »

Il jouait la gamme de *do* plusieurs fois, un simple arpège, puis, comme inspiré par une ancienne et inextinguible démangeaison, il ajoutait graduellement d'autres notes, des trilles, une basse rythmique, jusqu'à ce que la musique devînt réellement quelque chose de grandiose.

Et moi je jouais après lui, la gamme toute simple, l'arpège simple, et un morceau ahurissant qui rappelait assez le concerto d'un chat mettant à sac une rangée de poubelles en fer. Vieux Chong souriait et applaudissait en s'exclamant : « Excellent ! Mais maintenant tu dois apprendre à garder la mesure ! »

C'est ainsi que je découvris que les yeux de Vieux Chong n'étaient pas assez rapides pour remarquer mes fausses notes. Il retardait d'une demi-longueur. Pour m'inciter à garder la mesure, il se tenait derrière moi et marquait chaque temps en me tapotant l'épaule droite. Pour maintenir mes poignets rigides, il plaçait dessus des pièces de monnaie tandis que j'enchaînais lentement des gammes et des arpèges. Il me faisait arrondir ma main autour d'une pomme puis garder cette position pour jouer. Il marchait à pas raides pour me montrer la façon de lever et baisser les doigts, comme le staccato d'un brave petit soldat.

Il m'enseigna toutes ces choses et c'est ainsi que j'appris également que je pouvais être paresseuse et m'en sortir malgré tout, en faisant des fausses notes. Jamais je ne me corrigeais. Je continuais normalement à jouer en gardant le rythme, et Vieux Chong continuait de diriger sa rêverie intime.

Ainsi peut-être ne me suis-je jamais accordé à moi-même la moindre chance. J'avais assimilé les bases assez vite et j'aurais pu devenir une bonne pianiste très jeune. Mais j'étais si déterminée à ne pas essayer et à ne pas changer que j'appris seulement les préludes les plus douloureux pour les oreilles, les hymnes les plus discordants.

Je m'exerçai ainsi pendant toute une année, suivant obstinément ma propre voie. Et puis un jour, je surpris ma mère et son amie Lindo Jong fanfaronner à voix haute devant tout le monde. Cela se passait à la sortie de l'église. J'étais adossée contre le mur en briques, vêtue d'une robe blanche à jupons empesés. La fille de tante Lindo, Waverly, qui avait à peu près mon âge, se tenait à quelques mètres de là. Nous avions grandi ensemble et partagé l'intimité de deux sœurs se chamaillant à propos de tout, de leurs crayons de couleur et de leurs poupées. En d'autres termes, et pour l'essentiel, nous nous détestions cordialement. Je la trouvais pimbêche. Waverly Jong avait acquis une certaine célébrité en tant que « plus jeune championne d'échecs chinoise de Chinatown ».

— Elle rapporte trop de trophées à la maison, se lamentait tante Lindo ce dimanche-là. Elle joue aux échecs toute la journée. Et moi je passe mon temps à épousseter ses trophées, ajouta-t-elle en jetant un regard faussement grondeur à Waverly qui feignit de ne pas la voir.

Et ma mère bomba le torse pour se vanter :

— Notre problème est pire que le vôtre. Si je demande à Jing-mei de laver la vaisselle, elle n'entend rien sinon de la musique. C'est impossible de freiner son talent naturel.

Dès lors je résolus de mettre fin à son orgueil mal placé.

Quelques semaines plus tard, Vieux Chong et ma mère conspirèrent pour me faire jouer dans un spectacle de jeunes artistes organisé dans la salle paroissiale. À cette époque, mes parents avaient réuni assez d'économies pour m'acheter un piano d'occasion : une épinette Wurlitzer noire avec un tabouret rafistolé, qui était devenue le joyau de notre salon.

Pour le spectacle des jeunes artistes, je devais jouer une pièce de Schumann extraite des *Scènes d'enfants*. C'était un morceau simple, nostalgique, plus simple qu'il ne paraissait. J'étais censée l'apprendre intégralement et répéter deux fois les reprises pour l'allonger. Mais je lambinais pour l'apprendre. Je jouais quelques mesures, puis je trébuchais et levais les yeux sur la partition pour vérifier les notes suivantes. Je crois que je n'écoutais pas vraiment ce que je jouais. Je rêvais tout éveillée que je me trouvais ailleurs, dans la peau d'une autre.

Le moment préféré de ma prestation était la révérence : pied droit levé, effleurer la rose du tapis de la pointe de la chaussure, repasser la jambe derrière dans un mouvement tournant, genou gauche fléchi, lever la tête et sourire.

Mes parents convièrent tous leurs amis du club de la Chance à assister à mes débuts. Tante Lindo et oncle Tin étaient là, ainsi que Waverly et ses deux frères aînés. Des enfants plus jeunes et plus âgés que moi occupaient les deux premiers rangs, les plus petits devant passer les premiers. Ils récitèrent des poésies enfantines, enchaînèrent quelques couacs sur des violons miniatures, firent tournoyer des *Hula Hoops,* caracolèrent en tutus roses, et vinrent saluer le public qui poussa des *ho* et des *ha* en applaudissant avec enthousiasme.

Mon tôur arriva. Je me sentais très confiante. Je me souviens encore de mon excitation puérile.

J'avais l'impression qu'une enfant prodige existait véritablement en moi. Je n'éprouvais donc ni crainte ni trac. Je me rappelle avoir pensé « Nous y sommes ! » Je jetai un coup d'œil sur l'assistance. Le visage livide de ma mère, le bâillement de mon père, le sourire crispé de tante Lindo, la moue boudeuse de Waverly. Je portais une robe blanche faite de couches de dentelles superposées et un noeud rose dans mes cheveux à la Peter Pan. En m'asseyant, j'eus la vision de gens bondissant sur leurs pieds et d'Ed Sullivan se précipitant pour me présenter aux téléspectateurs.

Puis je commençai à jouer. C'était magnifique. J'étais si absorbée par l'image idéale que je donnais, que je ne me souciais pas du son que je produisais. Aussi éprouvai-je un choc de surprise lorsque je plaquai ma première fausse note et compris que quelque chose clochait. J'en ratai une autre, et encore une autre. Un frisson me parcourut l'échine. Impossible d'arrêter de jouer : mes mains semblaient ensorcelées. Je continuais de croire que mes doigts allaient se corriger eux-mêmes, comme un train sur ses rails. J'enchaînai à deux reprises cet étrange fatras sonore, poursuivie jusqu'à la fin par les notes aigres.

Quand je me relevai, mes jambes flageolaient. Peut-être ma nervosité m'avait-elle trompée ? Peut-être Vieux Chong et le public m'avaient-ils entendue jouer le morceau correctement, sans rien remarquer d'anormal ? Je pointai mon pied droit, fléchis le genou gauche, levai la tête et souris. La salle resta silencieuse, à l'exception de Vieux Chong, radieux, qui criait : « Bravo ! Bravo ! Très bien ! » Puis je découvris le visage de ma mère, tout frémissant. Le public applaudit mollement lorsque je regagnai ma chaise. J'avais le visage tout crispé à force de retenir mes larmes. Un petit garçon chuchota à voix haute à sa maman : « C'était épouvantable », ce à quoi sa mère répondit : « En tout cas elle a fait des efforts. »

À ce moment-là seulement je pris conscience de l'ampleur du public. Le monde entier. Je sentis tous les yeux me brûler le dos. Je perçus la honte de ma mère et de mon père, tout raidis sur leur siège jusqu'à la fin du spectacle.

Nous aurions pu nous enfuir pendant l'entracte. Mais la fierté et un curieux sens de l'honneur ancrèrent mes parents sur leurs chaises. Ainsi nous vîmes tous les numéros : le garçon de dix-huit ans affublé d'une fausse moustache qui exécuta des tours de magie et jongla avec des cerceaux enflammés en roulant sur un vélo à une roue ; la fille à la grosse poitrine toute maquillée de blanc qui chanta un air de *Madame Butterfly* et reçut une mention honorable ; et le garçon de onze ans qui remporta le premier prix en jouant au violon un morceau de virtuose qui ressemblait à un bourdonnement d'abeille.

À l'issue du spectacle, les Hsu, les Jong et les St. Clair du club de la Chance se rassemblèrent autour de mes parents.

— Beaucoup d'enfants talentueux, commenta vaguement tante Lindo avec un large sourire.

— C'était autre chose, répondit mon père. Et je me demandai si c'était un trait d'humour me concernant, ou bien s'il ne se souvenait déjà plus de ma prestation.

Waverly me toisa en haussant les épaules.

— Tu n'es pas un génie comme moi, me lança-t-elle d'un ton désinvolte.

Si je ne m'étais sentie si misérable, je lui aurais volontiers tiré les nattes et donné des coups de poing dans le ventre.

L'expression de ma mère était tout aussi défaite que la mienne : son regard éteint et vide disait qu'elle avait tout perdu. J'éprouvais le même sentiment. J'avais l'impression que les autres m'encerclaient comme des badauds sur les lieux d'un accident, pour voir quelles parties de moi étaient manquantes. Dans l'autobus qui nous ramenait chez nous, mon père fredonna l'air de l'abeille, ma mère demeura silencieuse. Je pensais qu'elle attendait d'être arrivée à la maison pour me disputer. Pourtant, lorsque mon père ouvrit la porte de notre appartement, ma mère entra et gagna directement la chambre du fond. Ni accusations. Ni réprimandes. En un sens, j'en fus presque désappointée. J'avais attendu ses cris pour pouvoir crier à mon tour et la blâmer de tous mes malheurs.

Logiquement, je conclus que mon fiasco mettrait fin à mes leçons de piano. Or deux jours plus tard, en rentrant de l'école, ma mère émergea de la cuisine et me surprit devant la télévision.

— Il est quatre heures, me rappela-t-elle, comme si c'était un jour ordinaire.

J'en fus aussi choquée que si elle m'avait imposé d'affronter à nouveau la torture d'un récital. Je me carrai plus solidement devant la télé.

— Éteins la télévision, me lança ma mère de la cuisine, cinq minutes plus tard.

Je ne cillai pas. Puis je pris une décision. Désormais je ne ferais plus ce qu'elle me dirait. Je n'étais pas son esclave. Nous n'étions pas en Chine. Je l'avais écoutée une fois, et voyez le résultat. C'était elle qui était stupide.

Ma mère sortit de la cuisine et se planta sur le seuil du salon.

— Quatre heures, répéta-t-elle plus fort.

— Je ne jouerai plus du piano, rétorquai-je d'un ton nonchalant. Pourquoi continuer ? Je ne suis pas un génie.

Elle avança dans la pièce et se posta devant la télévision. Je voyais sa poitrine haleter de colère.

— Non ! dis-je.

Je me sentis plus forte, comme si ma vraie personnalité avait enfin éclos. Voilà donc ce qui se cachait au fond de moi pendant tout ce temps.

— Non, je ne jouerai plus !

Ma mère me saisit le bras, me souleva de terre, éteignit la télévision. Sa force avait quelque chose d'effrayant. Moitié portant, moitié tirant, elle me traîna jusqu'au piano sans se soucier de mes ruades et me hissa sur le tabouret dur. Je sanglotais en lui jetant des regards noirs. Sa poitrine se soulevait, sa bouche était ouverte, et elle avait un sourire un peu fou, comme si elle prenait plaisir à me voir pleurer.

— Tu veux me faire devenir ce que je ne suis pas ! hoquetai-je. Jamais je ne serai le genre de fille que tu veux que je sois !

— Il n'existe que deux genres de fille, cria-t-elle en chinois. Celles qui obéissent et celles qui suivent leur propre idée. Un seul genre de fille peut vivre sous ce toit. Le genre qui obéit !

— Alors je préférerais ne pas être ta fille. J'aimerais que tu ne sois pas ma mère !

Et en criant ces mots, je pris peur. C'était comme si des vers de terre, des crapauds et toutes sortes de choses visqueuses sortaient en rampant de ma poitrine. Mais en même temps cela faisait du bien de sentir cette terrible partie de moi-même émerger enfin à la surface.

— C'est trop tard pour changer ! hurla ma mère d'une voix stridente.

Sa colère atteignait son paroxysme. J'avais envie de la voir se déverser. C'est alors que je me souvins de ses bébés perdus en Chine, ceux dont nous ne parlions jamais.

— Je voudrais n'être jamais née ! criai-je. Je voudrais être morte ! Comme les autres.

J'avais prononcé les paroles magiques. Abracadabra ! Son visage devint livide, sa bouche se ferma, ses bras retombèrent mollement, et elle battit en retraite hors de la pièce, comme une feuille d'automne poussée par le vent, mince, cassante, sans vie.

Ce ne fut pas la seule déception causée à ma mère. Dans les années qui suivirent, je lui en infligeai bien d'autres, et chaque fois en revendiquant bien fort ma responsabilité, mon droit à faillir à ses attentes. Je n'obtins pas les meilleures notes en classe. Je ne devins pas chef de ma classe. Je n'entrai pas à l'université de Stanford. J'interrompis mes études.

À l'inverse de ma mère, je ne croyais pas pouvoir devenir ce que je voulais être, mais seulement être moi.

Et pendant ces longues années, nous n'évoquâmes jamais le désastre de mon récital ni la terrible dispute qui s'ensuivit devant le piano. Tout cela resta enfoui, comme une révélation inexprimable. Jamais je ne pus trouver un moyen de lui demander pourquoi elle avait placé ses espoirs si hauts que l'échec était inévitable.

Pis, jamais je n'osai la questionner sur ce qui m'avait le plus effrayée : pourquoi elle avait perdu espoir.

Car, après notre affrontement, il ne fut plus question de piano. Les leçons cessèrent. Le couvercle de l'épinette se referma sur ma honte et sur ses rêves.

Aussi éprouvai-je une grande surprise, de nombreuses années plus tard, lorsque ma mère m'offrit le piano pour mon trentième anniversaire. Je n'y avais pas touché depuis toutes ces années. J'interprétai son geste comme un signe de pardon et en ressentis un fabuleux soulagement.

— Tu es sûre ? demandai-je timidement. Je veux dire... toi et papa n'allez pas le regretter ?

— Non, c'est ton piano, insista-t-elle fermement. Le tien. Toi seule peux en jouer.

— Je n'en suis probablement plus capable. Il y a si longtemps.

— Tu apprends vite, dit ma mère comme on énonce une certitude. Tu possèdes un talent naturel. Tu pourrais devenir une virtuose si tu voulais.

— Non, je ne pourrais pas.

Tu n'essaies pas, répondit-elle, sans tristesse ni colère, comme une évidence inattaquable. Prends-le.

Mais je ne l'emportai pas. C'était assez qu'elle me l'eût offert. Et à partir de ce jour, à chacune de mes visites chez mes parents, la vue de mon piano trônant dans le salon devant les baies vitrées me remplissait de fierté, comme un trophée étincelant chèrement conquis.

La semaine dernière j'ai envoyé un accordeur dans l'appartement de mes parents remettre le piano en état, pour des raisons purement sentimentales. Ma mère est morte depuis plusieurs mois, et je m'occupe de régler quelques affaires pour mon père, petit à petit. J'ai rangé ses bijoux dans des sacs en soie spéciaux. Les pulls qu'elle a tricotés, jaunes, roses, orange (autant de couleurs que je déteste), je les ai empilés dans des cartons antimites. J'ai retrouvé d'anciennes robes chinoises en soie, celles qui sont fendues sur les côtés. J'ai frotté la soie contre ma joue, puis je les ai emballées dans du papier et décidé de les rapporter chez moi,

Une fois le piano accordé, j'ai soulevé le couvercle et effleuré le clavier. Le son m'a paru plus riche que dans mon souvenir. En vérité c'était un excellent piano. À l'intérieur du banc, il y avait encore les feuilles de papier à musique avec les gammes notées à la main, les partitions d'occasion avec leurs couvertures rafistolées au scotch jaune.

J'ai ouvert le livre des œuvres de Schumann à la page de la petite pièce nostalgique que j'avais jouée pour le récital. Elle se trouve sur la page de gauche. Le morceau m'a paru plus difficile que dans mon souvenir. J'en ai joué quelques mesures, assez surprise de la facilité avec laquelle les notes venaient sous mes doigts.

Et pour la première fois, en tout cas il me semble, j'ai remarqué le morceau sur la page de droite. Il s'intitule *Bonheur*. J'ai essayé aussi de le jouer. La mélodie en est plus légère mais le rythme aussi fluide, et l'exécution assez facile. *L'Enfant prie* est court et lent. *Bonheur* est plus long mais plus rapide. Or ce n'est qu'après les avoir joués l'un et l'autre plusieurs fois que je me suis aperçue qu'ils étaient les deux moitiés d'une même mélodie.

VERSION
AMÉRICAINE

« WAH ! » s'exclama la mère en découvrant l'armoire à glace dans la chambre à coucher du nouvel appartement de sa fille.

— Tu ne peux pas placer des miroirs au pied de ton lit. Le bonheur de ton mariage rebondirait dans le sens inverse.

— Peut-être, mais c'est le seul endroit qui convient à l'armoire, donc elle y restera, répondit la fille, irritée par la manie de sa mère d'énoncer de mauvais présages à tout propos. Toute sa vie elle avait entendu semblables avertissements.

La mère grimaça, tout en fouillant dans son sac usagé de chez Macy's. « Tu as de la chance, je crois pouvoir t'arranger ça. » Et elle sortit de son sac un miroir à cadre doré, acheté la semaine précédente. C'était son cadeau de crémaillère. Elle le posa contre la tête de lit, en haut des deux oreillers.

— Tu dois l'accrocher là, précisa la mère en désignant le mur au-dessus. Ce miroir fait face à l'autre — haule ! — et multiplie ta chance de fleur de pêcher.

— Qu'est-ce que la chance de fleur de pêcher ? La mère sourit, une lueur espiègle dans les yeux.

— C'est là, dit-elle en montrant le miroir. Regarde à l'intérieur. Réponds-moi, n'ai-je pas raison ? Dans ce miroir il y a mon futur petit-enfant, déjà assis sur mes genoux, le printemps prochain.

La fille regarda et... haule ! L'image était bien là : son propre reflet qui l'observait.

LENA ST. CLAIR

LE MARI RIZ

E ncore à ce jour, je crois que ma mère possède la mystérieuse faculté de voir les choses
avant qu'elles arrivent. Il y a un dicton
chinois pour désigner ce qu'elle sait. *Chunwang
chihan :* sans les lèvres, les dents ont froid. Ce qui
signifie, je suppose, qu'une chose est toujours le
résultat d'une autre.

Toutefois elle ne prédit pas les tremblements de
terre ni les fluctuations de la Bourse. Elle pressent uniquement les malheurs qui vont affecter notre famille.
Et elle en connaît la cause. Aujourd'hui elle se plaint de
n'avoir jamais rien tenté pour les arrêter.

Alors que j'étais enfant, à San Francisco, elle
examina la situation de notre appartement sur le
flanc escarpé d'une colline et conclut que le bébé
qui poussait dans son ventre naîtrait mort. Ce qui
se produisit.

Lorsqu'un magasin de plomberie et d'installation de salles de bains s'ouvrit dans la rue, en face de notre banque, ma mère prédit que tout l'argent de la banque ne tarderait pas être « siphonné ». Un mois plus tard, un comptable de la banque fut arrêté pour détournement de fonds.

Et juste après la mort de mon père, l'année dernière, elle confia avoir prévu ce qui allait arriver : un philodendron offert par mon père avait jauni et crevé, bien qu'elle l'eût soigneusement arrosé. Elle affirma que les racines étaient abîmées et qu'aucune eau ne pouvait les irriguer. Or le rapport d'autopsie nous apprit plus tard que mon père souffrait d'une obstruction artérielle presque totale avant de succomber à une crise cardiaque, à l'âge de soixante-quatorze ans. À l'inverse de ma mère, mon père n'était pas chinois, mais un Américain d'origine anglo-irlandaise qui dévorait chaque matin ses cinq tranches de bacon et trois œufs au plat.

Ce don de voyance de ma mère me revient aujourd'hui en mémoire, parce qu'elle nous rend visite dans la nouvelle maison que mon mari et moi venons d'acheter à Woodside. Et je me demande ce qu'elle va y voir.

Harold et moi avons eu la chance de trouver cette maison, tout en haut de Highway 9, dans un petit dédale de routes non signalées — non signalées parce que les résidents ont arraché les panneaux afin d'écarter les démarcheurs — les promoteurs, et autres inspecteurs municipaux. Nous sommes à peine à quarante minutes en voiture de l'appartement de ma mère à San Francisco. Bien que nous en ayons mis aujourd'hui soixante pour la ramener ici. En arrivant au sommet venté de la route à deux voies, elle a effleuré l'épaule de Harold et lui a dit doucement : « *Aii,* les pneus crissent. » Puis, un peu plus tard : « Trop d'usure sur cette voiture. »

Harold a souri et ralenti, mais j'ai vu ses poings se serrer sur le volant de la Jaguar quand il a remarqué, dans son rétroviseur, une file de voitures impatientes s'allonger derrière nous. Son irritation m'a secrètement fait plaisir. Habituellement c'est lui qui harcèle les vieilles dames dans leurs Buick, en klaxonnant furieusement et en faisant vrombir son moteur comme s'il allait leur rouler dessus si par malheur elles ne s'écartaient pas de son chemin.

Je me suis un peu sentie coupable d'avoir si mauvais esprit et de penser que Harold méritait cette petite leçon, mais c'était plus fort que moi. Harold me rend folle et je l'exaspère. Ce matin, avant que nous partions chercher ma mère, il m'a dit : « Tu devrais payer les produits insecticides, parce que Mirugai est *ton* chat, et ce sont donc *tes* puces. Ça me paraît logique, non ? »

Nos amis ne croiraient jamais que nous nous disputons à propos de puces, mais jamais ils ne croiraient non plus que nos problèmes sont beaucoup, beaucoup plus profonds. Si profonds que je n'en connais pas le fond.

Or maintenant que ma mère est là — pour une semaine environ, le temps que les ouvriers aient fini la réfection du câblage électrique de l'immeuble où elle habite —, nous devons feindre que tout va pour le mieux.

Elle ne cesse de demander pourquoi nous avons déboursé tant d'argent pour une grange rénovée et une piscine rouillée, sur deux hectares de terrain dont la moitié est plantée de séquoias et de sumacs vénéneux. En réalité elle ne pose pas la question, elle dit seulement : « *Aii*, tant d'argent, tant d'argent », tandis que nous lui faisons visiter la maison et le terrain. Et ses lamentations contraignent Harold à lui fournir des justifications simplistes : « Eh bien, vous comprenez, ce sont les détails qui coûtent cher. Ce plancher de bois, par exemple. Il a été décapé à la main. Et ces murs, avec un aspect de marbre, c'est de la peinture à l'éponge. Cela en valait la peine. »

Et ma mère de hocher la tête pour acquiescer : « Le décapant et les éponges coûtent si cher. »

Il lui a suffi d'un bref tour du propriétaire pour déceler les imperfections. Elle dit que la pente du sol lui donne l'impression de le « dévaler en courant ». Que la chambre d'amis où elle va loger — autrefois un grenier à foin avec un toit incliné — a les « deux côtés bancals ». Elle voit des araignées dans les coins et même des puces qui sautent en l'air — paf ! paf ! paf ! comme des gouttes d'huile bouillante. Ma mère sait que, malgré tous ces détails qui coûtent si cher, cette maison demeure une grange.

Elle peut voir tout cela. Et ça m'ennuie qu'elle remarque les défauts. Mais il suffit que je regarde autour de moi pour savoir que tout ce qu'elle dit est vrai. Et du même coup cela me persuade qu'elle voit également ce qui se passe entre Harold et moi et ce qui va nous arriver. Car cela me rappelle une autre de ses visions, lorsque j'avais huit ans.

Ma mère avait regardé dans mon bol de riz et déclaré que j'épouserais un mauvais homme.

— *Aii*, Lena, remarqua-t-elle ce soir-là à la fin du dîner, il y a bien longtemps. Ton futur mari aura une pustule de vérole pour chaque grain de riz que tu ne manges pas. J'ai autrefois connu un homme vérolé. Un mauvais homme, un méchant homme, ajouta-t-elle en reposant mon bol.

Je fis immédiatement le rapprochement avec l'odieux garçon des voisins, dont les joues étaient criblées de petites marques qui avaient, en effet, la grosseur d'un grain de riz. Ce garçon avait douze ans et s'appelait Arnold.

Arnold me lançait des élastiques dans les mollets, quand je passais devant chez lui en rentrant de l'école. Un jour, il avait roulé à bicyclette sur ma poupée, lui broyant les jambes au-dessous des genoux. Je ne voulais pas de ce garçon cruel comme futur mari. Aussi ramassai-je mon bol de riz froid, enfournai les derniers grains dans ma bouche puis adressai un sourire à ma mère, certaine, désormais, que mon mari ne serait pas Arnold mais quelqu'un à la peau aussi lisse que la porcelaine de mon bol vide.

Pourtant ma mère soupira : « Hier, tu n'as pas fini ton riz non plus. »

L'image de bouchées entières de riz que j'avais délaissées la veille, l'avant-veille, et tous les autres jours, m'assaillit. Dès cette minute mon cœur de huit ans fut envahi par la terreur croissante que la fatalité m'impose un jour d'épouser cet odieux Arnold dont la vilaine figure, à cause de mon faible appétit, compterait autant de cratères que la Lune.

Cet incident aurait pu demeurer dans ma mémoire comme une anecdote amusante, pourtant lorsque le souvenir m'en revient, de temps à autre, c'est avec un sentiment mitigé de nausée et de remords. Mon aversion pour Arnold s'était accrue au point que j'en étais arrivée à imaginer un moyen de le faire mourir. Les choses s'enchaînèrent toutes seules. Bien sûr, tout ceci n'a peut-être été qu'un simple concours de circonstances. Mais, que l'on y croie ou non, *l'intention* y était. Car, lorsque je désire qu'une chose arrive — ou n'arrive pas —, je me mets à considérer tous les événements et les circonstances comme significatifs, opportuns ou défavorables.

Je trouvai l'occasion opportune. La semaine même où ma mère me fit cette remarque à propos de mon bol de riz et de mon futur mari, on nous projeta à l'école du dimanche un film bouleversant. Je me souviens, le professeur avait tamisé les lumières et l'on ne distinguait plus que des silhouettes. Puis elle nous avait dévisagés, nous, Sino-Américains bien nourris et turbulents, avant d'annoncer : « Ce film vous montrera pourquoi vous devez payer votre dîme à Dieu, accomplir votre tâche. Je veux que vous songiez à ce que représentent cinq *cents* de friandises, ou ce que chacun de vous mange chaque semaine, — vos Good & Plentys, vos gaufrettes Necco, vos boules de gomme —, et que vous fassiez la comparaison avec ce que vous allez voir. Je veux aussi que vous réfléchissiez aux bienfaits dont vous jouissez véritablement. »

Puis le projecteur commença à tourner. Le film montrait des missionnaires en Afrique et en Asie.

Ces âmes pieuses secouraient des gens dont les jambes étaient enflées comme des troncs d'arbres, ou dont les membres se tordaient comme des ceps de vigne. Mais les plus terriblement atteints étaient ceux qui souffraient de la lèpre. Leur visage était couvert de ce que je pouvais imaginer de pire : boutons et pustules, trous et bosses, crevasses, dont j'étais sûre qu'ils jaillissaient avec la même véhémence que des escargots se contorsionnant dans un lit de sel. Si ma mère avait été là, elle m'aurait sans doute dit que ces pauvres gens étaient victimes de leurs futurs maris et femmes qui n'avaient pas vidé leurs assiettes.

Le film m'inspira une idée terrible. Je savais désormais comment procéder pour ne pas être obligée d'épouser Arnold. Je commençai à laisser davantage de riz au fond de mon bol. Puis j'étendis ma prodigalité au-delà des mets chinois : maïs, brocolis, céréales, sandwiches au beurre de cacahuètes. Un jour, en mordant dans une friandise au chocolat et en découvrant sa matière grumeleuse, pleine de grains sombres et de substance collante, je résolus aussi d'en faire le sacrifice.

J'admettais la possibilité que rien n'arrivât à Arnold, qu'il ne fût pas victime de la lèpre ni donc obligé d'aller mourir en Afrique, et cela compensait la sinistre possibilité inverse.

Arnold ne mourut pas tout de suite. Cela se produisit cinq ans plus tard, alors que je m'étais considérablement amaigrie. J'avais cessé de manger, non à cause d'Arnold, qui m'était sorti de l'esprit depuis longtemps, mais pour me plier à la mode anorexique en vigueur chez toutes les filles de treize ans, qui suivaient un régime et inventaient mille façons de torturer leur adolescence. J'étais assise devant la table du petit déjeuner, attendant que ma mère ait terminé d'emballer mon repas de midi que je m'empresserais de jeter sitôt franchi le coin de la rue. D'une main mon père trempait ses morceaux de bacon dans le jaune de ses œufs, de l'autre il tenait son journal.

— Oh non, écoutez ça, dit-il sans lâcher son morceau de bacon.

Et il nous annonça qu'Arnold Reisman, le fils de nos voisins dans notre ancien quartier d'Oakland, était décédé des suites d'une mauvaise rougeole. L'adolescent venait juste d'être accepté à Harvard et projetait de devenir pédicure.

« Les médecins ont d'abord été désorientés par les complications de la maladie, qu'ils ont déclarée comme étant extrêmement rare et affectant généralement des sujets entre dix et vingt ans, des mois voire des années après qu'ils ont contracté le virus, lut mon père. Selon sa mère, l'adolescent a souffert d'un cas bénin de rougeole à l'âge de douze ans. Les premiers troubles sont apparus cette année, lorsque le garçon a éprouvé des difficultés de coordination motrice et une léthargie mentale qui s'est aggravée jusqu'à ce qu'il finisse par sombrer dans le coma. Le jeune homme, âgé de dix-sept ans, n'a jamais repris conscience. »

— Est-ce que tu ne connaissais pas ce garçon ? me demanda mon père.

Je restai muette.

— Quel malheur, remarqua ma mère en me regardant. C'est un terrible malheur.

J'eus la sensation qu'elle pouvait lire en moi et me savait responsable de la mort d'Arnold. Cela me terrifia.

Ce soir-là, dans ma chambre, je m'empiffrai de nourriture. J'avais dérobé un demi-litre de crème glacée à la fraise dans le congélateur et m'enfournai de pleines cuillerées au fond de la gorge. Pendant les heures qui suivirent, je restai prostrée sur l'escalier de secours extérieur, à régurgiter toute la crème glacée dans son carton d'emballage. Et je me souviens m'être demandé pourquoi manger une bonne chose me rendait si malade, alors que vomir une chose épouvantable m'apportait un tel bien-être.

La pensée que j'aie pu causer la mort d'Arnold n'était pas si ridicule. Il *était* peut-être destiné à devenir mon mari. Aujourd'hui encore il m'arrive de me demander comment le chaos du monde peut générer tant de coïncidences, tant de similitudes et de contraires. Pourquoi Arnold m'a-t-il choisie pour me torturer avec ses élastiques ? Comment se fait-il qu'il ait contracté la rougeole justement l'année où j'ai commencé à le haïr de façon très consciente ? Pourquoi ai-je pensé à lui lorsque ma mère inspectait mon bol de riz, et pourquoi en suis-je venue à le détester tellement ? La haine n'est-elle pas le résultat d'un amour blessé ?

Et même lorsque j'arrive à la conclusion que toute cette histoire est ridicule, je conserve l'impression que, d'une manière ou d'une autre, nous méritons ce que nous avons. Je n'ai pas eu Arnold. J'ai eu Harold.

Harold et moi travaillons dans le même cabinet d'architectes. Livotny & Associés. Distinction notable : Harold est Livotny, et je suis une associée. Nous nous sommes connus il y a huit ans, avant qu'il fonde Livotny & Associés. J'avais vingt-huit ans et j'étais assistante de projet, il en avait trente-quatre. À l'époque nous travaillions tous les deux dans le département conception et aménagement de restaurants chez Harned Kelley & Davis.

Nous commençâmes à nous voir pour des déjeuners de travail, afin de discuter des projets en cours. Nous divisions l'addition en deux, rigoureusement, bien que je ne prisse souvent qu'une salade à cause de cette fâcheuse tendance à l'embonpoint. Par la suite, lorsque commencèrent nos dîners secrets, nous continuâmes de payer chacun notre part.

Cette habitude de tout diviser en deux nous est restée. Il m'arrivait parfois d'insister pour régler toute la note : repas, boissons et pourboire. Et franchement cela ne me dérangeait pas.

« Lena, tu es vraiment extraordinaire », me déclara Harold au bout de six mois de dîners, cinq mois d'étreintes après-dîners et une semaine de sottes confessions amoureuses. Nous étions au lit, dans de nouveaux draps écarlates que je venais d'acheter pour lui. Les autres paires étant tachées à des endroits guère romantiques.

Harold reniflait dans mon cou en murmurant : « Je n'ai jamais rencontré une autre femme qui soit si bien dans sa peau... » Et je me souviens avoir sursauté de peur en entendant ces mots « une autre femme », parce que j'en imaginais des dizaines, des centaines, brûlant d'offrir petit déjeuner, déjeuner et dîner à Harold Livotny pour le seul plaisir de sentir son souffle sur leur peau.

Il me mordit la nuque et ajouta très vite : « Ni aucune autre qui soit aussi douce, et tendre, et adorable que toi. »

À ces mots je me pâmai intérieurement, désarmée par cette ultime déclaration d'amour, émerveillée qu'un être aussi exceptionnel que Harold pût me trouver extraordinaire.

Aujourd'hui que j'éprouve de la colère contre lui, il m'est difficile de me rappeler ce qu'il avait de si remarquable. Pourtant je sais que ses qualités existent, là quelque part, sinon je n'aurais pas été assez stupide pour tomber amoureuse de lui et l'épouser. Tout ce dont je me souviens, c'est d'une impression de chance phénoménale, et proportionnelle à une angoisse à la pensée que cette chance imméritée m'échapperait un jour. Parfois, je rêvais que je venais habiter avec lui et mes peurs les plus enfouies surgissaient. Je l'imaginais par exemple me dire que je sentais mauvais, que mes habitudes intimes étaient épouvantables, mes goûts en matière de musique ou de télévision détestables. Je redoutais qu'un jour Harold change ses verres de lunettes et m'examine, un matin, des pieds à la tête, en s'exclamant : « Mon Dieu, mais tu n'es pas la femme que je croyais ! »

Il me semble que ce sentiment de crainte ne m'a jamais quittée, cette angoisse d'être un jour prise en défaut, démasquée comme une femme en toc. Or, récemment, une de mes amies, Rose, qui suit une thérapie à la suite de l'échec de son mariage, m'a assurée que c'était une réaction fréquente chez les femmes comme nous.

« J'ai d'abord expliqué cela par mon éducation dans cette fameuse humilité chinoise, m'a dit Rose. Ou encore par le fait que nous autres Chinoises sommes censées tout accepter, suivre le Tao et ne pas faire de vagues. Mais mon thérapeute m'a demandé pourquoi je critiquais ma culture, ma civilisation. Alors je me suis rappelé avoir lu un article au sujet des enfants du *baby-boom,* qui attendaient le meilleur de la vie et, lorsqu'ils l'avaient obtenu, regrettaient presque de ne pas avoir exigé davantage. Car le rendement diminue, passé un certain âge. »

Ma conversation avec Rose m'a rassérénée et je me suis dit que Harold et moi étions en effet égaux dans la plupart des domaines. Il n'est pas vraiment beau au sens classique du terme, mais très séduisant dans le style intellectuel sec et nerveux. Quant à moi, je ne suis pas d'une beauté ravageuse mais de nombreuses femmes du cours d'aérobic me trouvent « exotique » et envient mes seins qui ne s'affaissent pas, maintenant que les petites poitrines sont à la mode. Un de mes clients m'a également complimentée pour ma vitalité et mon exubérance.

Conclusion : je mérite quelqu'un comme Harold, et je dis cela dans le bon sens, non comme une pénible fatalité. Nous sommes égaux. Moi aussi je suis intelligente. J'ai du bon sens et une intuition très aiguë. C'est moi qui ai convaincu Harold qu'il avait assez de talent pour ouvrir son propre cabinet.

Un jour, en effet, alors que nous étions encore employés chez Harned Kelley & Davis, je lui dis : « Harold, cette firme sait très bien quelle bonne affaire elle fait avec toi. Tu es la poule aux œufs d'or. Si tu ouvres ton propre cabinet maintenant, la moitié de la clientèle des restaurants te suivra. »

Il me répondit en riant : « La moitié ? Eh bien ça, c'est de l'amour ! »

Je renchéris : « Plus de la moitié ! Tu as du talent. Tu es le meilleur dans le secteur conception et aménagement de restaurants. Tu le sais, je le sais, et la plupart des clients le savent. »

Ce soir-là Harold décida « d'attaquer », pour employer ce terme que je détestais depuis qu'une banque pour laquelle je travaillais l'avait choisi comme slogan pour son concours interne de productivité.

Pourtant j'ajoutai : « Harold, je veux t'aider à attaquer. Tu vas avoir besoin d'argent pour lancer ton affaire. »

Harold ne voulait pas entendre parler de recevoir de l'argent de moi, ni comme don, ni comme prêt, ni comme investissement, ni même comme acompte sur un partenariat. Il disait qu'il accordait trop de valeur à notre relation. Il ne voulait pas la contaminer avec des histoires d'argent. Il expliquait : « Je ne veux recevoir d'aumône de personne, encore moins de toi. Tant que les questions d'argent resteront séparées, nous serons toujours certains de notre amour l'un pour l'autre. »

J'avais envie de protester : « Non ! Je ne suis pas comme ça avec l'argent, notre système ne me correspond pas. Je suis prête à tout offrir librement. J'aimerais... » Mais je ne savais par où commencer. Je brûlais de lui demander qui, quelle femme, l'avait traumatisé pour qu'il éprouve une telle peur à accepter l'amour dans toutes ses formes merveilleuses.

Mais Harold choisit ce moment pour dire les mots que j'attendais depuis très, très longtemps.

— En fait, tu m'aiderais beaucoup si tu venais vivre avec moi. De cette façon, je pourrais utiliser les cinq cents dollars de loyer que tu verserais...

— C'est une excellente idée, acquiesçai-je immédiatement, sachant combien il était gêné de devoir me le demander ainsi.

Le bonheur m'inondait tellement qu'il importait peu que le loyer de mon studio ne fût alors que de quatre cent trente-cinq dollars et non de cinq cents. Par ailleurs, l'appartement de Harold était beaucoup plus agréable, avec deux chambres à coucher et une vue de deux cent quarante degrés sur la baie. Ça valait bien la différence, quelle que fût la personne avec qui je partageais l'appartement.

Cette année-là, Harold et moi quittâmes donc Harned Kelley & Davis. Harold fonda Livotny & Associés : et j'y travaillai comme coordinatrice de projet. Non, Harold n'entraîna pas avec lui la moitié de la clientèle de Harned Kelley & Davis. Car Harned Kelley & Davis le menacèrent de poursuites judiciaires s'il volait un seul de leurs clients avant un an. Alors, le soir, quand Harold rentrait découragé, je lui remontais le moral. Je l'incitai à se démarquer de ses concurrents en inventant des aménagements thématiques originaux.

Je lui dis : « Qui a encore envie d'un bar en cuivre ou en chêne ? D'une pizzeria de style italien, moderne et lisse ? Combien existe-t-il d'établissements avec des voitures de police faisant des embardées sur les murs ? Cette ville est pleine à craquer de restaurants qui ne sont que les répliques multiples des mêmes vieux modèles. Tu peux trouver ton créneau. Invente quelque chose de nouveau chaque fois. Contacte les investisseurs de Hong Kong qui désirent miser quelques dollars sur l'ingéniosité américaine. »

Harold m'adressa un de ses sourires émerveillés, celui qui signifiait : « J'aime quand tu es si naïve. » Et moi j'adorais lorsqu'il me regardait ainsi.

Alors je me mis à bredouiller. « Tu... tu... pourrais imaginer de nouveaux lieux à thème... Un restaurant familial, par exemple. Les bons petits plats de maman, la cuisinière devant ses fourneaux avec son petit tablier en guingan et des serveuse maternelles se penchant sur les clients pour leur dire de finir leur soupe !

« Et peut-être... peut-être un restaurant avec une carte littéraire... Des plats inspirés de romans... des sandwiches «mystères» Lawrence Sanders, des desserts «Heartburn» de Nora Ephron. Et puis un thème magie, histoires drôles, gags, ou... »

Harold m'écouta. Il reprit mes idées et les appliqua selon un schéma organisé et méthodique. Il les concrétisa. Mais l'idée venait de moi, je m'en souviens.

Et aujourd'hui, Livotny & Associés est une agence en pleine expansion qui emploie une douzaine de personnes à temps complet, spécialisée dans la conception de restaurants à thème. Harold est le concepteur, le maître architecte, le dessinateur, le représentant des projets auprès des nouveaux clients. Moi je travaille sous les ordres du décorateur intérieur car, ainsi que l'explique Harold, il serait injuste à l'égard des autres employés que je sois favorisée sous prétexte que je suis désormais sa femme — depuis cinq ans maintenant, deux ans après les débuts de Livotny & Associés. Or, malgré mes bons résultats, je n'ai aucune formation dans cette spécialité. Lors de mes études, je n'ai suivi qu'un seul cours s'y rapportant, en décoration de théâtre, pour une production universitaire de *Madame Butterfly*.

Chez Livotny & Associés, je fournis les éléments thématiques. Pour un restaurant baptisé *Le Conte du Pêcheur*, l'une de mes meilleures trouvailles a été une barque en bois verni jaune, imprimée au pochoir avec ces mots : « Par-dessus bord ». J'ai également eu l'idée d'accrocher les menus au bout de cannes à pêche miniatures et de faire imprimer les serviettes de table de règles de mesures indiquant les équivalences de pouces en pieds. Pour un traiteur oriental, *Le Plateau du Cheik,* j'ai imaginé une ambiance de souk et déniché de faux cobras enroulés sur de faux rochers de cinéma.

J'adore mon travail quand je n'y réfléchis pas trop. Et lorsque j'y réfléchis trop, à ce que je gagne et à la somme de travail que je fournis, à l'honnêteté de Harold envers tout le monde sauf moi, cela me déprime.

Oui, vraiment, Harold et moi sommes égaux, à la seule exception qu'il gagne sept fois plus que moi. Il en a parfaitement conscience puisque c'est lui qui signe mon chèque chaque mois, avant que je le dépose sur mon compte en banque personnel.

Il y a quelque temps, toutefois, cette histoire d'égalité a commencé à me contrarier. En réalité cela me trottait dans la tête depuis longtemps mais je ne m'en rendais pas compte. Je sentais seulement un vague malaise. Or, il y a environ une semaine, tout est devenu clair. J'étais en train de débarrasser la vaisselle du petit déjeuner et Harold faisait chauffer le moteur de la voiture avant que nous partions travailler. Le journal était déployé sur le comptoir de la cuisine, la tasse préférée de Harold, avec l'anse ébréchée, posée dessus. Sans raison apparente, la vue de tous ces petits détails domestiques et des signes de notre rituel quotidien a provoqué en moi une curieuse défaillance. J'ai eu l'impression de revivre la première fois où Harold et moi avons fait l'amour, ce sentiment de tout lui offrir, avec un abandon parfait, sans me soucier de ce que je recevais en retour.

En le rejoignant dans la voiture, ce sentiment m'imprégnait encore. Je lui ai touché la main et j'ai dit : « Je t'aime, Harold. » Et lui a regardé dans le rétroviseur pour faire sa marche arrière et m'a répondu : « Moi aussi, je t'aime. Tu as fermé la porte à clé ? » Alors, à cet instant, comme ça, j'ai pensé : « Ça ne suffit pas. »

Harold fait tinter ses clés de voiture et annonce :
— Je descends acheter des provisions pour dîner. Des steaks, ça va ? Vous désirez quelque chose de spécial ?
— Il n'y a plus de riz, dis-je, avec un signe discret pour désigner ma mère.
Elle est en train d'admirer la treille de bougainvilliers par la fenêtre de la cuisine. Harold s'en va et j'entends bientôt le ronronnement grave du moteur de la voiture, suivi du crissement des graviers sous les pneus.

Maintenant ma mère et moi sommes seules dans la maison. J'entreprends d'arroser les plantes. Elle se dresse sur la pointe des pieds pour examiner une liste fixée sur la porte du réfrigérateur.

La liste comporte deux colonnes, « Lena » et « Harold », avec ce que chacun de nous a acheté et le prix :

LENA	HAROLD
Poulet, légumes, bière, pain, brocolis, shampooing, $19,63	Accessoires garage $25,35
	Bricoles voiture $6,57
	Produits s. de bains $5,41
Maria (ménage + serv.) $65	Réparation éclairage $87
Epicerie (cf. liste) $55,15	Essence $22
Pétunias, terreau $14,11	Graviers allée $19,99
Tirage photos $13,83	Cinéma + dîner $65
	Glaces $4,50

À la façon dont se présentent les choses cette semaine, Harold a déjà dépensé une centaine de dollars de plus que moi, je lui en dois donc cinquante.

— Qu'est-ce que c'est ? interroge ma mère en chinois.

— Oh rien. Juste des bricoles que nous partageons.

Je lui ai répondu de façon aussi désinvolte que possible. Elle m'observe en fronçant les sourcils mais n'ajoute rien et reporte son attention sur la liste, cette fois très méticuleusement, en pointant du doigt chaque article.

Je sais ce qu'elle y voit et cela me met mal à l'aise. Heureusement elle n'imagine pas l'autre aspect de la chose : les discussions. Après d'interminables palabres, Harold et moi avons conclu de ne pas intégrer dans les comptes les objets personnels tels que mascara, lotion après-rasage, laque, rasoirs Bic, ou tampons hygiéniques.

Lors de notre mariage à la mairie, Harold avait insisté pour régler le service. Robert, un ami à moi, s'était chargé des photos. Nous avions organisé une petite fête dans l'appartement et tout le monde avait apporté du champagne. Et pour l'achat de la maison, nous étions convenus que je paierais seulement une fraction de l'hypothèque, basée sur mon salaire et sur le sien, et que je posséderais donc une fraction équivalente de la propriété commune. C'est écrit noir sur blanc dans notre contrat de mariage. Or, puisque Harold paie la plus grosse part, il détient le pouvoir de décision sur l'aménagement de la maison. C'est clair, net et, comme il le dit, « fluide ». Rien ne peut déroger à la règle. Quant aux vacances, celles que nous décidons ensemble, nous partageons moitié-moitié. Les autres, c'est Harold qui les paie, étant entendu que cela vaut pour un cadeau d'anniversaire, de Noël, ou d'une autre fête.

Des disputes ont éclaté sur des sujets frontaliers tels que mes pilules contraceptives, les dîners à la maison avec des clients à lui ou de vieux amis de collège à moi, ou les revues de cuisine auxquelles je suis abonnée mais qu'il lit également, non par intérêt mais par désœuvrement.

Et le débat n'est pas clos sur le chapitre Mirugai, *le* chat. Non pas *notre* chat, ni mon chat, mais *le* chat que Harold m'a offert l'an dernier pour mon anniversaire.

— Ça, vous ne le divisez pas, quand même ! s'exclame ma mère d'un ton incrédule.

Je sursaute, croyant qu'elle a lu dans mes pensées à propos de Mirugai. Mais non, elle pointe seulement les « crèmes glacées » dans la colonne de Harold. Elle doit se remémorer l'incident de l'escalier de secours, lorsqu'elle m'avait découverte, frissonnante et épuisée, assise près du carton d'emballage de la glace que je venais de régurgiter. Depuis lors, jamais je n'ai mangé d'autre crème glacée. C'est pourquoi j'éprouve un nouveau choc en m'apercevant tout à coup que Harold n'a jamais remarqué que je ne goûtais pas aux glaces qu'il rapporte chaque vendredi soir.

— Pourquoi faites-vous ça ?

Ma mère prend un ton blessé, comme si j'avais délibérément affiché cette liste pour la choquer. Je cherche une explication, en me rappelant les arguments utilisés par Harold et moi dans le passé : éliminer les dépenses inutiles... être à égalité... nous aimer sans contrainte... Mais ce sont des mots qu'elle ne comprendrait pas.

Alors je lui réponds :

— Je ne sais pas exactement. C'est une habitude que nous avons prise avant de nous marier et, j'ignore pourquoi, nous avons continué.

À son retour de courses, Harold s'occupe du charbon de bois. Je déballe le sac de provisions, prépare les steaks, fais cuire le riz et mets la table. Ma mère est assise sur un tabouret devant le comptoir en granit, en train de boire un café que je viens de lui servir. Chaque minute elle essuie le dessous de sa tasse avec un mouchoir en papier qu'elle fourre dans sa manche de gilet.

Pendant le dîner, Harold anime la conversation. Il parle des projets pour la maison : les lucarnes, l'extension de la terrasse, planter des massifs de tulipes et de crocus, élaguer le chêne, bâtir une autre aile, installer une salle de bains carrelée de style japonais. Puis il débarrasse la table et range les assiettes dans le lave-vaisselle.

— Dessert pour tout le monde ? lance-t-il en ouvrant le congélateur.

— Je n'ai plus faim.

— Lena ne peut pas manger de glace, dit ma mère.

— Elle est toujours au régime.

— Non, elle n'en mange jamais. Elle n'aime pas. Harold sourit et me jette un regard interrogatif, attendant que je traduise les propos de ma mère.

— C'est vrai, dis-je d'un ton neutre. Je déteste la glace depuis presque toujours.

Harold me dévisage comme si je m'étais mise à parler chinois.

— Je pensais que tu essayais seulement de perdre du poids... Bon.

— Elle a tellement maigri que vous ne la voyez plus, reprend ma mère. Elle est comme un fantôme. Disparue.

— C'est bien vrai ! Très juste, s'esclaffe Harold, soulagé, croyant que ma mère essaie gentiment de le secourir.

Le repas terminé, je vais déposer des serviettes de toilette propres dans la chambre d'amis. Ma mère est assise sur le lit. La pièce correspond au goût minimaliste de Harold : un lit simple, couvert de draps blancs et d'une couverture blanche, le parquet de bois ciré, une chaise en chêne décapé et rien sur les murs gris inclinés.

L'unique objet décoratif se trouve près du lit : une table desserte avec un plateau de marbre grossièrement taillé et quatre pieds en bois laqué noir entrecroisés. Ma mère pose son sac à main sur la table. Le vase noir cylindrique vacille et les freesias qui sont dedans frémissent.

— Attention, dis-je, ce n'est pas très stable.

La table – réalisée par Harold pendant ses études – est mal fichue. Je me suis toujours demandé pourquoi il en était si fier. Les lignes sont lourdes. On n'y retrouve rien de cette « fluidité » si importante à ses yeux.

— Quelle utilité ? questionne ma mère en secouant la table. On pose quelque chose dessus et tout s'écroule. *Chunwang chihan.*

Je laisse ma mère dans sa chambre et redescends au rez-de-chaussée. Harold est en train d'ouvrir les fenêtres pour aérer, comme il le fait chaque soir.

— J'ai froid, dis-je.

— Comment ?

— Pourrais-tu fermer les fenêtres, s'il te plaît ?

Il me regarde, soupire en souriant, referme les fenêtres, puis s'assied par terre en tailleur et feuillette un magazine. Je suis assise sur le sofa, je bous intérieurement et je ne sais pas pourquoi. Harold n'a rien fait de mal. Harold est Harold, c'est tout.

Et avant même d'exploser, je sais que je vais déclencher une disputé violente que je ne pourrai pas contrôler. Mais ça ne m'arrête pas. Je me dirige vers le réfrigérateur et raye la rubrique « glaces » dans la colonne Harold de la liste.

— Que fais-tu ?

— Je crois seulement que tu ne devrais plus inscrire *tes* glaces à ton crédit.

Il hausse les épaules, amusé.

— Cela paraît correct.

— Pourquoi dois-tu toujours être si équitable ? crié-je.

Harold repose son magazine. Cette fois il arbore sa mine exaspérée.

— Que se passe-t-il ? Pourquoi ne me dis-tu pas exactement quel est le problème ?

— Je ne sais pas... je ne sais pas. Tout... la façon dont nous comptabilisons chaque chose. Ce que nous partageons. Ce que nous ne partageons pas. Je suis fatiguée de tout ça, d'additionner, de soustraire, d'équilibrer les comptes. Ça me rend malade.

— C'est toi qui voulais un chat.

— De quoi parles-tu ?

— D'accord. Si tu trouves que je ne suis pas équitable pour le produit contre les puces, je paierai ma part.

— Le problème n'est pas là !

— Alors, *je t'en prie,* explique-moi où est le problème.

Je commence à pleurer. Chose que déteste Harold. Ça le met mal à l'aise et en colère. Il trouve cela manipulateur. Mais c'est plus fort que moi. Je suis en train de me rendre compte que j'ignore quel est réellement le fond du problème. Est-ce que je demande à Harold de m'entretenir ? De diminuer ma part des dépenses ? Est-ce que je pense vraiment que nous devrions cesser de tout comptabiliser ? Ne continuerions-nous pas à calculer dans notre tête ? Harold ne finirait-il pas par dépenser plus que moi ? Et dans ce cas, ne serait-ce pas pire pour moi de ne plus me sentir à égalité ? Peut-être n'aurions-nous tout simplement pas dû nous marier. Peut-être Harold est-il un mauvais homme. Peut-être est-ce moi qui l'ai rendu ainsi.

Rien de tout cela ne me semble cohérent. Ni sensé. Je n'arrive à rien et ça me désespère.

— Je crois seulement que nous devons changer certaines choses, dis-je lorsque je pense pouvoir contrôler ma voix, mais la fin de ma phrase ressemble à un gémissement. Nous devrions réfléchir à ce sur quoi repose notre mariage... pas à ce livre de comptes... qui doit quoi à qui...

— Merde, dit Harold.

Il soupire et se renverse, comme s'il réfléchissait. Puis il reprend, d'un ton vexé :

— Eh bien moi, je sais que notre mariage repose sur beaucoup plus qu'un livre de comptes. Beaucoup plus. Et si toi tu penses différemment, alors tu devrais réfléchir sérieusement à ce que tu veux, avant de changer les choses.

Et voilà. Maintenant je ne sais plus que penser. Que suis-je en train de dire ? Et lui ? Nous sommes assis là, silencieux. L'air devient vicié. Je regarde par la fenêtre. Au loin, en bas, la vallée scintille de milliers de lumières qui tremblent dans la brume d'été. Et puis j'entends un bruit de verre brisé à l'étage, suivi d'un raclement d'une chaise sur le plancher.

Harold se lève mais je l'arrête :

— Non. Je vais voir.

La porte est ouverte mais la chambre obscure. Alors je crie :

— Maman ?

Je la vois tout de suite, la table de marbre effondrée sur ses pieds noirs maigrichons. À côté gisent le vase noir, son cylindre lisse brisé en deux, et les freesias éparpillés dans une flaque d'eau.

Ensuite j'aperçois ma mère, assise près de la fenêtre, sa silhouette noire se découpant sur le ciel. Elle se retourne mais je n'arrive pas à distinguer son visage.

— Tombé, constate-t-elle simplement.

Elle ne s'excuse pas.

— Cela ne fait rien, dis-je en commençant à ramasser les éclats de verre. Je savais que cela arriverait.

— Alors pourquoi n'as-tu rien fait pour l'empêcher ? C'est une question si simple.

WAVERLY JONG

LES QUATRE ORIENTS

J'avais invité ma mère à déjeuner dans mon restaurant chinois favori, dans l'espoir de la mettre de bonne humeur, mais le résultat fut désastreux.

À peine arrivée aux *Quatre Orients,* elle me jeta un coup d'œil désapprobateur.

— *Aii-ya !* Que se passe-t-il avec tes cheveux ? s'exclama-t-elle en chinois.

— Qu'entends-tu par « que se passe-t-il » ? Je les ai fait couper, c'est tout.

Cette fois, Mr. Rory avait expérimenté une coiffure différente, avec une frange effilée asymétrique plus courte du côté gauche. C'était à la mode sans être révolutionnaire.

— On dirait que tes cheveux sont hachés, insista ma mère. Tu dois te faire rembourser.

Je poussai un soupir.

— Déjeunons tranquillement, tu veux bien ?

Ma mère examina le menu, lèvres pincées et nez plissé.

— Il n'y a pas tellement de bonnes choses, sur cette carte, marmonna-t-elle.

Puis elle tapota le bras du serveur, passa son doigt sur toute la longueur de ses baguettes, et grinça :

— C'est tout gras. Vous espérez me voir manger avec ça ?

Ensuite elle se donna en spectacle en rinçant son bol avec du thé chaud et engagea les autres clients assis près de nous à en faire autant. Elle demanda au serveur de s'assurer que la soupe fût bien chaude, mais jugea, de son palais d'expert, qu'elle était « à peine tiède ».

— Tu ne devrais pas te fâcher ainsi, lui dis-je après qu'elle eut contesté un supplément de deux dollars pour le thé au chrysanthème qu'elle avait commandé à la place du thé vert ordinaire. Et puis les énervements sont mauvais pour ton cœur.

— Mon cœur va très bien, s'offusqua-t-elle en posant sur le serveur un regard peu flatteur.

Elle avait raison. Malgré la tension qu'elle faisait peser sur elle-même — et sur les autres — les médecins lui trouvaient, à soixante-neuf ans, la pression artérielle d'une gamine de seize ans et la force d'un cheval. C'était d'ailleurs ce qu'elle était : un Cheval. Née en 1918, obstinée et franche jusqu'à l'indélicatesse. Elle et moi formons une mauvaise combinaison car je suis un Lapin, née en 1951, avec un caractère supposé sensible, susceptible et ombrageux.

À l'issue de ce catastrophique déjeuner, j'abandonnai l'espoir de trouver un moment favorable pour lui annoncer la nouvelle : mon prochain mariage avec Richard Schields.

Pourquoi es-tu si nerveuse ? s'était étonnée mon amie Marlène Freber au téléphone, un soir. Rich n'est pas un rebut de l'humanité. Il est conseiller fiscal, comme toi, bon sang ! Ta mère n'a aucune raison de le critiquer.

— Tu ne connais pas ma mère. Elle ne croit jamais que quelqu'un puisse être bon à quoi que ce soit.

— Alors enfuis-toi pour te marier, dit Marlène.

— Je l'ai déjà fait avec Marvin.

Marvin était mon premier mari, mon premier amour d'université.

— Tu vois bien.

— Quand ma mère l'a appris, elle nous a lancé sa chaussure à la figure. Et ce n'était que le début.

Ma mère n'avait jamais rencontré Rich. En fait, chaque fois que je prononçais son nom – quand je disais par exemple que Richard et moi étions allés au concert, que Rich avait emmené ma petite fille de quatre ans, Shoshana, au zoo –, elle trouvait le moyen de changer de sujet de conversation.

— T'ai-je raconté quelle journée agréable a passée Shoshana avec Rich, au palais de l'Exploration ? lui dis-je en attendant l'addition, au restaurant. Rich a...

— À propos d'exploration, me coupa-t-elle aussitôt. J'ai oublié de t'en parler. Ton père. Le docteur disait qu'il devrait peut-être subir une opération exploratoire. Mais non, finalement, il paraît que tout est normal. Il souffre seulement de constipation.

Je renonçai. Et notre entrevue reprit son cours habituel.

Je réglai l'addition avec un billet de dix dollars et trois de un. Ma mère reprit les billets d'un dollar, compta la somme exacte, trente cents, et déposa les pièces dans la soucoupe en expliquant : « Pas de pourboire ! » Et elle redressa la tête avec un sourire triomphant. Mais pendant qu'elle s'absentait aux toilettes, je glissai un billet de cinq dollars au garçon qui me remercia d'un signe de tête empreint de commisération. Puis je tramai un autre plan.

— *Chousile !* Ça empeste là-dedans ! me souffla-t-elle en me rejoignant. Tiens, tu en as besoin ?

Et elle me poussa le coude avec un sachet de Kleenex. Ma mère ne se fiait jamais au papier hygiénique des étrangers. Je secouai la tête.

— Avant de te déposer à la maison, faisons un saut chez moi. J'aimerais te montrer quelque chose.

Ma mère n'avait pas mis les pieds dans mon appartement depuis des mois. Lors de mon premier mariage, elle faisait souvent irruption inopinément, jusqu'au jour où je lui suggérai de prévenir avant. Dès lors elle refusa de venir sans une invitation officielle de ma part.

Je guettai donc ses réactions lorsqu'elle découvrit les changements apportés dans l'appartement, depuis l'état immaculé dans lequel je l'avais maintenu après mon divorce (alors que je disposais d'un surcroît de temps libre pour mettre de l'ordre dans ma vie), jusqu'au capharnaüm actuel d'un foyer plein de vie et d'amour. Le sol du couloir était jonché de jouets de Shoshana, objets de plastique multicolores pour la plupart désossés. Des haltères de Rich ornaient le salon, ainsi que deux petits verres à alcool sales sur la table basse, et les restes éventrés d'un téléphone que Rich et Shoshana avaient autopsié l'autre jour pour voir d'où provenaient les voix.

— Par ici, dis-je à ma mère en la guidant vers la chambre à coucher du fond. Le lit était défait, les tiroirs de la commode ouverts et débordants de chaussettes et de cravates. Ma mère enjamba des chaussures qui traînaient, d'autres jouets de Shoshana, des mocassins noirs de Rich, mes foulards, un paquet de chemises blanches de retour du pressing.

Son regard désapprobateur et peiné me rappela le jour lointain où elle nous conduisit au dispensaire, mes frères et moi, pour nous faire vacciner contre la polio. Quand l'aiguille pénétra dans le bras de mon frère et lui arracha un cri, ma mère me lança un regard douloureux en m'assurant : « La seconde ne fait pas mal. »

Mais là, comment pouvait-elle *ne pas voir* que nous vivions ensemble, que c'était sérieux, et qu'il ne lui suffisait pas de ne pas en parler pour nier la réalité ? Elle était obligée de dire quelque chose.

J'allai dans la penderie chercher le manteau de fourrure que Rich m'avait offert pour Noël. C'était le cadeau le plus extravagant que j'aie jamais reçu. Je l'enfilai.

— C'est un cadeau fou, n'est-ce pas ? lançai-je nerveusement. C'est à peine si les hivers de San Francisco sont assez froids pour porter un manteau de vison. Mais c'est une lubie qu'ont les hommes en ce moment d'offrir ça à leur femme ou à leur petite amie.

Ma mère resta muette. Elle regardait la penderie ouverte, regorgeant de rangées de chaussures, de cravates, de robes, de costumes. Sa main caressa le vison.

— Il n'est pas de très bonne qualité, conclut-elle finalement. Ce sont des peaux d'occasion. Et les poils sont trop courts.

— Comment peux-tu critiquer un cadeau ! protestai-je, profondément blessée. Il m'a fait ce présent avec tout son cœur.

— C'est bien ce qui m'inquiète.

Et en contemplant mon manteau dans le miroir, je ne pus me défendre de la force de son influence, de son aptitude à me faire voir noir ce qui était blanc, ou blanc ce qui était noir. Soudain le manteau m'apparut élimé. Un cadeau au rabais.

— Tu n'ajoutes rien ? demandai-je doucement.

— Que veux-tu que je dise ?

— À propos de l'appartement. À propos de *tout ça*.

Je montrai d'un geste large tous les signes évidents de la présence de Rich.

Ma mère jeta un coup d'œil circulaire dans la chambre et dans le couloir avant de conclure :

— Tu as une carrière. Tu es très occupée. Tu aimes vivre dans le désordre. Que dire d'autre ?

Ma mère sait mettre mes nerfs à rude épreuve. Et la torture qu'elle m'inflige est la pire que je connaisse. Parce que ses attaques sont brutales, un peu comme des décharges électriques, qui s'impriment pour toujours dans ma mémoire. Je me souviens encore de mon premier choc.

J'avais dix ans. Malgré mon jeune âge, je savais que ma réussite aux échecs était un don. Jouer ne me coûtait aucun effort. Je voyais sur l'échiquier des choses que les autres ne voyaient pas. Je savais dresser des barrières de protection invisibles de mes adversaires, et cette aptitude me donnait confiance. J'anticipais leur jeu, mouvement par mouvement. Je devinais le moment exact où leur mine s'allongerait, où ma stratégie apparemment simpliste et puérile dévoilerait son cours dévastateur et inéluctable. J'adorais gagner.

Et ma mère adorait m'exhiber, tout comme les trophées qu'elle polissait avec amour. Elle commentait mes matches comme si elle-même en avait tramé les coups.

« J'ai dit à ma fille : utilise tes chevaux pour poursuivre l'ennemi », confia-t-elle un jour à un commerçant. « Et elle a gagné très vite. » Ma mère disait cela et cent mille autres choses aussi inutiles et sans rapport avec les raisons de ma victoire.

Aux amis de la famille qui nous rendaient visite, elle déclarait : « Inutile d'être intelligent pour jouer aux échecs. Ce ne sont que des ruses. Vous soufflez du nord, du sud, de l'est, de l'ouest, et l'adversaire est déboussolé. Il ne sait où courir. »

Je détestais sa façon de s'octroyer tout le crédit de mes victoires. Un jour je le lui dis, ou plutôt je le lui criai, dans Stockton Street, au beau milieu de la foule. Je lui dis qu'elle n'y connaissait rien, qu'elle ne devrait pas se vanter et qu'elle ferait mieux de se taire. Mes paroles portèrent.

Ce soir-là et le lendemain, elle ne m'adressa pas un mot. Et c'est à peine si elle desserra les dents avec mon père et mes frères. On l'aurait crue devenue invisible, ou comme une personne incommodée par un poisson pourri dont la puanteur persiste après qu'on l'a jeté.

Je connaissais cette stratégie, cette tactique sournoise consistant à faire bondir quelqu'un de colère pour qu'il tombe dans le piège. Aussi répondis-je par l'indifférence. Je ne dis rien et attendis qu'elle vînt à moi.

Plusieurs jours s'écoulèrent ainsi dans le silence. Moi dans ma chambre, devant les soixante-quatre cases de mon échiquier, cherchant une nouvelle tactique. C'est ainsi que je décidai d'abandonner les échecs.

Bien entendu, pas pour toujours. Au pire quelques jours. Et j'en fis tout un cinéma. Au lieu de m'entraîner chaque soir dans ma chambre comme à l'accoutumée, je m'installais dans le salon devant la télévision avec mes frères, qui me toisaient comme une intruse. Je me servis d'eux pour peaufiner mon plan : je craquais les jointures de mes doigts pour les embêter.

— Maman ! hurlaient-ils. Dis-lui d'arrêter. Fais-la partir.

Mais ma mère n'intervint pas.

Cela ne m'inquiéta pas, néanmoins je compris qu'il me faudrait frapper un coup décisif. Je décidai de sacrifier un tournoi prévu la semaine suivante. Je refuserais d'y participer et ma mère serait bien forcée d'en discuter avec moi, car les sponsors et associations bénévoles s'empresseraient de lui téléphoner, de la harceler, de la supplier de me faire jouer.

Le tournoi approcha et passa. Ma mère ne vint pas me trouver pour me supplier : « Pourquoi ne veux-tu plus jouer aux échecs ? » Moi, en revanche, je me lamentai intérieurement en apprenant la victoire d'un garçon que j'avais facilement battu à deux reprises.

Je compris alors que ma mère connaissait plus de ruses que je ne l'avais cru. Mais son manège commençait à me fatiguer. J'avais envie de m'exercer en vue du prochain tournoi. Aussi décidai-je de feindre la défaite et de rompre le silence la première.

— Je suis prête à jouer de nouveau aux échecs, lui annonçai-je, m'attendant à la voir sourire et me demander quelle gâterie me ferait plaisir.

Au lieu de cela son visage se rétrécit en une sorte de grimace et ses yeux fouillèrent les miens, dans l'espoir de m'extirper je ne sais quelle vérité.

— Pourquoi me dis-tu ça ? lança-t-elle enfin d'un ton sec. Tu crois que c'est si facile ? Un jour j'arrête, un jour je joue ? Pour toi tout est ainsi. Facile, rapide.

— J'ai dit que je jouerai, insistai-je en pleurnichant.

— Non ! cria ma mère, si fort que je sursautai. Désormais ce n'est plus aussi simple.

Je tremblais, choquée, sans vraiment comprendre ce qu'elle voulait dire. Puis je regagnai ma chambre, contemplai mon échiquier, ses soixante-quatre cases, pour essayer de trouver une issue à ce terrible imbroglio. Et après plusieurs heures de méditation, je crus véritablement avoir transformé les cases noires en cases blanches et les blanches en noires, et que tout se résoudrait au mieux.

Et, en effet, je pris un ascendant certain sur ma mère. Ce soir-là, une fièvre violente me cloua au lit et elle veilla à mon chevet en me grondant d'être allée à l'école sans gilet. Au matin elle était encore là, à me nourrir de porridge parfumé au jus de poulet préparé de ses mains. L'après-midi, elle prit place sur une chaise dans ma chambre pour me tricoter un gilet rose, en se référant à un vilain gilet tricoté dans une horrible laine par tante Suyuan pour sa fille June. J'étais ravie de la voir redevenue elle-même.

Mais une fois guérie je découvris combien, en réalité, ma mère avait changé. Elle ne venait plus se planter à côté de moi tandis que j'expérimentais certains coups d'échecs. Elle ne polissait plus mes trophées chaque jour. Elle ne découpait plus les articles des journaux qui mentionnaient mon nom. Tout se passait comme si elle avait érigé un mur invisible et que, jour après jour, je l'explorais secrètement à tâtons pour en vérifier la hauteur.

Lors du tournoi suivant, alors que j'avais plutôt bien joué, mon score s'avéra finalement insuffisant. Je perdis. Pis que tout : ma mère ne dit pas un mot. Elle allait et venait avec un air satisfait, comme si elle avait tout prémédité.

J'étais horrifiée. Je passai plusieurs heures chaque jour à réfléchir aux raisons de mon échec. Ce n'était pas un cas isolé, je le savais. J'inventoriai tous les coups, toutes les pièces, toutes les cases. Désormais, les armes secrètes de chaque pièce, la magie de chaque intersection m'échappaient. Seules m'apparaissaient mes erreurs, mes faiblesses. Il me semblait avoir perdu mon armure magique. Et tout le monde pouvait me percer à jour, atteindre mes points faibles.

Au cours des mois et des années qui suivirent, je continuai à jouer, mais plus jamais avec ce même sentiment de suprême confiance. Je me battais, la crainte et le désespoir au ventre. Lorsque je gagnais, un sentiment de gratitude, de soulagement m'envahissait. Et quand je perdais, c'était la peur, la terreur de ne plus être une enfant prodige, d'être dépossédée de mes dons et redevenue une personne tout à fait ordinaire.

Après deux échecs face au garçon que j'avais si facilement battu quelques années auparavant, je cessai de jouer. Personne ne protesta. J'avais quatorze ans.

— Tu sais, vraiment je ne te comprends pas, me dit Marlène lorsque je lui téléphonai, le soir même de l'incident du manteau de fourrure. Tu es capable de dire aux services du fisc d'aller se faire voir, mais tu n'es pas capable de tenir tête à ta propre mère.

— Ce n'est pas l'envie qui me manque, mais elle trouve toujours le moyen de me lancer ses piques insidieuses et ses écrans de fumée, et...

— Pourquoi ne pas lui demander une fois pour toutes de cesser de te torturer, intervint Marlène. Dis-lui d'arrêter de gâcher ta vie. Dis-lui de la fermer.

— Ça c'est comique, répondis-je en riant à moitié. Tu voudrais que moi je dise à ma mère de la fermer ?

— Bien sûr. Pourquoi pas ?

— Eh bien, j'ignore si c'est explicitement stipulé par la loi, mais on ne dit *jamais* à une mère chinoise de se taire. Sinon tu risques de comparaître au tribunal comme complice de ton propre assassinat.

Toutefois je craignais moins ma mère que je n'avais peur pour Rich. Je savais d'avance sa réaction, comment elle l'attaquerait, le critiquerait. D'abord elle se tiendrait tranquille. Puis elle lâcherait une remarque sur un détail minuscule qu'elle aurait remarqué, puis une autre, et encore une, comme on lâche des grains de sable, d'un côté, d'un autre, de plus en plus, jusqu'à ce que l'enveloppe physique de Rich, son caractère, son âme finissent par en être complètement érodés. Connaître sa tactique, ses attaques insidieuses ne m'ôtait pas la peur d'y déceler un brin de vérité qui m'aveuglerait et transformerait l'être divin que je voyais en Rich en un homme tout ce qu'il y avait de plus terrestre, un mortel affublé de manies pénibles et de défauts agaçants.

Cela s'était produit lors de mon premier mariage avec Marvin Chen, avec qui je m'étais enfuie alors que j'avais dix-huit ans et lui dix-neuf. À l'époque où j'étais amoureuse de lui, Marvin était presque parfait. Il sortit troisième de sa classe et fut admis à Stanford. Il jouait au tennis. Il avait des pectoraux impressionnants et cent quarante-six poils raides et noirs sur le torse. Il faisait rire tout le monde et son propre rire était profond, sonore, sensuel et viril. Il se vantait de connaître différentes positions amoureuses pour chaque jour de la semaine et chaque heure. Il lui suffisait de me murmurer : « Mercredi après-midi », et je frémissais.

Mais une fois que ma mère eut lâché ce qu'elle pensait de lui, je m'aperçus qu'il avait le cerveau rétréci par la paresse et tout juste bon à s'inventer des excuses. Il courait après les balles de golf et de tennis pour fuir les responsabilités familiales. Son regard s'attardait sur les jambes des autres femmes, ce qui l'empêchait de rentrer directement à la maison. Il aimait lancer de grosses blagues pour que les autres se sentent petits. Il laissait ostensiblement des pourboires de dix dollars à des étrangers mais se montrait pingre envers sa propre famille. Il préférait passer un après-midi à lustrer sa jolie voiture de sport rouge plutôt que d'emmener sa femme faire un tour dedans.

Mes sentiments pour Marvin n'atteignirent jamais le stade de la haine. En un sens ce fut pire. Ils passèrent de la déception au mépris, puis à l'ennui. Ce ne fut qu'après notre séparation, pendant mes soirées solitaires, tandis que Shoshana dormait, que je me demandai si ma mère n'avait pas tout simplement empoisonné mon mariage.

Dieu merci, son poison n'atteignit pas ma fille, Shoshana. Pourtant j'avais bien failli avorter. La découverte de ma grossesse m'avait rendue furieuse. J'y voyais une sorte de « rancœur croissante » et je traînai Marvin à la clinique pour que lui aussi eût à en pâtir. Mais nous nous trompâmes de clinique. Ils nous projetèrent un film, un épouvantable lavage de cerveau puritain. On y voyait ces petites choses, des bébés ainsi qu'ils insistaient pour les appeler à sept semaines, avec des doigts minuscules. Et le commentaire du film disait que ces doigts translucides pouvaient *bouger,* que nous devions les imaginer s'agrippant à la vie, à l'espoir, au miracle de la vie. S'ils nous avaient montré *autre chose* que ces doigts minuscules.... Dieu merci, ils l'ont fait. Car Shoshana fut réellement un miracle. Elle était parfaite. Chaque chose d'elle était remarquable à mes yeux, surtout sa façon de plier et d'ouvrir ses petits doigts. Dès le moment où elle écarta son poing de sa bouche pour crier, je sus que mon amour pour elle serait inviolable.

Mais je m'inquiétais pour Rich. Car je sentais que mes sentiments pour lui étaient assez vulnérables pour être terrassés par la suspicion de ma mère, ses remarques faussement anodines, ses insinuations. Et ce que je risquais de perdre m'effrayait, car Rich Schields m'adorait de la même manière que j'adorais Shoshana. Son amour pour moi était sans équivoque. Rien ne pouvait l'altérer. Il n'attendait rien de moi, ma seule existence lui suffisait. Il prétendait même avoir changé, *en mieux,* grâce à moi. Son romantisme était presque embarrassant. Rich affirmait qu'il avait seulement commencé à exister en me rencontrant, et ses aveux rendaient ses attentions encore plus chevaleresques. Au bureau par exemple, lorsqu'il agrafait des notes personnelles sur des dossiers de procédure ou des rapports financiers que je devais étudier, il signait d'un mot tendre : « Toi & Moi. Toujours. » Le personnel de la société ignorait notre relation, aussi son attitude quelque peu audacieuse me faisait-elle battre le cœur.

La chose la plus surprenante pour moi, toutefois, fut notre entente sexuelle. Rich m'était tout d'abord apparu comme un de ces hommes placides, un peu réservés et gauches, de ces timides qui vous demandent : « Est-ce que je te fais mal ? » alors qu'on ne ressent rien. Or il se révéla si attentif à chacune de mes réactions qu'il me donna l'impression de lire en moi. Il n'avait aucune inhibition, et si par hasard il m'en découvrait, il m'en libérait avec une infinie délicatesse. Il percevait tous les aspects intimes de ma personnalité, et je ne parle pas seulement de ma sexualité, mais des parties plus obscures de mon caractère, mes bassesses, ma mesquinerie, mes complexes, autant de choses que je gardais cachées. Avec lui j'étais à nu. Or, dans cette position de totale vulnérabilité où le moindre mot déplacé aurait suffi à me faire fuir pour toujours, Rich disait exactement ce qu'il fallait me dire au bon moment. Il ne me permettait pas de me couvrir. Il me saisissait les mains, me regardait droit dans les yeux, et me donnait une raison nouvelle qu'il avait de m'aimer.

Je n'avais jamais connu d'amour si pur et je redoutais qu'il fût souillé par ma mère. C'est pourquoi je m'efforçais d'engranger toutes les qualités de Rich dans ma mémoire afin de les faire resurgir en cas de besoin.

Après mûre réflexion, je parvins à échafauder un plan brillant. J'imaginai un moyen pour que Rich pût rencontrer ma mère et gagner ses bonnes grâces, et cela en m'arrangeant pour qu'elle ait envie de cuisiner tout spécialement un repas pour lui. Tante Suyuan m'y aida. Tante Su était une très ancienne amie de ma mère. Elles étaient très proches, ce qui signifie qu'elles ne cessaient de se torturer mutuellement à coups de vantardises et de secrets. Je fournis donc à tante Su un secret dont elle pourrait se vanter.

Un dimanche, après nous être promenés à Nord Beach, je suggérai à Rich de rendre une visite impromptue à tante Su et oncle Canning. Ils habitaient Leavenworth, à quelques pâtés de maisons de chez ma mère. C'était la fin de l'après-midi, juste le moment où tante Su commençait à préparer le dîner.

— Restez donc ! Restez ! insista-t-elle.

— Non, non, nous passions simplement...

— J'ai déjà tout préparé. Regarde. Une soupe, quatre mets. Si vous ne mangez pas, je vais devoir tout jeter. Ce sera gâché !

Comment aurions-nous pu refuser ? Trois jours plus tard, tante Su reçut une lettre de remerciement de notre part. « Rich jure que c'est la meilleure cuisine chinoise qu'il ait jamais mangée », écrivis-je.

Le lendemain, ma mère me téléphona pour nous inviter à un dîner d'anniversaire tardif en l'honneur de mon père. Mon frère Vincent amenait sa petite amie, Lisa Lum. Je pouvais moi aussi inviter un ami.

J'avais prévu sa réaction. La cuisine était pour ma mère un moyen d'exprimer son affection, sa fierté, son autorité, et sa supériorité sur tante Su.

« Surtout, à la fin du dîner, n'oublie pas de lui dire que sa cuisine est la meilleure que tu aies jamais mangée, et qu'elle surclasse largement celle de tante Su », expliquai-je à Rich.

Le soir venu, je la suivis dans la cuisine et guettai le moment propice pour lui annoncer nos projets de mariage, fixé en juillet, soit dix mois plus tard.

Elle découpait des aubergines en dés tout en médisant de tante Su : « Tante Su ne sait cuisiner qu'en lisant une recette. Moi, tout est dans mes doigts. Je sais quels ingrédients secrets mélanger en me fiant à mon nez ! » Et elle découpait les aubergines avec une telle férocité, sans prendre garde au hachoir aiguisé, que je craignais que ses bouts de doigts ne finissent par faire partie des ingrédients de son plat d'aubergines pochées et de porc en lamelles.

J'espérais qu'elle parlerait de Rich la première. J'avais remarqué son expression à notre arrivée, son sourire forcé tandis qu'elle l'inspectait des pieds à la tête, et comparait son impression aux informations fournies par tante Su. J'essayais d'anticiper ses critiques.

Non seulement Rich n'était *pas* chinois, mais il avait quelques années de moins que moi et, malheureusement, paraissait encore plus jeune avec ses cheveux roux bouclés, sa peau lisse et pâle et la nuée de taches de rousseur sur son nez. Il était de taille moyenne et solidement bâti. Dans son costume sombre, il était séduisant mais facilement oubliable, comme le neveu d'une vague connaissance à un enterrement. Ce qui explique pourquoi je ne l'avais pas remarqué la première année où nous avions travaillé ensemble. Mais ma mère, elle, remarqua tout.

— Alors, que penses-tu de Rich ? questionnai-je finalement, en retenant mon souffle.

Elle jeta les aubergines dans l'huile bouillante. Il y eut un grésillement intempestif et rageur.

— Beaucoup de taches sur sa figure, répondit-elle.

Je sentis des picotements le long de mon épine dorsale.

— Ce sont des taches de rousseur. Ça porte bonheur, tu sais, lançai-je avec un peu trop de chaleur, dans mon effort pour dominer les crépitements de l'huile bouillante.

— Ah oui ? dit-elle ingénument.

— Oui. Plus il y en a, mieux c'est. Tout le monde sait ça.

Elle réfléchit un instant, sourit, puis reprit en chinois :

— Peut-être est-ce vrai. Quand tu étais petite, tu as eu la varicelle. Tu étais couverte de boutons et tu as dû rester à la maison pendant dix jours. Tu trouvais que tu avais de la chance.

Je ne parvins pas à sauver Rich dans la cuisine. Je ne parvins pas non plus à le sauver plus tard, à table.

Il avait apporté une bouteille de vin français, sans savoir que mes parents ne pouvaient l'apprécier. Ils ne possédaient même pas de verres à vin. Il commit en outre l'erreur de boire non pas un mais deux verres de cuisine pleins, alors que tout le monde se contentait d'un « doigt », juste pour goûter.

Je lui offris une fourchette mais il insista pour utiliser les glissantes baguettes en ivoire. Il les tint écartelées comme les pattes fragiles d'une autruche pour s'emparer d'un gros morceau d'aubergine nappé de sauce. À mi-chemin entre son assiette et sa bouche, le morceau tomba sur sa chemise blanche avant de glisser entre ses cuisses. Il fallut plusieurs minutes à Shoshana pour arrêter de hurler de rire.

Ensuite il se servit de trop copieuses portions de crevettes et de pois sans s'apercevoir qu'il aurait dû se contenter d'une cuillerée en attendant que tout le monde fût servi.

Il refusa les légumes verts nouveaux sautés, les tendres et coûteuses feuilles de haricots, cueillies avant que les pousses deviennent des pois. Shoshana les refusa à son tour en montrant Rich du doigt : « Lui non plus il n'en mange pas ! Lui non plus ! »

Il crut se montrer poli en refusant de se servir une deuxième fois, au lieu de prendre exemple sur mon père qui reprenait ostensiblement de très petites portions deux fois, trois fois, quatre fois, en déclarant qu'il ne pouvait pas résister, puis, finalement, qu'il croyait exploser tant il avait mangé.

Le pire de tout, cependant, ce fut lorsque Rich critiqua la cuisine de ma mère sans s'en rendre compte. Selon la coutume chinoise, ma mère dénigrait ses plats avec humilité. Ce soir-là elle choisit de s'en prendre à son fameux porc à l'étuvée et au plat de légumes confits, qui lui valaient toujours des compliments justifiés.

— Oh, ce plat manque de sel et de saveur, se lamenta-t-elle après en avoir goûté une petite bouchée. C'est immangeable.

C'était le signe pour toute la famille que nous devions le goûter aussi et clamer que c'était le meilleur qu'elle eût jamais réussi. Mais Rich nous prit de vitesse.

— Vous savez, ça manque juste un petit peu de sauce au soja, dit-il en irriguant son assiette d'un torrent de sauce brune salée devant les yeux horrifiés de ma mère.

Et malgré mon espoir de la voir miraculeusement reconnaître les qualités de Rich, sa gentillesse, son sens de l'humour, son charme juvénile, je savais au fond de moi qu'il avait lamentablement raté son examen de passage.

Curieusement, Rich tira de cette soirée une impression très différente. De retour à la maison, une fois Shoshana couchée, il remarqua modestement :

— Eh bien, je crois que nous avons pas mal sympathisé.

Il avait la tête d'un dalmatien, haletant, loyal, guettant une caresse.

— Hon-hon, répondis-je laconiquement.

J'étais en train d'enfiler une vieille chemise de nuit, signe que je ne me sentais pas d'humeur folâtre. Je frémissais encore à la pensée de la poignée de main énergique que Rich avait infligée à mes parents, avec la même familiarité dont il gratifiait les clients trop nerveux à leur première visite. « Linda, Tim, leur avait-il lancé, nous nous reverrons très bientôt, j'en suis sûr. » Les noms de mes parents sont Lindo et Tin Jong, et personne, à l'exception de quelques très vieux amis, ne les appelle jamais par leurs prénoms.

— Alors, comment a-t-elle réagi lorsque tu lui as dit ?

Il faisait allusion à notre mariage, bien sûr. Il savait que je préférais d'abord prévenir ma mère, qui avertirait mon père.

— Je n'en ai pas eu l'occasion, répondis-je.

Ce qui était vrai. Comment aurais-je pu annoncer la nouvelle à ma mère, alors que les seuls moments où nous nous étions trouvées seules, elle en avait profité pour me faire remarquer que Rich aimait boire du vin cher, qu'il avait l'air bien pâle et malade, ou que Shoshana semblait triste.

Rich sourit :

— Combien de temps cela prend-il pour dire : maman, papa, je vais me marier ?

— Tu ne comprends pas. Tu ne comprends pas ma mère.

Rich secoua la tête :

— Ce n'est rien de le dire ! Son anglais est épouvantable. Tu sais, quand elle parlait de ce comédien de *Dynastie* qui est mort, elle donnait l'impression de raconter une histoire arrivée en Chine il y a très longtemps.

Cette nuit-là, je restai étendue dans mon lit sans dormir, crispée. Ce dernier échec me désespérait, d'autant que Rich y semblait insensible. Il avait l'air si pathétique. *Pathétique,* quel horrible mot. Et voilà. À nouveau l'influence de ma mère, qui me faisait voir noir ce que j'avais vu blanc. Entre ses mains je n'étais qu'un pion. Je ne pouvais que fuir. Et elle était la reine, capable de se mouvoir dans tous les sens, de me poursuivre sans relâche, de déceler mes points faibles.

Je me réveillai tard. Les mâchoires serrées et les nerfs à fleur de peau. Rich était déjà debout, douché, en train de feuilleter le journal du dimanche.

— B'jour, ma puce, dit-il entre deux bouchées croustillantes de *corn flakes.*

J'enfilai mon survêtement, quittai l'appartement, grimpai en voiture, et fonçai chez mes parents.

Marlène avait raison. Je devais absolument m'expliquer avec ma mère, lui dire que je n'étais pas dupe, que je connaissais ses machinations pour me rendre malheureuse. À mon arrivée, j'avais emmagasiné en moi assez de colère pour affronter un millier de couperets.

Mon père ouvrit la porte et ne cacha pas sa surprise de me voir.

— Où est maman ? lançai-je en essayant de calmer ma respiration.

Il ébaucha un geste en direction du salon du fond.

Je la trouvai sur le sofa, plongée dans un sommeil sonore. Sa nuque reposait sur un napperon blanc brodé. Sa bouche était affaissée et tous ses traits effacés. Avec ce visage tout lisse, elle ressemblait à une jeune fille, frêle, candide, ingénue. L'un de ses bras pendait mollement sur le côté du sofa. Sa poitrine était immobile. Toute sa force avait disparu. Elle n'avait plus ni armes, ni démons pour l'entourer. Elle paraissait démunie. Vaincue.

Une panique brutale me saisit : seule la mort pouvait lui donner cet aspect ! Elle était morte au moment où je pensais d'elle des choses si abominables. J'avais ardemment désiré la voir sortir de ma vie et elle avait accepté, quitté son corps pour échapper à ma haine.

— Maman ! criai-je. Maman !

Ma voix se brisa et je fondis en larmes.

Ses paupières se soulevèrent lentement. Clignèrent.

Ses mains s'animèrent.

— *Shemma ?* Meimei ? C'est toi ?

La parole me manqua. Elle ne m'avait pas appelée Meimei, mon surnom d'enfant, depuis de très nombreuses années. Elle s'assit et les traits de son visage se redessinèrent, mais avec moins de dureté, adoucis par l'inquiétude.

— Pourquoi es-tu là ? Pourquoi pleures-tu ? Il est arrivé quelque chose ?

Je ne savais plus que dire ni que faire. En l'espace de quelques secondes, j'avais été successivement en révolte contre son autorité, décontenancée par son innocence, effrayée par sa vulnérabilité. Et maintenant je me sentais engourdie, étrangement faible, comme si l'on m'avait « débranchée », coupée de toute source d'énergie.

— Rien n'est arrivé. Il n'y a rien de grave. Je ne sais pas pourquoi je suis là, murmurai-je d'une voix rauque. Je voulais te parler... Je voulais te dire... Rich et moi allons nous marier.

Je fermai les yeux, prête à subir ses protestations, ses lamentations, ses remarques cinglantes.

— *Zhidaole*, je le savais déjà, répondit-elle d'un ton presque étonné.

— Tu savais ?

— Bien sûr. Même si tu ne me l'as jamais annoncé, ajouta-t-elle simplement.

C'était pire que ce que je redoutais. Elle le savait depuis le début, pendant qu'elle critiquait le manteau de vison, les taches de rousseur de Rich, ses goûts de luxe en matière de vin.

— Je sais que tu le détestes, dis-je d'une voix vibrante. Que tu ne le juges pas assez bien, mais je...

— Le détester ? Pourquoi crois-tu que je déteste ton futur mari ?

— Tu refuses de parler de lui. L'autre jour, quand j'ai commencé à te raconter sa journée avec

Shoshana au palais de l'Exploration, tu... tu as changé de sujet... pour parler de l'opération exploratoire de papa et puis...

— Quel est le plus important ; l'amusement ou la santé de ton père ?

Non, cette fois je n'allais pas la laisser s'en sortir aussi facilement.

— Et quand tu as rencontré Rich, tout ce que tu as trouvé à dire c'est qu'il a des taches de rousseur sur la figure !

Elle me dévisagea, perplexe.

— Ce n'est pas vrai ?

— Si. Mais tu as dit cela par méchanceté, pour me blesser, pour...

— *Ai-ya,* tu me crois capable de choses si vilaines ? s'écria-t-elle, le visage soudain vieilli et creusé par le chagrin. Ainsi tu crois ta mère méchante. Tu me soupçonnes d'intentions secrètes. Mais c'est toi qui caches ton jeu. *Ai-ya !* Ma fille me croit mauvaise !

Elle s'assit toute raide et outragée sur le bord du sofa, les mâchoires serrées, les mains crispées l'une sur l'autre, les yeux brillants de larmes de colère.

Quelle force ! Quelle faiblesse ! J'étais tiraillée. Mon esprit volait d'un côté, mon cœur de l'autre. Je m'assis sur le sofa à côté d'elle. Nous étions mutuellement choquées.

J'avais l'impression d'avoir perdu une bataille que j'ignorais avoir livrée. Je me sentais lasse.

— Je rentre chez moi, annonçai-je finalement. Je ne me sens pas très bien.

— Tu es malade ? murmura-t-elle en posant sa paume sur mon front.

Je voulais seulement partir.

— Non. Je... je ne sais pas ce que j'ai en ce moment...

— Moi, je vais te le dire, répondit-elle simplement en chinois. Une moitié de toi vient de ton père. C'est naturel. C'est le clan des Jong, des Cantonais. Des gens honnêtes et bons, bien que parfois coléreux et radins. Tu connais les défauts de ton père, comment il lui arrive de se comporter si je ne le rappelle pas à l'ordre.

Intérieurement je pensais : « Pourquoi me raconte-t-elle cela ? Quel rapport avec le reste ? » Mais ma mère continua ses explications avec un large sourire, en caressant ma main.

— La deuxième moitié de toi te vient de moi. Le côté maternel, le clan des Sun, de Taiyuan.

Et elle inscrivit les caractères au dos d'une enveloppe, oubliant que je ne savais pas lire le chinois.

— Nous sommes des gens intelligents, poursuivit-elle. Des gens forts, rusés, fameux pour avoir gagné de nombreuses guerres. Tu connais Sun Yat-sen, n'est-ce pas ?

J'acquiesçai d'un signe de tête.

— Il était issu des Sun. Mais sa famille avait émigré vers le sud plusieurs siècles auparavant, donc il n'appartenait plus véritablement au même clan. Ma famille a vécu à Taiyuan depuis toujours, avant même Sun Wei. Tu connais Sun Wei ?

Je secouai la tête. Non. Étrangement, alors même que j'ignorais où menait cette conversation, elle m'apaisait. C'était, semble-t-il, la première fois que nous avions un échange presque normal.

— Sun Wei participa à la guerre contre Gengis Khan. Lorsque les soldats mongols tirèrent sur les guerriers de Sun Wei, leurs flèches rebondirent sur leurs boucliers comme la pluie sur la pierre. Sun Wei avait fabriqué des armures si solides que Gengis Khan crut à de la magie !

— Gengis Khan a dû lui aussi inventer des flèches magiques, remarquai-je. Après tout, il a conquis la Chine.

Ma mère feignit de ne pas comprendre.

— C'est vrai, poursuivit-elle. Nous avons toujours su gagner une bataille. Maintenant tu sais ce qu'il y a en toi. Du bon matériau de Taiyuan.

— Je crois que nous sommes surtout doués pour gagner le marché du jouet de l'électronique, dis-je.

— Comment sais-tu cela ? s'étonna sa mère.

— C'est écrit partout *made in Taiwan*.

— *Ai !* s'écria-t-elle. Je ne suis pas de Taiwan !

Cela suffit pour briser le fil ténu qui commençait à se tisser entre nous.

— Je suis née en Chine, *à Taiyuan,* insista ma mère. Pas Taiwan. Taiwan n'est pas la Chine.

— J'ai fait une erreur parce que la prononciation est la même, me défendis-je, irritée de la voir se vexer pour une bêtise involontaire.

La prononciation est très différente ! Le pays est très différent ! s'offusqua-t-elle. Là-bas, les gens ne font que rêver qu'ils sont en Chine. Car si tu es chinoise, tu ne peux jamais quitter la Chine en esprit.

Un silence s'installa. L'impasse. Puis une lueur clignota dans les yeux de ma mère.

— Écoute, reprit-elle. Tu peux aussi dire *Bing* pour désigner Taiyuan. Tous les habitants appellent leur ville ainsi. Pour toi c'est plus facile. *Bing.* C'est un surnom.

Elle inscrivit le caractère et je hochai la tête comme si cela rendait tout très clair.

— C'est la même chose qu'en Amérique, ajouta-t-elle en anglais. On appelle New York *La Pomme*, San Francisco *Frisco*.

— Personne ne dit *Frisco* ! m'exclamai-je en riant. Ce sont les étrangers qui l'appellent comme ça.

— Maintenant tu comprends ce que je voulais dire, répondit triomphalement ma mère.

Je souris. Oui, j'avais fini par comprendre. Non pas ce qu'elle venait de m'expliquer, mais une vérité bien antérieure.

Je découvris ce pour quoi j'avais combattu moi-même. Une enfant craintive, qui s'était enfuie il y a très longtemps vers ce que je croyais un endroit sûr. Et, cachée là, derrière mes barrières invisibles, je savais ce qu'il y avait de l'autre côté : les attaques sournoises de ma mère, ses armes secrètes, sa mystérieuse capacité à déceler mes points faibles. Mais il avait suffi de ce fugitif instant où j'avais risqué un coup d'œil par-dessus mes barrières, pour découvrir ce qu'il y avait vraiment. Une vieille femme, avec une casserole comme bouclier, une aiguille à tricoter comme épée, devenue grincheuse à force d'attendre que sa fille l'invite à la rejoindre.

Rich et moi avons décidé de retarder notre mariage. Ma mère dit que juillet n'est pas un bon mois pour visiter la Chine en voyage de noces. Elle le sait car mon père et elle viennent de rentrer d'un voyage à Pékin et Taiyuan.

— Il fait très chaud en été. Vous attraperez plein d'autres taches de rousseur et votre visage deviendra tout rouge ! a-t-elle averti Rich.

Et Rich a souri en se tournant vers moi :

— Tu as entendu ce que ta mère vient de me dire ? Maintenant je comprends d'où tu tiens cette nature douce et pleine de tact !

— Choisissez le mois d'octobre, a conseillé ma mère. C'est la meilleure saison. Ni trop chaud, ni trop froid. Je compte y retourner à cette période. Bien sûr pas avec vous ! s'est-elle empressée d'ajouter.

Je suis secouée d'un rire nerveux. Et Rich plaisante :

— Ce serait formidable, Lindo. Vous pourriez nous traduire les menus, vous assurer que nous ne mangeons pas du serpent ou du chien par erreur.

J'ai envie de lui donner un coup de pied.

— Non, ce n'était pas du tout dans ma pensée, se défend ma mère. Vraiment, je ne vous demande rien.

Moi je sais exactement ce qu'elle a en tête. Elle adorerait venir en Chine avec nous. Et je détesterais cela. Trois semaines à l'entendre se plaindre des baguettes malpropres et de la soupe froide, trois repas par jour... ce serait une catastrophe.

Pourtant l'idée paraît assez séduisante. Partir tous les trois, laisser derrière nous nos différences, nous asseoir côte à côte dans un avion, décoller, quitter l'Occident pour voler vers l'Orient.

ROSE HSU JORDAN

SANS BOIS

J'ai toujours cru ce que ma mère me disait, même lorsque je ne comprenais pas le sens de ses paroles. Un jour, lorsque j'étais enfant, elle m'expliqua qu'elle savait quand il allait pleuvoir car les fantômes égarés se pressaient devant nos fenêtres en hurlant « wou-wouuu » pour qu'on les laisse entrer. Elle disait que les portes risquaient de se déverrouiller au cours de la nuit si l'on ne les fermait pas à double tour. Elle disait qu'un miroir ne pouvait voir que mon visage, tandis qu'elle pouvait regarder tout au fond de moi, même en mon absence.

Et tout me paraissait vrai. Ses paroles avaient ce pouvoir.

Elle disait que si je l'écoutais, plus tard je saurais moi aussi ce qu'elle savait : d'où venaient les paroles vraies, de très haut, bien au-dessus de toute chose. Et si je ne l'écoutais pas, mon oreille s'abaisserait trop facilement vers les gens, qui ne prononçaient que des mots sans signification durable, parce qu'ils venaient du fond de leurs cœurs, là où se tapissaient leurs désirs égoïstes et où je n'avais pas ma place.

Les paroles que prononçait ma mère venaient de très haut. D'ailleurs, ne levais-je pas les yeux pour voir son visage lorsque je reposais sur mon oreiller ? À cette époque mes sœurs et moi dormions dans le même grand lit. Janice, l'aînée, souffrait d'une allergie qui lui faisait chanter une narine comme un oiseau pendant la nuit, aussi l'avions-nous surnommée Nez Siffleur. Ruth était Vilain Pied car elle pouvait écarter ses orteils comme des griffes de sorcière. Moi, j'étais Œil Trouillard, parce que je fermais les yeux pour ne pas voir le noir, réaction que Janice et Ruth trouvaient stupide. Pendant ces premières années de mon enfance, je fus toujours la dernière à m'endormir. Je m'agrippais au lit, refusant de quitter le monde pour celui des rêves.

— Tes sœurs sont déjà parties voir le Vieux Chou, me murmurait ma mère en chinois.

Le Vieux Chou gardait la porte conduisant aux rêves.

— Es-tu prête, toi aussi, à rendre visite au Vieux Chou ?

Et chaque soir je secouais la tête en pleurant :

— Le Vieux Chou m'emmène dans de mauvais endroits.

Le Vieux Chou conduisait mes sœurs au sommeil. Jamais elles ne se rappelaient quoi que ce soit de leur nuit. Mais, pour moi, le Vieux Chou ouvrait tout grand sa porte et, quand je cherchais à entrer, il la refermait brutalement dans l'espoir de m'écraser comme une mouche. Voilà pourquoi je m'accrochais si désespérément à l'état de veille.

Parfois, cependant, la fatigue relâchait la vigilance du Vieux Chou. Le lit devenait pesant et s'inclinait lentement. Alors je glissais par la porte de Chou, la tête la première, et j'atterrissais dans une maison sans portes ni fenêtres.

Je me rappelle avoir rêvé que je tombais par un trou du plancher pour me retrouver dans un jardin obscur avec le Vieux Chou qui criait : « Qui est entré chez moi ? » Je m'enfuyais en courant, je piétinais des plantes qui avaient des veines avec du sang, je traversais des champs de gueules-de-loup qui changeaient de couleurs comme des feux de signalisation, et finalement je débouchais dans un terrain gigantesque, tapissé à l'infini de rangées de bacs à sable. Dans chaque bac à sable il y avait une poupée neuve. Et ma mère, qui n'était pas là mais pouvait voir en moi, disait au Vieux Chou quelle poupée j'allais choisir. Et j'en choisissais exprès une complètement différente.

— Arrêtez-la ! Arrêtez-la ! criait ma mère alors que je tentais de m'enfuir.

Et le Vieux Chou me poursuivait en hurlant :

— Tu vois ce qui arrive quand tu n'écoutes pas ta mère !

Alors je me figeais, pétrifiée, incapable de bouger.

Le lendemain matin, quand je lui racontai cette histoire, ma mère éclata de rire :

— Ne fais pas attention au Vieux Chou. Il est juste un rêve. Tu dois seulement m'écouter.

— Mais le Vieux Chou t'écoute, lui aussi, répondis-je en pleurant.

Plus de trente années plus tard, ma mère essayait encore de me convaincre de l'écouter.

Un mois après lui avoir annoncé notre intention de divorcer, Ted et moi, je la rencontrai à l'église, lors des funérailles de China Mary, une adorable vieille dame de quatre-vingt-dix ans qui avait servi de marraine à tous les enfants ayant franchi les portes de la Première Église baptiste chinoise.

— Tu deviens trop mince, remarqua ma mère d'un ton chagriné lorsque je m'assis près d'elle. Tu dois manger davantage.

— Je me porte bien, répondis-je avec un sourire pour preuve. D'ailleurs, tu me reproches toujours de porter des vêtements trop serrés.

— Mange davantage, insista-t-elle en me glissant un petit livre à spirale intitulé *La Cuisine chinoise par China Mary Chan,* que l'on vendait à la porte pour cinq dollars seulement, au bénéfice du Fonds pour la scolarité des réfugiés.

L'orgue s'arrêta de jouer. Le prêtre s'éclaircit la voix. Ce n'était pas le pasteur habituel. Je reconnus Wing, un garçon qui autrefois volait des images de joueurs de base-ball avec mon frère Luke. Ce ne fut que plus tard, grâce à China Mary, qu'il suivit un enseignement religieux, tandis que Luke allait en prison pour avoir revendu des autoradios volés.

— J'entends encore sa voix, disait Wing à l'assistance. Elle disait que Dieu m'avait conçu avec tous

251

les bons ingrédients et que ce serait une honte que je finisse dans les feux de l'enfer.

— On l'a incinérée, chuchota ma mère avec à-propos, en désignant d'un signe de tête l'autel, où trônait la photo encadrée de China Mary.

Je posai un doigt en travers de mes lèvres à la manière des bibliothécaires, mais elle n'en tint pas compte.

— C'est celui que nous avons acheté, reprit-elle en pointant une grande gerbe de chrysanthèmes jaunes et de roses rouges. Trente-quatre dollars. Les fleurs sont toutes artificielles, comme ça elles dureront. Tu me paieras plus tard. Janice et Matthew aussi sont un peu à court en ce moment. Tu as de l'argent ?

— Oui. Ted m'a envoyé un chèque.

Le prêtre demanda aux fidèles de baisser la tête pour prier, ce qui imposa enfin le silence à ma mère. Elle se tamponna le nez avec un Kleenex tandis que le prêtre poursuivait :

— Et je la vois maintenant, ravissant les anges avec sa cuisine chinoise et sa bonne volonté de chef-taine scoute.

Les têtes se redressèrent et tout le monde se leva pour chanter l'hymne n° 335, le préféré de China Mary : « Tu peux être un an-ange, chaque jour sur Terre... »

Mais ma mère ne chantait pas. Elle me regardait.

— Pourquoi Ted t'a-t-il envoyé un chèque ?

Je gardai les yeux baissés sur le livre de cantiques, mêlant ma voix au chœur :

— « Envoyer des rayons de so-oleil, pleins de joie dès le premier jour. »

— Il a une liaison avec quelqu'un d'autre, décréta ma mère, en réponse à sa propre question.

Une liaison ? Ted ? J'eus envie de rire. Pas seulement à cause du choix de ses mots, mais de l'idée. Le froid, le silencieux, le chauve Ted, dont la respiration ne s'altérait pas d'un souffle au plus fort de la passion.

— Non, je ne crois pas, dis-je.

— Pourquoi non ?

— Le moment me paraît mal choisi pour parler de Ted. Et le lieu.

— Pourquoi peux-tu discuter de ces choses avec un sica-nalyste et pas avec ta mère ?

— Psychanalyste.

— Psyche-analyste, se corrigea-t-elle. Une mère, c'est beaucoup mieux. Une mère sait ce qui se passe chez son enfant. Un psyche-analyste te rendra seulement *huli-hudu,* et te fera voir *heimengmeng.*

De retour chez moi, je réfléchis à ses paroles. C'était vrai. Récemment, je m'étais sentie *hulihudu,* et tout m'était apparu *heimengmeng.* Ce sont des mots que je n'avais jamais cherché à traduire mais dont l'équivalent le plus proche serait « confus » et « brouillard épais ».

En réalité, pourtant, le sens en est plus profond, plus large. Peut-être est-il malaisé de les traduire parce qu'ils recouvrent une sensation que seuls éprouvent les Chinois, comme celle de tomber tête la première à travers la porte du Vieux Chou et de tâtonner pour ressortir. Vous avez si peur que vous gardez les yeux fermés et vous avancez à quatre pattes dans le noir, en écoutant des voix qui vous indiquent le chemin à suivre.

J'avais discuté avec trop de personnes, mes amis, tout le monde ou presque, sauf avec Ted. À chacun j'avais raconté une histoire différente. Pourtant chaque version était vraie, j'en suis sûre, du moins au moment où je l'avais exprimée.

À mon amie Waverly, j'avais expliqué que je n'avais jamais pu mesurer mon amour pour Ted avant de découvrir à quel point il pouvait me blesser. J'éprouvais une douleur, une véritable douleur physique, comme si l'on m'avait arraché les deux bras sans anesthésie et sans me recoudre.

— Parce qu'on te les a déjà arrachés *avec* anesthésie ? s'était écriée Waverly. Mon Dieu ! Je ne t'ai jamais vue dans un tel état d'hystérie. Si tu veux mon avis, tu te sentiras mieux sans Ted. Ça te fait mal seulement parce qu'il t'a fallu quinze ans pour comprendre quel timoré il est sur le plan affectif. Crois-moi, je sais ce qu'on ressent.

À mon amie Lena, j'expliquai que je me sentais mieux sans Ted. Passé le choc initial, je m'aperçus qu'il ne me manquait pas du tout. Ce qui me manquait, c'était ce que j'éprouvais en sa présence.

— C'est-à-dire ? grogna Lena. Tu étais déprimée. Intoxiquée à l'idée que tu ne valais rien comparée à lui. Et maintenant tu t'imagines que tu ne vaux rien sans lui. À ta place, je chercherais un bon avocat et je l'attaquerais sur tous les fronts ! Prends ta revanche.

À mon psychanalyste, j'expliquai que l'esprit de revanche m'obsédait. Je rêvais que j'invitais Ted à dîner dans un de ces restaurants à la mode comme le *Café Majestic* ou le *Rosalie's,* et que j'attendais qu'il eût entamé le premier plat et qu'il fût détendu et aimable pour lancer : « Ce n'est pas si facile, Ted. » Et de mon sac je sortais une poupée vaudou que

Lena m'avait prêtée de son magasin d'accessoires. Armée de ma fourchette à escargots je visai un point stratégique de la poupée et déclarai à voix haute, devant tous les clients très chics du restaurant : « Ted, tu n'es qu'un salaud impuissant et je vais faire en sorte que tu le restes toujours. » Vlan !

Avouant cela, j'eus conscience d'avoir franchi un cap décisif dans ma vie, d'avoir fait éclore un nouvel ego après deux semaines à peine de psychothérapie. Mais mon psychothérapeute leva sur moi un regard ennuyé, le menton écrasé dans sa main. « Il semble que vous ayez éprouvé des émotions violentes », constata-t-il, le regard endormi. « Nous devrons retravailler cela la semaine prochaine. »

Après cette séance je ne sus plus que penser. Au cours des semaines suivantes, je fis l'inventaire de ma vie, allant de case en case, retraçant l'historique de chaque objet : mon héritage personnel avant ma rencontre avec Ted (les verres soufflés à la main, les tentures en macramé, le fauteuil à bascule recanné par mes soins), ce que nous avions acquis ensemble après notre mariage (le gros mobilier pour l'essentiel), ce que les gens nous avaient offert (la pendule à cloche de verre qui ne fonctionnait plus, trois services à saké, quatre théières), ce que Ted avait gardé (les lithographies signées, dont neuf en deçà du n° 25 dans une série de deux cent cinquante, les fraises en cristal de Steuben) et les objets que j'avais conservés parce que je ne supportais pas de les abandonner (les chandeliers dépareillés d'une vente de brocante, une couverture piquée ancienne avec un trou au milieu, de vieilles fioles d'autrefois ayant contenu des onguents, des épices, des parfums).

J'allais entreprendre l'inventaire de la bibliothèque lorsque je reçus une lettre de Ted, plus exactement une note rédigée à la hâte au stylobille sur
une feuille de son ordonnancier. « À signer quatre
fois où indiqué », était-il écrit. Puis, au stylo à plume
bleu : « Ci-joint chèque, pour te dépanner jusqu'à
la liquidation. »

La note était agrafée aux papiers du divorce,
avec un chèque de dix mille dollars signé au stylo à
plume bleu. Au lieu d'en éprouver de la reconnaissance, j'en fus blessée.

Pourquoi avait-il envoyé le chèque avec les
papiers ? Pourquoi deux stylos différents ? Le chèque
était-il arrivé dans un deuxième mouvement ? Combien de temps avait-il médité dans son bureau pour
en déterminer le montant ? Et pourquoi avait-il
signé le chèque justement avec *ce* stylo ?

Je me souviens encore de son expression, l'année
dernière, lorsqu'il défit le papier cadeau doré, de la
surprise dans ses yeux lorsqu'il examina le stylo à la
lumière de l'arbre de Noël. « Je ne l'utiliserai que
pour signer les choses importantes », avait-il promis
en m'embrassant sur le front.

Avec cette image en tête, le chèque entre les
mains, je m'assis sur le bord du canapé, une curieuse
lourdeur dans le crâne. Je fixai les croix tracées sur
les formulaires de divorce, la tournure des mots
sur la note manuscrite, les deux couleurs d'encre,
la date du chèque, sa rédaction soignée. Dix mille
dollars. Pas de *cents*.

Je restai assise là, tranquillement, à l'écoute des
battements de mon cœur, cherchant à prendre la
bonne décision. Puis je m'aperçus que j'ignorais

quels étaient les choix possibles. Alors je rangeai les formulaires et le chèque dans un tiroir, là où je gardais les bons de réduction que je ne jetais jamais mais que je n'utilisais jamais non plus.

Un jour, ma mère m'avait expliqué pourquoi mon esprit était si souvent confus. J'étais née « sans bois », et j'écoutais trop les gens. Elle savait ce qu'elle disait car elle avait bien failli céder à ce travers.

« Une fille est comme un jeune arbre, disait-elle. Tu dois te tenir droite et écouter ta mère qui est à tes côtés. C'est le seul moyen de grandir droite et forte. Mais si tu te penches pour écouter d'autres gens, tu pousseras tordue et faible. Le premier vent un peu violent te jettera à terre, et tu deviendras comme une herbe folle, poussant dans tous les sens, courant au ras du sol jusqu'à ce que quelqu'un t'arrache et te jette. »

Mais le conseil me parvint trop tard. J'avais déjà commencé à me pencher. J'avais commencé à aller à l'école, où une institutrice nommée Mrs. Berry nous mettait en rang et nous faisait marcher au pas pour entrer et sortir de classe, longer les couloirs, en criant : « Les filles et les garçons, suivez-moi ! » Et si vous désobéissiez, elle vous obligeait à vous pencher en avant pour vous rosser dix fois les fesses avec une règle en bois.

Bien sûr j'écoutais toujours ma mère, mais il m'arrivait de laisser ses paroles glisser sur moi. Parfois aussi, je laissais les pensées des autres, les pensées américaines, envahir mon esprit, afin de la confondre lorsqu'elle chercherait à lire en moi.

Avec le temps, j'appris à piocher parmi les opinions les meilleures. Les Chinois avaient des raisonnements chinois, les Américains des raisonnements américains. Et, dans la plupart des cas, la version américaine me semblait supérieure.

Je n'en découvris la faille que très tard : les choix étaient trop nombreux, et l'on risquait de se perdre et d'opter pour le mauvais. C'est le problème que je rencontrai dans ma situation face à Ted. Il y avait trop de questions à peser, trop de décisions à prendre. Chacune entraînant un virage dans une direction contraire.

Le chèque, par exemple. Je me demandai si Ted cherchait réellement à me jouer un tour, à me faire admettre ma défaite et à renoncer à combattre le divorce. Si je l'encaissais, il pourrait ensuite prétendre que cette somme soldait nos comptes. Puis j'éprouvai un petit sursaut sentimental et imaginai, l'espace d'un court instant, qu'il m'avait envoyé dix mille dollars parce qu'il m'aimait vraiment et que c'était sa façon de me dire combien je comptais à ses yeux. Mais je réalisai très vite que dix mille dollars étaient pour lui une bagatelle. Il m'estimait donc bien peu.

Je fus tentée de mettre fin à ce supplice et de signer les formulaires de divorce. Mais au moment où j'allais les extraire du tiroir, je me souvins de la maison.

J'adorais cette maison. La grosse porte en chêne qui ouvrait sur une entrée avec des fenêtres en verre teinté. Le soleil qui pénétrait dans la salle à manger, le panorama sur la ville depuis le salon. Le jardin de verdure et de fleurs planté par Ted. Il y travaillait chaque week-end, agenouillé sur un tapis de caoutchouc vert, inspectant de façon quasi obsessionnelle chaque feuille, avec une précision de manucure. Il assignait certaines plantes à certains bacs. Les tulipes ne pouvaient pas se mélanger aux plantes vivaces. Une bouture d'aloès que m'avait offerte Lena ne trouvait de place nulle part car nous n'avions pas d'autres plantes à feuilles charnues.

En jetant un coup d'œil par la fenêtre je m'aperçus que les zantedeschias avaient jauni, que les marguerites ployaient sous leur propre poids et que les laitues avaient monté. De mauvaises herbes poussaient entre les dalles qui serpentaient au milieu des plantes. Des mois de négligence donnaient au jardin un air sauvage.

Cet état d'abandon me rappela un vieux dicton : « Quand un mari cesse de soigner son jardin, c'est qu'il songe à arracher les racines pour partir. » Quand Ted avait-il taillé le romarin pour la dernière fois ? Quand avait-il vaporisé d'insecticide les parterres de fleurs ?

Je me précipitai dans l'appentis où étaient rangés les insecticides et les produits désherbants, pour vérifier le niveau des flacons, les dates d'expiration, tout détail qui pourrait m'éclairer sur le bouleversement qui s'opérait dans ma vie. En reposant une bouteille, l'idée me vint que quelqu'un pouvait m'observer et rire de moi.

Je rentrai dans la maison, mais cette fois pour téléphoner à un avocat. Or à peine avais-je commencé à composer le numéro que tout s'embrouilla à nouveau dans mon esprit, et je raccrochai. Qu'allais-je lui dire ? Que voulais-je obtenir de mon divorce ? Moi qui n'avais jamais su ce que je voulais du mariage ?

Le lendemain matin, j'y réfléchissais encore. À ces quinze années passées dans l'ombre de Ted.

J'étais couchée, les yeux fermés, incapable de formuler la moindre décision.

Je restai au lit trois jours, ne me levant que pour me rendre à la salle de bains ou me faire réchauffer une boîte de soupe de vermicelle au poulet. Mais je passai presque tout mon temps à dormir, grâce aux somnifères laissés par Ted dans l'armoire à pharmacie. Pour la première fois de ma vie, je ne fis aucun rêve. Tout ce dont je me souvenais c'était de sombrer mollement dans un espace noir, sans aucune sensation de dimension ou de direction. J'étais seule dans tout ce noir. Dès que je me réveillais, j'absorbais une autre pilule pour sombrer à nouveau.

Le quatrième jour, je fis un cauchemar. Dans le noir, je ne pouvais pas distinguer le Vieux Chou, mais il hurlait qu'il allait me trouver et m'écraser dans le sol. Il faisait sonner une cloche, et plus le son de la cloche était fort, plus il se rapprochait. Je retenais mon souffle pour ne pas hurler. Le son de la cloche s'amplifiait, s'amplifiait. Je me réveillai brutalement.

C'était le téléphone qui avait dû sonner sans interruption pendant une heure. Je décrochai.

— Maintenant que tu es debout, je t'apporte à manger, annonça ma mère.

À sa voix j'eus l'impression qu'elle me voyait. Pourtant la chambre était plongée dans l'obscurité, les rideaux étroitement fermés.

— Maman, je ne peux pas... répondis-je. Je ne peux pas te recevoir maintenant. Je suis occupée.

— Occupée pour ta mère ?

— J'ai un rendez-vous... avec mon psychanalyste.

Elle marqua une légère pause avant de reprendre d'un ton peiné :

— Pourquoi ne te parles-tu pas à toi-même ? Pourquoi ne parles-tu pas à ton mari ?

— Maman, soupirai-je, épuisée. Je t'en prie, ne me dis plus d'essayer de sauver mon mariage. C'est assez difficile comme ça.

— Je ne te dis pas de sauver ton mariage, protesta ma mère. Je te dis seulement de parler.

À peine avais-je raccroché que le téléphone sonna à nouveau. Cette fois c'était la secrétaire de mon psychanalyste. J'avais manqué mon rendez-vous du matin, ainsi que ceux des deux jours précédents. Désirais-je en fixer un autre ? Je répondis que je consulterais mon agenda et la rappellerais.

Cinq minutes plus tard, nouvelle sonnerie.

— Où étais-tu passée ?

C'était Ted. Je me mis à trembler.

— Sortie.

— Je cherche à te joindre depuis trois jours. J'ai même appelé la compagnie du téléphone pour qu'ils vérifient la ligne.

Je ne doutai pas un instant qu'il l'eût fait, non parce qu'il s'inquiétait pour moi, mais parce que, lorsqu'il voulait quelque chose, Ted s'impatientait et s'énervait de façon irrationnelle contre les gens qui le retardaient.

— Tu sais que cela fait déjà deux semaines, poursuivit-il d'un ton irrité.

— Deux semaines ?

— Tu n'as ni encaissé mon chèque, ni renvoyé les papiers. Je voulais faire les choses gentiment, Rose. Mais je peux engager quelqu'un pour te remettre officiellement les documents, tu sais.

— Tu peux ?

Sans plus attendre, Ted entreprit d'énumérer tout ce qu'il voulait, et qui était de loin plus épouvantable encore que toutes les choses terribles que j'avais imaginées.

Il voulait les papiers signés. Il voulait la maison. Il voulait que tout soit réglé le plus vite possible. Parce qu'il voulait se remarier bientôt, avec une autre.

Sans pouvoir me retenir, j'explosai :

— Tu veux dire que tu avais une liaison avec une femme ?

L'humiliation m'arracha presque des larmes.

Et puis tout à coup, pour la première fois depuis des mois, après les brumes dans lesquelles je m'étais débattue, tout s'arrêta net. Toutes mes interrogations, envolées. Il n'y avait plus d'alternative. Une sensation de vide m'étreignit, de liberté, d'espace. Là-haut, dans ma tête, quelqu'un riait.

— Qu'y a-t-il de si drôle ? gronda Ted furieusement.

— Pardon. C'est juste que...

Je faisais des efforts terribles pour retenir mes éclats de rire, mais l'un d'eux jaillit par mon nez avec un drôle de ronflement, ce qui redoubla mon hilarité.

Des gloussements m'échappaient encore lorsque je tentai de poursuivre, d'une voix plus égale :

— Écoute, Ted, désolée... je crois que le mieux est que tu fasses un saut après ton travail.

J'ignore ce qui me poussa à dire cela mais je me sentis mieux de l'avoir dit.

— Il n'y a rien à discuter, Rose.

— Je sais, répondis-je d'une voix dont le calme me surprit moi-même. Je désire seulement te montrer quelque chose. Et ne t'inquiète pas, tu auras tes papiers, crois-moi.

Je n'avais aucun plan. J'ignorais totalement ce que j'allais lui dire. Une seule chose était claire : je désirais que Ted me voie une dernière fois avant le divorce.

Ce que je résolus finalement de lui montrer fut le jardin. Lorsque Ted arriva, le brouillard estival de fin d'après-midi s'était déjà installé. Les papiers de divorce se trouvaient dans la poche de mon blouson. Ted frissonnait dans sa veste d'été en inspectant les dégâts du jardin.

— Quel fouillis, l'entendis-je murmurer en secouant une jambe pour se libérer d'une ronce de mûrier qui serpentait sur le dallage.

Je savais qu'il calculait le temps qu'il lui faudrait pour remettre de l'ordre.

— Ça me plaît ainsi, dis-je en effleurant le feuillage des carottes très avancées, dont les têtes orange crevaient la terre comme si elles allaient éclore.

Les mauvaises herbes avaient commencé à pousser dans les fissures du patio. D'autres s'étaient enracinées sur le côté de la maison. Et d'autres encore avaient élu domicile sous les bardeaux et s'apprêtaient à assaillir le toit. Il serait impossible de les arracher une fois qu'elles se seraient infiltrées dans la maçonnerie, à moins de démolir toute la bâtisse.

Ted ramassait des prunes tombées à terre et les jetait par-dessus le mur du voisin.

— Où sont les papiers ? demanda-t-il.

Je les lui tendis et il les fourra dans la poche intérieure de sa veste. Quand il me fit face, je vis ses

yeux, ce regard que j'avais, par erreur, trouvé autrefois gentil et protecteur.

— Tu n'es pas obligée de déménager tout de
suite, dit Ted. Je sais qu'il te faudra au moins un
mois pour trouver un nouveau logement.

— J'en ai déjà trouvé un, répondis-je avec
empressement.

Car je savais désormais où j'allais vivre. Ses sourcils s'arquèrent de surprise et il sourit, une fraction
de seconde, avant que je précise :

— Ici.

— Quoi ? jeta-t-il sèchement.

Ses sourcils étaient toujours levés, mais le sourire
avait disparu.

— Je reste ici, répétai-je.

— Qu'est-ce que ça veut dire ?

Les bras croisés sur la poitrine, les yeux plissés, il
scrutait mon visage dans l'attente de le voir s'effri-
ter. Depuis toujours cette expression me terrifiait à
m'en faire bredouiller.

Là, je n'éprouvais plus rien. Ni peur, ni colère.

— Je dis que je reste ici, et mon avocat te dira la
même chose lorsqu'il te présentera les papiers de
divorce.

Ted sortit de sa poche les documents que je lui
avais remis et découvrit les croix tracées de sa main,
et les blancs qui étaient restés blancs.

— Où veux-tu en venir, exactement ? Hein ?

La réponse à cette question, essentielle entre
toutes, me parcourut tout le corps avant de tomber
de mes lèvres :

— Tu ne peux pas tout simplement m'arracher
de ta vie et me jeter.

Je vis ce que je désirais : son regard, troublé, puis effrayé. Il était *hulihudu*. Mes mots avaient ce pouvoir.

Cette nuit-là, je rêvai que j'errais dans le jardin. Les arbres et les buissons étaient enveloppés de brume. Au loin, j'apercevais le Vieux Chou et ma mère agiter les bras pour chasser le brouillard. Ils se penchaient au-dessus des jardinières.

« La voilà ! » criait ma mère. Le Vieux Chou me souriait en agitant la main. Je m'approchais et découvrais que ma mère était penchée en avant, comme une femme surveillant un bébé.

« Regarde, disait-elle, radieuse. Je les ai plantées ce matin, certaines pour toi, d'autres pour moi. »

Et sous le *heimengmeng,* tapissant le sol, jaillissant des bordures, des herbes folles couraient dans tous les sens.

Jing-Mei Woo

CE QU'IL Y A DE MEILLEUR

Il y a cinq mois, à l'issue d'un repas de crabes pour célébrer le Nouvel An chinois, ma mère m'offrit « la valeur de ma vie », un pendentif en jade monté sur une chaîne en or. Ce n'était pas un bijou que j'aurais choisi pour moi. Il était presque de la taille de mon petit doigt, d'une couleur marbrée vert et blanc et d'une forme compliquée. Je le trouvai dans l'ensemble plutôt moche : trop grand, trop vert, trop tape-à-l'œil. Je le fourrai dans mon coffret en laque et l'oubliai.

Mais ces jours-ci, je pense à la valeur de ma vie. Je me demande ce qu'elle signifie, car ma mère est morte il y a trois mois, six jours avant mon trente-sixième anniversaire. Et elle est la seule personne que j'aurais pu questionner, qui aurait pu m'expliquer la valeur de la vie, m'aider à comprendre mon chagrin.

Désormais je porte ce pendentif tous les jours. Les ciselures doivent sûrement signifier quelque chose, car les formes et les détails, que personnellement je ne remarque jamais avant qu'on me les indique, ont toujours un sens pour les Chinois. Bien sûr je pourrais interroger tante Lindo, tante An-mei, ou d'autres amis chinois, mais je sais qu'ils me donneraient une interprétation différente de celle de ma mère. Imaginez qu'ils me désignent cette ligne courbe se ramifiant dans trois formes ovales comme une grenade, alors que ma mère y voyait un vœu de fertilité et de postérité ! Ou bien qu'elle ait pris ça pour une branche de poirier, censée apporter pureté et honnêteté. Ou encore des gouttelettes de dix mille ans de la montagne magique, pour indiquer une direction à ma vie et me donner mille ans de gloire et d'immortalité.

Comme cette idée m'obsède, je remarque maintenant toutes les personnes portant des pendentifs de jade. Non pas les médaillons plats et rectangulaires, ni les ronds, blancs et percés d'un trou au milieu, mais ceux qui ressemblent au mien, oblongs, grands de deux ou trois centimètres et d'un vert pomme brillant. C'est comme si nous étions les conjurés d'un même pacte secret, si secret que nous ignorons même à quelle secte nous appartenons. Le week-end dernier, par exemple, j'ai remarqué un garçon de café qui portait un pendentif de ce genre. En lui montrant le mien, je lui ai demandé :

— D'où tenez-vous le vôtre ?

— Ma mère me l'a donné, a-t-il répondu.

Je lui ai demandé pourquoi, question indiscrète que seul un Chinois peut poser à un autre. Parmi une foule de Blancs, deux Chinois forment déjà presque une famille.

— Elle me l'a donné après mon divorce. Sans doute pour me dire que je valais encore quelque chose.

À l'interrogation qui perçait dans sa voix, j'ai compris qu'il n'avait aucune idée précise de la signification de son pendentif.

Au dernier dîner du Nouvel An chinois, ma mère avait cuisiné onze crabes, un par convive et un en supplément. Je l'avais accompagnée pour faire le marché dans Stockton Street, à Chinatown. Nous avions descendu à pied la colline en haut de laquelle se trouvait l'appartement de mes parents, au rez-de-chaussée d'un immeuble de six étages qu'ils possédaient à Leavenworth, près de California. À six rues seulement de la petite agence de publicité pour laquelle je travaillais comme rédactrice. C'est pourquoi je passais régulièrement les voir après mon travail, trois ou quatre fois par semaine. Ma mère insistait toujours pour que je reste dîner avec eux.

Cette année, le Nouvel An chinois tombait un jeudi, et j'avais quitté mon bureau de bonne heure pour l'aider à faire les courses. Malgré ses soixante et onze ans, elle avait la démarche toujours aussi allègre et l'allure fière et volontaire, armée de son sac en plastique à fleurs violemment coloré. Je suivais avec le panier à roulettes métallique.

Chaque fois que je descendais avec elle dans Chinatown, elle me désignait d'autres femmes chinoises de son âge. « Des dames de Hong Kong », dit-elle ce jour-là en regardant deux élégantes vêtues de longs manteaux de vison, leurs cheveux noirs parfaitement coiffés. « Des Cantonaises de la campagne », me chuchota-t-elle en passant devant deux femmes portant des bonnets tricotés, des gilets matelassés enfilés les uns sur les autres et des vestes d'hommes. Ma mère, elle, avec son pantalon en polyester bleu pâle, son gilet rouge et sa veste d'enfant verte, ne ressemblait à personne. Arrivée ici en 1949, au terme d'un long voyage commencé à Guilin en 1944, elle était remontée au nord par Chongqing où elle avait rencontré mon père. Puis ils avaient obliqué au sud vers Shanghai, et plus au sud encore jusqu'à Hong Kong où était ancré le bateau en partance pour San Francisco. Oui, ma mère venait de directions bien différentes.

Ce jour-là elle pestait, au rythme de son pas, en descendant la colline. « Même si tu n'en veux pas, tu es coincée », marmonnait-elle, fulminant contre les locataires du deuxième étage. Deux ans plus tôt, elle avait tenté de les évincer, sous le prétexte de loger de la famille arrivant de Chine. Mais le couple, soup-çonnant une ruse pour récupérer l'appartement, avait rétorqué qu'il ne déménagerait pas sans voir les fameux cousins de Chine. J'eus droit à l'inven-taire de leurs récents débordements.

L'homme aux cheveux gris déposait trop de sacs dans la poubelle : « Ça me coûte un supplément. »

Et la femme, une élégante blonde à l'allure d'ar-tiste, repeignait, paraît-il, l'appartement en rouge et vert. « Horrible », grimaça ma mère. « Et ils prennent des bains deux ou trois fois par jour. L'eau coule, coule, coule, coule, sans jamais s'arrêter ! »

Sa colère augmentait à chaque pas.

— La semaine dernière, la *waiguoren* a porté des accusations contre moi (ma mère appelait tous les Occidentaux des *waiguoren*, des étrangers). Ils prétendent que j'ai empoisonné un poisson, pour tuer ce chat.

— Quel chat ? demandai-je, sachant très bien de quel chat il s'agissait.

J'avais aperçu l'animal plusieurs fois. C'était un gros matou tigré gris avec une seule oreille, qui avait appris à sauter sur le rebord extérieur de la fenêtre de la cuisine. Ma mère se dressait sur la pointe des pieds pour taper contre la vitre et le faire partir. En réponse à ses cris, le chat arrondissait le dos et soufflait.

— Ce chat lève tout le temps sa queue pour laisser de mauvaises odeurs, se plaignit ma mère.

Un jour je l'avais surprise en train de le pourchasser dans l'escalier, armée d'un pot d'eau bouillante. Je fus tentée de lui demander si elle avait réellement mis du poison dans un poisson, mais j'avais appris à ne jamais prendre parti contre ma mère.

— Alors, qu'est-il arrivé à ce chat ?

— Ce chat est parti ! Disparu ! répondit-elle en levant les mains en l'air et en esquissant un sourire ravi, avant de reprendre brusquement sa mine renfrognée. Et cet homme, il a levé la main comme ça en montrant son vilain poing, et il m'a crié d'aller me faire voir à Pékin. Je ne suis pas de Pékin. Bah ! Il connaît rien, conclut-elle, satisfaite de l'avoir remis à sa place.

Dans Stockton Street, nous allions d'une poissonnerie à une autre, à la recherche des crabes les plus vivants.

— Ne prends jamais un crabe mort, me conseilla ma mère en chinois. Même un mendiant ne mangerait pas un crabe mort.

Je piquai les crabes avec un stylo pour tester leur hargne. Si l'un d'eux s'y agrippait, je le soulevais pour le déposer dans un sac en plastique. Mais en procédant ainsi, j'en tirai un dont je m'aperçus qu'une des pattes était serrée entre les pinces d'un de ses congénères. Dans la lutte acharnée qui s'ensuivit, mon crabe perdit un membre.

— Repose-le, me chuchote ma mère. Une patte en moins est un mauvais présage pour un repas de Nouvel An.

Mais un employé en blouse blanche s'approcha pour nous interpeller en cantonais, et ma mère, qui parlait si mal le cantonais que cela sonnait comme son mandarin natal, riposta d'une voix forte en désignant le crabe estropié. Après quelques échanges acerbes, le crabe et sa patte atterrirent dans notre sac.

— Ça ne fait rien, dit ma mère. C'est le numéro onze, le supplémentaire.

De retour à la maison, elle déballa les crabes de leurs feuilles de journal pour les plonger dans un bac rempli d'eau froide. Installa sa vieille planche de bois, sortit son couperet, hacha gingembre et échalote, versa de la sauce de soja et de l'huile de sésame dans un récipient peu profond. La cuisine sentait le papier journal mouillé et les épices chinoises.

Puis, un par un, elle les saisit par le dos, les sortit de l'évier et les secoua pour les égoutter et les réveiller. Les crabes gigotèrent, suspendus entre l'évier et la cuisinière. Elle les entassa dans une marmite qui occupait deux plaques et alluma les brûleurs. Je ne supportais pas ce spectacle, aussi filai-je dans la salle à manger.

Quand j'avais huit ans, je me souviens avoir joué avec un crabe que ma mère avait rapporté pour mon dîner d'anniversaire. Je l'aiguillonnais et bondissais chaque fois que ses pinces s'écartaient. Et j'avais fini par conclure que lui et moi avions atteint une certaine complicité lorsqu'il s'était redressé pour traverser le comptoir de la cuisine. Mais avant que j'aie pu choisir un nom à mon nouveau compagnon, ma mère l'avait immergé dans une marmite d'eau froide posée sur la cuisinière. J'avais assisté, avec un effroi grandissant, au spectacle de l'eau qui chauffait et du crabe qui grattait les parois de la marmite pour essayer de fuir sa propre soupe. Encore aujourd'hui je me rappelle le hurlement du crabe, de sa pince écarlate pointant hors de la marmite bouillonnante. Le hurlement devait être le mien car j'ai appris, depuis, que les crabes ne possèdent pas de cordes vocales. J'essaie également de me persuader qu'ils n'ont pas assez de cervelle pour savoir la différence entre un bain chaud et une mort lente.

Pour la fête du Nouvel An, ma mère avait invité ses vieux amis Lindo et Tin Jong. Cela incluait naturellement les enfants des Jong : leur fils Vincent, qui avait trente-huit ans et vivait toujours chez eux, et leur fille Waverly, qui avait à peu près mon âge. Vincent téléphona pour demander s'il pouvait amener sa petite amie, Lisa Lum, et Waverly téléphona pour annoncer qu'elle serait accompagnée de son nouveau fiancé, Rich Schields, conseiller fiscal comme elle. Elle ajouta que Shoshana, sa fillette de quatre ans née d'un premier mariage, désirait savoir si mes parents possédaient un magnétoscope, afin de pouvoir regarder *Pinocchio* dans le cas où elle s'ennuierait. Ma mère me rappela d'inviter également Mr. Chong, mon ancien professeur de piano, qui vivait toujours à trois rues de là, dans notre ancien immeuble.

En comptant mes parents et moi, nous étions onze. Mais considérant Shoshana comme une enfant, ma mère avait seulement compté dix convives, du moins en ce qui concernait les crabes. Il ne lui était pas venu à l'esprit que Waverly pût considérer les choses différemment.

Lorsque le plat de crabes commença à circuler autour de la table, Waverly se trouva la première. Elle choisit le meilleur, le plus brillant, le plus dodu, et le déposa dans l'assiette de sa fille. Puis elle servit le deuxième plus beau à Rich et un autre à elle-même. Et comme elle avait hérité de sa mère l'habitude de choisir ce qu'il y avait de meilleur, il était logique que celle-ci, se servant à sa suite, prit pour son mari, son fils, la petite amie de son fils et elle-même les crabes les plus, beaux parmi ceux qui restaient. Et ma propre mère, bien sûr, offrit le plus fringant des quatre derniers à Vieux Chong, parce qu'il approchait quatre-vingt-dix ans et méritait cette marque de respect, et servit ensuite mon père. Ce qui en laissait deux sur le plateau : un gros crabe orange pâle, et numéro onze, l'estropié.

Ma mère poussa le plateau devant moi en disant : « Sers-toi, c'est déjà froid. »

Je n'étais guère friande de crabes, depuis celui que j'avais vu cuire vivant le jour de mon huitième anniversaire, mais il m'était impossible de refuser, je le savais. Car les mères chinoises témoignent leur affection à leurs enfants, non avec des baisers ou des caresses, mais par l'entremise de boulettes cuites à la vapeur, de gésiers de canards et de crabes.

Je crus bien faire en choisissant le crabe mutilé, mais ma mère s'écria : « Non ! Non ! Prends le gros. C'est trop pour moi. »

Je me souviens des bruits affamés de chacun craquant les coquilles, suçant la chair, grattant les recoins du bout des baguettes, et du calme régnant dans l'assiette de ma mère. J'avais été la seule à la voir ouvrir le crabe, en renifler la chair puis se lever et emporter son assiette à la cuisine. Elle en était revenue sans le crabe, mais avec des bols supplémentaires de sauce de soja, de gingembre et d'échalote.

Une fois les estomacs repus, tout le monde se mit à parler en même temps.

— Suyuan ! cria tante Lindo à ma mère. Pourquoi portes-tu cette couleur ?

Elle pointait une patte de crabe pour désigner le gilet rouge de ma mère.

— Comment peux-tu encore porter cette couleur ? gronda-t-elle. C'est bien trop jeune !

Ma mère réagit comme s'il se fût agi d'un compliment.

— Emporium Capwell, répondit-elle. Dix-neuf dollars. Moins cher que de le tricoter soi-même.

Tante Lindo hocha la tête, comme si la couleur valait en effet ce prix. Puis elle dirigea sa patte de crabe vers son futur gendre, Rich, pour lâcher cette remarque :

— Regarde comme ce garçon se débrouille mal pour manger la cuisine chinoise.

— Le crabe n'est pas chinois, répliqua Waverly de sa voix geignarde.

Comme il était étrange de voir à quel point l'attitude de Waverly avait peu changé depuis vingt-cinq ans, depuis l'âge de nos dix ans, lorsqu'elle me lançait de cette même voix : « Tu n'es pas un génie comme moi ! »

Tante Lindo jeta à sa fille un coup d'œil excédé.

— Comment peux-tu savoir ce qui est chinois et ce qui ne l'est pas ? gronda-t-elle avant de se tourner vers Rich. Et vous, pourquoi ne mangez-vous pas le meilleur morceau ?

Rich lui retourna un sourire amusé, pas du tout humilié. Il avait les mêmes couleurs que son crabe : les cheveux rouges, le teint laiteux et de grandes taches de rousseur orange. Le voyant chipoter, tante Lindo lui fit une démonstration de sa technique personnelle en plantant sa baguette dans la partie spongieuse orangée du crabe.

— Vous devez creuser ici et tout retirer. La tête est ce qui a le plus de goût. Essayez.

Waverly et Rich échangèrent une grimace, unis dans le dégoût. Et j'entendis Vincent et Lisa se chuchoter « dégueulasse », et ricaner.

Oncle Tin se mit à glousser de rire pour nous prouver que lui aussi connaissait une bonne plaisanterie. À en juger par ses reniflements et trépignements préliminaires, je devinai qu'il l'avait déjà expérimentée plusieurs fois :

— J'ai dit à ma fille : « Pourquoi être pauvre, épouse un riche ! » s'esclaffa-t-il en donnant une bourrade à sa voisine, Lisa. Hé, vous ne pigez pas ? Regardez ce qui arrive. Waverly va épouser ce garçon qui est là. Rich. Parce que je lui ai dit *d'épouser un riche !*

— Quand vous mariez-vous ? demanda Vincent.

— Je pourrais te poser la même question, répondit Waverly.

Lisa parut embarrassée devant l'absence de réaction de Vincent.

— Maman, je n'aime pas le crabe, pleurnicha Shoshana.

— Jolie, ta coiffure, me lança Waverly, assise en face de moi.

— Merci. David fait toujours de bonnes coupes.

— Tu veux dire que tu vas toujours chez ce coiffeur de Howard Street ! s'étonna Waverly en levant un sourcil. Tu n'as pas peur ?

Je pressentis le danger, mais ripostai néanmoins :

— Peur ? Que veux-tu dire ? Il travaille toujours très bien.

— Je veux dire qu'il est homosexuel, répondit Waverly. Il pourrait avoir le sida. Et il coupe tes cheveux, qui sont un tissu vivant. Je suis peut-être paranoïaque, du fait que je suis mère, mais personne n'est plus à l'abri, de nos jours...

Sous son regard, j'eus l'impression que mes cheveux étaient *laqués* de maladie.

— Tu devrais plutôt aller chez mon coiffeur, poursuivit Waverly. Mr. Rory. Il est fabuleux. Bien sûr il est certainement plus cher.

J'avais envie de hurler. Waverly excellait dans les insultes sournoises. Par exemple, chaque fois que je lui posais une question anodine sur un problème d'impôts, elle parvenait à retourner la conversation pour me faire sentir que j'étais trop pauvre pour m'offrir officiellement ses conseils.

Elle était capable de lâcher des remarques telles que : « Je n'aime pas tellement aborder des questions fiscales importantes en dehors de mon bureau. Imagine que, au cours d'un déjeuner, tu me demandes quelque chose et que je te donne un conseil sans trop réfléchir. Tu vas suivre mon conseil et ce sera une erreur car tu ne m'auras pas fourni toutes les données du problème. Je m'en voudrais terriblement. Toi aussi, n'est-ce pas ? »

Ce soir-là, autour du repas de crabes, sa remarque à propos de ma coiffure me rendit folle de rage et je ne pus résister à l'envie de la mettre dans l'embarras et dévoiler à tout le monde sa petitesse. Je décidai donc de la confondre au sujet d'un travail personnel que j'avais réalisé pour sa firme, une brochure de huit pages sur leurs services de conseillers en fiscalité. Le règlement de mes honoraires tardait maintenant depuis un mois.

— J'aurais peut-être les moyens de m'offrir les services de Mr. Rory si l'entreprise d'une personne de ma connaissance me payait en temps voulu, dis-je avec un sourire narquois.

La réaction de Waverly me ravit. Elle en resta rouge et muette.

Je ne pus résister au plaisir de pousser plus loin mon avantage :

— Cela ne manque d'ailleurs pas d'ironie, qu'un important cabinet d'expertise comptable ne puisse payer ses factures à échéance. Franchement, Waverly, pour quel genre d'entreprise travailles-tu ?

Son visage demeura figé et sombre.

— Allons, allons, les filles, plus de bagarre ! intervint mon père comme si Waverly et moi étions encore des petites filles en train de nous disputer pour une histoire de tricycles ou de crayons de couleur.

— C'est juste, ce n'est pas le moment de discuter de cela, acquiesça tranquillement Waverly.

— Vous croyez que les Giants vont gagner ? lança Vincent en essayant d'être drôle.

Personne ne rit.

Je n'étais pas disposée à laisser Waverly s'en tirer à si bon compte.

— C'est curieux, repris-je. Chaque fois que je te téléphone, ce n'est jamais le bon moment d'en discuter non plus.

Waverly regarda Rich, qui haussa les épaules. Alors elle se tourna à nouveau vers moi avec un soupir.

— Écoute, June, je ne sais comment te dire cela. La brochure que tu as rédigée... eh bien, la direction la trouve inacceptable.

— Tu mens. Tu la trouvais formidable.

— C'est ce que j'ai dit, je sais, soupira Waverly. Je ne voulais pas te blesser. J'ai essayé de voir si nous pouvions l'arranger, mais ça ne marche pas.

En l'espace d'une seconde, je me retrouvai, sans avertissement, au fond de l'eau, en train de me débattre et de suffoquer.

— La plupart des brochures ont besoin d'ajustement, dis-je. Il est... normal de ne pas être parfait au premier coup. J'aurais dû mieux vous expliquer la procédure.

— June, je ne pense vraiment pas...

— Les corrections sont gratuites. J'ai autant envie que toi de réaliser un travail parfait.

Waverly parut ne pas m'entendre.

— J'essaie de les convaincre de te dédommager au moins de ton temps. Je sais que tu as beaucoup planché là-dessus... Je te dois au moins ça, ne serait-ce que pour t'avoir proposé ce travail.

— Il te suffit de m'expliquer exactement ce qu'ils désirent modifier. Je t'appellerai la semaine prochaine et nous reprendrons tout, ligne par ligne.

— June, je ne peux pas, répondit Waverly d'un ton froid et définitif. Ils trouvent seulement que ce n'est pas assez... sophistiqué. Je suis sûre que ce que tu rédiges pour tes autres clients est *merveilleux,* mais nous sommes une firme importante. Nous avons besoin de quelqu'un qui comprenne notre style, précisa-t-elle en se touchant la poitrine comme s'il s'agissait de *son* style.

Puis elle éclata d'un rire léger pour ajouter :

— Vraiment, June. Voyons... « *Trois* bénéfices, *trois* besoins, *trois* raisons de nous faire confiance... Satisfaction *garantie...* pour vos problèmes fiscaux d'aujourd'hui et de demain », récita-t-elle d'un ton de commentateur de spot publicitaire à la télévision.

Tout le monde crut à une plaisanterie et éclata de rire. À ce moment, pour couronner le tout, j'entendis ma mère s'adresser à Waverly :

— Juste. Le style ne s'apprend pas. June n'est pas sophistiquée comme toi. On doit naître ainsi.

L'intensité de mon humiliation m'étonna moi-même. Une fois de plus, Waverly l'avait emporté. Et ma propre mère m'avait trahie. Je souriais si exagérément que ma lèvre inférieure se contractait sous l'effort. Je tentai de trouver un autre sujet de concentration, et je me rappelle avoir saisi mon assiette, ainsi que celle de Mr. Chong, dans l'idée de débarrasser la table. Puis je remarquai, à travers mes larmes, les ébréchures sur les bords de ces vieilles assiettes, et me demandai pourquoi ma mère n'utilisait pas le service neuf que je lui avais offert cinq ans auparavant.

Des carcasses de crabes jonchaient la table. Waverly et Rich allumèrent des cigarettes et posèrent une coquille entre eux en guise de cendrier. Shoshana avait tenu à ouvrir le piano et martelait les touches, une pince de crabe dans chaque main. Mr. Chong, que les années avaient rendu totalement sourd, regardait Shoshana en applaudissant : « Bravo ! Bravo ! » À part lui, personne ne soufflait mot. Ma mère partit dans la cuisine et revint avec un plat d'oranges coupées en quartiers. Mon père grattait les restes de son crabe. Vincent s'éclaircit la gorge, deux fois, puis tapota la main de Lisa.

Ce fut tante Lindo qui, finalement, reprit la parole :

— Waverly, laisse-la essayer encore. Tu l'as fait travailler trop vite, la première fois. Elle n'a pas pu comprendre tout de suite, c'est normal.

J'entendais ma mère croquer un quartier d'orange. Elle était la seule personne de ma connaissance à croquer les oranges, en faisant le même bruit que si elle mangeait des pommes bien fermes. Ce bruit-là fut pire qu'un grincement de dents.

— Le bon travail demande du temps, poursuivit tante Lindo en hochant la tête, en signe d'assentiment avec elle-même.

— Il faut de l'initiative, conseilla oncle Tin. Beaucoup d'initiative, voilà ce qui me plaît. C'est tout ce dont tu as besoin. Avec ça tu réussiras.

— Probablement pas, dis-je avec un sourire, avant d'emporter les assiettes.

Ce soir-là, dans la cuisine, je me rendis compte que je ne valais pas mieux que ce que j'étais. Une scribouillarde qui travaillait pour une petite agence de publicité. Qui faisait des promesses aux nouveaux clients : « Nous garantissons le bouillonnement de la matière grise. » Mais le bouillon refroidissait et se réduisait toujours à : « Trois bénéfices, Trois besoins, Trois raisons d'acheter. » C'était le câble coaxial, la voie unique de transmission, le transformateur officiel. J'étais douée, je réussissais parfaitement dans ce domaine si limité.

J'ouvris le robinet d'eau pour laver les assiettes. Ma colère contre Waverly s'écoula. Je me sentais lasse et ridicule, comme quelqu'un qui s'est enfui en courant pour échapper à un poursuivant et qui s'aperçoit, en se retournant, qu'il n'y a personne derrière lui.

Je ramassai l'assiette de ma mère, celle qu'elle avait emportée dans la cuisine au début du repas. Le crabe était intact. Je soulevai la coquille pour le sentir. Peut-être parce que je n'aimais pas cela, je ne pus déterminer ce qui clochait avec celui-ci.

Une fois tous les invités partis, ma mère me rejoignit dans la cuisine. J'étais en train de ranger la vaisselle. Elle ajouta de l'eau dans la théière et s'assit devant la petite table. J'attendais qu'elle me sermonne.

— Très bon dîner, maman, dis-je poliment.

— Pas très bon, répondit-elle en piquant un cure-dents entre ses lèvres.

— Qu'est-il arrivé à ton crabe ? Pourquoi l'as-tu jeté ?

— Pas très bon, répéta-t-elle. Un crabe mort. Même un mendiant n'en mange pas.

— Comment le savais-tu ? Je n'ai senti aucune mauvaise odeur.

— Je savais avant la cuisson ! lança-t-elle en se levant pour regarder par la fenêtre de la cuisine. J'ai secoué ce crabe avant de le cuire. Ses pattes... molles. Sa bouche, grande ouverte. Déjà comme un mort.

— Pourquoi l'as-tu cuit, si tu le savais déjà mort ?

— J'ai pensé... qu'il venait juste de mourir, peut-être. Que le goût ne serait peut-être pas mauvais. Mais j'ai senti l'odeur, le goût de la mort. Pas ferme.

— Et si quelqu'un d'autre s'était servi de ce crabe ? Ma mère me regarda en souriant :

— Toi seule l'as pris. Personne d'autre. Je le savais avant. Tout le monde cherche à avoir le meilleur. Tu penses autrement.

Elle dit cela comme une démonstration, une preuve. Ma mère disait toujours des choses qui n'avaient pas de sens, qui semblaient à la fois positives et négatives.

En rangeant les dernières assiettes ébréchées, une autre idée me revint.

— Maman, pourquoi ne te sers-tu jamais du nouveau service que je t'ai offert ? S'il ne te plaisait pas, tu aurais dû me le dire. J'aurais pu l'échanger contre un autre modèle.

— Bien sûr, il me plaît, répondit-elle d'un ton irrité. Parfois, quand une chose est trop belle, je veux la garder en réserve. Et puis j'oublie qu'elle est en réserve.

À cet instant, comme si un souvenir lui revenait subitement en mémoire, elle débloqua le fermoir de son collier en or, l'ôta, roula la chaîne et le pendentif de jade dans le creux de sa paume. Puis elle ouvrit ma main, y déposa le collier et referma mes doigts dessus.

— Non, maman, protestai-je. Je ne peux pas accepter.

— *Nala, nala,* prends-le, prends-le, insista-t-elle en feignant de se fâcher, avant de poursuivre en chinois. Depuis longtemps je voulais t'offrir ce collier. Tu vois, je le portais sur ma peau. Alors quand tu le porteras sur la tienne, tu comprendras mes pensées. C'est la valeur de ta vie.

Je contemplai le collier, le pendentif en jade vert clair. J'avais envie de le lui rendre. Je ne voulais pas l'accepter. Et en même temps je savais qu'il m'était impossible de refuser.

— Tu me l'offres à cause de ce qui est arrivé ce soir, dis-je.

— Qu'est-il arrivé ?

— Ce que Waverly a dit. Ce que tout le monde a dit.

— Peuh ! Pourquoi l'écoutes-tu ? Pourquoi veux-tu courir derrière elle, chasser ses paroles ? Waverly est comme ce crabe, ajouta ma mère en poussant une coquille dans la poubelle. Elle marche toujours de travers, avance en biais. Tu peux diriger tes jambes dans l'autre direction.

283

J'enfilai le collier. C'était froid.

— Pas très bon, ce jade, reprit ma mère d'un ton désinvolte en touchant le pendentif, avant de continuer en chinois. C'est du jade jeune. La couleur est pâle, pour l'instant, mais si tu le portes tous les jours, il deviendra plus vert.

Depuis la mort de ma mère, mon père mange très peu. Cela explique pourquoi je suis là, dans la cuisine, en train de lui préparer à dîner. Je coupe du tofu. J'ai décidé de lui faire une purée de pois épicée. Autrefois, ma mère disait toujours que les mets relevés réanimaient l'esprit et la santé. Mais j'ai surtout choisi cette recette parce que je sais que mon père adore ça, et que je sais la préparer. J'en aime le parfum : le gingembre, l'échalote, et la sauce au piment rouge me chatouillent les narines dès que je soulève le couvercle.

Au-dessus de ma tête, les vieilles tuyauteries entrent en action avec un bang, et l'eau qui coule dans mon évier se réduit à un filet. L'un des locataires de l'étage supérieur doit être en train de prendre une douche. Je me souviens des récriminations de ma mère : « Même si tu ne les désires pas, tu es coincée. » Maintenant je comprends ce qu'elle voulait dire.

Alors que je rince le tofu dans l'évier, une masse noire surgit devant la fenêtre et me fait sursauter. C'est le matou à une oreille des voisins. Il se promène sur le rebord de la fenêtre en se frottant contre la vitre.

Ma mère ne l'a donc pas empoisonné, finalement. Cela me soulage. Le chat se frotte de plus en plus vigoureusement contre la fenêtre et je le vois commencer à lever sa queue.

— Fiche le camp d'ici ! hurlé-je, en frappant contre la vitre.

Mais le chat plisse les yeux, baisse son unique oreille et souffle dans ma direction.

LA REINE DES CIEUX DE L'OUEST

« Oh ! Huaidongxi ! vilaine fille », dit la femme en taquinant le bébé de sa fille. « Est-ce que Bouddha t'enseigne à rire sans raison ? »

Comme le bébé continuait de gazouiller, la femme sentit un désir profond lui étreindre le cœur.

« Même si je pouvais vivre éternellement, poursuivit-elle à l'adresse de l'enfant, je ne saurais pas quelle voie t'enseigner. J'étais autrefois si libre et innocente. Moi aussi je riais sans raison.

» Mais plus tard j'ai jeté ma folle innocence pour me protéger. Puis j'ai appris à ma fille, ta mère, à se dépouiller de la sienne pour lui éviter de souffrir à son tour.

» Huaidongxi, était-ce mal de penser ainsi ? Si je sais maintenant reconnaître le démon chez les autres, n'est-ce pas parce que je suis moi-même devenue démon ? Si je remarque que quelqu'un est soupçonneux, n'est-ce pas parce que j'éprouve les mêmes soupçons ? »

Le bébé riait en écoutant les lamentations de sa grand-mère.

« Oh, oh ! Tu dis que tu ris parce que tu as déjà vécu éternellement, que tu ne cesses jamais de vivre ? Tu dis être Xi Wang Mu. La reine des Cieux de l'Ouest, qui revient pour répondre à ma question ! Bon, bon, je t'écoute...

» Merci, petite reine. Maintenant tu dois enseigner la même chose à ma fille. Comment perdre son innocence sans perdre l'espoir. Comment rire toujours. »

AN-MEI HSU

LES PIES

H ier, ma fille m'a dit : « Mon mariage est en
train de tomber en morceaux. »
Maintenant, il ne lui reste plus qu'à le
regarder tomber. Elle s'allonge sur le divan d'un
psychanalyste pour pleurer sur son malheur. Et je
pense qu'elle va rester là jusqu'à ce que tous les
morceaux soient tombés, jusqu'à ce qu'il n'y ait plus
rien sur quoi pleurer, plus de larmes.

Elle criait : « Je n'ai pas le choix ! Je n'ai pas le
choix ! » Elle ne sait rien. Si elle ne parle pas, elle
fait un choix. Si elle ne tente rien, elle risque de
perdre sa chance à jamais.

Je sais cela, car j'ai été élevée à la mode chinoise.
On m'a enseigné à ne rien désirer, à absorber la
misère des autres, à ravaler mon amertume.

Et, bien que j'aie appris l'inverse à ma fille, elle se
conduit de la même façon ! Peut-être parce qu'elle

est née de moi, et née fille. Et moi je suis née de ma mère, et née fille. Nous formons toutes une sorte d'escalier, marche après marche, qui montent et descendent, mais toutes dans le même axe.

Je sais ce que c'est que de se contenter paisiblement d'écouter et de regarder, comme si la vie était un rêve. Il suffit de fermer les yeux pour ne plus rien voir. Mais que faire lorsque l'on ne veut plus écouter ? Moi, j'entends encore ce qui est arrivé il y a plus de soixante ans.

Ma mère était pour moi une étrangère lorsqu'elle arriva dans la maison de mon oncle, à Ningbo. J'avais neuf ans et nous étions restées séparées de nombreuses années. Mais je sus que c'était ma mère, car je pouvais sentir sa douleur.

« Ne regarde pas cette femme, m'ordonna ma tante, elle a jeté sa face dans le courant de l'est. Son esprit est perdu à jamais. La personne que tu vois n'est qu'une enveloppe de chair flétrie, un démon pourri jusqu'à la moelle. »

Moi, j'observais ma mère. Elle n'avait pas l'air d'un démon. J'avais envie de toucher son visage, si semblable au mien.

C'est vrai, elle portait d'étranges vêtements occidentaux. Mais elle ne se défendit pas lorsque ma tante la maudit. Et sa tête s'inclina plus bas encore lorsque mon oncle la gifla pour l'avoir appelé « frère ». Son cœur se brisa lorsque Popo mourut, bien que Popo, sa mère, l'eût chassée depuis de nombreuses années. Après les funérailles de Popo, elle obéit à mon oncle et se prépara à retourner à Tianjin, où elle avait déshonoré sa condition de veuve en devenant la troisième concubine d'un homme fortuné.

Comment pouvait-elle vivre sans moi ? C'était la question que je ne pouvais poser. J'étais une enfant. J'avais seulement le droit d'écouter et de regarder.

La nuit précédant son départ, elle pressa ma tête contre son corps, comme pour me protéger d'un danger que je ne pouvais percevoir. Je pleurais pour la faire revenir avant même qu'elle fût partie. Et tandis que j'étais assise sur ses genoux, elle me conta une histoire.

« An-mei, chuchota-t-elle, as-tu remarqué la petite tortue qui vit dans l'étang ? » Je hochai la tête. L'étang se trouvait dans la cour et j'allais souvent y plonger un bâton pour regarder la tortue sortir de dessous les roches.

« Moi aussi je connaissais cette tortue lorsque j'étais petite, poursuivit ma mère. Je m'asseyais souvent près de l'étang pour l'observer nager à la surface et mordre l'air de son petit bec. C'est une très vieille tortue. »

L'image de la tortue se forma dans mon esprit, et aussi dans celui de ma mère, j'en étais sûre.

« Cette tortue vit de nos pensées. J'ai appris cela un jour, quand j'avais ton âge, quand Popo déclara que je n'étais plus une enfant. Elle disait que je ne pourrais plus crier ni courir ni m'asseoir par terre pour attraper les sauterelles. Je ne pourrais plus pleurer. Je devrais me taire et écouter mes aînés. Sinon, Popo jurait qu'elle me couperait les cheveux et m'expédierait dans un endroit où vivent des religieuses bouddhistes.

» Ce soir-là, après les avertissements de Popo, je m'assis près de l'étang et contemplai l'eau. Je me sentais si triste que je commençai à pleurer. C'est alors que je vis cette tortue remonter à la surface en nageant et happer mes larmes dans son petit bec dès qu'elles touchaient l'eau. Elle les avala très vite, cinq, six, sept larmes, puis sortit de l'étang, se dandina sur le rocher lisse et se mit à parler.

» La tortue me dit : "J'ai bu tes larmes, aussi maintenant je connais ton chagrin. Mais je dois t'avertir. Si tu pleures, ta vie sera toujours triste."

» Alors la tortue ouvrit son bec d'où jaillirent cinq, six, sept œufs nacrés. Les œufs s'ouvrirent et des coquilles émergèrent sept oiseaux qui commencèrent aussitôt à gazouiller et à chanter. À leurs ventres blanc neige et à leurs jolies voix je savais que c'étaient des pies, les oiseaux de la gaieté. Les pies plongèrent leur bec dans l'étang pour boire avidement. Lorsque j'étendis la main pour en saisir une, elles s'envolèrent toutes, battant leurs ailes noires devant mon visage avant de s'élever en l'air en riant.

» La tortue, en reculant dans l'eau, me dit : "Maintenant tu vois pourquoi il est inutile de pleurer. Tes larmes ne lavent pas ton chagrin. Elles alimentent la joie de quelqu'un d'autre. Voilà pourquoi tu dois avaler tes propres larmes". »

À peine son histoire terminée, je m'aperçus que ma mère pleurait. Et mes larmes se remirent à couler. Car c'était notre destin, de vivre comme deux tortues regardant ensemble le monde aquatique depuis le fond du petit étang.

Au matin, je m'éveillai au bruit, non pas des oiseaux de gaieté, mais de cris de colère. Je bondis de mon lit pour courir à la fenêtre.

Dehors, dans la cour, ma mère était agenouillée et grattait l'allée de pierre de ses doigts, comme si elle avait perdu quelque chose. Devant elle se tenait mon oncle, son frère. Il criait.

— Tu veux emmener ta fille et gâcher sa vie comme la tienne ! lança-t-il en frappant du pied pour écraser cette idée impertinente. Tu devrais déjà être partie !

Ma mère ne répondit rien. Elle resta penchée sur le sol, le dos arrondi comme celui de la tortue de l'étang. Elle pleurait, bouche fermée. Je l'imitai, avalant moi aussi mes larmes amères.

Je m'habillai rapidement. Le temps que je dévale l'escalier pour me précipiter dans la pièce principale, ma mère était sur le point de partir. Un domestique sortait sa malle. Ma tante serrait la main de mon petit frère. Avant de me souvenir que je devais me taire, je criai : « Maman ! »

« Vois comme ton influence malsaine a déjà contaminé ta fille ! » s'exclama mon oncle.

Et ma mère, la tête toujours baissée, leva les yeux et vit mon visage. Mes larmes coulaient sans que je puisse les retenir. Je crois que c'est cela qui la métamorphosa subitement. Elle se redressa de toute sa taille, la tête bien droite, ce qui la mit presque à la hauteur de son frère. Puis elle me tendit la main et je courus vers elle. Alors elle me dit d'une voix très douce et très calme :

— An-mei, je ne te le demande pas, mais si tu veux m'accompagner à Tianjin, tu peux.

Ma tante réagit immédiatement :

— Une fille ne vaut pas mieux que celle dont elle emboîte le pas ! An-mei, tu imagines voir des choses nouvelles, grimper en haut d'une carriole neuve. Mais devant toi il y aura toujours l'arrière-train de la même vieille mule. Ta vie est ce que tu vois devant toi.

Ma détermination de partir fut renforcée par ses paroles. La vie qui m'attendait, c'était la maison de mon oncle, pleine d'énigmes obscures et de chagrins incompréhensibles. Alors je me détournai de ma tante et de ses étranges paroles pour regarder ma mère.

— Est-ce cela que tu veux ? intervint mon oncle en soulevant un vase de porcelaine. Gâcher ta vie ? Si tu suis cette femme, jamais plus tu ne pourras redresser la tête.

Et il jeta le vase sur le sol où il se brisa en dizaines d'éclats.

Je sursautai. Ma mère prit ma main dans la sienne, qui était chaude.

— Viens, An-mei. Nous devons nous dépêcher, dit-elle du ton naturel de quelqu'un qui redoute une averse en voyant le ciel chargé de nuages menaçants.

— An-mei ! entendis-je ma tante crier d'une voix pitoyable.

— *Swanle !* coupa mon oncle. Fini ! Elle a déjà changé.

En tournant le dos à mon ancienne vie, je me demandai si mon oncle disait vrai, si j'avais déjà changé et si je ne pourrais plus jamais redresser la tête. J'essayai. Ma tête se redressa.

Puis j'aperçus mon petit frère, qui pleurait si fort, et ma tante, qui lui serrait la main. Ma mère n'osa pas regarder mon petit frère. Un fils ne pouvait aller vivre dans la maison d'un autre, à moins d'abandonner tout espoir en son propre avenir. Mais ce n'était pas cela qui le tourmentait, je le savais. Il pleurait, il enrageait et il avait peur parce que ma mère ne lui avait pas proposé de venir.

Finalement, mon oncle avait dit vrai. Devant le chagrin de mon petit frère, je baissai la tête.

Dans le pousse-pousse qui nous conduisait à la gare, ma mère murmura :

— An-mei, tu es la seule à savoir. La seule à savoir combien j'ai souffert.

Et ses mots me remplirent d'une grande fierté. Moi seule avais pu percevoir ses pensées délicates et rares.

Une fois dans le train, cependant, je pris conscience de la distance qui se creusait avec mon ancienne vie, et cela m'effraya. Le voyage dura sept jours. Un jour en train, six en bateau à vapeur. Au début, ma mère se montra très enjouée. Chaque fois que mes pensées revenaient en arrière, elle me distrayait en me racontant des anecdotes sur Tianjin.

Les colporteurs avisés, qui proposaient toutes sortes de nourritures très simples, boulettes à la vapeur, cacahuètes bouillies, et le régal de ma mère : une mince crêpe avec un œuf cassé au milieu, enduite de purée de pois noirs, puis roulée sur la poêle et tendue au client affamé.

Le port et ses fruits de mer, bien meilleurs à l'en croire que tout ce que nous mangions à Ningbo. De grosses palourdes, des crevettes, des crabes, toutes sortes de poissons d'eau de mer et d'eau douce. Les meilleurs du pays, sinon pourquoi tant d'étrangers viendraient-ils dans ce port ?

Les rues étroites et bondées d'échoppes. À l'aube, les paysans y vendaient des légumes que je n'avais jamais goûtés, ni même vus de ma vie. Ma mère affirmait que je les trouverais délicieux, tendres et frais. La ville était divisée en secteurs où résidaient les différents groupes d'étrangers : Japonais, Russes blancs, Américains, Allemands. Toutes les communautés vivaient séparées, chacune avec ses habitudes, certaines propres, certaines sales. Et toutes avaient des maisons de formes et de couleurs différentes. Les unes peintes en rose, avec des pièces en saillie à chaque angle, comme les derrières et les devants des robes victoriennes, d'autres avec des toits comme des chapeaux pointus et des sculptures sur bois peint en blanc pour imiter l'ivoire.

Et, l'hiver, je verrais la neige. Dans quelques mois à peine, assurait ma mère, viendrait l'époque de la rosée froide. Il commencerait à pleuvoir, puis la pluie tomberait plus doucement, plus lentement, jusqu'à devenir blanche et sèche comme les pétales de fleurs de coings au printemps. Elle m'envelopperait alors dans des manteaux et des pantalons doublés de fourrure, et je n'aurais pas à me soucier du froid mordant.

Elle me raconta tant d'histoires que mes pensées se tournèrent vers l'avant, vers ma future maison à Tianjin. Mais au cinquième jour, alors que nous traversions le golfe de Tianjin, les eaux boueuses passèrent du jaune au noir, et le bateau se mit à tanguer et gronder. J'avais peur et mal au cœur. La nuit, je rêvai du courant de l'est contre lequel ma tante m'avait prévenue, et des eaux noires qui transformaient une personne pour toujours. Et en contemplant les eaux noires depuis mon lit de misère, je me mis à craindre que ma tante eût raison. Je vis combien ma mère avait déjà commencé à changer. Son visage était devenu sombre et farouche, et, le regard perdu vers la mer, elle s'était repliée dans ses pensées. Quant aux miennes, elles devinrent brumeuses et confuses.

Le matin de notre arrivée présumée à Tianjin, ma mère entra dans notre cabine vêtue de sa robe blanche traditionnelle de veuve, puis revint dans le salon du pont supérieur habillée comme une étrangère. Ses sourcils fortement dessinés au centre et effilés aux extrémités. Des taches sombres autour de ses yeux, son visage très blanc, ses lèvres rouge sombre. Sur le dessus de sa tête était juché un petit chapeau en feutre noir, piqué d'une large plume brune tachetée, sur le devant et en travers. Ses cheveux courts étaient enfoncés sous son chapeau, à l'exception de deux boucles parfaites sur son front, qui se faisaient face, comme deux incrustations de laque noire. Elle portait une longue robe brune, avec un col en dentelle blanche qui pointait jusqu'à sa taille, retenu par une rose en soie.

C'était un spectacle choquant. Nous étions en deuil. Pourtant je n'avais rien à dire. J'étais une enfant. Comment aurais-je pu sermonner ma propre mère ? Je ne pouvais que subir ma honte de la voir ainsi arborer la sienne avec tant d'audace.

Dans ses mains gantées elle tenait un grand carton de couleur crème avec des inscriptions en anglais sur le couvercle : « Habits de luxe — Confection anglaise — Tianjin. » Je me souviens, elle avait posé le carton entre nous en disant : « Ouvre vite ! » Elle était un peu haletante et souriante. Sa nouvelle attitude me surprit tellement que je me demandai seulement plusieurs années plus tard, en utilisant ce carton pour ranger des lettres et des photographies, comment elle avait deviné. Malgré notre très longue séparation, elle avait prévu qu'un jour je la suivrais et que, alors, il me faudrait une robe neuve.

En ouvrant la boîte, toute ma honte, toutes mes craintes se dissipèrent. C'était une robe blanche amidonnée. Avec des dentelles sur le col et le long des manches, et des rangées de dentelles sur la jupe. Le carton contenait également des bas blancs, des chaussures en cuir blanches et un énorme nœud à cheveux blanc, déjà en forme et prêt à être attaché avec deux liens.

Tout était trop grand. Mes épaules manquaient glisser par la large échancrure du col. La taille pouvait en tenir deux comme moi. Mais je m'en moquais. Et elle s'en moquait. Je levai les bras en l'air, parfaitement immobile. Ma mère s'arma d'une aiguille et de fil, et avec quelques points ici et là, et un peu de rembourrage dans le bout des chaussures, tout s'ajusta. Vêtue ainsi, j'avais l'impression que des mains et des pieds tout neufs avaient poussé et qu'il me faudrait réapprendre à marcher.

Mais ma mère replongea bientôt dans son humeur morose. Les mains nouées sur ses genoux, elle observa le bateau manœuvrer pour accoster le long du quai.

— An-mei, maintenant tu es prête pour entamer ta nouvelle vie. Tu habiteras dans une nouvelle maison. Tu auras un nouveau père. Beaucoup de sœurs et un autre petit frère. Des robes et des choses délicieuses à manger. Penses-tu que cela te suffira pour être heureuse ?

J'acquiesçai d'un lent signe de tête en songeant au malheur de mon petit frère à Ningbo. Ma mère ne m'en dit pas davantage au sujet de ma nouvelle maison, ni de mon bonheur. Et je ne lui posai pas de questions car une cloche retentit alors, et un steward annonça notre arrivée à Tianjin. Ma mère donna quelques instructions à notre porteur en lui montrant nos deux petites malles et lui remit un peu d'argent comme si elle avait fait cela toute sa vie. Puis elle ouvrit avec précaution une autre boîte et en retira ce qui m'apparut comme une rangée de cinq ou six têtes de renards avec des yeux nacrés grands ouverts, des griffes ramollies et des queues duveteuses. Elle plaça cette effrayante vision autour de son cou et de ses épaules, puis saisit ma main pour m'entraîner dans la coursive parmi les autres passagers.

Personne ne nous attendait sur le quai. Ma mère descendit lentement la passerelle en jetant des regards nerveux de droite et de gauche.

— An-mei, viens ! Pourquoi marches-tu si lentement ? lança-t-elle d'une voix où perçait la crainte.

Je traînais les pieds en m'efforçant de rester dans mes chaussures, alors que le sol sous moi tanguait. Et quand je ne regardais pas où allaient mes pieds, je levais la tête et voyais les gens se précipiter, apparemment pas du tout heureux : des familles entières avec des parents âgés, tous vêtus de couleurs noires et ternes, tirant à hue et à dia des sacs et des caisses où s'entassaient tous leurs biens ; de pâles étrangères habillées comme ma mère, marchant aux bras d'étrangers en chapeaux ; des femmes riches lançant des ordres secs à leurs femmes de chambre et à leurs domestiques qui les suivaient, chargés de malles, de bébés et de paniers de nourriture.

Nous nous arrêtâmes au bord de la rue, où des pousse-pousse et des camions se croisaient. Nous nous tenions la main, chacune plongée dans ses pensées, regardant les gens qui arrivaient à l'embarcadère et ceux qui en partaient en toute hâte. La matinée touchait à sa fin et, bien qu'il fît chaud, le ciel était gris et nuageux.

Après une longue et vaine attente, ma mère poussa un soupir et se résigna à héler un pousse-pousse.

Pendant le trajet, elle se querella avec l'homme qui exigeait un supplément pour nous transporter, nous et nos bagages. Puis elle se plaignit de la poussière, des mauvaises odeurs de la rue, des cahots de la route, de l'heure avancée de la journée, de son mal à l'estomac. Et une fois terminées ses lamentations, elle retourna sa mauvaise humeur contre moi : une tache sur ma robe neuve, un épi dans mes cheveux, des plis à mes bas. Je tentai de la distraire et de regagner ses bonnes grâces en lui indiquant un oiseau qui voletait au-dessus de nous, un long trolleybus électrique qui nous dépassait en klaxonnant.

Mais son humeur ne fit qu'empirer. Elle me dit :

— An-mei, reste tranquille. Ne sois pas si impatiente. Nous allons seulement à la maison.

Et lorsque nous arrivâmes enfin « à la maison », elle et moi étions épuisées.

Je savais depuis le début que notre nouvelle maison ne serait pas une maison ordinaire. Ma mère m'avait avertie que nous habiterions chez Wu Tsing, un riche marchand, qui possédait de nombreuses fabriques de tapis et vivait dans un hôtel particulier situé dans la concession britannique de Tianjin, le quartier le plus élégant normalement interdit aux Chinois. Nous étions à proximité de Paima Diet et Racehorse Street, essentiellement fréquentés par les Occidentaux, mais également de ces petites boutiques qui ne vendaient qu'un seul genre d'articles : du thé, du tissu, ou tout simplement du savon.

Selon ma mère, la maison était de style occidental. Wu Tsing aimait les choses étrangères parce que les étrangers avaient fait sa fortune. J'en conclus que c'était la raison pour laquelle elle-même portait des vêtements occidentaux, à la manière des Chinois nouveaux riches qui aimaient étaler leur richesse.

Pourtant, bien que prévenue, ce que je découvris me stupéfia.

Un porche en pierre de style chinois commandait l'enceinte de la maison, avec une arche arrondie, de grandes portes laquées noires, et un seuil qu'il fallait enjamber. Les portes ouvraient sur un jardin intérieur qui me surprit. Il n'y avait ni saules, ni cassiers, ni pavillons, ni bancs autour d'une mare, ni bassin à poissons. Non, rien de tout cela, mais de longues rangées d'arbustes bordant une large allée de brique et, de chaque côté, une grande pelouse avec des fontaines. En avançant le long de l'allée en direction de la maison, je vis que celle-ci était en effet de style occidental. Haute de trois étages, construite en ciment et en pierre, avec de longs balcons en fer courant à chaque niveau, et des cheminées à tous les angles.

Une jeune servante courut à notre rencontre et accueillit ma mère avec des cris de joie. Elle avait une voix aiguë et grinçante : « Oh, *Talai*, vous êtes déjà arrivée ? Comment est-ce possible ? » C'était Yan Chang, la femme de chambre attitrée de ma mère. Elle savait la flatter, juste ce qu'il fallait, en l'appelant *Tatai*, du nom simple et honorable d'Épouse, comme si elle était la première femme et l'unique.

Yan Chang héla d'une voix forte d'autres domestiques pour se charger de nos bagages, nous apporter du thé et préparer un bain. Puis elle expliqua hâtivement que Seconde Épouse avait dit à tout le monde de ne pas nous attendre avant la semaine prochaine au moins.

« Quelle honte ! Personne pour vous accueillir ! Seconde Épouse est partie à Pékin visiter sa famille. Votre fille, si jolie, comme vous. Elle est timide, hein ? Première Épouse et ses filles... parties en pèlerinage dans un autre temple bouddhiste... La semaine dernière, l'oncle d'un cousin, un peu fou, est venu ici. Mais ce n'était pas un cousin ni un oncle, personne ne sait qui il était... »

Dès la porte de la maison franchie, la tête me tourna devant toutes les merveilles qui s'offraient à mes yeux : un escalier. qui tournait et montait, montait très haut, un plafond orné de têtes dans tous les angles, et des couloirs qui menaient d'une pièce à une autre. À ma droite se trouvait une salle spacieuse, la plus grande que j'eusse jamais vue, remplie de meubles en teck massif : sofas, tables, chaises. Et, à l'autre extrémité de cette longue, longue pièce, des portes ouvraient sur d'autres pièces, d'autres meubles, d'autres portes. À ma gauche il y avait une pièce plus sombre, qui servait également de salon mais meublé, celui-ci, de mobilier occidental : profonds canapés en cuir vert foncé, peintures représentant des chiens de chasse, fauteuils, tables en acajou. Plusieurs personnes s'affairaient çà et là. Yan Chang me les désigna : « Cette jeune femme est la servante de Seconde Épouse. Celle-ci n'est rien, seulement la fille de l'aide-cuisinière. Cet homme, là, s'occupe du jardin. »

Nous gravîmes l'escalier, jusqu'en haut, et je me retrouvai dans un autre salon spacieux. À gauche, un couloir, une chambre, puis une autre. « C'est la chambre de ta mère, m'annonça fièrement Yan Chang. C'est là que tu dormiras. »

Et la première, l'unique chose qui me sauta alors aux yeux, ce fut un lit somptueux. Il était à la fois lourd et léger : soie rose mousseuse et bois noir luisant incrusté de dragons. Quatre montants soutenaient un dais en soie, et sur chaque montant, une large embrasse en soie retenait des rideaux noirs. Le lit trônait sur quatre pattes de lion, comme si son poids avait écrasé l'animal sous lui. Je me jetai sur le couvre-lit en soie et je découvris, ravie, un matelas moelleux dix fois plus épais que mon lit de Ningbo.

Assise là, sur le lit, telle une princesse, j'admirai le décor. Une porte vitrée menait à un balcon. En face de la porte-fenêtre il y avait une table ronde du même bois que le lit, également juchée sur des pattes de lion et entourée de quatre chaises. Une servante y avait déjà déposé le thé et des gâteaux sucrés, et s'occupait maintenant d'allumer le *houlu*, un petit calorifère à charbon.

Ce n'était pas que la maison de mon oncle à Ningbo fût pauvre. Au contraire il était de condition plutôt aisée. Mais cette maison de Tianjin était époustouflante. Et je songeai : « Mon oncle a tort, il n'y a aucune honte à ce que ma mère ait épousé Wu Tsing. »

Un bruit soudain m'arracha à mes pensées. Bing ! Bang ! Puis une musique. Face au lit, sur le mur, était fixée une grosse horloge en bois, avec une forêt et des ours sculptés dessus. La porte de l'horloge venait brusquement de s'ouvrir et surgissait un petit groupe de personnages, dans un décor de salle à manger. Un homme barbu avec une casquette pointue se tenait devant une table. Sa tête se penchait inlassablement sur une assiette de soupe, stoppée dans son mouvement par sa barbe, qui plongeait la première. Une fille en robe bleue avec une écharpe blanche s'avançait pour lui remplir son écuelle. Une autre fille, en jupe et veste courte, balançait son bras pour jouer du violon. Toujours le même air un peu lugubre. Je l'entends encore, après toutes ces années.

C'était une très belle horloge, mais après l'avoir entendue sonner cette heure-là, la suivante et toutes les autres, elle devint une extraordinaire nuisance. Pendant des nuits elle m'empêcha de dormir, jusqu'au jour où je me découvris un talent nouveau : celui de ne pas écouter ce qui était vide de sens.

Quelles merveilleuses premières nuits j'ai passées, dans cette maison fascinante, dans le grand lit moelleux de ma mère. Je restais allongée là et je songeais à la maison de mon oncle à Ningbo, à la vie malheureuse que j'y avais menée, à mon pauvre petit frère. Toutefois mes pensées s'envolaient surtout vers les choses nouvelles que je découvrais et qui m'occupaient dans cette maison.

L'eau chaude qui coulait des robinets, pas seulement dans la cuisine mais aussi dans les cuvettes et les baignoires des trois étages de la maison. Les pots de chambre qui se vidaient et se nettoyaient sans l'intervention des domestiques. Les autres chambres, toutes aussi splendides que celle de ma mère, dont Yan Chang m'expliqua qu'elles appartenaient à Première Épouse et aux autres concubines, que l'on appelait Seconde Épouse et Troisième Épouse. Et des chambres qui n'appartenaient à personne. « Pour les invités », disait Yan Chang.

Le troisième étage était réservé aux domestiques hommes. L'une des pièces de la maison possédait même une porte menant à un cabinet qui était une véritable cachette secrète contre les pirates.

Il m'est difficile de me souvenir de tous les trésors de cette demeure. Après quelque temps, trop de bonnes choses finissent par se confondre. J'étais blasée, seule la nouveauté m'excitait. « Oh ! encore ça », soupirais-je lorsque Yan Chang m'apportait les mêmes friandises que la veille. « J'y ai déjà goûté. »

De son côté, ma mère semblait recouvrer sa bonne humeur. Elle remit ses anciens vêtements, les longues robes chinoises avec des bandes blanches de deuil cousues au bas de la jupe. La journée, elle me montrait d'étranges et amusants objets dont elle m'apprenait les noms : bidet, appareil-photo « Brownie », fourchette à salade, serviette de table. Le soir, quand nous étions désœuvrées, nous discutions des domestiques : qui était intelligent, qui était efficace, qui était loyal. Nous bavardions en faisant cuire des petits œufs et des patates douces sur le dessus du *houlu* juste pour le plaisir de leur odeur. Et la nuit, ma mère me racontait des histoires tandis que je m'endormais entre ses bras.

Cela se passa peut-être deux semaines après notre arrivée. Je me trouvais dans le grand jardin, à l'arrière, en train de jeter un ballon à deux chiens qui couraient après. Assise à une table, ma mère me regardait jouer. Tout à coup retentit un coup de klaxon, suivi de cris, et les deux chiens oublièrent le ballon pour courir vers le devant de la maison en aboyant joyeusement.

La même lueur de peur que dans la gare maritime traversa le regard de ma mère. Elle rentra d'un pas vif à l'intérieur de la maison, tandis que j'en faisais le tour par le jardin pour gagner l'entrée principale. Deux pousse-pousse noirs étincelants venaient d'arriver, et derrière eux une grande automobile noire. Un domestique déchargeait les bagages d'un des pousse-pousse. De l'autre sauta une jeune femme de chambre.

Tous les domestiques se rassemblèrent autour de l'automobile, fascinés par leurs reflets dans la carrosserie polie, les rideaux sur les vitres, les sièges en velours. Puis le conducteur ouvrit la portière arrière d'où descendit une jeune fille. Ses cheveux étaient courts et crantés. Bien qu'à peine plus âgée que moi, elle portait une robe de dame, des bas, des talons hauts. Je baissai les yeux sur ma robe maculée de taches d'herbe et me sentis honteuse.

Deux serviteurs se penchèrent à l'intérieur de la voiture et, de la banquette arrière, soulevèrent lentement un homme entre leurs bras. C'était Wu Tsing. Il était gros, de petite taille, joufflu comme un pigeon, et beaucoup plus âgé que ma mère, avec un grand front luisant et un gros grain de beauté noir sur une narine. Il portait un complet-veston occidental, avec un gilet qui se tendait sur son estomac, mais un pantalon très large. Il grogna et gronda tandis qu'on l'extrayait de la voiture. Puis, dès que ses pieds eurent touché le sol, il se dirigea droit vers la maison sans daigner remarquer personne, tous ces gens qui l'accueillaient, s'affairaient pour lui ouvrir les portes, transporter ses bagages, le débarrasser de son long manteau. Il entra dans la maison ainsi, suivi par la jeune fille qui minaudait devant les domestiques comme s'ils étaient là pour lui faire honneur. À peine avait-elle atteint la porte que j'entendis une servante chuchoter à une autre : « Cinquième Épouse est si jeune que ce n'est pas une femme de chambre qui l'accompagne, mais une nourrice. »

Je levai les yeux vers la maison et aperçus ma mère qui observait la scène depuis sa fenêtre. C'est de cette façon brutale qu'elle apprit que Wu Tsing s'était doté d'une quatrième concubine, sous le coup d'une impulsion, comme d'un ornement dispendieux pour sa nouvelle automobile.

Ma mère n'était pas jalouse de cette jeune fille que l'on appellerait désormais Cinquième Épouse. Pourquoi l'aurait-elle été puisqu'elle n'aimait pas Wu Tsing ? En Chine, une femme ne se mariait pas par amour, mais pour acquérir une position sociale. Or la position de ma mère, je l'appris par la suite, était la pire.

Avec la présence de Wu Tsing et Cinquième Épouse dans la maison, ma mère préférait rester dans sa chambre et broder. L'après-midi, nous partions toutes les deux pour de longues promenades silencieuses dans la ville, en pousse-pousse, à la recherche d'un coupon de soie d'une couleur dont elle ne semblait pas même connaître le nom. Tout comme son chagrin. Sa tristesse n'avait pas de nom.

Contrairement aux apparences, je compris que rien n'était paisible. Comment une enfant de neuf ans peut-elle savoir ces choses ? Je me le demande encore. Je me souviens seulement d'un sentiment de malaise. La vérité me frappa comme une douleur à l'estomac. J'eus le pressentiment qu'une chose terrible allait arriver. C'était une émotion presque aussi pénible que celle qui me pétrifia, quelque quinze années plus tard, en entendant tomber au loin les bombes des Japonais. Ce n'étaient que des grondements étouffés, pourtant j'avais la certitude que rien n'arrêterait ce qui s'annonçait.

Quelques jours après le retour de Wu Tsing, je m'éveillai en plein milieu de la nuit. Ma mère me secouait doucement l'épaule.

— An-mei, sois gentille, dit-elle d'une voix lasse. Va dormir dans la chambre de Yan Chang. Maintenant.

Je me frottai les yeux, distinguai une silhouette dans la pénombre et me mis à pleurer.

— Calme-toi. Ce n'est rien, murmura ma mère. Va dormir avec Yan Chang.

Elle me leva doucement sur le sol glacé. J'entendis le carillon de bois sonner et la voix grave de Wu Tsing se plaindre du froid. Yan Chang m'attendait dans sa chambre et ne parut pas surprise de me voir pleurer.

Le lendemain matin je fus incapable de regarder ma mère en face. En revanche je remarquai que Cinquième Épouse avait le visage aussi bouffi que le mien. Au petit déjeuner, devant tout le monde, sa colère explosa brutalement. Elle invectiva grossièrement une domestique qui la servait trop lentement. Tout le monde, y compris ma mère, la dévisagea, choqué par ses mauvaises manières et ses critiques injustifiées. Wu Tsing lui jeta un regard sévère et autoritaire qui la fit fondre en larmes. Un peu plus tard dans la matinée, cependant, Cinquième Épouse avait retrouvé son sourire et se pavanait dans une robe neuve et de nouvelles chaussures.

Pour la première fois, ce jour-là, ma mère évoqua devant moi son malheur. Nous roulions en pousse-pousse, en route pour une boutique qui vendait du fil à broder.

— Vois-tu dans quelle honte je vis ? gémit ma mère. Vois-tu dans quelle position négligeable je me trouve ? Il a ramené à la maison une nouvelle épouse, une fille de basse extraction, à la peau sombre, sans aucune éducation. Il l'a achetée pour quelques dollars à une famille de villageois pauvres qui fabriquent des briques de boue. Et la nuit, quand il ne peut plus user d'elle, il revient vers moi, plein de son odeur de boue.

Ses larmes ruisselaient sur ses joues, elle divaguait comme une femme folle :

— Maintenant tu comprends pourquoi une quatrième femme vaut moins encore qu'une cinquième. An-mei, ne l'oublie jamais. J'ai été une première épouse, *yi tai*, la femme d'un érudit. Ta mère n'a pas toujours été Quatrième Épouse, *Si Tai !*

Elle prononça ce *si* avec tant de haine que j'en frémis. Dans sa bouche, cela sonnait comme la mort. Et je me rappelai alors les paroles de Popo me disant que quatre était un chiffre qui porte malheur car, prononcé avec colère, il sort toujours de travers.

La rosée froide arriva. La température baissa et Seconde Épouse, Troisième Épouse, leurs enfants et leurs domestiques rentrèrent à Tianjin. Leur retour provoqua une grande agitation dans la maison. Wu Tsing avait autorisé que l'on aille les chercher à la gare avec la nouvelle automobile, mais cela n'était bien sûr pas suffisant pour les transporter tous. Aussi la voiture était-elle escortée d'une douzaine de pousse-pousse qui bondissaient dans son sillage comme des sauterelles derrière un scarabée. Les femmes commencèrent à émerger de l'automobile.

Ma mère se tenait derrière moi, prête à les accueillir. Une femme apparut, vêtue d'une robe occidentale unie, avec d'amples et horribles chaussures, et avança vers nous. Trois adolescentes la suivirent, dont l'une avait mon âge.

— Voici Troisième Épouse et ses trois filles, m'annonça ma mère.

Ces trois filles étaient encore plus timides que moi. Elles entouraient leur mère, tête baissée, muettes. Moi, je continuai de les observer. Elles étaient aussi massives que leur mère, avec de grandes dents, des lèvres épaisses, des sourcils velus comme des chenilles. Troisième Épouse me salua chaleureusement et m'autorisa à porter l'un de ses bagages.

Je sentis la main de ma mère se crisper sur mon épaule quand elle me chuchota :

— Voilà Seconde Épouse. Elle te demandera de l'appeler Grande Mère.

Je vis une femme vêtue d'un long manteau de fourrure noir et de vêtements occidentaux très élégants.

Dans ses bras elle portait un petit garçon aux joues rondes et roses d'environ deux ans.

— C'est Xiaodi, ton petit frère, murmura ma mère.

L'enfant portait une casquette de fourrure également noire et enroulait son petit doigt autour du long collier de perles de Seconde Épouse. Je me demandai comment elle pouvait avoir un enfant si jeune. Seconde Épouse était assez belle, bien sûr, et en bonne santé, apparemment, mais elle était déjà vieille. Au moins quarante-cinq ans ! Elle confia l'enfant à une servante puis entreprit de dicter ses ordres à tous ceux qui s'affairaient autour d'elle.

Ensuite elle s'approcha de moi en souriant. Son manteau de fourrure étincelait à chacun de ses mouvements. Elle me scruta, comme si elle me reconnaissait, puis, son examen terminé, me sourit et me tapota la tête. Et, tout à coup, dans un geste gracieux de ses petites mains, elle ôta le collier de perles de son cou pour le glisser autour du mien.

C'était le plus beau joyau que j'eusse jamais touché. De style occidental, c'était un long collier dont chaque perle avait la même grosseur et la même couleur rosée, avec une lourde broche en argent en guise de fermoir.

Ma mère protesta instantanément :

— C'est hien trop beau pour une fillette. Elle va le casser. Ou le perdre.

Mais Seconde Épouse répondit simplement :

— Une fille aussi jolie a besoin de quelque chose pour éclairer son visage.

Au mouvement de recul de ma mère, et à son mutisme, je compris qu'elle était furieuse. Elle n'aimait pas Seconde Épouse. Je sentis qu'il me fallait exprimer mes sentiments avec prudence, pour ne pas lui laisser croire que Seconde Épouse m'avait gagnée à sa cause. Et pourtant j'étais séduite et flattée par cette marque de faveur.

— Merci, Grande Mère, dis-je en baissant la tête pour dissimuler mon visage.

Mais je ne pus retenir mon sourire.

En prenant le thé, l'après-midi, je compris que ma mère était en colère.

— Sois prudente, An-mei, me dit-elle. Les paroles de Seconde Epouse ne sont pas innocentes. Elle fait les nuages d'une main et la pluie de l'autre. Elle essaie de te leurrer afin que tu lui sois entièrement dévouée.

Je m'efforçai de ne pas l'entendre. Elle se plaignait si souvent. Et ses plaintes avaient peut-être causé son malheur, après tout ? Je conclus que le mieux était de ne pas l'écouter.

— Donne-moi ce collier, reprit-elle soudain.

Je la regardai sans bouger.

— Puisque tu ne me crois pas, donne-moi ce collier. Je ne la laisserai pas t'acheter à si bas prix.

Comme je ne bougeais toujours pas, ce fut elle qui se leva pour s'approcher et ôter le collier de perles de mon cou. Et, sans me laisser le temps de réagir, elle le plaça sous sa chaussure, marcha dessus et le déposa sur la table. À ce moment-là seulement je compris. Ce collier qui avait failli acheter mon cœur et mon esprit avait une boule de verre brisée.

Plus tard, ma mère retira la perle cassée et fit un nœud au fil afin de dissimuler l'espace vide. Puis elle me demanda de porter le collier chaque jour, pendant toute une semaine, afin de me souvenir combien il était facile de me perdre pour quelque chose de faux. Lorsque j'eus porté le collier de fausses perles assez longtemps pour retenir la leçon, elle m'autorisa à l'ôter. Ensuite elle ouvrit un coffret et se tourna vers moi :

— Et maintenant, peux-tu distinguer le vrai du faux ?

Je hochai la tête.

Elle posa quelque chose dans ma main. C'était une lourde bague montée d'un saphir bleu clair, avec une étoile en son centre si pure que jamais je n'ai cessé de l'admirer.

Avant le début du deuxième mois de froidure, Première Épouse revint de Pékin, où elle possédait une maison et vivait avec ses deux filles non mariées. Je me souviens d'avoir pensé que Première Épouse allait obliger Seconde Épouse à s'incliner devant elle. De droit et d'usage, Première Épouse détenait l'autorité.

Or il s'avéra que Première Épouse était un fantôme vivant et ne représentait aucune menace pour Seconde Épouse qui garda sa morgue intacte. Première Épouse était âgée et fragile. Elle avait un visage nu et ridé, un corps rondelet, les pieds comprimés, un pantalon et une veste rembourrée à l'ancienne mode. En réalité, autant que je m'en souvienne, elle n'était pas si vieille. Elle devait avoir à peu près l'âge de Wu Tsing, soit une cinquantaine d'années.

D'abord, je la crus aveugle. Elle agissait comme si elle ne me voyait pas, pas plus que Wu Tsing ni ma mère. Elle n'avait d'yeux que pour ses enfants, deux vieilles filles d'au moins vingt-cinq ans, qui avaient passé l'âge de se marier. Néanmoins elle recouvrait toujours la vue quand il s'agissait de pester contre les chiens qui venaient renifler dans sa chambre, qui creusaient des trous dans le jardin devant sa fenêtre, ou arrosaient un pied de table.

— Pourquoi Première Épouse voit-elle parfois des choses et rien d'autres fois ? demandai-je à Yan Chang un jour qu'elle me faisait prendre un bain.

— Première Épouse dit qu'elle ne voit que ce qui est la perfection de Bouddha. Elle dit qu'elle est aveugle à la plupart des défauts.

Selon Yan Chang, Première Épouse avait choisi de rester aveugle au malheur de son mariage. Elle et Wu Tsing avaient été unis en *tiandi*, terre et ciel, et donc leur union était un mariage spirituel, arrangé par une marieuse, ordonné par leurs parents et protégé par les esprits de leurs ancêtres. Mais après un an de mariage, Première Épouse avait donné naissance à une fille handicapée d'une jambe plus courte que l'autre ; cette infortune l'avait décidée à entreprendre un pèlerinage dans les temples bouddhistes, à donner des offrandes et des robes de soie en l'honneur de Bouddha, à brûler de l'encens, et à prier Bouddha pour qu'il rallonge la jambe de sa fille. Mais Bouddha préféra accorder à Première Épouse la grâce d'une seconde fille, avec deux jambes égales celle-là, mais — hélas ! — affligée d'une grande tache brune sur la moitié du visage. Accablée par cette deuxième infortune, Première Épouse multiplia tellement ses pèlerinages à Jinan, à une demi-journée de train vers le sud, que Wu Tsing lui acheta une maison près de la falaise des Mille Bouddhas et de la forêt de Bambous aux Cascades Bouillonnantes. Il lui augmenta également sa rente pour lui permettre d'assurer son train de maison là-bas. Ainsi donc, deux fois par an, pendant les mois les plus chauds et les plus froids de l'année, elle revenait à Tianjin pour rendre ses devoirs, et souffrir de cécité sous le toit de son époux. Chacun de ses séjours, elle les passait enfermée dans sa chambre, assise toute la journée comme un bouddha, à fumer de l'opium et à se parler à voix basse. Elle ne descendait pas pour les repas et préférait jeûner ou se contenter de mets végétariens dans sa chambre. Wu Tsing lui rendait une visite d'une demi-heure une fois par semaine, en milieu de matinée, le temps de boire une tasse de thé et de s'informer de sa santé. Il ne l'importunait jamais la nuit.

Ce fantôme ambulant n'aurait dû causer aucune peine à ma mère, mais elle lui mit des idées en tête.

Ma mère croyait, elle aussi, avoir souffert suffisamment pour mériter sa propre maison, peut-être pas à Jinan, mais dans l'Est, à Beidaihe, qui était une très jolie bourgade en bordure de mer, avec des terrasses, des jardins et de riches veuves.

« Nous allons vivre dans notre propre maison », m'annonça-t-elle joyeusement le jour où la neige recouvrit le sol tout autour de chez nous. Ce jour-là elle portait une nouvelle robe longue en soie bordée de fourrure, de la même couleur turquoise que les plumes des martins-pêcheurs. « Notre maison ne sera pas aussi grande que celle-ci. Elle sera même très petite. Mais nous y vivrons seules, avec Yan Chang et quelques autres domestiques. Wu Tsing me l'a déjà promis. »

Pendant le mois le plus rude de l'hiver, tout le monde s'ennuya, adultes et enfants. Nous n'osions pas sortir. Yan Chang disait que ma peau risquait de geler et de se fendiller en mille morceaux. Et les autres domestiques ne cessaient de commenter les spectacles auxquels ils assistaient journellement en ville : les cadavres gelés des mendiants bloquant les portes des arrière-boutiques. Hommes ou femmes, on ne savait pas, car une épaisse couche de neige les recouvrait.

Nous restions donc enfermées dans la maison, à chercher des moyens de nous divertir. Ma mère feuilletait des magazines étrangers, découpait les modèles de robes qui lui plaisaient, puis descendait au rez-de-chaussée discuter avec le tailleur de la possibilité de réaliser ces modèles avec les tissus disponibles.

Je n'aimais pas jouer avec les filles de Troisième Épouse, qui étaient aussi dociles et molles que leur mère. Elles se contentaient de rester postées derrière leur fenêtre toute la journée à regarder le soleil se lever puis se coucher. Je préférais faire griller des noisettes sur la plaque du petit poêle à charbon avec Yan Chang. En nous brûlant les doigts pour retirer ces douces pépites et les manger, nous ne cessions de rire et de cancaner. Un jour que l'horloge sonnait l'heure et jouait son inlassable refrain, Yan Chang s'amusa à chanter horriblement faux, dans le pur style de l'opéra classique. Un énorme fou rire nous secoua au souvenir de la façon dont Seconde Épouse avait chanté la veille, en accompagnant sa voix chevrotante d'un luth à trois cordes auquel elle avait arraché de nombreuses fausses notes. Toute la maisonnée avait dû subir ce supplice, jusqu'à ce que Wu Tsing finisse par déclarer qu'il en avait assez de tomber de sommeil sur sa chaise. Toujours hilare, Yan Chang me raconta une anecdote au sujet de Seconde Épouse.

« Il y a vingt ans, c'était une chanteuse célèbre de Shandong, une femme respectée, surtout par les hommes mariés qui fréquentaient les maisons de thé. Bien que sans beauté, elle était intelligente. Une enchanteresse. Elle savait jouer de plusieurs instruments de musique, chanter des airs anciens avec une clarté émouvante et poser le doigt sur sa joue ou croiser ses petits pieds juste comme il fallait.

» Wu Tsing lui avait demandé de devenir sa concubine, non par amour, mais pour le prestige de posséder ce que tant d'autres hommes convoitaient. Et cette chanteuse, connaissant son immense fortune et la faiblesse d'esprit de sa première épouse, consentit à devenir sa concubine.

» Dès le début, Seconde Épouse trouva le moyen de contrôler la fortune de Wu Tsing. Elle devina, à la pâleur de son visage lorsque le vent soufflait, qu'il avait peur des fantômes. Et chacun sait que le suicide est la seule façon pour une femme d'échapper au mariage et de se venger, en revenant sous l'aspect d'un fantôme et en semant des feuilles de thé. Aussi, lorsqu'il lui refusa une pension plus importante, elle fit semblant de se suicider. Elle absorba un morceau d'opium brut, assez pour la rendre malade, puis envoya sa servante prévenir Wu Tsing qu'elle se mourait. Trois jours plus tard, Seconde Épouse reçut une pension qui dépassait même ses espérances.

» Elle faisait tellement de faux suicides que nous, les domestiques, en étions venus à croire que manger de l'opium ne la dérangeait plus du tout. Ses manœuvres furent assez efficaces. Elle obtint une meilleure chambre dans la maison, son pousse-pousse personnel, une maison pour ses vieux parents, une allocation pour acheter des bénédictions au temple.

» Une chose, cependant, lui était refusée : avoir des enfants. Or elle savait que Wu Tsing était impatient d'avoir un fils qui pourrait accomplir les rites ancestraux et par là même garantir sa propre éternité spirituelle. Aussi, avant qu'il commence à se plaindre de l'infécondité de Seconde Épouse, celle-ci lui dit : "J'ai trouvé une concubine parfaite pour porter tes fils. Elle est tout à fait vierge." C'était tout à fait vrai. Comme tu peux voir, Troisième Épouse est très laide. Elle n'a même pas de petits pieds.

» Bien entendu, Troisième Épouse était redevable à Seconde Épouse pour cet arrangement, aussi n'y eut-il jamais de disputes entre elles pour la direction de la maison. Et bien que Seconde Épouse n'eût jamais besoin de lever le petit doigt, c'est elle qui surveillait les achats de nourriture et de fournitures, l'engagement des domestiques, qui lançait les invitations pour les festivités. Elle choisit les nourrices des trois filles que Troisième Épouse donna à Wu Tsing. Et plus tard, lorsque Wu Tsing commença de nouveau à s'impatienter de ne pas avoir de fils et à dépenser beaucoup d'argent dans les maisons de thé des autres villes, c'est elle qui s'arrangea pour que ta mère devienne sa troisième concubine et quatrième épouse ! »

Yan Chang me conta cette histoire d'une façon si naturelle que j'applaudis sa chute inattendue. Nous continuâmes à grignoter des noisettes jusqu'à ce que je ne pusse plus y tenir.

— Qu'a fait Seconde Épouse pour décider ma mère à épouser Wu Tsing ? demandai-je timidement.

— Une petite fille ne peut comprendre ces choses, gronda Yan Chang.

Je baissai la tête et restai silencieuse en attendant qu'Yan Chang se lasse de ne plus entendre sa propre voix.

— Ta mère, reprit-elle comme si elle se parlait à elle-même. Ta mère est trop bien pour cette famille.

Et elle poursuivit son histoire :

« Il y a cinq ans — ton père était mort un an plus tôt — elle et moi nous nous rendîmes à Hangzhou visiter la pagode des Six Harmonies, sur la rive éloignée du lac de l'Ouest. Ton père était un érudit respecté et dévoué aux six vertus bouddhiques vénérées dans cette pagode. Aussi ta mère venait-elle se prosterner dans ce lieu et s'engager à observer une idéale harmonie du corps, de l'esprit et de la parole, à se retenir de donner des avis et à fuir la richesse. Pendant le retour en bateau, nous nous trouvâmes assises en face d'un homme et d'une femme. Wu Tsing et Seconde Épouse.

» Wu Tsing dut aussitôt remarquer sa beauté. À l'époque, ta mère avait les cheveux longs jusqu'à la taille et les nouait très haut sur sa tête. Sa peau avait un teint exceptionnel, d'un rose lumineux. Même dans ses habits blancs de deuil elle était magnifique ! Mais son veuvage la dépréciait de bien des manières. Il lui était interdit de se remarier.

» Toutefois cela n'empêcha pas Seconde Épouse d'imaginer une solution. Elle en avait assez de voir l'argent de la famille dilapidé dans les maisons de thé. Les dépenses de Wu Tsing auraient suffi à entretenir cinq épouses supplémentaires ! Elle voulait absolument calmer les appétits extérieurs de Wu Tsing. Aussi conspira-t-elle avec lui pour attirer ta mère dans son lit.

» Sur le bateau, elle bavarda avec ta mère, apprit qu'elle projetait d'aller au monastère de la Retraite des Âmes le lendemain et s'y rendit également. Elles discutèrent encore, et Seconde Épouse invita ta mère à dîner. Celle-ci se languissait tellement de conversations intéressantes qu'elle accepta. Après dîner, Seconde Épouse lui dit : "Jouez-vous au mah-jong ? Oh, peu importe si vous jouez mal. Nous sommes seulement trois et cherchons une quatrième personne afin de pouvoir jouer. Auriez-vous la gentillesse de vous joindre à nous demain soir ?"

» Le lendemain soir, à l'issue d'une interminable partie de mah-jong, Seconde Épouse bâilla et insista pour que ta mère restât dormir. "Restez ! Restez ! Ne soyez pas si polie. Votre politesse cause davantage de désagréments. Pourquoi réveiller le tireur de pousse-pousse ? Voyez mon lit, il est bien assez grand pour deux !"

» Et tandis que ta mère dormait profondément dans son lit, Seconde Épouse se leva au beau milieu de la nuit pour céder la place à Wu Tsing. Ta mère se réveilla en sursaut en sentant sa main fouiller dans *ses* sous-vêtements et bondit du lit. Il la rattrapa par les cheveux, la jeta à terre, posa son pied sur sa gorge et lui ordonna de se déshabiller. Ta mère ne poussa pas un cri lorsqu'il fondit sur elle.

» Au petit matin, elle partit en pousse-pousse, les cheveux défaits, le visage inondé de larmes. Elle ne raconta son aventure à personne, sauf à moi. Mais Seconde Épouse se plaignit à qui voulait l'entendre de la veuve dévergondée qui avait séduit Wu Tsing. Comment une veuve démunie aurait-elle pu accuser de mensonge une femme riche ?

» Alors, quand Wu Tsing proposa à ta mère de devenir sa troisième concubine et de porter son fils, quel choix lui restait-il ? Elle était déjà tombée aussi bas qu'une prostituée. Et son frère, lorsqu'elle alla se prosterner devant lui pour le saluer, son frère la chassa. Et sa propre mère la bannit de sa maison. C'est pourquoi tu n'as jamais revu ta mère avant la mort de ta grand-mère. Ta mère revint donc à Tianjin cacher sa honte derrière la fortune de Wu

Tsing. Trois ans plus tard elle donna naissance à un fils, que Seconde Épouse réclama comme son bien.

» Voilà comment je suis venue vivre dans la maison de Wu Tsing », conclut Yan Chang fièrement.

Et voilà comment, moi, j'appris que Xiaodi était en réalité le fils de ma mère, mon petit frère.

Yan Chang commit une erreur en me racontant cette histoire. On cache les secrets aux enfants, comme un couvercle sur une marmite de soupe, afin que la vérité ne les fasse pas bouillir.

Une fois au courant, tout m'apparut clairement. Je me mis à entendre des choses que je n'avais jamais comprises auparavant.

Je vis la véritable nature de Seconde Épouse.

Je vis comment elle donnait de l'argent à Cinquième Épouse pour aller visiter sa famille dans son pauvre village, et comme elle encourageait cette fille stupide à « montrer à ses parents et amis combien elle était devenue riche ! ». Ce qui, bien entendu, ne manquait jamais de rappeler à Wu Tsing l'origine modeste de sa dernière concubine et la bêtise qu'il avait commise en se laissant attirer par sa chair fraîche de fille de la terre.

Je vis le *Ketou* de Seconde Épouse à Première Epouse, quand elle s'inclinait devant elle tout en lui donnant de l'opium. Et je compris comment le pouvoir de Première Épouse s'était évanoui.

Je vis la peur de Troisième Épouse lorsque Seconde Épouse lui racontait des histoires de vieilles concubines jetées à la rue. Et je compris pourquoi Troisième Épouse veillait sur la santé et le bien-être de Seconde Épouse.

Et je vis la douleur de ma mère lorsque Seconde Épouse faisait sauter le petit Xiaodi sur ses genoux, en l'embrassant et en lui disant : « Tant que je serai ta mère, tu ne seras jamais pauvre. Tu ne seras jamais malheureux. Tu grandiras dans cette maison et veilleras sur moi dans mon grand âge. »

Et je compris pourquoi ma mère pleurait si souvent dans sa chambre. La promesse de Wu Tsing de lui offrir une maison, en échange du fils qu'elle lui avait donné, s'envola le jour où Seconde Épouse s'alita après un énième faux suicide. Et ma mère savait que la promesse de Wu Tsing ne serait jamais honorée.

Mon chagrin fut tel qu'une envie violente me saisit d'entendre ma mère se rebeller contre Wu Tsing, contre Seconde Épouse, et réprimander Yan Chang pour m'avoir raconté toute cette histoire. Mais ma mère n'avait même pas droit à cela. Elle n'avait aucun choix.

Deux jours avant le Nouvel An lunaire, Yan Chang vint me réveiller alors qu'il faisait encore nuit.

— Vite ! cria-t-elle en me tirant du lit, sans me laisser le temps de rassembler mes esprits.

La chambre de ma mère était brillamment éclairée. Je la vis tout de suite. Je courus vers son lit et grimpai sur le marchepied. Elle était étendue sur le dos, ses bras et ses jambes agités de soubresauts. On aurait dit un soldat marchant sans but. Sa tête roulait de droite à gauche. Puis son corps se raidit brusquement, comme si elle cherchait à s'en échapper. Sa mâchoire retomba et je vis sa langue toute gonflée, qu'elle semblait vouloir recracher.

— Réveille-toi, murmurai-je.

Je me retournai et découvris tout le monde debout dans la chambre : Wu Tsing, Yan Chang, Seconde Épouse, Troisième Épouse, Cinquième Épouse, le docteur.

— Elle a avalé trop d'opium, sanglota Yan Chang. Le docteur dit qu'il ne peut rien faire. Elle s'est empoisonnée.

Donc ils ne faisaient rien. Ils attendaient. Moi aussi j'attendis, pendant de longues heures.

Les seuls bruits venaient de la fille dans l'horloge qui jouait du violon. Et je brûlais d'envie de crier pour qu'on la réduise au silence, mais je ne le fis pas.

Je regardais ma mère marcher dans son lit. Je voulais trouver les mots qui apaiseraient, son corps et son esprit, mais je restais là comme les autres, sans dire un mot, en attente.

Alors me revint en mémoire l'histoire de la petite tortue et les conseils de ma mère de ne pas pleurer. J'eus envie de lui crier que cela ne servait à rien. Il y avait déjà bien trop de larmes. Je m'efforçais de les ravaler une à une, mais elles montaient trop vite. Mes lèvres serrées finirent par s'ouvrir brutalement, mes larmes s'échappèrent, se déversèrent, et tout le monde put s'en repaître.

Mon chagrin me terrassa et l'on me transporta dans le lit de Yan Chang. Aussi ce matin-là, tandis que ma mère se mourait, moi je rêvais. Je tombais du haut du ciel dans un étang et je devenais une petite tortue vivant au fond de ce logis aquatique. Au-dessus de moi, j'apercevais les becs d'un millier de pies venues se désaltérer dans l'étang et remplir d'eau leurs ventres blanc neige. Je pleurais très fort, si fort, mais elles continuaient de boire, et elles étaient si nombreuses, et mes larmes se tarissaient, et l'étang se vidait, et tout devenait sec comme du sable.

Plus tard, Yan Chang m'expliqua que ma mère avait écouté les conseils de Seconde Épouse et tenté de feindre un suicide. Mensonges ! Jamais ma mère n'aurait écouté cette femme qui lui avait causé tant de souffrances.

Je sais qu'elle avait seulement écouté son propre cœur, et refusé de feindre plus longtemps. Je le sais, sinon pourquoi serait-elle morte deux jours avant le Nouvel An lunaire ? Pourquoi aurait-elle choisi d'utiliser sa mort comme une arme ?

Trois jours avant le Nouvel An, elle avait mangé des *Yuanxiao,* ces boulettes sucrées gluantes que l'on fait à cette occasion. Elle en avait mangé plusieurs, et je me souviens de son étrange remarque : « Tu vois comment est la vie. On ne peut pas absorber assez de cette amertume. » En réalité, ce qu'elle avait fait, c'étaient des *Yuanxiao* fourrés d'un poison amer et non de graines sucrées, ou d'opium bienheureusement lénifiant comme l'avaient supposé Yan Chang et les autres. Au moment où le poison se répandait dans son corps, elle me murmura qu'elle préférerait tuer son esprit affaibli pour m'en donner un plus vigoureux.

La matière gluante s'accrocha à l'intérieur de son corps. Ils ne purent évacuer le poison et elle mourut deux jours avant le Nouvel An chinois. On l'étendit sur un plateau de bois dans le hall, vêtue d'habits funéraires plus riches que ceux qu'elle avait portés de son vivant. De la lingerie en soie pour lui tenir chaud, sans le fardeau pesant d'un manteau de fourrure. Une robe longue en soie, brodée de fils d'or. Une coiffe incrustée d'or, de lapis et de jade. Deux pantoufles délicates avec des semelles de cuir tendre et deux énormes perles sur chaque orteil pour éclairer son chemin vers le nirvâna.

En la voyant ainsi pour la dernière fois, je me jetai sur son corps. Ses paupières se soulevèrent lentement. Je n'avais pas peur. Je savais qu'elle pouvait me voir et je comprenais son geste. Alors je lui fermai les yeux du bout des doigts et lui dis de tout mon cœur : « Moi aussi, je vois la vérité. Moi aussi, je suis forte. »

Car chacun savait ceci : le troisième jour qui suit la mort d'une personne, son âme revient pour régler ses comptes. Dans le cas de ma mère, ce jour-là serait le premier de l'année. Or, à l'année nouvelle, toutes les dettes doivent être payées, sinon le désastre et la misère risquent de s'abattre.

Ce jour-là, Wu Tsing, par peur de l'esprit vengeur de ma mère, porta le corset de coton blanc des habits de deuil. Il promit à son fantôme qu'il nous élèverait, moi et Xiaodi, comme ses enfants très honorés. Il promit de la révérer comme sa Première Épouse, son unique femme.

Ce jour-là, je montrai à Seconde Épouse le collier de fausses perles qu'elle m'avait offert et l'écrasai sous mon talon.

Ce jour-là, les cheveux de Seconde Épouse commencèrent à blanchir.

Et ce jour-là, j'appris à crier.

Je sais ce que signifie de vivre sa vie comme un rêve. Écouter et regarder, s'éveiller et tenter de comprendre ce qui s'est véritablement passé.

Tu n'as pas besoin d'un psychanalyste pour cela. Un psychanalyste ne tient pas à te réveiller. Il t'encourage à rêver davantage, à trouver l'étang et à le remplir de larmes. En réalité, il n'est qu'un autre oiseau qui se nourrit de ton malheur.

Ma mère, elle, a souffert. Elle a perdu la face et tenté de s'en cacher. Mais sa misère n'a fait que s'aggraver et cela, finalement, elle n'a pu le dissimuler. Il n'y a rien de plus à comprendre. C'était la Chine. C'était la façon dont les gens, là-bas, agissaient. Ils n'avaient pas le choix. Ils ne pouvaient pas s'exprimer. Ils ne pouvaient pas s'échapper. C'était leur destin.

Mais aujourd'hui ils peuvent agir différemment. Aujourd'hui ils ne sont plus obligés de ravaler leurs larmes ni de subir les sarcasmes des méchantes pies. Je le sais car j'ai lu quelque chose dans une revue de là-bas.

Il paraît que, depuis des milliers d'années, les oiseaux tourmentaient les paysans. Ils s'attroupaient pour les observer courbés sur leurs champs, en train de creuser la terre dure, de pleurer dans les sillons pour arroser les semailles. Et quand les paysans s'éloignaient, les oiseaux fondaient sur les sillons, buvaient les larmes et picoraient les graines. Alors les enfants mouraient de faim.

Mais un jour, tous ces paysans harassés, dans tous les coins de la Chine, se rassemblèrent dans les champs. Ils observèrent les oiseaux boire et manger et ils dirent : « Assez de souffrir et de se taire ! » Puis ils se mirent à claquer dans leurs mains, à taper avec des bâtons sur des pots et des casseroles en criant : « *St ! St ! St !* » A mort ! A mort ! A mort !

Alors tous les oiseaux s'envolèrent, alarmés et surpris par ces cris de colère. Leurs ailes noires battirent l'air, ils tournoyèrent au-dessus des champs en attendant que les clameurs cessent. Mais les clameurs des paysans gagnèrent en puissance et en violence. Et les oiseaux s'épuisèrent, ne pouvant ni se poser ni se nourrir. Et cela continua des heures, des jours, jusqu'à ce que les oiseaux, par centaines, par milliers, par millions, s'écrasent au sol, morts et rigides. Jusqu'au dernier.

Que dirait un psychanalyste si je lui racontais que j'ai crié de joie en lisant cette histoire ?

Ying-Ying St. Clair

Attendre derrière les arbres

Ma fille m'a logée dans la plus petite chambre de sa nouvelle maison.

« La chambre d'amis », m'a annoncé Lena avec une fierté très américaine.

J'ai souri. Chez des Chinois, la chambre réservée aux amis serait la meilleure chambre : celle où elle dort avec son mari. Je ne vais pas le lui dire. Sa sagesse est comme un puits sans fond. Vous jetez des pierres dedans, qui sombrent dans le noir et s'évanouissent. Les yeux de Lena ne reflètent rien.

Penser cela ne m'empêche pas d'aimer ma fille. Elle et moi avons partagé le même corps. Une part de son esprit est une part du mien. Mais en naissant elle s'est échappée de moi comme un poisson glissant et, depuis lors, elle nage loin de moi. Toute sa vie, je l'ai regardée depuis un autre rivage. Maintenant je dois tout lui raconter sur mon passé. C'est le seul moyen de percer sa cuirasse et de l'attirer là où elle peut être sauvée.

Cette chambre a un plafond qui s'incline vers la tête de mon lit. Ses parois se rapprochent comme celles d'un cercueil. Il faudra que je dise à ma fille de ne pas mettre un bébé ici. Mais elle ne m'écoutera pas, je le sais. De toute façon, elle a déjà déclaré qu'elle ne souhaitait pas d'enfant. Elle et son mari sont bien trop occupés à dessiner des maisons que d'autres construiront, et où d'autres vivront. Je ne sais pas prononcer ce mot qui signifie ce qu'ils sont. C'est un mot horrible. J'ai un jour essayé de le dire à ma belle-sœur : « arki-tekte ».

Ma fille a ri en m'entendant. Enfant, je l'aurais giflée pour cette marque d'irrespect. Aujourd'hui il est trop tard. Aujourd'hui elle et son mari me donnent de l'argent pour compléter ma médiocre pension. Alors cette sensation de brûlure qui me vient dans les doigts, parfois, je dois la refouler au fond de mon cœur et l'y garder enfouie.

Quel intérêt de dessiner des immeubles modernes et de vivre dans une maison impraticable ? Ma fille a de l'argent, mais tout chez elle est pour l'apparence, pas même pour la beauté. Regardez cette table d'appui. Un marbre blanc très lourd sur de maigres pattes noires. Il faut en permanence se souvenir de ne rien y poser, au risque de la casser. Le seul objet qui tienne dessus est un grand vase noir. Ce vase ressemble à une patte d'araignée : il est si fin qu'une seule fleur peut s'y glisser. Et si vous bougez la table, le vase et la fleur tombent.

Dans toute la maison je perçois des signes. Mais ma fille ne voit rien. Cette maison s'écroulera en morceaux. Comment je le sais ? J'ai toujours su les choses avant qu'elles se produisent.

Étant petite fille, à Wuxi, j'étais *lihai*. Sauvage et entêtée. J'arborais un sourire affecté. Je me trouvais trop bien pour écouter quoi que ce soit. J'étais petite et jolie. J'avais de petits pieds qui me rendaient prétentieuse. Quand mes chaussons en soie étaient sales, je les jetais. Je portais de coûteuses chaussures en veau d'importation avec de petits talons. J'usais énormément de paires et abîmais de nombreux bas en courant dans la cour pavée.

Je dénouais fréquemment mes cheveux pour les porter vagues. Ma mère fronçait les sourcils devant mes allures de sauvageonne : « *Aii-ya,* Ying-ying, tu ressembles aux fantômes des dames du fond du lac. »

Ces dames avaient noyé leur honte et revenaient hanter les maisons des vivants avec leurs cheveux dénoués pour montrer leur désespoir éternel. Ma mère disait que j'apporterais la honte sur la maison, mais je pouffais de rire quand elle essayait de domestiquer mes cheveux avec de longues pinces. Elle m'aimait trop pour se mettre en colère. Je lui ressemblais. C'est pourquoi elle m'avait appelée Ying-ying, Pur Reflet.

Notre famille était l'une des plus riches de Wuxi. Notre maison avait de très nombreuses pièces, chacune remplie de grandes et lourdes tables. Et sur chaque table reposait un coffret en jade protégé de l'air par un couvercle également en jade, qui contenait des cigarettes anglaises sans filtre. Toujours le nombre exact. Ni trop ni trop peu. Les coffrets étaient tout spécialement conçus pour ces cigarettes. Je n'en pensais rien. Pour moi ces boîtes étaient de simples babioles. Un jour, mes frères et moi volâmes un coffret pour distribuer les cigarettes dans la rue. Nous courûmes vers un trou béant qui s'était creusé dans la chaussée et par lequel l'eau s'écoulait. Là, nous nous accroupîmes avec les enfants qui vivaient près du caniveau, pour écoper des gamelles pleines d'eau sale dans l'espoir de trouver un poisson ou un trésor inconnu. Notre pêche se révéla infructueuse, mais nos vêtements ne tardèrent pas à être maculés de boue et plus rien ne nous différencia des gosses qui vivaient dans la rue.

Notre maison contenait des trésors. Des tapis de soie, des bijoux. De la porcelaine rare et des ivoires sculptés. Pourtant, lorsque je pense à cette maison, ce qui m'arrive rarement, je me souviens surtout de ce coffret en jade, objet précieux couvert de boue que je tenais dans mes mains sans en connaître la valeur.

Il y a autre chose dont je me souviens.

J'avais seize ans. C'était le soir du mariage de la plus jeune de mes tantes. Elle et son mari s'étaient déjà retirés dans la chambre qu'ils occuperaient dans la grande maison, auprès de sa belle-mère et du reste de sa nouvelle famille.

De nombreux membres de la famille en visite s'attardaient chez nous, assis autour de la grande table de la pièce principale. Tout le monde riait, mangeait des cacahuètes, pelait des oranges. Un homme d'une autre ville se trouvait parmi nous, un ami du nouvel époux de ma tante. Comme il était plus âgé que mon frère aîné, je l'appelais Oncle. Le whisky lui avait empourpré le visage.

— Ying-ying, m'appela-t-il d'une voix rauque en se levant de sa chaise. Tu as peut-être encore faim ?

Je jetai un coup d'œil circulaire autour de la table, souriante parce que flattée de cette marque d'attention. Je croyais le voir sortir un mets très spécial du grand sac dans lequel il fouillait. Peut-être des biscuits sucrés ? Mais ce fut une pastèque, qu'il déposa sur la table avec un bruit sourd.

— *Kai gua* ? J'ouvre la pastèque, ajouta-t-il en brandissant un large couteau au-dessus du fruit parfait.

Puis il plongea le couteau dedans d'un mouvement puissant, et sa grande bouche éclata d'un rire si ample que ses molaires en or m'apparurent. Tous les convives rirent à l'unisson. Moi je rougis, gênée, parce qu'à ce moment je ne comprenais encore rien.

Bien sûr, j'étais une sauvageonne, mais j'étais aussi ingénue. J'ignorais quelle chose diabolique il avait faite en ouvrant la pastèque. Je ne le compris que six mois plus tard, lorsque je fus mariée à cet homme et qu'il me souffla, dans son ivresse, qu'il était prêt à *kai gua*.

C'était un homme tellement ignoble que même aujourd'hui je ne peux prononcer son nom. Pourquoi l'ai-je épousé ? Parce que, après la nuit de noces de ma plus jeune tante, je me mis à percevoir les choses avant qu'elles arrivent.

La plupart des invités étaient partis le lendemain matin. Le soir, mes demi-sœurs et moi nous retrouvâmes désœuvrées. Assises autour de la même grande table, nous buvions du thé et mangions des graines de pastèque grillées. Mes demi-sœurs cancanaient à voix haute pendant que je broyais les graines en les amassant sur la table.

Mes demi-sœurs rêvaient toutes d'épouser des vauriens appartenant à des familles inférieures à la nôtre. Mes demi-sœurs ne savaient pas viser haut pour obtenir une chose de valeur. Elles étaient les filles des concubines de mon père. Moi j'étais la fille de son épouse.

— Sa mère te traitera comme une servante, persifla une demi-sœur à l'adresse de l'autre.

— Il y a de la folie du côté de l'oncle du tien, rétorqua celle-ci.

Lorsqu'elles furent fatiguées de se harceler, elles se tournèrent vers moi pour me demander qui je souhaitais épouser.

— Je ne connais personne, répondis-je d'un air hautain.

Ce n'était pas par manque d'intérêt pour les garçons. Je savais comment attirer leur attention et me faire admirer. Mais j'étais trop prétentieuse pour imaginer qu'un garçon pût être assez bon pour moi.

Voilà les idées que j'avais dans la tête. Mais les idées sont de deux sortes. Les unes sont des graines plantées dès votre naissance, semées là par votre père, votre mère et leurs ancêtres avant eux. Les autres sont plantées par des étrangers. Peut-être cela venait-il des graines de pastèque que j'étais en train de grignoter, mais je me mis à penser à l'homme qui riait si fort la veille au soir. Et, à cet instant précis, un vent fort souffla du nord qui fit tomber à mes pieds les pétales de la fleur posée sur la table.

C'est la pure vérité. On aurait dit qu'un couteau avait décapité la fleur, en guise de présage. À ce moment je sus que j'allais épouser cet homme. Je n'en éprouvai aucune joie, seulement un émerveillement de l'avoir deviné.

Peu après, mon père, mon oncle et le nouveau mari de ma tante commencèrent à mentionner cet homme. Au dîner, on me servait son nom en même temps que la soupe. Je le surprenais parfois en train de m'observer depuis la cour de mon oncle. Il disait : « Regarde, elle ne peut même pas se détourner. Elle est déjà mienne. »

C'est vrai, je ne me détournais pas. Je soutenais son regard. Je l'écoutais parler, la tête haute, le nez plissé de mépris quand il prétendait que mon père ne lui donnerait pas la dot qu'il réclamait. Je le repoussai si fort de mes pensées que je finis par tomber dans un lit nuptial à ses côtés.

Ma fille ignore que j'ai épousé cet homme il y a très longtemps, vingt ans avant sa naissance.

Elle ignore comme j'étais belle alors. Beaucoup plus jolie qu'elle, qui a de grands pieds de paysanne et le nez épaté de son père.

Encore maintenant j'ai la peau fine et la silhouette d'une jeune fille. Mais de profondes rides creusent ma bouche, là où j'avais l'habitude d'accrocher des sourires. Et mes pauvres pieds, autrefois si petits et jolis ! Maintenant ils sont enflés, calleux, et craquelés aux talons. Mes yeux, si brillants et pétillants à seize ans, sont désormais striés de jaune et brumeux.

Toutefois je vois presque toujours aussi clair. Lorsque je veux me souvenir, j'ai l'impression de sonder un bol de riz et de retrouver un à un tous les grains qui n'ont pas été mangés.

C'était un après-midi sur le lac Tai, peu après mon mariage avec cet homme. Je m'en souviens car c'est le jour où j'ai été prise d'amour pour lui. Il avait tourné mon visage vers le soleil déclinant et tenait mon menton en me caressant la joue. Il me dit : « Ying-ying, tu as des yeux de tigre. Ils emmagasinent du feu pendant le jour et, le soir, ils brillent comme de l'or. »

C'était un poème qu'il avait assez mal récité, mais je n'en souris pas. Une joie sincère emplit mes yeux de larmes. Mon cœur se gonfla, tout palpitant d'un sentiment double, comme un animal qui se débat pour s'échapper tout en souhaitant rester. Voilà comment j'aimai cet homme. Cela se passe ainsi lorsqu'une personne s'unit à votre corps et qu'une partie de votre esprit s'envole pour s'unir à elle contre votre volonté.

Je devins étrangère à moi-même. J'étais belle pour lui. Si j'enfilais des chaussons, je choisissais ceux qui lui plaisaient. Je donnais quatre-vingt-dix-neuf coups de brosse à mes cheveux chaque soir pour attirer la chance sur notre lit conjugal, dans l'espoir de concevoir un fils.

La nuit où il planta en moi l'enfant, je sus que ce serait un garçon. Je le voyais dans mon ventre. Il avait les yeux de mon mari, grands et écartés. De longs doigts effilés, le lobe des oreilles charnu et des cheveux lisses plantés très haut qui découvraient un large front.

C'est parce que ma joie fut si intense, que ma haine devint par la suite si forte. Néanmoins, même à l'apogée de mon bonheur, une inquiétude sourde prit naissance au-dessus de mes sourcils, là où l'on sait les choses. Et cette inquiétude s'infiltra ensuite dans mon cœur, là où l'on sent les choses et où elles deviennent vraies.

Mon mari effectuait de nombreux voyages d'affaires dans le Nord. Ces voyages débutèrent peu de temps après notre mariage, et leur durée se prolongea quand le bébé fut dans mon ventre. Je me rappelais que le vent du nord m'avait apporté la chance et mon mari ; aussi, la nuit, lorsqu'il était absent, j'ouvrais toutes grandes les fenêtres de ma chambre, même par temps froid, afin de le laisser souffler son esprit et son cœur vers moi.

Ce que j'ignorais, c'était que le vent du nord était le plus froid. Il pénétra mon cœur et emporta toute ma chaleur. Le vent prit une force telle qu'il souffla mon mari de ma chambre et le chassa de la maison. Ma plus jeune tante m'apprit qu'il m'avait quittée pour vivre avec une chanteuse d'opéra.

Plus tard, une fois mon chagrin surmonté et mon cœur chargé de dégoût, ma tante me parla des autres. Des danseuses, des femmes américaines, des prostituées. Une cousine encore plus jeune que moi, qui partit secrètement pour Hong Kong peu après la disparition de mon mari.

Je vais raconter ma honte à Lena. Lui expliquer que j'étais riche et belle. Que j'étais trop bien pour n'importe quel homme. Que je devins un objet abandonné. Je vais lui dire que, à dix-huit ans, toute beauté déserta mon visage. Que l'idée m'effleura de me jeter dans le lac comme les autres dames de la honte. Et je lui parlerai du bébé que ma haine pour cet homme a tué.

J'ai arraché le bébé de mon ventre avant qu'il naisse. À cette époque, en Chine, il n'y avait rien de mal à cela. Mais moi je sus que c'était mal, car un terrible sentiment de revanche m'inonda tandis que l'embryon du premier enfant mâle de l'homme se déversait hors de mon corps.

Lorsque les infirmières me demandèrent ce qu'elles devaient faire du bébé mort, je leur lançai violemment un papier en leur disant de l'envelopper comme un poisson et de le jeter dans le lac. Et ma fille croit que j'ignore ce que c'est que de ne pas vouloir d'enfant.

Lorsque Lena me regarde, elle voit une petite vieille. C'est parce qu'elle regarde seulement avec ses yeux extérieurs. Elle ne possède aucun *shuoming*, aucune connaissance intérieure des choses. Si elle avait du *shuoming*, elle verrait une femme tigre. Et elle en éprouverait une crainte prudente.

Je suis née l'année du Tigre. C'était une très mauvaise année pour naître, mais une très bonne année pour être Tigre. Cette année-là, un mauvais esprit envahit le monde. Les gens des campagnes moururent comme des volailles par un jour de canicule. Les gens des villes devinrent des ombres, rentrèrent chez eux et disparurent. Des enfants naquirent mais ne grossirent pas. Leur chair tomba de leurs os et ils moururent.

Le mauvais esprit s'attarda quatre ans. Mais j'étais issue d'un esprit encore plus puissant et je survécus. C'est en tout cas ce que me raconta ma mère lorsque je fus assez grande pour savoir ce qui me rendait si forte.

Puis elle m'expliqua pourquoi un tigre est noir et or. Il a deux aspects. Son côté or bondit, mû par un cœur audacieux. Le côté noir reste immobile, par ruse, cache son or derrière les arbres, pour voir sans être vu, attendant patiemment que les choses arrivent. Je n'appris à utiliser mon côté noir qu'après avoir été abandonnée par ce mauvais homme.

Je devins comme les dames du lac. Je jetai des étoffes blanches sur les miroirs de ma chambre pour éviter de contempler mon chagrin. Je perdis mes forces, au point qu'il m'était impossible de lever les bras pour placer des épingles dans mes cheveux. Puis je me mis à flotter comme une feuille morte, jusqu'à ce que le courant m'emporte hors de la maison de ma belle-mère pour me ramener dans ma famille.

Je m'installai dans la campagne des environs de Shanghai, chez un lointain cousin. J'y demeurai dix ans. Si l'on me demandait ce que je fis pendant ces dix années, je répondrais seulement que j'attendais derrière les arbres. Un œil fermé, l'autre ouvert pour observer.

Je ne travaillais pas. La famille de mon cousin me gâtait car j'étais la fille de la famille qui les entretenait. La maison était modeste, surpeuplée par trois familles. La vie n'y était pas confortable, et cela me convenait. Les enfants se traînaient par terre avec les souris. Les poules allaient et venaient dans la maison comme des invités campagnards et rustres. Nous prenions tous ensemble nos repas dans la cuisine au milieu des odeurs de graisse. Et les mouches ! Si vous aviez le malheur de laisser quelques grains de riz dans un bol, vous le retrouviez couvert d'une nuée de mouches affamées, une nuée si dense que l'on aurait cru un bol vivant de soupe de haricots noirs. Oui, cette campagne était pauvre à ce point.

Au bout de dix ans, j'étais prête. Je n'étais plus une jeune fille, mais une femme bizarre. Une femme mariée sans mari. Je rentrai en ville les deux yeux grands ouverts. On aurait dit que le bol rempli de mouches s'était renversé dans les rues. Partout il y avait des gens en mouvement, des hommes inconnus bousculant des femmes inconnues sans que quiconque s'en soucie.

Avec l'argent qui me venait de ma famille, j'achetai des vêtements neufs, des tailleurs droits modernes. Je coupai mes longs cheveux pour me conformer à la mode, comme un garçon. J'étais si lasse de n'avoir rien fait pendant de si nombreuses années que je résolus de travailler. Je devins vendeuse dans un magasin.

Je n'eus pas besoin d'apprendre à flatter les femmes. Je connaissais les mots qu'elles désiraient entendre. Un tigre est capable d'émettre de doux ronronnements qui rassurent et tranquillisent même les lapins.

Bien que désormais adulte, je redevins jolie. C'était un don précieux. Je portais des vêtements plus luxueux et plus coûteux que ceux vendus dans la boutique, et les clientes achetaient les habits bon marché dans l'espoir de paraître aussi élégantes que moi.

Ce fut dans ce magasin, où je travaillais comme simple employée, que je rencontrai Clifford St. Clair. Un grand Américain au teint pâle, qui achetait des vêtements pour les expédier outre-mer. C'est son nom qui me fit penser que je l'épouserais.

« Mister St. Clair », se présenta-t-il lui-même en anglais. Puis il ajouta, dans un chinois grasseyant et simpliste : « Comme l'ange de la lumière. »

Je ne l'aimais ni ne le détestais. Je ne le trouvais non plus ni séduisant ni repoussant. Mais je savais une chose : cet homme était le signe que mon côté noir allait bientôt disparaître.

St. Clair me courtisa, à sa manière étrange, pendant quatre ans. Je n'étais pas la propriétaire du magasin, pourtant il me saluait toujours chaleureusement, me serrait les mains, les retenait un peu trop longtemps entre les siennes, dont les paumes étaient toujours moites, même après notre mariage. Il était propre et *agréable*. Mais il avait une odeur d'étranger, une odeur de mouton qui ne s'effaça jamais.

Je n'étais pas cruelle. St. Clair était *Keqi,* trop poli. Il m'offrait des cadeaux bon marché : une petite figurine en verre, une broche en verre taillé, un briquet argenté. Il jouait au grand seigneur et à l'homme riche qui comble une pauvre fille de la campagne de merveilles inconnues en Chine.

Mais je voyais son regard lorsque j'ouvrais ses présents. Anxieux et avide de plaire. Il ignorait que ces babioles n'avaient aucune valeur à mes yeux, que j'avais été élevée au milieu de richesses qu'il ne soupçonnait même pas.

J'acceptais toujours ses cadeaux gracieusement, avec juste ce qu'il fallait de protestations, ni trop ni trop peu. Cependant je ne l'encourageais pas. Mais comme je savais qu'il deviendrait mon époux, j'entreposais soigneusement les colifichets dans une boîte, enveloppés dans du papier, certaine qu'il demanderait un jour à les revoir.

Lena pense que St. Clair m'a sauvée du pauvre village dont j'ai prétendu être originaire. Elle a raison. Elle a tort. Ma fille ignore que St. Clair dut patienter quatre ans, comme un chien devant la vitrine d'un boucher.

Pourquoi suis-je finalement sortie à sa rencontre et ai-je consenti à l'épouser ? Le signe que j'attendais arriva. Mais pas avant 1946.

Une lettre me parvint de Tianjin, non de ma famille, qui me croyait morte, mais de ma jeune tante. Je compris avant même d'ouvrir l'enveloppe. Mon mari était mort. Il avait depuis longtemps quitté sa chanteuse d'opéra pour s'installer avec une fille de rien, une jeune servante. Mais la jeune servante avait du caractère et rien à perdre. Lorsqu'il voulut la quitter, elle avait déjà affûté son plus long couteau de cuisine.

Je croyais que cet homme avait depuis longtemps asséché mon cœur. Or une sensation violente et amère creusa un vide là où je croyais ne plus rien avoir. Je maudis cet homme à haute voix afin qu'il m'entende. Tu avais des yeux de chien. Tu bondissais et suivais quiconque te sifflait. Maintenant tu cours après ta queue.

Ainsi je pris ma décision : je laisserais St. Clair m'épouser. Cela m'était si facile. J'étais la fille de la femme de mon père. Je me mis à parler d'une voix frémissante. Je devins pâle, malade, diaphane. Je pris l'apparence d'un animal blessé. Je laissai le chasseur m'approcher et me transformer en un fantôme de tigre. J'abandonnai volontairement mon *qi,* mon caractère fort, cause de tant de peines.

Je devins un tigre qui ne bondissait plus, qui ne se cachait plus non plus derrière les arbres pour attendre. Je devins invisible.

St. Clair m'a emmenée en Amérique, où nous avons vécu dans des maisons plus petites encore que la maison de la campagne. J'ai porté de larges vêtements américains. J'ai exécuté des tâches de servante. J'ai appris les manières occidentales. Je me suis efforcée de parler en grasseyant. J'ai élevé ma fille, en l'observant depuis une rive opposée. J'ai accepté ses manières américaines.

Cela m'était égal. Je n'avais plus de caractère.

Puis-je dire à ma fille que j'ai aimé son père ? Le soir, il me massait les pieds. Il vantait la cuisine que je lui préparais. Il pleura sincèrement lorsque je sortis les breloques qu'il m'avait offertes, le moment opportun, le jour où il me donna ma fille, une fille tigre.

Comment ne pas aimer un tel homme ? Mais mon amour était celui d'un fantôme. Ses bras m'enlaçaient sans me toucher. Mon bol de riz était plein mais je n'avais aucun appétit. Ni faim. Ni plénitude.

Aujourd'hui, St. Clair est devenu fantôme. Lui et moi pouvons nous aimer équitablement. Il sait désormais ce que je lui ai caché pendant toutes ces années. À moi maintenant de tout raconter à Lena. De lui avouer qu'elle est la fille d'un fantôme, qu'elle n'a pas de *qi,* et que c'est ma plus grande honte. Comment puis-je quitter ce monde sans lui transmettre ma force ?

Voilà donc ce que je vais faire. Je vais rassembler tous mes souvenirs et examiner le passé. Je verrai une chose qui s'est déjà produite. La douleur qui a déchiré mon âme. Je tiendrai cette douleur au creux de ma main jusqu'à ce qu'elle devienne dure et luisante, limpide. Et alors mon courage reviendra, mon côté or, mon côté noir. Je me servirai de cette douleur tranchante pour atteindre ma fille et briser son esprit de tigre. Elle luttera, car c'est dans la nature de deux tigres. Mais je vaincrai et je lui donnerai mon âme. C'est ainsi qu'une mère aime sa fille.

J'entends ma fille discuter avec son mari, au rez-de-chaussée. Ils disent des mots qui n'ont pas de sens, assis dans une pièce qui n'a pas de vie.

Je devine les choses avant qu'elles arrivent. Ma fille va entendre le vase et la table s'effondrer sur le sol. Elle montera l'escalier et entrera dans ma chambre. Ses yeux ne verront rien dans l'obscurité, là où j'attends, derrière les arbres.

LINDO JONG

DOUBLE FACE

Ma fille désirait se rendre en Chine pour son deuxième voyage de noces. Maintenant cette perspective l'effraie.

— Et si je me fonds si bien à eux qu'ils me prennent pour une des leurs ? m'a demandé Waverly. S'ils ne me laissent plus rentrer aux États-Unis ?

— En Chine, tu n'as pas besoin d'ouvrir la bouche, lui ai-je répondu. Ils savent dès le premier coup d'œil que tu viens d'ailleurs.

— Que veux-tu dire ?

Ma fille aime argumenter, me questionner.

— *Aïï-ya,* ai-je soupiré. Même si tu t'habilles comme eux, même si tu enlèves ton maquillage et caches tes bijoux, ils savent. Ils le devinent à la façon dont tu marches, dont tu dresses la tête. Ils savent que tu n'es pas des leurs.

Ma fille n'a pas apprécié que je lui dise qu'elle n'a pas l'air d'une Chinoise. Une expression grincheuse très américaine s'est peinte sur son visage. Il y a dix ans, elle aurait applaudi de joie à mes paroles, comme on accueille une bonne nouvelle. Aujourd'hui elle a envie de paraître chinoise, c'est si à la mode. Mais c'est trop tard. Quand je pense à toutes ces années pendant lesquelles j'ai essayé de lui apprendre ! Elle n'a suivi mes préceptes chinois que jusqu'au jour où elle a su aller seule à l'école. Si bien que, aujourd'hui, les rares mots chinois qu'elle connaisse sont *niao, huoche, chifan,* et *guandeng shui-jiao.* Comment pourrait-elle converser avec des Chinois de Chine avec ces mots-là ? Pipi, le train qui fait tchou-tchou, manger, éteindre la lumière pour dormir. Comment ose-t-elle imaginer pouvoir se fondre à eux ? Seuls ses cheveux et sa peau sont chinois, le reste, l'intérieur, c'est de l'américain pur.

C'est ma faute si Waverly est ainsi. Pour mes enfants je désirais la combinaison idéale : les conditions de vie américaines et le caractère chinois. Comment pouvais-je me douter que ces deux choses ne pouvaient se mélanger ?

J'ai enseigné à ma fille le fonctionnement du système américain. Ici, si vous êtes pauvre, ce n'est pas une honte irrémédiable. Vous pouvez prétendre à une bourse d'études. Si le toit de votre maison s'écroule sur votre tête, inutile de vous en prendre au destin. Vous pouvez poursuivre n'importe qui en justice, obliger votre propriétaire à réparer le toit. Vous n'êtes pas obligé de vous asseoir comme un bouddha sous un arbre en laissant les pigeons lâcher leurs saletés sur votre tête. Vous pouvez acheter un parapluie. Ou entrer dans une église catholique. En Amérique, nul ne vous impose de subir des circonstances dictées par d'autres.

Waverly a appris toutes ces choses, mais je n'ai rien pu lui enseigner sur le mode de pensée chinois. Comment obéir à ses parents et suivre l'avis de sa mère. Ne pas exhiber ses idées personnelles, masquer ses sentiments pour tirer avantage d'éventuelles opportunités. Ne pas poursuivre des buts faciles. Connaître sa propre valeur et la polir, sans jamais la faire briller comme une bague de pacotille. Comprendre pourquoi la philosophie chinoise est la meilleure qui soit.

Non, cette éducation n'a pas trouvé prise sur Waverly. Elle était bien trop occupée à mâcher du chewing-gum et à souffler des bulles plus grosses que ses joues. Il n'y a que cela qui l'a marquée.

— Finis ton café, lui ai-je dit hier. Ne gaspille pas tes bienfaits.

— Ne sois pas si vieux jeu, maman, a-t-elle répondu en vidant le fond de sa tasse dans l'évier. Je suis moi.

Et moi je pense : « Comment peut-elle être elle ? Quand l'ai-je abandonnée ? »

Ma fille se marie pour la seconde fois. Alors elle me demande d'aller à son salon de beauté, chez son fameux Mr. Rory. Je sais pourquoi. Elle a honte de mon allure. Que penseront les parents de son mari et ses importants amis juristes de cette vieille Chinoise arriérée ?

— Tante An-mei peut très bien me couper les cheveux, dis-je.

— Rory est très connu, répond ma fille en feignant de ne pas m'avoir entendue. If fait un travail fantastique.

Alors je m'assieds dans le salon de Mr. Rory, sur un siège qu'il fait monter et descendre jusqu'à ce que je sois à la bonne hauteur. Puis ma fille commence à critiquer ma tête comme si je n'étais pas là.

— Voyez comme c'est très plat d'un côté, accuse-t-elle mon pauvre crâne. Elle a besoin d'une coupe et d'une mise en plis. Et ce reflet rouge, elle se le fait elle-même. Elle n'est jamais allée chez un spécialiste.

Waverly regarde Mr. Rory dans le miroir. Mr. Rory me regarde dans le miroir. J'ai déjà vu ce regard professionnel auparavant. Les Américains ne se regardent pas vraiment quand ils se parlent. Ils s'adressent à leurs reflets. Ils ne regardent véritablement les autres, ou eux-mêmes, que lorsqu'ils croient que personne ne les observe. C'est pourquoi ils ne savent jamais exactement à quoi ils ressemblent. Ils se voient sourire, bouche fermée, ou tournés du côté où ils ne peuvent voir leurs défauts.

— De quoi a-t-elle envie ? questionne Mr. Rory.

Il croit que je ne comprends pas l'anglais. Ses doigts glissent dans mes cheveux. Il montre comment la magie de son talent peut épaissir et allonger mes cheveux.

— Maman, de quoi as-tu envie ?

Pourquoi ma fille se croit-elle soudain obligée de traduire ? Pourquoi répond-elle à ma place sans me laisser le temps d'ouvrir la bouche ?

— Elle veut une ondulation légère. Il ne faudra sûrement pas couper trop court, sinon ce sera trop plaqué pour le mariage. Elle ne veut rien d'excentrique ni d'original.

Puis elle ajoute à mon intention, en haussant la voix comme si j'avais perdu l'ouïe :

— C'est ça, hein, maman ? Pas trop plaqué ?

Je souris. Je prends ma tête américaine. Celle que les Américains considèrent comme étant chinoise, celle qu'ils ne peuvent pas comprendre. Mais au fond de moi, je commence à avoir honte. J'ai honte que ma fille ait honte. Car elle est ma fille et je suis fière d'elle, et je suis sa mère et elle n'est pas fière de moi.

Mr. Rory continue de me tapoter les cheveux. Il m'observe. Il observe ma fille. Puis il lui dit quelque chose qui lui déplaît profondément :

— C'est incroyable comme vous vous ressemblez !

Je souris, avec ma tête chinoise cette fois. Mais les yeux de ma fille et son sourire se rétrécissent, à la manière d'un chat qui se tasse sur lui-même avant de bondir. Mr. Rory s'éloigne, nous laissant méditer sur sa remarque. Il claque ses doigts :

— Lavage ! Mrs. Jông à suivre !

Ma fille et moi restons seules dans le salon de beauté bondé. Elle fronce les sourcils en scrutant son reflet dans la glace, puis remarque que je l'observe.

— Mêmes pommettes, dit-elle.

Elle montre les miennes en touchant les siennes. Puis elle aspire ses joues pour avoir l'air d'une personne affamée. Approche son visage du mien, côte à côte, et nos regards se croisent dans le miroir.

— Tu peux voir ta personnalité sur tes traits, dis-je à ma fille sans réfléchir. Tu peux y lire ton avenir.

— Que veux-tu dire ?

Maintenant, je dois refouler mes sentiments. Nos deux visages, comme ils sont semblables ! Même joie, même tristesse, même chance, mêmes défauts.

Je peux voir ma propre mère et moi-même, en Chine, lorsque j'étais une petite fille.

Un jour ma mère, ta grand-mère, me prédit l'avenir, comment ma personnalité risquait de m'entraîner dans de bonnes et de mauvaises situations. Elle se tenait assise à sa table, devant le grand miroir. J'étais debout derrière elle, mon menton sur son épaule. Le lendemain commençait la nouvelle année. Selon le calendrier chinois, j'allais avoir dix ans, aussi était-ce un anniversaire important. C'est sans doute pour cette raison qu'elle adoucit ses critiques. Elle détailla mon visage.

« Tu as de la chance, dit-elle en touchant mon oreille. Tu as hérité de mes oreilles, grandes et dures, avec un lobe charnu, porteur de bienfaits. Certaines personnes naissent misérables. Leurs oreilles sont si fines, si près de leur tête, qu'elles n'entendent pas la chance les appeler. Toi tu as les oreilles qu'il faut, mais tu dois saisir les occasions qui se présenteront à toi. »

Ma mère fit courir son index sur mon nez. « Tu as mon nez. La narine n'est pas trop large, donc ton argent ne s'écoulera pas. L'arête est droite et lisse, un bon signe. Une fille au nez tordu est vouée à la malchance. Car elle suit les mauvaises voies, les mauvaises gens. »

Elle tapota mon menton, puis le sien : « Ni trop court ni trop long. Notre vie durera ce qu'il faut, ni trop courte ni trop longue. Nous ne deviendrons pas un fardeau. »

Elle releva mes cheveux : « Nous avons le même front, conclut-elle. Peut-être le tien est-il un peu plus large, ce qui rendra ton intelligence plus grande. Et tes cheveux sont épais, plantés bas. Ce qui signifie que tu rencontreras des épreuves au début de ta vie. Cela m'est arrivé. Mais regarde l'implantation de mes cheveux maintenant. Très haute ! Un grand bonheur pour ma vieillesse. Toi aussi, plus tard, tu apprendras à t'inquiéter et à perdre tes cheveux. »

Ma mère prit mon menton dans sa main pour tourner mon visage vers elle et planter son regard dans le mien. « Les yeux sont honnêtes, ardents, poursuivit-elle. Ils me suivent et montrent du respect. Ils ne se baissent pas de honte. Ils ne résistent pas, mais ne se détournent pas. Tu seras une bonne épouse, une bonne mère, une bonne bru. »

Lorsque ma mère me dit tout cela, j'étais encore très jeune. Et bien qu'elle eût noté notre ressemblance, je désirais lui ressembler davantage encore. Si la surprise lui faisait lever les yeux, je voulais que les miens fissent de même. Si sa bouche s'affaissait de tristesse, je voulais moi aussi me sentir triste.

Je lui ressemblais tellement. Cela se passait avant que les circonstances nous séparent : une inondation qui obligea ma mère me laisser en arrière, mon premier mariage dans une famille qui ne voulait pas de moi, une guerre faisant rage de tous côtés et, plus tard, un océan qui m'emporta vers un nouveau pays. Ma mère ne put voir mon visage se modifier au cours des années. Ma bouche qui commença à s'affaisser. L'inquiétude qui me gagna sans pour cela faire tomber mes cheveux. Mes yeux qui suivirent le modèle américain. Elle ne vit pas comment je me tordis le nez en me cognant dans un autobus bondé de San Francisco. Ton père et moi étions sur le chemin de l'église, pour remercier Dieu de tous ses bienfaits, mais je dus soustraire quelques remerciements à cause de mon nez.

Il est difficile de garder son visage chinois en Amérique. Au début, avant mon arrivée, je dus cacher ma vraie personnalité. Et je payai une Chinoise de Pékin élevée en Amérique pour me montrer comment faire.

— En Amérique, m'expliqua-t-elle, vous ne devrez pas dire que vous comptez vivre toujours là-bas. Vous devrez exprimer votre admiration pour leurs écoles, leur façon de penser, et prétendre vouloir devenir une érudite afin de rentrer enseigner aux Chinois ce que vous aurez appris.

— Quelles matières suis-je censée apprendre ? S'ils me questionnent et que je ne peux pas répondre...

— La religion, dites que vous venez apprendre la religion, répondit cette fille astucieuse. Les Américains ont des idées très différentes sur la religion, si bien qu'il n'y a ni bonne ni mauvaise réponse. Dites-leur que vous venez « pour l'amour de Dieu », et ils vous respecteront.

Contre une autre somme d'argent, la jeune fille me remit un formulaire rédigé en anglais, et je dus copier et recopier ces mots jusqu'à ce qu'ils me semblent naturels. En face du mot NOM, j'écrivais *Lindo Sun*. Devant DATE DE NAISSANCE, *11 mai*

1918, ce qui, à en croire mon professeur, correspondait au troisième mois suivant le nouvel an du calendrier lunaire. Devant LIEU DE NAISSANCE, j'inscrivais *Taiyuan, Chine,* et devant PROFESSION, *étudiante en théologie.*

Je lui remis encore un peu d'argent contre une liste d'adresses à San Francisco de gens ayant d'importantes relations. Finalement, la fille me donna, gratuitement, des conseils pour changer ma condition. « En premier lieu, me dit-elle, vous devez trouver un mari. Un citoyen américain de préférence. »

Devant ma surprise elle s'empressa d'ajouter : « Chinois, bien sûr ! Citoyen ne veut pas dire Blanc. Mais s'il n'est pas citoyen américain, passez vite à la règle n° 2. Avoir un enfant. Garçon ou fille, cela n'a pas d'importance aux États-Unis. Sinon personne ne prendra soin de vous lorsque vous serez vieille, n'est-ce pas ? » Et nous éclatâmes de rire toutes les deux.

« En tout cas, soyez prudente, poursuivit-elle. Les autorités d'immigration vous demanderont si vous avez déjà des enfants, ou si vous comptez en avoir. Répondez non. Ayez l'air sincère, dites que vous n'êtes pas mariée et que, étant très croyante, vous considérez comme un péché d'avoir un enfant. »

Ma perplexité dut se refléter sur ma figure car elle crut bon d'expliquer : « Voyons, réfléchissez. Comment un bébé pas encore né peut-il savoir qu'il n'est pas supposé naître ? Une fois arrivé, il devient citoyen américain et peut faire ce qu'il veut. Comme demander à sa mère de rester. C'est logique, non ? »

Mais ce n'était pas ce qui m'intriguait. Je me demandais surtout pourquoi je devais avoir « l'air sincère ». Quel autre air pourrais-je avoir puisque c'était la vérité ?

Vois la franchise sur mes traits. Pourquoi ne t'ai-je pas transmis cet air-là ? Pourquoi racontes-tu toujours à tes amis que je suis arrivée de Chine sur un bateau ? C'est faux. Je n'étais pas si pauvre. J'ai pris l'avion. J'avais économisé l'argent que m'avait remis ma belle-famille en me renvoyant. Et j'avais aussi économisé sur mon salaire d'opératrice téléphonique pendant douze ans. Il est exact, cependant, que je n'ai pas pris l'avion le plus rapide. Le voyage a duré trois semaines. Nous nous arrêtions partout : Hong Kong, le Viêtnam, les Philippines, Hawaï. Si bien qu'à mon arrivée, je n'avais plus l'air sincèrement ravi de me trouver là.

Pourquoi racontes-tu toujours aux gens que j'ai rencontré ton père chez *Cathay*, que j'ai ouvert un de ces biscuits emballés dans des papiers imprimés de dictons, qui m'annonçait que j'allais épouser un bel étranger brun, et que, quand j'ai levé les yeux, il était là, lui, le serveur, ton père. Pourquoi cette plaisanterie ? C'est inexact. Ce n'est pas vrai ! Ton père n'était pas serveur, et je n'ai jamais mangé dans ce restaurant. La maison *Cathay* avait une pancarte annonçant : « Cuisine chinoise », c'est pourquoi seuls les Américains fréquentaient cet établissement avant sa démolition. Un restaurant *McDonald's* s'est construit à sa place, depuis lors, flanqué d'une grande pancarte en chinois disant : *Mai Dong Lou*, « Blé, Est, Immeuble ». Aucun sens. Pourquoi n'y a-t-il que les choses chinoises absurdes qui attirent les gens ? Tu dois comprendre ma véritable situation, comment je suis arrivée, comment je me suis mariée, comment j'ai perdu ma face chinoise, et pourquoi tu es telle que tu es.

À mon arrivée dans ce pays, personne ne me posa de questions. Les autorités d'immigration vérifièrent mes papiers et les tamponnèrent. Je décidai de me rendre d'abord à l'une des adresses de San Francisco que mon informatrice de Pékin m'avait fournies. Le bus me déposa dans une rue large où circulaient des funiculaires. C'était California Street. Je grimpai la côte et aperçus un grand bâtiment. Il s'agissait de l'ancienne Sainte-Mary. Sous l'enseigne de l'église, en caractères chinois, quelqu'un avait ajouté : « Cérémonie chinoise pour sauver les fantômes du trouble spirituel, 7 heures et 8 h 30. » Je mémorisai l'information pour le cas où l'administration me poserait des questions sur mon lieu de culte. Et puis, de l'autre côté de la rue, j'aperçus une autre pancarte peinte, devant une petite bâtisse : « Économisez aujourd'hui pour demain, à la Banque d'Amérique. » Alors je pensai en moi-même : « Voilà ce que vénèrent les Américains. » Tu vois, je n'étais pas si stupide ! L'église n'a pas changé de taille, mais à la place de la petite banque d'autrefois s'élève maintenant un immense immeuble de cinquante étages, où toi et ton futur mari travaillez et regardez le monde de haut.

Ma fille pouffera de rire si je lui fais cette remarque. Sa mère est capable de bons mots.

Donc je grimpai cette côte. Je vis deux pagodes, une sur chaque trottoir, comme les deux monuments d'entrée d'un immense temple bouddhiste. Mais en y regardant de plus près, je m'aperçus que les pagodes n'étaient rien d'autre que des

357

constructions couronnées de toits de tuiles, sans murs, avec rien dessous. Leurs efforts pour imiter une vieille cité impériale ou la tombe d'un empereur me surprirent. En examinant les abords de ces fausses pagodes, je découvris aussi que les rues devenaient étroites ; animées, sombres et sales. Alors je me dis : « Pourquoi ont-ils choisi le plus mauvais côté chinois pour l'intérieur ? Pourquoi n'ont-ils pas plutôt construit des parcs et des étangs ? » Oh, bien sûr, ici et là on apercevait bien des caves anciennes ou un théâtre chinois, mais à l'intérieur c'était toujours les mêmes matériaux de pacotille.

Aussi, lorsque j'arrivai à l'adresse indiquée par la fille de Pékin, je savais que je ne devais pas m'attendre à grand-chose. C'était un immense immeuble vert, très bruyant, avec des enfants qui dévalaient en courant les escaliers extérieurs et les couloirs. Au n° 402, une vieille femme me déclara tout à trac qu'elle avait perdu son temps en m'attendant depuis une semaine. Elle griffonna quelques adresses sur un papier qu'elle me tendit, et laissa ostensiblement sa main tendue. Je lui donnai un dollar américain. Elle le regarda puis leva les yeux et dit : « *Xiaojie*, miss, nous sommes en Amérique ici. Même un mendiant mourrait de faim avec un dollar. » Alors je lui donnai un deuxième dollar, mais elle ajouta : « *Aïï*, vous croyez que c'est si facile d'obtenir ces informations ? » Je lui donnai un troisième dollar, et elle referma sa main et sa bouche.

Avec les adresses de la vieille femme, je pus trouver un appartement pas cher dans Washington Street. Il ressemblait à tous les autres, perché au-dessus d'une petite boutique. Et grâce à la liste d'adresses à trois dollars, je dénichai un épouvantable travail payé soixante-quinze cents de l'heure. Oh ! j'essayai bien de trouver un emploi de vendeuse, mais il fallait pour cela parler anglais. Je me présentai aussi pour un poste d'hôtesse chinoise, mais on exigeait que je masse des étrangers des pieds à la tête, et je fis tout de suite le rapprochement avec les prostituées de quatrième classe en Chine ! Je rayai cette adresse d'un trait noir. Certains autres emplois nécessitaient des relations particulières. Il s'agissait d'emplois tenus par des familles de Canton, de Toishan et des Quatre Districts, des gens du Sud qui avaient immigré de nombreuses années auparavant pour faire fortune et qui continuaient de s'y cramponner par l'intermédiaire de leurs arrière-petits-enfants.

Ma mère ne s'était donc pas trompée sur les épreuves qui m'attendraient dans ma jeunesse. Mon travail dans cette fabrique de biscuits fut l'une des pires. D'énormes et noires machines fonctionnaient jour et nuit pour verser de petites galettes sur des plaques de grill tournantes. Les autres ouvrières et moi, nous étions assises sur de hauts tabourets, devant les gâteaux qui défilaient, et nous devions les retirer des plaques de cuisson dès qu'ils étaient dorés. Puis nous placions une bande de papier au milieu et recourbions le biscuit en deux avant qu'il durcisse. Si vous saisissiez la galette trop tôt, vous vous brûliez les doigts à la pâte chaude et molle. Mais si vous la preniez trop tard, le biscuit devenait dur avant que vous ayez pu le mettre en forme. Il fallait alors jeter les ratés dans une barrique, et cela vous pénalisait car le patron ne pouvait les vendre que comme déchets.

À la fin de la première journée, mes dix doigts étaient écarlates. Ce n'était pas un travail pour une idiote. Il vous fallait apprendre vite ou bien vos doigts terminaient comme des saucisses grillées. Le lendemain, seuls mes yeux me brûlaient, car je ne les avais pas détournés un instant des biscuits. Le troisième jour, ce furent mes bras qui souffrirent, à force de rester tendus pour être prêts à retirer les galettes au bon moment. À la fin de la semaine, mes gestes devinrent automatiques et je pus me relaxer suffisamment pour remarquer qui travaillait à côté de moi. D'un côté, c'était une femme vieillissante qui ne souriait jamais et se parlait toute seule en cantonais quand elle était en colère. On aurait dit une folle. De l'autre côté, travaillait une femme d'environ mon âge. Son tonneau contenait très peu de déchets, mais je la suspectais de les manger. Elle était très rebondie.

— Hé, *Xiaojie !* me héla-t-elle par-dessus le bruit des machines.

Je fus ravie d'entendre sa voix et de découvrir que nous parlions toutes deux le mandarin, bien que son dialecte fût assez vulgaire.

— As-tu jamais pensé devenir si puissante que tu pourrais déterminer le destin de quelqu'un ? demanda-t-elle.

Je n'avais pas la moindre idée de ce qu'elle voulait dire. Alors elle ramassa l'une des bandes de papier des biscuits et lut à haute voix en anglais

« Ne battez pas votre linge sale en public. Car même le vainqueur se souille », lut-elle avant de traduire en chinois : il ne faut pas se battre et laver son linge en même temps. Car si tu gagnes, tu taches tes habits.

Je ne comprenais toujours pas. Elle prit un autre papier et lut en anglais :

— « L'argent est la racine du mal. Regardez autour de vous, et creusez profondément. » Ça signifie que l'argent a une mauvaise influence, traduisit-elle en chinois. Tu deviens nerveuse et tu pilles les tombes.

— Quelle idiotie ! lançai-je en fourrant les papiers dans ma poche, dans l'idée d'étudier plus tard ces classiques dictons américains.

— Ce sont des prédictions, expliqua ma voisine. Les Américains croient que ce sont des dictons chinois.

— Mais nous ne disons jamais de telles âneries ! m'exclamai-je. Ces phrases n'ont aucun sens. Ce ne sont pas des prédictions, ce sont de mauvaises instructions !

Non, répondit-elle en riant. C'est notre triste destin d'être là en train de fabriquer ces choses, et le triste destin d'autres personnes de payer pour les avoir.

C'est ainsi que je fis la connaissance de An-mei Hsu. Eh oui, tante An-mei, aujourd'hui si vieux jeu. An-mei et moi rions encore de ces dictons et de la façon dont les prédictions se révélèrent très utiles pour m'aider à attraper un mari.

— Hé, Lindo, me dit un jour An-mei à la fabrique. Accompagne-moi à l'église, dimanche. Mon mari a un ami qui cherche une épouse chinoise. Il n'est pas citoyen américain, mais je suis sûre qu'il connaît la manière d'en faire un.

Voilà comment j'entendis pour la première fois parler de Tin Jong, ton père. La situation ne se présentait pas comme lors de mon premier mariage, où tout avait été arrangé. J'avais le choix. Je pouvais choisir d'épouser ton père, ou choisir de ne pas l'épouser et de retourner en Chine.

En le voyant, je sus aussitôt que quelque chose n'allait pas : il était cantonais ! Comment An-mei pouvait-elle imaginer que j'épouserais un Cantonais ? Mais elle me dit : « Nous ne sommes plus en Chine. Tu n'es pas obligée d'épouser un garçon de ton village. Ici, tout le monde vient du même endroit, même si cela représente tous les coins de la Chine. » Tu vois comme tante An-mei a changé depuis cette époque.

Au début, ton père et moi étions très timides, incapables l'un et l'autre de converser dans nos dialectes chinois respectifs. Nous allions en classe d'anglais ensemble et nous communiquions par ces mots nouveaux que nous apprenions en y ajoutant parfois des caractères chinois griffonnés sur un morceau de papier pour préciser nos pensées. Nous avions au moins cela pour nous unir, un morceau de papier. Mais il est difficile de parler mariage à quelqu'un quand on ne peut pas prononcer les mots. Tous ces petits signes, ces mots moqueurs, autoritaires, grincheux, qui font que l'on devine si c'est sérieux ou non. Nous nous exprimions à la manière de notre professeur d'anglais. Je vois un chat. Je vois un rat. Je vois un mât.

Mais je ne tardai pas non plus à voir combien je plaisais à ton père. Un jour, il feignit de jouer une pièce de théâtre chinois afin de se faire mieux comprendre. Il se mit à courir en tout sens et à bondir sur place, en s'arrachant les cheveux, pour me montrer, *wangiile !* combien la Compagnie Pacifie Telephone, où il travaillait, était un endroit agité et excitant. Tu ne savais pas que ton père était si bon acteur, n'est-ce pas ? Tu ne savais pas que ton père avait tant de cheveux ?

Oh ! je découvris par la suite que son emploi n'était pas comme il le décrivait. C'était beaucoup moins bien. Encore aujourd'hui, maintenant que je peux discuter avec lui en cantonais, je lui demande pourquoi il n'a jamais cherché une meilleure situation. Mais ton père réagit comme dans l'ancien temps, quand il ne comprenait pas un mot de ce que je lui disais.

Parfois je me demande pourquoi j'ai voulu me marier avec lui. An-mei m'a mis l'idée en tête, je suppose. Elle disait : « Dans les films, les garçons et les filles n'arrêtent pas de se passer des notes. C'est comme ça qu'il leur arrive des histoires. Tu dois y mettre du tien pour que cet homme réalise ses intentions. Sinon tu te retrouveras vieille fille avant que ça lui vienne à l'esprit. »

Ce soir-là, en travaillant, An-mei et moi fouillâmes dans les papiers dictons des biscuits pour en trouver un approprié à donner à ton père. An-mei les lisait à haute voix et mettait de côté ceux qui pouvaient convenir : « Les diamants sont les meilleurs amis d'une femme. » « Ne décidez jamais pour un ami. » « Si ça vous trotte tellement dans la tête, il est temps de vous marier. » « Selon Confucius, une femme vaut mille paroles. Dites à la vôtre qu'elle a épuisé son crédit. »

Tous ces papiers nous firent beaucoup rire. Mais je sus lequel était le bon dès le premier coup d'œil.

Il disait : « Une maison n'est pas un foyer tant qu'il n'y a pas d'épouse dedans. » Celui-là ne me fit pas rire. Je plaçai le papier dans une galette et recourbai le biscuit en y mettant tout mon cœur.

Le lendemain après-midi, après la classe d'anglais, je glissai ma main dans mon sac et grimaçai comme si une souris m'avait mordue.

— Qu'y a-t-il ? s'écria ton père.

Je sortis le biscuit et le lui tendis en disant :

— Oh ! tous ces gâteaux. J'ai mal au cœur juste à les regarder. Prenez celui-ci.

Je savais déjà qu'il était de nature à ne rien gâcher. Il ouvrit le biscuit, en croqua une bouchée, puis déplia le papier pour le lire.

— Que dit-il ? demandai-je d'un ton désinvolte. Traduisez-le, s'il vous plaît, insistai-je, devant son silence.

Nous marchions dans Portsmouth Square. Le brouillard était déjà tombé et je commençais à grelotter dans mon manteau léger. J'espérais que ton père allait se dépêcher et me demander en mariage. Au lieu de cela, il garda son air grave pour dire :

— Je ne connais pas ce mot : épouse. Je regarderai ce soir dans mon dictionnaire et je vous dirai la signification du dicton demain.

Et, le lendemain matin, il me dit en anglais :

— Lindo, voulez-vous épouser avec moi ?

J'éclatai de rire et lui fis remarquer qu'il utilisait ce mot de façon incorrecte. Alors il fit une plaisanterie à la Confucius, en disant que si les mots étaient faux, ses intentions devaient l'être aussi. Nous passâmes toute la journée à nous taquiner et à nous chamailler, et c'est ainsi que nous décidâmes de nous marier.

La cérémonie eut lieu un mois plus tard dans la Première Église baptiste chinoise, où nous nous étions rencontrés. Neuf mois après, ton père et moi apportions la preuve de notre citoyenneté : un petit garçon, ton grand frère Winston. Je le prénommai ainsi car j'aimais le sens de ces deux mots *wins ton*[1]. Je voulais élever un fils qui gagnerait beaucoup de choses : louanges, argent, bonheur. À l'époque je me disais que j'avais obtenu tout ce que je désirais. J'étais si heureuse. Je ne voyais pas que nous étions pauvres. Je voyais seulement ce que nous avions. Comment aurais-je pu deviner que Winston mourrait dans un accident de voiture ? Si jeune ! Seize ans seulement !

Deux ans après la naissance de Winston, je mis au monde ton autre frère. Je l'appelai Vincent, car cela sonnait comme *win cent,* gagner de l'argent. Parce que je commençais alors à m'apercevoir que nous en manquions. Puis tu naquis et, peu de temps après, je me cognai le nez dans l'autobus.

Je ne sais pas ce qui me transforma. Peut-être le choc sur mon nez m'endommagea-t-il le cerveau. Peut-être que te voir, bébé, toi qui me ressemblais tellement, me rendit insatisfaite de ma propre vie. Je voulais pour toi le meilleur. Je voulais que tu aies les meilleures conditions de vie américaines et le meilleur caractère chinois. Je voulais que tu ne regrettes rien. C'est pourquoi je te prénommai Waverly, du nom de la rue où nous habitions. Je voulais que tu penses : « C'est à ce lieu que j'appartiens. » Mais je

---

1. Littéralement : qui gagne des tonnes.

savais aussi que, en te donnant le nom de cette rue, tu grandirais, tu quitterais cet endroit, et tu emporterais une part de moi avec toi.

Mr. Rory est en train de brosser mes cheveux. Qui sont très doux. Et très noirs.

— Tu es superbe, maman ! s'exclame ma fille. Au mariage, tout le monde te prendra pour ma sœur.

Je regarde ma tête dans le miroir du salon de coiffure. Je vois mon reflet. Je ne peux pas voir mes défauts, mais je sais qu'ils sont là ! Et je les ai transmis à ma fille. Mêmes yeux, mêmes pommettes, même menton. Son caractère, les circonstances l'ont forgé. Je regarde ma fille et c'est la première fois que je le remarque.

— *Aii-ya !* Qu'est-il arrivé à ton nez ?

Elle se regarde dans la glace, ne voit rien d'anormal.

— Que veux-tu dire ? Il ne m'est rien arrivé ! J'ai toujours le même nez.

— Comment se fait-il qu'il soit tordu ?

Un côté de son nez penche un peu, entraînant la joue avec lui.

— Je ne comprends pas ce que tu veux dire. C'est ton nez. C'est toi qui me l'as donné.

— Comment est-ce possible ? Il tombe. Tu dois subir une intervention de chirurgie esthétique pour le rectifier.

Ma fille reste sourde à mes paroles. Elle place son visage souriant près du mien, qui est soucieux.

— Ne dis pas de bêtises, sourit-elle. Notre nez n'est pas si mal. Il nous donne un air tortueux.

— Que signifie ce mot, tortueux ?

— Que nous regardons dans une direction et en suivons une autre. Nous penchons d'un côté et de l'autre. Nous pensons ce que nous disons, mais nos intentions sont différentes.

— Les gens peuvent lire cela sur notre figure ? Ma question la fait éclater de rire.

— Eh bien non, pas tout ce que nous pensons. Ils devinent seulement que nous sommes à double face.

— C'est bien ?

— C'est bien si tu obtiens ce que tu désires.

Je réfléchis à nos deux faces. Laquelle est américaine ? Laquelle est chinoise ? Laquelle est la meilleure ? Si j'en montre une, je sacrifie obligatoirement l'autre.

C'est ce qui est arrivé il y a six mois, lorsque je suis retournée en Chine pour la première fois depuis quarante ans. J'avais retiré mes bijoux fantaisie. Je ne portais pas de couleurs criardes. Je parlais leur langage. J'utilisais leur monnaie. Pourtant ils savaient. Ils savaient que je n'étais pas chinoise à cent pour cent. Ils augmentaient leurs prix pour moi, comme pour n'importe quel étranger.

Alors je m'interroge : « Qu'ai-je perdu ? Qu'ai-je reçu en échange ? » Je demanderai à ma fille ce qu'elle en pense.

DEUX TICKETS

Dès la minute où notre train quitte la frontière de Hong Kong pour entrer dans Senzhen, en Chine, je me sens différente. J'ai des picotements sous la peau du front, mon sang bat à un rythme nouveau, une vieille et familière douleur se glisse dans mes os. Ma mère avait raison. Je suis en train de devenir chinoise.

« Tu n'y peux rien », me disait ma mère lorsque j'avais quinze ans et que je protestais vigoureusement de posséder je ne sais quoi de chinois au fond de moi. À l'époque, j'étais étudiante de deuxième année à Galileo High, à San Francisco, et tous mes amis blancs m'approuvaient : j'étais à peu près aussi chinoise qu'eux. Mais ma mère avait étudié dans une école d'infirmières réputée de Shanghai, et elle affirmait tout savoir sur la génétique. Aussi ne subsistait-il aucun doute dans son esprit, que je fusse ou non d'accord. Selon elle, quiconque naissait chinois ne pouvait que sentir et penser chinois.

« Un jour tu comprendras, affirmait-elle. C'est dans ton sang, prêt à resurgir. »

À ces mots, je m'imaginais me transformant en loup-garou, en particule d'A.D.N. subitement activée et se reproduisant insidieusement en syndrome, en faisceau de comportements chinois révélateurs, toutes ces manies de ma mère qui m'embarrassaient, telles que marchander avec les commerçants, se curer les dents en public, rester insensible à l'harmonie des couleurs au point de ne pas voir que le jaune citron et le rose pâle ne forment pas une heureuse combinaison vestimentaire.

Mais aujourd'hui je m'aperçois que je n'ai jamais réellement su ce que voulait dire être chinoise. J'ai trente-six ans. Ma mère est morte et je voyage dans un train, emportant avec moi ses rêves de retour au pays. Je vais en Chine.

D'abord nous nous rendons à Guangzhou, mon père âgé de soixante-douze ans, Canning Woo, et moi, pour rendre visite à sa tante, qu'il n'a pas vue depuis qu'il avait dix ans. J'ignore si c'est la perspective de rencontrer sa tante ou bien parce qu'il est en Chine, mais il a l'air d'un jeune garçon, si joyeux et naïf que j'ai envie de lui boutonner sa veste et de lui caresser la tête. Nous sommes assis face à face, séparés par une petite tablette où sont posées deux tasses de thé froid. Du plus loin que je me souvienne, c'est la première fois que les yeux de mon père sont embués de larmes. Et tout ce qu'il voit par la vitre du train, en ce petit matin d'octobre, c'est un champ sectionné de jaune, de vert et de brun, un canal qui longe les rails, des collines à pente douce, et trois personnes en veste bleue juchées sur un char à bœuf. Je n'y peux rien, moi aussi mes yeux se brouillent, comme si j'avais contemplé ce spectacle il y a très, très longtemps, et l'avais presque oublié.

Dans moins de trois heures nous atteindrons Guangzhou, dont mon guide de voyage précise que c'est désormais le nom officiel de Canton. Il semble que toutes les villes dont j'ai entendu parler, à l'exception de Shanghai, ont changé de nom. D'ailleurs la Chine elle-même a changé à bien des égards. Ch'ung-ch'ing est devenue Chongqing, Kweilin, Guilin. J'ai relevé ces noms car, après notre visite à la tante de mon père à Guangzhou, nous prendrons un avion pour Shanghai, où je dois rencontrer mes demi-sœurs pour la première fois.

Ce sont les jumelles que ma mère a eues de son premier mariage, les bébés qu'elle dut abandonner sur la route de Guilin à Chongqing en 1944. Elle ne m'avait jamais rien dit de plus à leur sujet, aussi dans mon esprit étaient-elles restées des bébés, assises sur le bord de la route, qui écoutaient les bombes siffler au loin en suçant patiemment leur petit pouce rougi.

C'est seulement cette année que quelqu'un les a retrouvées. Nous avons appris l'heureuse nouvelle par une lettre en provenance de Shanghai, adressée à ma mère. En découvrant qu'elles étaient en vie, j'ai imaginé mes demi-sœurs, parfaitement identiques, non plus comme des bébés mais cette fois çomme des fillettes de six ans. Je les voyais assises à une table, se passant tour à tour le même stylo à plume. L'une écrivait en caractères bien nets :

Très chère maman, nous sommes vivantes, puis relevait sa mèche de cheveux courts en tendant le stylo à l'autre, qui poursuivait : *Viens nous chercher très vite, s'il te plaît.*

Bien sûr, elles ne pouvaient pas savoir que ma mère était morte trois mois plus tôt, subitement, de l'éclatement d'un vaisseau dans le cerveau, alors qu'elle était en train de bavarder avec mon père, de se plaindre des locataires du dessus et de fomenter un complot pour les expulser de l'appartement sous prétexte d'y loger des cousins venant de Chine. Tout à coup elle s'était pris la tête dans les mains et avait titubé vers le sofa, les yeux fermés. Puis son corps s'était affaissé lentement, ses mains battant l'air.

Mon père avait donc le premier ouvert la lettre. Une lettre très longue, en réalité, où mes demi-sœurs appelaient ma mère *maman.* Elles disaient qu'elles avaient conservé sa photo encadrée et combien elles l'avaient vénérée. Elles parlaient de leur vie, depuis le moment où elle les avait laissées sur la route.

Et la lettre avait tellement ému mon père, ces filles qui appelaient sa femme depuis une autre vie, inconnue de lui, qu'il l'avait remise à tante Lindo en lui demandant d'y répondre, pour leur apprendre sa mort, avec toute la gentillesse possible.

Au lieu de cela, tante Lindo emporta la lettre au club de la Chance, pour discuter avec tante Ying et tante An-mei de l'attitude à adopter, car elles connaissaient depuis de nombreuses années les recherches entreprises par ma mère pour retrouver ses filles et son inlassable espoir. Tante Lindo et les autres pleurèrent cette double tragédie, mais bientôt elles ne purent s'empêcher de croire à une sorte de miracle, et à la possibilité de faire revivre leur amie et de combler ses rêves.

Voilà donc ce qu'elles écrivirent à mes sœurs à Shanghai : « Très chères filles, moi non plus je ne vous ai jamais oubliées, ni dans mes pensées, ni dans mon cœur. Je n'ai jamais perdu l'espoir de nous retrouver un jour réunies. Je regrette seulement que cela ait tant tardé. Je veux vous raconter ce qu'a été ma vie depuis notre séparation. Je vous le raconterai quand notre famille vous rendra visite en Chine... » Et elles signèrent du nom de ma mère.

Les tantes ne me parlèrent de mes sœurs qu'après avoir envoyé leur réponse.

— Alors elles vont croire que ma mère va venir, murmurai-je.

Ce jour-là, je les imaginai à dix ou onze ans, bondissant sur place en se tenant les mains, leur queue de cheval sautant frénétiquement, excitées à l'idée que leur mère, *leur* mère, allait venir, alors que ma mère était morte.

— Comment leur expliquer dans une lettre qu'elle ne viendra pas ? répondit tante Lindo. Elle est leur mère. Elle est ta mère. C'est à toi de leur parler. Pendant toutes ces années elles ont rêvé d'elle.

Je me dis que tante Lindo avait sans doute raison. Mais alors moi aussi je me mis à rêver. De ma mère, de mes sœurs, de notre rencontre à Shanghai. Toutes ces années, pendant qu'elles attendaient qu'on les retrouve, j'avais vécu avec ma mère, puis je l'avais perdue. J'imaginais la scène à l'aéroport de Shanghai : mes sœurs dressées sur la pointe des pieds, scrutant toutes les têtes brunes émergeant de l'avion, et moi qui les reconnaissais du premier coup d'œil à la même expression anxieuse peinte sur leurs visages.

— *Jiejie, jiejie.* Soeur, sœur, nous sommes ici, me voyais-je crier, dans mon pauvre chinois.

— Où est maman ? s'étonnaient mes sœurs en regardant partout, encore souriantes, les joues roses d'excitation. Où se cache-t-elle ?

Et cela aurait bien ressemblé à ma mère, de s'attarder légèrement en arrière pour jouer un peu avec leur patience et leur faire battre le cœur. Mais je secouais la tête. Non, elle ne se cachait pas.

— Oh, mais ce doit être maman, là-bas, non ? murmurait l'une de mes sœurs d'une voix animée en désignant une petite femme qui ployait sous une montagne de cadeaux.

Oui, cela aussi aurait bien ressemblé à ma mère, d'apporter des tonnes de présents, de nourriture et de jouets pour les enfants — tous achetés en solde — et de balayer d'un geste les remerciements en se récriant que ce n'était rien, sans manquer toutefois de retourner les étiquettes pour impressionner son petit monde : « Calvin Klein — 100 % pure laine. »

Et je me voyais bredouiller : « Désolée, mes sœurs, je suis venue seule... » Mais avant même que j'aie le temps de leur expliquer, elles lisaient la vérité sur mon visage, et elles se mettaient à gémir, à s'arracher les cheveux, leur bouche se tordait de douleur et elles s'enfuyaient loin de moi. Moi qui remontais dans l'avion pour rentrer à la maison.

Après avoir rêvé cette scène de multiples fois, et imaginé leur désespoir se muer en horreur puis en colère, je demandai à tante Lindo d'écrire une autre lettre. D'abord elle refusa.

— Comment puis-je dire qu'elle est morte ? Je ne peux pas écrire ça, s'entêta tante Lindo.

— Pourtant c'est cruel de leur laisser croire que ma mère va descendre de l'avion. En me voyant seule, elles me haïront.

— Te haïr ? Impossible, se renfrogna tante Lindo. Tu es leur sœur, leur unique famille.

— Tu ne comprends pas, protestai-je.

— Qu'est-ce que je ne comprends pas ?

— Elles me croiront responsable. Elles penseront qu'elle est morte parce que je ne l'ai pas assez aimée.

Tante Lindo arbora un air à la fois satisfait et attristé : enfin je prenais conscience de la vérité. Elle demeura assise pendant une heure. Quand elle se releva, ce fut pour me tendre une lettre de deux pages. Elle avait des larmes dans les yeux. Aurait-elle écrit l'annonce de la mort de ma mère en anglais, je n'aurais pas eu le cœur de lire sa lettre.

— Merci, murmurai-je.

Le paysage est devenu gris, encombré d'immeubles en béton, bas et plats, de vieilles usines. Puis les rails se multiplient et se remplissent de trains semblables au nôtre, qui filent en sens inverse. Je vois des plates-formes bondées de gens vêtus d'habits occidentaux aux couleurs ternes, et des points de couleurs vives : de jeunes enfants habillés de rose et jaune, de rouge et orange. Et puis des soldats en vert olive et rouge, et de vieilles femmes en blouse grise et pantalon à mi-mollet. Nous sommes à Guangzhou.

Avant même que le train s'immobilise, les voyageurs descendent leurs affaires des porte-bagages. Pendant un moment se déverse un dangereux déluge de lourdes valises chargées de cadeaux pour la famille, de caisses démantibulées et emmaillotées de kilomètres de ficelle pour empêcher leur contenu de se répandre, de sacs en plastique remplis de fil à tisser, de légumes, de paquets de champignons séchés, et de malles. Ensuite nous sommes emportés par un flot humain, qui nous presse, nous pousse, nous bouscule, jusque dans l'une des quelque dix files d'attente pour passer la douane. J'ai l'impression d'attendre le bus n° 30 de Stockton, à San Francisco. Non, je suis en Chine. Je me souviens. La foule ne me gêne pas. Elle me semble naturelle. Moi aussi je commence à pousser.

Je sors les formulaires de douane et mon passeport. « Woo », est écrit en haut, et en dessous : « June May, née en Californie, U.S.A., 1951. » Je me demande si les douaniers vont croire que je suis la même personne que celle de la photo. Sur le cliché, mes cheveux mi-longs sont rejetés en arrière et artistiquement coiffés. Je porte des faux cils, de l'ombre sur les paupières et du rouge à lèvres. Le teint de mes joues est rehaussé par du fard bronze. Or cette chaleur d'octobre m'a prise au dépourvu : l'humidité alourdit mes cheveux, et je ne suis pas maquillée. À Hong Kong, mon mascara s'est dilué en de larges cernes noirs et tout le reste s'est mélangé comme des couches de graisse. Aussi, aujourd'hui, mon visage est nu et lisse, à l'exception d'une rosée de sueur sur le front et le nez.

Même sans maquillage, jamais je ne pourrais passer pour une véritable Chinoise. Je mesure un mètre soixante-cinq, et ma tête émerge de la foule, au niveau de celles des touristes. Un jour ma mère m'a expliqué que j'avais hérité ma taille de mon grand-père, un homme du Nord, qui avait peut-être aussi un peu de sang mongol. « C'est en tout cas ce que ma mère m'a dit, mais il est trop tard pour l'interroger. Ils sont tous morts, tes grands-parents, tes oncles, leurs femmes et leurs enfants, tous tués pendant la guerre, par une bombe tombée sur notre maison. Toutes ces générations tuées en quelques secondes. »

Ma mère racontait cela de façon si naturelle que l'on aurait pu croire son chagrin surmonté depuis longtemps. Parfois je me demandais même comment elle savait qu'ils étaient tous morts.

— Ils ont peut-être quitté la maison avant que la bombe s'écrase ? lui suggérai-je un jour.

— Non, répondit ma mère. Toute notre famille est partie. Il n'y a plus que toi et moi.

— Mais comment le sais-tu ? Certains se sont peut-être enfuis ?

— Impossible, répéta-t-elle, presque avec colère.

Peu à peu sa mine renfrognée s'effaça pour laisser place à une expression d'intense perplexité, et elle se mit à parler comme quelqu'un qui cherche à mettre de l'ordre dans ses souvenirs. « Je suis revenue à la maison. J'ai levé les yeux à l'endroit où elle se dressait, et il n'y avait plus de maison. Seulement le ciel. Et en dessous, sous mes pieds, quatre étages de briques et de bois, toute la vie de notre famille. Et sur le côte, des objets soufflés dans le jardin, rien de valeur.

Un lit, ou plutôt le cadre en fer d'un lit, tordu à un angle. Un livre, j'ignore lequel car toutes les pages en étaient noircies. Une tasse à thé intacte mais remplie de cendres. Et puis ma poupée, les bras et les jambes arrachés, les cheveux calcinés... Étant petite, j'avais pleuré pour avoir cette poupée en la voyant toute seule dans une vitrine, et ma mère me l'avait achetée. C'était une poupée américaine avec des cheveux jaunes. On pouvait lui tourner les bras et les jambes, et ses yeux bougeaient de haut en bas. Quand je me suis mariée et que j'ai quitté ma famille, j'ai offert la poupée à la plus jeune de mes nièces parce qu'elle me ressemblait. Elle pleurait si la poupée ne restait pas toujours près d'elle. Tu comprends maintenant ? Si ma nièce se trouvait dans la maison avec la poupée, ses parents étaient là aussi, et les autres avec eux. Tous ensemble. Car c'est ainsi qu'était notre famille. »

La femme au guichet de la douane examine mes papiers, me jette un coup d'œil furtif, et en deux mouvements rapides appose un tampon et me fait signe de passer. Mon père et moi nous retrouvons bientôt dans un endroit immense bondé de milliers de gens et de bagages. Je me sens perdue. Mon père a l'air désemparé.

— Excusez-moi, dis-je à un homme à l'air américain. Pouvez-vous m'indiquer où je peux trouver un taxi ?

Mais il me répond par un bredouillement qui sonne comme du suédois ou du néerlandais.

Xiaoying ! Xiaoying !

J'entends une voix perçante crier derrière moi. Une vieille dame coiffée d'un béret jaune tricoté à la main brandit un sac en plastique rose rempli de babioles. Je la soupçonne de vouloir nous vendre quelque chose, mais mon père dévisage cette minuscule femme moineau, et tout à coup ses yeux s'agrandissent, son visage s'éclaire, et il sourit comme un petit enfant.

— *Ai-yi ! Ai-yi !* Tante ! Tante ! dit-il doucement.

— *Xiaoying !* gazouille ma grand-tante.

Je trouve amusant qu'elle ait justement appelé mon père « petite oie sauvage ». Ce devait être son surnom de bébé, utilisé pour décourager les fantômes voleurs d'enfants.

Ils s'empoignent les mains, ils ne s'étreignent pas, et restent ainsi, mains jointes, parlant chacun son tour. « Regarde-toi ! Tu es si vieille. » « Et toi, regarde comme tu as vieilli ! » Ils pleurent et rient en même temps, et moi je me mords la lèvre pour ne pas pleurer. J'ai peur de partager leur joie, parce que je sais combien sera différente notre arrivée demain à Shanghai, combien le contact sera plus réservé.

Aiyi sourit largement et brandit la photo Polaroïd de mon père, qu'il a eu la sagesse de joindre à sa lettre annonçant notre venue. Vois comme je suis maligne, semble-t-elle dire en comparant la photo à l'original. Dans sa lettre, mon père l'informait que nous l'appellerions de l'hôtel dès notre arrivée, aussi nous ont-ils surpris en venant à notre rencontre. Je me demande si mes sœurs seront à l'aéroport.

Alors seulement je me souviens de l'appareil photo. Je m'étais juré de prendre les retrouvailles de mon père et de sa tante. Il n'est pas trop tard.

« Là, tenez-vous côte à côte », dis-je en- armant le Polaroïd. Le flash éclate et je leur tends le cliché.

Aiyi et mon père, debout l'un près de l'autre, chacun tenant un coin de la photo, guettent leur image en train de se former. Leur silence est presque religieux. Aiyi n'a que cinq ans de plus que mon père, ce qui lui en donne donc environ soixante-dix-sept. Pourtant elle en paraît beaucoup plus, rétrécie comme une relique momifiée. Ses cheveux maigres sont d'un blanc pur, ses dents noircies par les caries.. Quelles foutaises, ces histoires de Chinoises qui restent éternellement jeunes !

Aiyi me fait maintenant face et chantonne : *Zhang-dale*. Déjà si grande. Elle lève les yeux sur moi, sur toute ma hauteur, puis elle plonge la main dans son sac de plastique rose, les cadeaux qu'elle nous destine, j'avais deviné, cherchant sans doute lequel elle va pouvoir me donner, maintenant que je suis si vieille et si grande. Elle agrippe mon coude dans sa main sèche comme une tenaille, et me fait pivoter. Un homme et une femme d'une cinquantaine d'années sont en train de serrer les mains de mon père. Tout le monde rit et s'exclame : « Ah ! Ah ! » Ce sont le fils aîné de Aiyi et son épouse, et derrière eux se trouvent quatre autres personnes d'environ mon âge, et une petite fille d'une dizaine d'années. Les présentations vont si vite que j'ai à peine le temps de comprendre que l'un d'eux est le petit-fils d'Aiyi, avec sa femme, et l'autre sa petite-fille, avec son mari. La fillette est Lily, l'arrière-petite-fille de Aiyi.

Aiyi et mon père parlent le mandarin de leur enfance, mais les autres membres de la famille s'expriment uniquement dans le cantonais de leur village. Quant à moi, je ne comprends que le mandarin et le parle très mal. Aiyi et mon père bavardent sans s'arrêter, échangent des nouvelles sur les gens de leur ancien village. De temps en temps ils s'interrompent pour nous adresser quelques mots, l'un en anglais, l'autre en cantonais.

— C'est bien ce que je pensais, dit mon père à mon intention. Il est mort l'été dernier.

C'est ce que j'avais compris, mais j'ignore qui est ce Li Gong. J'ai l'impression d'assister à une séance de l'O.N.U. dont tous les interprètes seraient devenus fous.

— Bonjour, dis-je à la petite fille. Je m'appelle Jing-mei.

Mais l'enfant se tortille pour regarder ailleurs, ce qui provoque chez ses parents un rire embarrassé. Je tente de récapituler les quelques mots de cantonais que j'ai appris dans Chinatown d'amis chinois, mais les seuls qui me reviennent sont des mots d'argot, des termes de fonctionnement corporel, et de courtes phrases telles que : « c'est bon », « c'est mauvais », « elle est vraiment moche. » Alors me vient une autre idée. Je sors mon appareil Polaroïd et fais signe à Lily d'approcher. Elle bondit immédiatement, pose une main sur sa hanche à la manière d'un mannequin de mode, bombe la poitrine et me décoche un sourire éblouissant. À peine ai-je pris la photo qu'elle se rue vers moi et sautille en gloussant de rire pour regarder son image apparaître sur le film verdâtre.

Lorsque nous hélons les taxis pour aller à l'hôtel, Lily tient ma main très serrée.

Dans le taxi, Aiyi ne cesse de parler, et ne me laisse pas la moindre chance de la questionner sur les sites que nous dépassons.

— Dans ta lettre, tu dis venir en visite seulement un jour, lance Aiyi à mon père d'un ton animé. Un jour ! Comment peux-tu voir ta famille en une seule journée ? Toishan est à plusieurs heures de trajet de Guangzhou. Et cette idée de nous appeler à ton arrivée ! C'est idiot ! Nous n'avons pas le téléphone.

Mon pouls s'accélère. Tante Lindo a-t-elle écrit à mes sœurs que nous les appellerions de notre hôtel à Shanghai ?

Aiyi continue de gronder mon père :

— Je n'avais plus ma tête. Demande à mon fils. J'ai remué ciel et terre pour essayer de trouver une solution ! Alors nous avons décidé que le mieux était de prendre l'autobus. de Toishan pour venir à Guangzhou, et te rencontrer tout de suite.

Je retiens mon souffle : le taxi se faufile entre les camions et les autobus sans cesser de klaxonner. Nous roulons sur une sorte de longue autoroute surélevée, comme un pont jeté au-dessus de la ville. Je vois des enfilades d'appartements et du linge suspendu à sécher sur les balcons de tous les étages. Nous doublons un autobus, tellement bondé que les visages des passagers s'écrasent presque contre les vitres. Puis se profile ce qui doit être la ville basse. De loin on dirait une importante cité américaine, avec des gratte-ciel et des constructions s'élevant dans tous les coins. Quand nous ralentissons pour aborder les zones les plus congestionnées, je distingue une foule de petites boutiques, sombres, avec des rayonnages et des comptoirs. Puis un immeuble, la façade entrelacée d'échafaudages en bambous attachés par des sangles en caoutchouc. Des hommes et des femmes se tiennent sur d'étroites plates-formes, frôlant les bordures, sans casques ni protections de sécurité. Les services de la Sécurité et de la Santé du Travail auraient de quoi s'amuser, dans ce pays !

La voix aiguë de Aiyi reprend :

C'est quand même une honte que tu ne viennes pas voir notre village, notre maison. Mes fils ont bien réussi en vendant nos légumes sur le marché libre. Nous avons gagné suffisamment, ces dernières années, pour construire une maison de trois étages, en briques neuves, assez grande pour loger toute notre famille, et même plus. Et chaque année nous gagnons plus d'argent. Vous autres Américains n'êtes pas les seuls à savoir comment devenir riches !

Le taxi s'immobilise et je suppose que nous sommes, arrivés, mais je découvre alors une version agrandie de l'hôtel *Hyatt Regency*.

— C'est ça, la Chine communiste ? dis-je à haute voix en tournant la tête vers mon père. On a dû se tromper d'hôtel.

Je sors vivement notre carnet de route, les tickets, les réservations. J'ai explicitement demandé à mon agent de voyages de choisir des hôtels bon marché, dans une fourchette de trente à quarante dollars. J'en suis certaine. Or la réservation concerne bien le *Garden Hotel,* Huanshi Dong Lu. Mon agent de voyages peut s'apprêter à payer les suppléments, ça c'est sûr.

L'hôtel est splendide. Un chasseur stylé en uniforme et casquette à fronces bondit à notre rencontre et transporte nos bagages dans le hall. L'intérieur de l'hôtel est une orgie d'arcades commerçantes et de restaurants, en verre et granit. Plutôt que d'en être impressionnée, je m'inquiète des tarifs, tout autant que de l'image que nous devons donner à Aiyi, nous autres Américains qui ne pouvons nous passer de luxe même une seule nuit.

Mais lorsque je me présente à la réception, déjà prête à marchander en prétextant une erreur de réservation, on me répond que la confirmation a bel et bien été faite. Nos chambres sont déjà payées, trente-quatre dollars chacune. Je me sens penaude, et Aiyi et les siens apparemment ravis de notre cadre de vie provisoire. Lily contemple bouche bée une arcade remplie de jeux vidéo.

Toute la famille s'entasse dans un ascenseur, et le chasseur nous adresse un signe de main en nous promettant de nous retrouver au dix-huitième étage. Dès que les portes se referment, tout le monde se tait. Quand elles se rouvrent, tout le monde se met à babiller en même temps, avec un soulagement évident. Je soupçonne Aiyi et sa famille de n'avoir jamais fait un aussi long trajet en ascenseur.

Nos chambres sont voisines et identiques. Les tapis, les rideaux, les couvre-lits sont tous dans les teintes taupe. Il y a un téléviseur couleur avec une télécommande encastrée dans la table de chevet entre les lits jumeaux. Les murs et le sol de la salle de bains sont en marbre. Je découvre un bar intégré avec un petit réfrigérateur garni de bière Heineken, de Coca-Cola, de Seven-Up, de mini-bouteilles de Johnnie Walker, de rhum Bacardi, de vodka Smirnoff, de paquets de M & M's, de noix de cajou grillées au miel et de plaquettes de chocolat Cadbury. Cette fois encore je m'exclame :

— C'est ça, la Chine communiste ?

Mon père entre dans ma chambre.

— Ils ont décidé que nous resterions tous ici, annonce-t-il en haussant les épaules. Ils disent que c'est moins compliqué comme ça, et que nous aurons plus de temps pour parler.

— Et le dîner ?

Depuis des jours j'imagine mon premier vrai repas chinois, un gigantesque banquet avec de ces soupes fumantes servies dans des melons d'hiver évidés, du poulet cuit dans de l'argile, du canard pékinois et tout le tralala.

Mon père s'avance pour prendre la brochure du service d'étage, posée à côté d'un magazine de loisirs international. Il feuillette rapidement les pages et pointe la carte du doigt.

— Voilà ce qu'ils veulent.

Ainsi c'est décidé. Ce soir, nous dînerons dans nos chambres, avec notre famille. Au menu : hamburgers, frites et tarte aux pommes.

Aiyi et les siens passent en revue les magasins de l'hôtel pendant que nous nous changeons. Après une journée de voyage en train, j'ai une envie folle d'une douche et de vêtements propres.

L'hôtel fournit de petits sachets d'un shampooing qui a la consistance de sauce brune. Voilà, me dis-je. C'est plus couleur locale. Ça c'est la Chine. Je me frictionne les cheveux.

Sous la douche, je me rends compte que c'est la première fois que je me retrouve seule depuis des jours. Mais au lieu d'en éprouver un soulagement, je me sens abandonnée. Je songe à ce que disait ma mère sur le phénomène de l'activation des gènes et de devenir chinoise, et je m'interroge sur le sens de ses paroles.

Juste après sa mort, je me suis posé une foule de questions sans réponses, qui n'ont fait que m'affliger davantage. Comme si j'avais voulu nourrir mon chagrin, m'assurer que ma peine était assez profonde.

Mais maintenant je m'interroge pour trouver des réponses. Quel était ce morceau de porc qu'elle cuisinait et qui avait la texture de la sciure ? Comment s'appelaient les oncles morts à Shanghai ? Quels rêves faisait-elle sur ses jumelles au cours de toutes ces années ? Quand elle se fâchait contre moi, pensait-elle à elles ? Souhaitait-elle les voir à ma place ? Regrettait-elle que je ne sois pas elles ?

À une heure du matin, des petits coups frappés à la fenêtre me réveillent. J'ai dû m'assoupir. Mon corps se détend. Je suis assise par terre, adossée contre l'un des lits jumeaux. Lily est couchée près de moi. Les autres aussi sont endormis, étalés sur les lits et sur le sol. Assise devant une petite table, Aiyi somnole à moitié. Mon père regarde par la fenêtre en tapotant la vitre du bout des doigts. La dernière fois que je les ai entendus parler, mon père lui racontait sa vie depuis leur séparation. Comment il est allé à l'université de Yanjing, y a rencontré ma mère, une jeune veuve. Leur voyage à Shanghai pour essayer de retrouver la maison familiale de ma mère, et le néant qui les attendait. Puis leur départ pour Canton, Hong Kong, Haifeng, et finalement San Francisco.

— Suyuan ne m'avait jamais dit qu'elle essayait de retrouver la trace de ses filles, pendant toutes ces années, reprend maintenant mon père d'une voix calme. Naturellement nous n'en parlions jamais. Je pensais qu'elle avait honte de les avoir abandonnées derrière elle.

— Où les a-t-elle laissées ? questionne Aiyi. Comment les a-t-on retrouvées ?

Je suis tout à fait réveillée, maintenant. Bien que je connaisse cette partie de l'histoire par les amies de ma mère.

— Cela s'est passé pendant l'attaque des Japonais sur Guilin, poursuit mon père.

— Les Japonais à Guilin ? s'étonne Aiyi. Jamais. C'est impossible. Les Japonais ne sont jamais venus jusqu'à Guilin.

— C'est en effet la version des journaux de l'époque. Je le sais parce que je travaillais pour le bureau d'information en ce temps-là. Le Kuomintang nous indiquait souvent ce que nous pouvions dire ou ne pas dire. Mais nous connaissions la percée des Japonais dans la province de Guangxi. Nous savions par nos sources qu'ils s'étaient rendus maîtres de la voie ferrée Wuchang-Canton, qu'ils poursuivaient leur avance, progressaient vite et marchaient sur la capitale provinciale.

Aiyi paraît surprise.

— Si la population l'ignorait, comment Suyuan était-elle au courant de l'arrivée des Japonais ?

— Un officier du Kuomintang l'en avait secrètement informée, explique mon père. Le mari de Suyuan était aussi un officier et tout le monde savait que les officiers et leurs familles étaient massacrés les premiers. Aussi a-t-elle rassemblé quelques affaires, pris ses filles, et a filé à pied en pleine nuit. Les bébés n'avaient même pas un an.

— Mais comment a-t-elle pu abandonner ses enfants ? soupire Aiyi. Des jumelles, qui plus est ! Nous n'avons jamais eu cette chance dans notre famille, soupire Aiyi en bâillant. Quel était leur nom ?

Je dresse l'oreille. J'avais prévu de les appeler tout simplement « sœur », mais maintenant j'ai envie de savoir comment l'on prononce leur nom.

— Elles portent le nom de leur père, Wang, répond mon père. Et leurs prénoms sont Chun Yu et Chun Hua.

— Cela signifie quoi ? demandé-je.

Mon père dessine des caractères imaginaires sur la vitre.

— L'un signifie « Pluie de Printemps », et l'autre « Fleur de Printemps », m'explique-t-il en anglais. Parce qu'elles sont nées au printemps et que, bien entendu, la pluie vient avant la fleur, l'ordre dans lequel les deux enfants sont nées. Ta mère était un peu poète, tu ne trouves pas ?

Je hoche la tête. Aiyi aussi, mais la sienne pique en avant et y reste. Sa respiration devient profonde et sonore. Elle dort.

Je demande dans un murmure :

— Et que signifie le prénom de maman ?

Il dessine d'autres caractères invisibles sur le carreau.

— Suyuan. Comme elle l'écrivait en chinois, ça voulait dire « Désir Longuement Chéri ». Très original comme nom, bien moins ordinaire que les noms de fleurs. Tu vois, ce premier caractère signifie quelque chose comme « Pour Toujours Jamais Oublié ». Mais il existe une autre façon d'écrire Suyuan, qui se prononce exactement pareil, mais signifie l'inverse, poursuit mon père en traçant un autre signe. La première partie semble identique : Jamais Oublié. Mais la seconde partie modifie le sens de l'ensemble : Regret Longtemps Retenu. Ta mère se mettait en colère contre moi quand je lui disais qu'on devrait l'appeler Rancune. Tu vois, je suis intelligent moi aussi, hein ? ajoute mon père en me regardant, les yeux humides.

Je hoche la tête en cherchant un moyen de le réconforter.

— Et mon nom ? Que signifie Jing-mei ?

— Ton prénom aussi est spécial, répond-il. (Existe-t-il un nom chinois qui ne le soit pas ?) Jing équivaut à Excellent. Pas seulement bon, mais pur, essentiel, de la meilleure qualité. Jing est ce qui reste de bon quand tu as ôté toutes les impuretés d'une matière, comme l'or, le riz, le sel. Ce qui reste, c'est l'essence pure. Et Mei est le mot usuel, comme dans *rneimei,* petite sœur.

Je réfléchis à tout cela. Le désir longuement chéri de ma mère. Moi, la petite sœur censée être l'essence des deux autres. Le vieux chagrin me harcèle à nouveau : quelle déception j'ai dû causer à ma mère. Soudain Aiyi s'agite, sa tête roule de côté, puis retombe en arrière, la bouche ouverte comme si elle allait répondre à ma question. Elle grogne dans son sommeil, son corps se tasse sur sa chaise.

— Pourquoi maman a-t-elle abandonné ses bébés sur le bord de la route ?

J'ai besoin de savoir parce que, moi aussi, maintenant, je me sens abandonnée.

— Je me suis longtemps posé la question, dit mon père. Et puis j'ai lu la lettre de ses filles, de Shanghai, et j'ai discuté avec tante Lindo et les autres. Alors j'ai compris. Elle n'a rien fait de honteux. Rien.

— Que s'est-il passé ?

— Ta mère fuyait..., commence mon père.

— Non. Raconte-le-moi en chinois. Je comprendrai, je t'assure.

Debout devant la fenêtre, le regard perdu dans la nuit, il commence son récit.

« Après avoir fui Guilin, ta mère marcha plusieurs jours en essayant de trouver une grande route. Son idée était de se faire transporter en camion ou en train jusqu'à Chongqing, où son mari était stationné.

» Elle avait cousu de l'argent et des bijoux dans la doublure de sa robe, suffisamment, pensait-elle, pour les échanger contre des transports tout le long du chemin. Elle se disait : «Avec de la chance, je n'aurai même pas besoin de troquer mon bracelet en or et ma bague de jade», bijoux qui lui venaient de sa mère, ta grand-mère.

» Le troisième jour, elle n'avait rien troqué du tout. Les routes étaient encombrées de gens qui fuyaient et imploraient les conducteurs des véhicules qui passaient de les emmener. Les camions ne s'arrêtaient même pas, par peur de la foule, Ta mère ne trouva aucun moyen de transport, alors que les premières douleurs de la dysenterie lui tordaient le ventre.

» Ses épaules lui faisaient mal, à cause des deux bébés qui se balançaient de chaque côté au bout des écharpes. Des ampoules grossirent dans ses mains à porter les deux valises en cuir. Puis les ampoules éclatèrent et se mirent à saigner. Après quelque temps elle abandonna les valises, ne gardant que la nourriture et quelques vêtements. Plus tard elle dut lâcher aussi les sacs de farine et de riz, et continua de marcher ainsi pendant de nombreux kilomètres, en fredonnant des chansons pour ses petites, jusqu'à ce que la douleur et la fièvre la fassent délirer.

» Toute énergie finit par déserter son corps. Il ne lui resta même plus assez de forces pour porter ses bébés. Elle s'effondra sur le sol, certaine de succomber à sa fièvre, ou bien à la soif, à la faim, ou encore sous les coups des Japonais, qui ne devaient pas être bien loin, elle en était certaine.

» Alors elle sortit les bébés des écharpes, les assit sur le bord de la route, et s'allongea à côté. "Vous êtes si douces, si calmes", leur murmura-t-elle. Et les petites filles lui sourirent, tendant leurs petites mains potelées, impatientes de se retrouver à nouveau dans ses bras. Alors ta mère comprit qu'elle n'aurait pas le courage de voir ses enfants mourir avec elle.

» Elle aperçut une famille avec trois jeunes enfants qui passaient dans une carriole. "Prenez mes bébés avec vous, je vous en supplie", implora-t-elle. Mais ils détournèrent la tête, le regard vide, et passèrent leur chemin.

» Elle vit une autre personne et supplia à nouveau. C'était un homme. Il la regarda, mais il avait une expression si terrible sur le visage, la mort en personne selon les paroles de ta mère, qu'elle frissonna et détourna la tête.

» La route devenant déserte, elle ouvrit la doublure de sa robe et enfouit les bijoux sous le maillot d'un des bébés, et l'argent sous l'autre. Puis elle sortit de sa poche une photo de sa famille, représentant ses parents, elle-même et son mari le jour de leur mariage, et inscrivit au dos le nom des enfants et ce message : "Je vous en prie, prenez soin de ces enfants avec les valeurs qu'elles portent sur elles. Quand il n'y aura plus de danger, si vous les ramenez à Shanghai, 9 Weichang Lu, la famille Li sera heureuse de vous récompenser généreusement. Li Suyuan et Wang Fuchi."

» Puis elle caressa la joue de chaque enfant en leur disant de ne pas pleurer, qu'elle allait leur chercher de quoi manger. Et sans se retourner, elle descendit de la route en trébuchant, en pleurant, l'esprit obsédé par cet ultime espoir qu'une personne charitable trouverait ses filles et en prendrait soin.

» Ta mère ne se rappelait pas combien de temps elle avait marché ainsi, dans quelle direction, quand elle s'était évanouie, ni comment on l'avait découverte. Elle s'était réveillée à l'arrière d'un camion cahotant parmi d'autres malades qui gémissaient. Elle se crut en route pour l'enfer bouddhiste et se mit à crier. Mais le visage souriant d'une missionnaire américaine se pencha alors sur elle et lui parla dans une langue incompréhensible. Ce qu'elle comprit, en revanche, c'est qu'on l'avait sauvée pour rien, et qu'il était désormais trop tard pour retourner secourir ses enfants.

» À son arrivée à Chongqing, on lui apprit que son mari était mort depuis deux semaines. Ta mère m'a confié qu'elle avait ri lorsque les officiers lui avaient annoncé la nouvelle, car la folie et la fièvre la faisaient délirer. Venir de si loin, tout perdre et ne plus rien trouver.

» Je l'ai rencontrée à l'hôpital. Elle était allongée sur une couchette, à peine capable de bouger, rongée par la dysenterie. Moi je venais me faire soigner mon pied, mon orteil écrasé par un moellon. Elle marmonnait, parlait toute seule.

"Regardez ces vêtements", me dit-elle en montrant sa robe assez inhabituelle en période de guerre. C'était du satin de soie, très sale, mais sans aucun doute une robe magnifique.

"Regardez ce visage." Sa figure était couverte de poussière, ses joues creusées, ses yeux luisants. "Voyez-vous mon espoir insensé ?"

"Je croyais avoir tout perdu sauf ces deux choses", murmura-t-elle. "Et je me demande ce que je vais perdre ensuite. Les vêtements ou l'espoir ? L'espoir ou les vêtements ?"

"Mais regardez, maintenant, voyez ce qui arrive", ajouta-t-elle en riant comme si ses prières avaient été exaucées. Et elle se mit à tirer sur ses cheveux qui s'arrachaient aussi facilement que du blé jeune d'une terre meuble. »

« C'est une vieille paysanne qui découvrit les bébés. "Comment- aurais-je pu résister ?", dit-elle à tes sœurs lorsqu'elles eurent grandi. Les enfants se tenaient sagement sur le bord de la route, là où ta mère les avait laissées, comme deux princesses attendant l'arrivée de leur limousine.

» La femme, Mei Ching, et son mari, Mei Han, vivaient dans une grotte. Il en existait des milliers, cachées dans les environs de Guilin, si secrètes que certaines personnes s'y dissimulaient encore alors que la guerre était terminée. Les Mei émergeaient de leur caverne tous les deux ou trois jours pour ramasser la nourriture abandonnée sur la route et ils découvraient parfois des choses que, de leur aveu même, seule une tragédie avait pu jeter là. Un jour ils rapportèrent dans leur grotte un service de bols de riz en porcelaine délicatement peinte, un autre jour ce fut un tabouret à pieds tapissé de velours rouge et deux couvertures de mariage toutes neuves. Une autre fois, ce furent tes sœurs.

» Les Mei étaient des gens pieux, des musulmans, qui virent dans les jumelles un signe de double chance. Et leur idée fut confirmée lorsqu'ils découvrirent, le soir, la valeur des enfants. Les Mei n'avaient jamais vu de bagues ni de bracelets semblables. En contemplant la photo, ils comprirent que les bébés venaient d'une très bonne famille, mais aucun d'eux ne savait lire. Il fallut attendre plusieurs mois avant que Mei Ching pût trouver quelqu'un capable de déchiffrer le message inscrit au dos de la photo. À ce moment-là, elle aimait déjà les enfants comme les siens.

» En 1952, Mei Han, le mari, mourut. Les jumelles avaient déjà huit ans et Mei Ching décida alors qu'il était temps de retrouver leur vraie famille.

» Elle leur montra la photo de leurs parents, leur apprit qu'elles étaient issues d'une grande famille, et leur promit de les ramener à leur véritable mère et leurs grands-parents. Mei Ching leur parla de la récompense mais jura qu'elle la refuserait. Elle aimait les jumelles si tendrement qu'elle voulait seulement leur donner ce à quoi elles avaient droit : une vie meilleure, une jolie maison, une bonne éducation. La famille lui permettrait peut-être de rester auprès d'elles comme nourrice. Oui, elle était même certaine qu'ils insisteraient.

» Ce qui l'attendait au 9 Weichang Lu, dans l'ancienne concession française, était bien différent. À l'emplacement de la maison s'élevait désormais une usine, de construction récente. L'un des ouvriers lui apprit le sort de la famille dont la maison avait été rasée par une bombe.

» Mei Ching ne pouvait pas savoir, bien entendu, que ta mère et moi, son nouveau mari, étions retournés sur les lieux en 1945, dans l'espoir de retrouver sa famille et ses filles.

» Ta mère et moi restâmes en Chine jusqu'en 1947, dans différentes villes. À nouveau Guilin, Changsha, et Kunming, au Sud. Sans cesse son regard épiait les jumelles, d'abord les bébés, puis les petites filles. Par la suite nous gagnâmes Hong Kong, et enfin les États-Unis, en 1949. Je suis certain qu'elle les cherchait encore sur le bateau. Dès notre arrivée, pourtant, elle cessa d'en parler. Je crus qu'elles avaient fini par mourir dans son cœur.

» Mais lorsque le courrier put circuler librement entre la Chine et les États-Unis, ta mère écrivit aussitôt à de vieux amis de Shanghai et Guilin. A mon insu. C'est tante Lindo qui me l'a raconté. À ce moment-là, les noms des rues avaient déjà changé. Des gens étaient morts, d'autres avaient déménagé. Il lui fallut plusieurs années avant de renouer des contacts. Elle retrouva la trace d'une ancienne camarade d'école et lui écrivit pour lui demander d'essayer de rechercher ses filles. Son amie lui répondit que c'était impossible, aussi insensé que de chercher une aiguille dans le fond de l'océan. Comment savait-elle que ses filles se trouvaient à Shanghai plutôt qu'ailleurs ? L'amie, bien sûr, ne lui demanda pas non plus comment elle savait que ses filles étaient encore en vie.

» Ainsi donc l'ancienne camarade d'école n'entreprit aucune recherche. Retrouver des bébés perdus pendant la guerre relevait de la pure folie, et elle n'avait pas de temps pour cela.

» Mais chaque année ta mère écrivait à différentes personnes. Et ces derniers temps, je crois qu'une autre idée avait commencé à prendre corps dans sa tête : aller en Chine pour retrouver elle-même ses enfants. "Canning, nous devrions y retourner, avant qu'il ne soit trop tard, avant que nous ne soyons trop vieux», m'a-t-elle dit un jour. Je lui ai répondu que nous étions déjà trop vieux et qu'il était déjà trop tard.

» Je pensais qu'elle désirait seulement faire du tourisme ! J'ignorais qu'elle voulait s'y rendre dans l'espoir de trouver ses filles. Lui dire qu'il était trop tard a dû lui porter un choc terrible. La pensée que ses filles étaient peut-être mortes a dû germer dans sa tête, y grossir, grossir, au point de la tuer.

» Peut-être est-ce l'esprit défunt de ta mère qui a guidé le pas de son ancienne camarade d'école de Shanghai jusqu'à ses filles. Car, peu après le décès de ta mère, l'amie de Shanghai a découvert tes sœurs, par hasard, en achetant des chaussures au *Grand Magasin numéro Un* de l'avenue Nanjing Dong Lu. Elle dit que c'était comme un rêve de voir ces deux femmes tellement semblables descendre côte à côte un escalier. Quelque chose dans l'expression de leur visage a réveillé ses souvenirs.

» Elle s'est vivement approchée et les a appelées par leurs prénoms, qu'elles n'ont d'abord pas reconnus puisque, bien entendu, Mei Ching leur en avait donné d'autres. Mais l'amie était tellement sûre qu'elle a insisté. «N'êtes-vous pas Wang Chun Yu et Wang Chun Hua ?» a-t-elle répété. Alors une soudaine excitation s'est emparée des deux jumelles, répliques parfaites d'une même image. Elles se sont souvenues des noms inscrits au dos d'une vieille photo, la photo d'un jeune homme et d'une jeune femme dont elles continuaient d'honorer la mémoire, leurs très chers et défunts parents, dont les fantômes erraient sur la terre à leur recherche. »

J'arrive à l'aéroport, épuisée. Je n'ai pas dormi de la nuit. À trois heures du matin, Aiyi m'a suivie dans ma chambre et s'est instantanément endormie sur l'un des lits jumeaux, en ronflant comme un bûcheron. Je suis restée éveillée en pensant à ma mère, au peu de choses que je sais d'elle, à mon chagrin de l'avoir perdue et à celui de mes sœurs.

Et en ce moment-même, à l'aéroport, alors que nous serrons des mains pour dire adieu, je songe à toutes les façons dont nous quittons les gens en ce monde. Échanger des au revoir chaleureux, dans un aéroport, avec des personnes que l'on sait ne revoir jamais. En laisser d'autres sur le bord d'une route, en espérant qu'on les reverra. Retrouver ma mère dans l'histoire de mon père, lui dire adieu avant d'avoir eu une chance de mieux la connaître.

Nous attendons l'annonce de la porte d'embarquement. Aiyi me sourit. Elle est si vieille. Je glisse un bras autour d'elle, et l'autre autour de Lily. Elles sont presque de la même taille. Il est l'heure. Nous agitons les mains une dernière fois avant d'entrer dans la salle d'embarquement. J'ai l'impression de quitter un enterrement pour en rejoindre un autre. Dans ma main je serre deux tickets pour Shanghai. Nous y serons dans deux heures.

L'avion décolle. Je ferme les yeux. Comment vais-je leur raconter la vie de ma mère dans mon chinois hésitant ? Par où vais-je commencer ?

— Réveille-toi, nous y sommes, dit mon père.

Je me réveille, le cœur dans la gorge. Je jette un coup d'œil par le hublot. Nous roulons déjà sur la piste. Dehors il fait gris.

Maintenant nous descendons de l'avion sur le tarmac, et marchons vers le bâtiment. Si seulement, si seulement ma mère avait vécu assez longtemps pour être celle qui marche à leur rencontre. Je suis si nerveuse que je ne sens plus mes pieds. J'avance sans savoir comment.

Quelqu'un crie : « Elle est là ! » Alors je la vois. Ses cheveux courts. Son corps fluet. Et cette expression sur le visage. Le dos de la main pressé contre sa bouche. Elle pleure comme si elle venait de traverser une épreuve terrible et se réjouissait d'en être sortie.

Je sais que ce n'est pas ma mère, bien qu'elle arbore la même expression que lorsque j'avais cinq ans. J'avais disparu tout un après-midi, si longtemps qu'elle m'avait crue morte. Quand j'avais miraculeusement reparu, les yeux ensommeillés, en émergeant de sous mon lit, elle s'était mise à pleurer et à rire et à mordre le dos de sa main pour s'assurer qu'elle ne rêvait pas.

Et maintenant je la revois, dédoublée, qui agite la main vers moi en brandissant une photo. Le Polaroïd que je leur ai envoyé. Sitôt la grille franchie nous courons l'une vers l'autre, nous nous étreignons, toutes hésitations et doutes envolés.

« Maman, maman », murmurons-nous comme si elle se trouvait parmi nous.

Mes sœurs me regardent. « *Meimei zhangdale* », s'exclame l'une fièrement. « Petite sœur a grandi. » J'observe à nouveau leurs visages et n'y décèle plus aucune trace de celui de ma mère. Pourtant ils me semblent familiers. Maintenant je comprends ce qu'il y a en moi de chinois. C'est évident. C'est ma famille. C'est mon sang. Après toutes ces années, enfin, il peut s'exprimer.

Mes sœurs et moi, toutes trois enlacées, nous rions et essuyons mutuellement nos larmes. Le flash du Polaroïd éclate et mon père nous tend le cliché. Mes sœurs et moi épions ensemble le film qui se développe.

La pellicule gris-vert se teinte lentement de couleurs vives. Nos trois images se précisent et se contrastent. Personne ne dit mot, mais je sais que nous voyons toutes les trois la même chose : ensemble nous ressemblons à notre mère. Mêmes yeux, même bouche, agrandis par la surprise de voir son rêve, si longtemps chéri, enfin réalisé.

Achevé d'imprimer en Espagne
par BlackPrint CPI Ibérica S.L.
Sant Andreu de la Barca (08740)